스토리텔링으로 본
문학과 인생

스토리텔링으로 본

문학과 인생

●

홍기영 지음

도서출판 ▌동인

머리말 ___

　기계문명의 발달은 이제 첨단산업으로 치닫고 미래 사회를 새롭게 펼치고 있다. 스마트폰과 로봇 및 드론의 급격한 발달은 인간의 활동을 무한의 세계로까지 확장시키고 있다. 그러나 첨단산업의 발전은 인간의 지능 활동을 축소시키기도 한다. 스마트폰이 생기기 전에는 적어도 20개 이상의 전화번호를 암기하고 있었는데 지금은 가족은 물론 내 스마트폰 번호가 생각나지 않을 때가 있을 정도이다. 머리를 사용하는 대신에 손으로 모든 것을 해결하는 것이 습관화된 결과인 것이다. 컴퓨터나 기타의 기계가 발달하고 새로운 기술이 개발될 때마다 인간의 지능은 뒤로 물러서 있고 그 자리에 기계가 있으니 그만큼 인간의 삶이 좁아지고 행복도 줄어드는 것은 아닌지.

　현대생활의 모든 것이 더욱 섬세하고 치밀하게 진행될수록 삶은 팍팍해지고 다정한 감정은 사라지는 것 같다. 차디찬 기계에다 따뜻한 가슴을 접목시킬 수는 없을까. 아마 그 방법 중의 하나가 스토리텔링이라고 할 수 있겠다. 스토리텔링이 없는 기계나 산업은 더 이상 발전하기도 힘들 것이고 우리를 행복하게 해주지도 못할 것이다. 우리가 추구해야 할 미래의 가치 있는 삶, 의미 있는 삶, 귀한 삶은 그 속에 따뜻한 스토리텔링이 포함되어야 한다고 생각한다.

문학은 우리에게 최고의 스토리텔링을 해주는 보고이다. 아름다운 사랑 이야기에서부터 복수이야기 및 새로운 모험이야기 등 인간들이 가진 수많은 문제를 풀어가는 작가의 상상력은 무한하며 그들의 스토리텔링 솜씨 또한 우리를 감동시킨다. 밤을 꼬박세우며 읽게 하는 그 끝없는 실타래를 따라가는 일 자체가 스토리텔링의 마술이다. 일시적 흥분이나 감정의 발로가 아니라 충분한 이성작용과 인식을 통해 전개되는 높고도 넓은 세계가 문학의 세계이기 때문이다. 우리는 아침마다 출근하거나 외출을 할 때에 거울에 자신을 비춰보고 옷은 단정한지 머리는 잘 빗겨져 있는 지를 점검한다. 거울이 없다면 나의 형색이 어떤지 알기 어렵다. 우리의 길고도 고단한 인생길에도 거울이 있다면 얼마나 편리할까, 그리고 인생을 얼마나 더 잘 파악할 수 있을까 그런 생각을 해본다.

그래서 문학은 '인생을 거울에 비추어 보는 일'이라고 한다. 우리는 인생의 일회성에 얼마나 당황해하고 아쉬워하는가. 똑같은 시간에 단 한 번의 행위 밖에 할 수 없고 지나가면 돌이킬 수 없는 것이 인생이다. 연극도 마찬가지로 한 번의 무대에서 끝난다. 지나간 후에 다시 대사를 읊조리거나 행동을 할 수는 없다. 그렇기 때문에 연극은 인생에 가장 가까운 문학 장르라 할 수 있다. 연극은 일회성의 한계가 있지만 그렇기 때문에 또한 상당한 매력이 있는 것이다. 우리는 원하는 만큼 많은 종류의 인생을 살 수 없고 그저 일회성의 인생을 살고 있을 뿐이다. 그래서 아쉬움이 남고 때로는 잘못된 선택과 행동 때문에 분노하기도 하고 절망하기도 한다. 우리 인생을 좀 더 여유 있고 가치 있게 사는 방법은 많은 경험을 해보는 것일 것이다. 그런데 많은 경험을 직접 하기에 인생은 짧고 기회를 갖기가 매우 어렵다. 그래서 간접경험을 하는 것인데 그것은 많은 연극을 본다거나 독서를 통해 가능하다. 문학적 체험이 그래서 소중하고 가치 있는 것이다. 문학속의 스토리텔링은 우리 인생의 귀한 자본이 된다. 참되고 가치 있고 보람되며 행복한 것이 무엇인지를 작가들은 그들의 문학적 기교로 우리들에게 스토리텔링한다. 그러한 문학의 세계를 이해하는 것이 인생을 좀 더 잘 이해하는 방법이라 할 수 있다.

이 책에서 다루는 스토리텔링은 소설가, 극작가, 수필가들의 것이다. 물질문명의 편리함과 풍요로움을 거부하고 숲 속의 소박한 생활을 통해 우리에게 삶의 지혜를 스토리텔링하는 쏘로우. 가난과 정신적인 실의와 말더듬의 황무지에서도 유머와 다정함을 잃지 않고 페이소스의 마음을 스토리텔링하는 찰스 램. 자신을 그물 속에 가두는 조국과 종교를 박차고 이카러스처럼 하늘로 비상하는 꿈을 스토리텔링하는 조이스. 밤마다 초록 불빛에 인생을 성공시키려고 스토리텔링하는 피처랄드. 이성의 차갑고 까칠한 세계를 안개처럼 부드럽게 감싸고 넓은 세계로의 항해를 스토리텔링하는 울프. 그 외의 감동적인 스토리텔링의 언어에 매료되지 않을 수 없다. 이 책에서는 나의 문학적 체험의 솔직한 심경을 또한 스토리텔링하려고 하였다. 이 글들 중 일부는 과거의 논문을 스토리텔링으로 고친 것도 있고 순전히 이번의 저서를 위해 작가나 작품을 스토리텔링한 것들도 있다.

인생은 문학으로 스토리텔링할 수 있고 문학은 또한 인생의 훌륭한 안내자로 스토리텔링을 하고 있다. 좀 더 풍부하고 높고 고상하고 행복한 삶을 위해 문학의 스토리텔링에 침잠하고 싶은 마음이 간절하여 이 책을 쓴다. 이 저서를 출판해준 동인의 이성모 사장에게 감사를 드리고 편집에 수고한 분들과 워드 작업을 도와준 제자들에게 고마움을 전하며 우리의 스토리텔링이 서로를 잘 이해하게 해주고 더 넓고 행복한 세계로의 상상적 여행을 떠나게 해주기를 기대한다.

2015. 6.

사집제(砂集齊)에서

홍기영

조이스를
스토리텔링하다

서론

영미의 무수한 작가들 가운데 한국인의 정서에 가장 가까운 작가 중의 한 명이 아마도 조이스James Joyce일 것이다. 그 첫째 이유는 조이스의 조국 아일랜드의 처지가 적어도 1960년대까지의 한국과 비슷한 국가적 운명이라는 것이고 둘째는 조이스의 작품이 대체적으로 애조를 띄고 서정적이라서 한국 문학이 담고 있는 한恨의 정서와 일맥상통한다는 점이다. 조이스의『젊은 예술가의 초상』(*A Portrait of the Artist As a Young Man*)의 서두는 이렇다.

그 옛날 옛적 정말로 살기 좋은 시절이었지 그때 음매소 한 마리가 길을 따라 내려오고 있었어 길을 따라 내려오고 있던 이 음매소는 터쿠 아기라는 이름을 지닌 예쁜 꼬마 소년을 만났지…
아버지는 그에게 이 이야기를 해 주었다: 아버지는 외알 안경을 통해 그를 노려보았다: 그는 털이 더부룩한 얼굴을 하고 있었다. 그는 아기 터쿠였어. 음매소는 베티 번이 살던 길을 따라 내려 왔지: 그녀는 레몬 향기의 캔디를 팔았어.

　　　오, 들장미 피어 있네
　　　파란 잔디밭에.
그는 그 노래를 불렀다. 그것은 그의 노래였다.
　　　오, 파란 장미 꽃 피어 있네.

Once upon a time and a very good time it was there was
a moocow coming down along the road and this moocow
that was down along the road met a nicens little boy named baby
tuckoo…
His father told him that story: his father looked at him through a glass:

he had a hairy face.

He was baby tuckoo. The moocow came down the road where Betty
Byrne lived: she sold lemon platt.

O, the wild rose blossoms
On the little green place.

He sang that song. That was his song.

O, the green wothe botheth. (*P* 7)[1]

송아지의 울음소리, 들장미 꽃, 레몬향기는 한적한 시골의 풍경을 머릿속에
떠올리게 한다. 여기서 한 소년은 다름 아닌 조이스의 분신인 스티븐Steven
Dedalus이고 그는 아직 어려서 혀가 제대로 돌아가지 않아 'rose blossom'이
라고 발음해야 하는데 'wothe botheth'라고 중얼거린다. 아일랜드의 끝없는
벌판에 지천으로 피어있는 클로버 꽃들이 가슴을 적시는 정서를 불러일으킨
다. 봄 들판에 여기저기 피어있는 개나리나 진달래처럼 한국의 들판이 오버
랩 된다. 이런 언어의 아름다운 서정성은 『젊은 예술가의 초상』의 주인공
스티븐이 피정기간에 죄를 회개하고 비 내리는 광경을 보면서 느끼는 감정
을 표현하는 곳에도 잘 나타나 있다.

비는 예배실 위에, 마당 위에, 학교 건물 위에 내리고 있었다. 비는 소리 없
이, 영원히 내릴 것이다. 물은 조금씩 조금씩 불어나 풀과 덩굴을 덮고, 나
무와 집들을 덮고, 기념비와 산꼭대기를 덮어 버리리라. 온갖 생명들이 소
리 없이 질식해 버릴 것이다: 새들, 사람들, 코끼리들, 돼지들, 아이들도: 쓰
레기 더미 사이를 시체들이 둥둥 소리 없이 떠돌아다닐 것이다. 40일 낮과
밤을 비는 계속 내려 마침내는 물이 지구의 표면을 덮어 버릴 것이다.

---

1) 여기서 조이스의 작품 *A Portrait of the Artist As a Young Man*은 *P*로 *Dubliners*
는 *D*로 *Ulysses*는 *U*로 괄호 속에 표시함.

Rain was falling on the chapel, on the garden, on the college. It would rain for ever, noiselessly. The water would rise inch by inch, covering the grass and shrubs, covering the trees and houses, covering the monuments and the mountain tops. All life would be choked off, noiselessly: birds, men, elephants, pigs, children: noiselessly floating corpses amid the litter of the wreckage of the world. Forty days and forty nights the rain would fall till the waters covered the face of the earth. (*P* 117)

이러한 조이스의 세련되고 특출한 언어 감각은 그의 시집인 『실내악』(*The Chamber Music*)의 여러 곳에도 있는데 그 중에 한 편인 9번은 다음과 같다.

5월의 바람, 바다 위에 춤을 춘다.
환희에 넘쳐 이랑에서 이랑으로
동그라미 그리며 춤을 춘다.
거품이 날아 머리 위로 화환을 이루고,
은빛 아치 공중에 다리를 놓는다.
너 보았느뇨, 어디엔가 내 참사랑을?
아아! 아아!
5월의 바람이여!
사랑은 멀어지면 불행한 것!

Winds of May, that dance on the sea,
Dancing a ring-around in glee
From furrow to furrow, while overhead
The foam flies up to be garlanded,
In silvery arches spanning the air,

Saw you my true love anywhere?
Welladay! Welladay!
For the winds of May!
Love is unhappy when love is away!

그러나 의식이 깨어있는 조이스의 눈에는 이런 아름다운 풍경이 서정적으로 멋있게 다가온다기보다는 오히려 황량함과 비참으로 비쳐지고 암담한 조국의 현실에 대한 자각과 분노로 느껴진다. 조국에 대한 분노는 『더블린 사람들』(The Dubliners)에서는 정신적 마비로 나타나고 『젊은 예술가의 초상』에서는 자각을 통한 예술적 비상으로 표현된다.

조이스를 스토리텔링하려면 찰스 램Charles Lamb과 스위프트Jonathan Swift, 그리고 모옴W. Somerset Maugham이 떠오른다. 조이스는 자신을 가두는 그물로 '가족, 언어, 조국, 종교'를 예로 들고 그런 것으로부터 벗어나 예술가의 길을 걷는다. 램은 '상처만 남긴 사랑'이라는 그물과 '누나의 모친살해'라는 끔찍한 사건의 그물 속에서 평생을 글 읽기와 창작에 몰두한다. 말더듬이라는 점에서 조이스와 램과 모옴은 공통점이 있다. 아마도 말을 더듬기 때문에 혀로 표현하는 것보다 손으로 표현하는 것이 더 용이했을 것이다. 하여튼 램은 호구지책으로 쥐꼬리만 한 월급을 받는 회사에 갇혀 살았지만 나머지 시간을 글쓰기에 전념하여 후대에 와서 영국수필의 아버지로 불리게 된다. 램의 수필은 서정적이며 페이소스pathos를 자아낸다. 램은 10시쯤에 출근하고 오후 아무 때나 퇴근하는 사장을 몹시 부러워했지만 그런 자유는 그가 정년퇴직한 후에나 가능했다. 퇴직 후 한 3개월 쯤 빈둥대면서 자유스럽게 지냈지만 그는 "자유가 오히려 구속"(freedom itself could be a bondage)(Brown 14)이라고 고백한다. 직장생활 중에는 자투리 시간이라도 이용해 책을 읽고 글을 썼지만 퇴직 후 마음대로 쉬고 노는 동안에는 글을 한 줄도 쓰지 못했기 때문이다. 램은 가난한 사람들과 소외된 사람들에 대한 무한한 애정을 가지고 말더듬이라는 핸디캡을 오히려 글 쓰는 것으로 극복한 셈이다.

모옴은 의과대학을 나오고 의사로서 다른 사람들이 부러워하는 생활을 하고 충분한 수입과 사회적 명성과 존경을 받았지만 그런 생활이 마음에 즐거움은 주지 못한다. 말더듬이였기 때문에 그 콤플렉스를 극복하고자 하는 오기였을까. 그는 의사 직을 집어 던지고 글쓰기에 전념한다. 『달과 육 펜스』(*The Moon and Sixpence*)에서 모옴은 작가들의 태도를 이렇게 표현한다.

이름도 모르는 변덕스러운 독자를 위해, 불과 몇 시간의 기분전환이나 여행의 지루함을 달래는 소일거리를 제공하기 위해 저자가 얼마나 고생을 했고 얼마나 쓰라린 경험을 겪었으며 얼마나 비통한 생각을 해왔는지 아무도 모를 것이다.
문예 리뷰 부록 서평에 의하면 이러한 책들 속에는 고심을 거듭한 역작이나 좋은 작품이 많으며, 그 가운데에는 온 생애의 심혈을 기울인 것까지 있다고 한다. 이런 사실에서 나는 언제나 하나의 교훈을 배우게 된다. 즉 작가란 창작의 기쁨과 가슴 속의 울적한 생각을 토로하는 일을 그 보수로 여길 뿐 그 밖의 일에는 무관심하여, 칭찬을 받든 비난을 받든 성공을 하든 실패를 하든 일절 개의치 않는다는 사실이다.

Heaven knows what pains the author has been at, what bitter experiences he has endured and what heartache suffered, to give some chance reader a few hours' relaxation or to while away the tedium of a journey. And if I may judge from the reviews, many of these books are well and carefully written; much thought has gone to their composition; to some even has been given the anxious labour of a lifetime. The moral I draw is that the writer should seek his reward in the pleasure of his work and in release from the burden of his thought; and, indifferent to aught else, care nothing for praise or censure, failure or success. (11)

그래서 모음은 우울과 외로움을 잊고 마음의 만족과 창작의 기쁨에 몰두하여 수많은 소설을 쓴다. 아일랜드하면 적어도 1950년대까지만 해도 가난한 나라의 대표적 국가였다. 한국이 그와 똑같은 처지였다. 한국이 일본의 식민지 생활을 한 것처럼 아일랜드도 영국의 식민지였다. 영국의 식민지였지만 아일랜드 사람들은 그들의 고유 언어인 아이리시Irish를 사용했다. 그러나 아일랜드는 가난했고 그로 인해 사람들은 술을 많이 마시고 노래나 좋아하는 대책 없는 국민이었다. 먹을 것이 별로 없는데 애기들만 많이 낳아 인구문제는 심각했다. 오죽하면 스위프트가 아일랜드의 고질적인 인구폭발의 문제를 해결하기위해 「아주 정중한 제안」("A Modest Proposal")이란 글을 발표하였겠는가? 스위프트는 인구문제를 해결하기위해 '한 살 된 애기고기'를 먹거리로 제공할 것을 제안한다. 그러면 돈 많은 귀족에게는 최고의 식도락을 즐기는 기쁨을 줄 것이고, 가난한 사람들은 이 '애기고기'를 팔아 살림살이를 그럭저럭 꾸려갈 것이라고 말한다. 역설적이고 말도 안 되는 제안이지만 이것은 아주 심각한 아일랜드 사람들의 무기력, 무대책, 잘못된 의식과 생활습관에 대한 신랄한 풍자로 볼 수 있다. 이제 『더블린 사람들』과 『젊은 예술가의 초상』을 통해 조이스가 어떻게 조국의 암담한 현실을 의식하고 자신이 어떻게 이를 극복하는가를 살펴보기로 하자.

『더블린 사람들』에 나타난 조국의 모습

　　『더블린 사람들』은 총 15편으로 이루어진 단편소설집이며 여기에는 유년기, 청년기, 장년기 및 공중생활과 마지막이라 할 수 있는 「죽은 사람들」이라는 5가지 구조를 가지고 있다. 그중에 「만남」("An Encounter"), 「애러비」("Araby"), 「이블린」("Eveline"), 「하숙집」("The Boarding House") 등 4편을 분석하려한다. 사람이 살아가는 데 두 가지 기본적인 것이 있다면 그것은 먹고 사는 경제적인 면과 사람은 짐승이 아니기 때문에 어느 정도의 문화생활을 하고 정신적 자유가 보장되는 정치적인 면이라고 볼 수 있다. 『더블린 사람들』에 나오는 주인공들은 모두 이 두 가지 제약 속에 갇혀있거나 감시를 당한다. 즉 경제적으로 가난하여 그 삶이 피폐하고 정신적으로는 부모에 의한 감시, 권력기관에 의한 감시, 종교적 권위에 의한 억압 등이 더블린 사람들을 고통 속에 빠지게 하고 불안하게 하여 마비의 상태에 놓이게 한다. 그런 열악하고 절망스런 환경 속에서도 이들은 꿈과 희망을 가지고 이런 현실을 벗어나려하지만 "*끈끈이에 붙어 있는 내 영혼이여, 빠져나오려고/ 몸부림칠수록 꼼짝달싹 못하겠구나!*"(Oh limed soul that struggling to be free/Art more engaged!)(3.3.67-68)라는 독백을 하는 『햄릿』의 클로디어스의 상황과 똑같이 처절한 현실에서 벗어나지 못하고 다시 내팽겨지는 암울함 속에 빠진다. 그들에게 꿈은 한낱 환상임을 인정해야하는 운명에 갇히게 된다. 그래서 『더블린 사람들』의 "주제는 아일랜드의 도덕적 마비이고 목적은 국가의 정신적 자유를 드높이는 것이고 형식은 못 박혀진 이야기를 모으는 것이고, 구조는 유아기에서 성숙기, 공적 생활로의 진전을 다루는 것이다"(Peake 2)라고 평가된다.

　　어디 더블린 사람들만 그런가. 최단기일에 경제를 부흥시킨 한국도 마찬가지다. 갑자기 졸부가 된 사람들이 물질주의와 향락에 빠지고, 청소년들이 비행을 저지른다. 사식이 보험금을 타려고 부모를 죽이고 남편이 아내를 살해하고 아내가 정부와 짜고 남편을 살해하는 등 부도덕하고 암울한 일들이 발생한다. 더블린 사람들이 열악한 환경 때문에 도덕적 마비에 빠졌다면 한국 사람들은 잘못된 생각 때문에 도덕적 타락에 빠졌다고 볼 수 있다. 그래서 "도덕적인 타락과 어려운 환경 속의 삶과 좌절과 패배의 이야기들" (Ghislin 106)이 언제나 상정되어 문학은 우리의 현실을 적나라하게 보여주고 진단케 하며 미래에 대한 길을 제시한다고 할 수 있다.

『더블린 사람들』의 두 번째 이야기인 『만남』의 두 소년은 광활한 서부로 도피하는 모험을 꿈꾸며 지루한 도시로부터 벗어나려한다. 그래서 그들에게 광활한 서부는 "탈출의 문을 열어준다"(Peake 16)고 볼 수 있다. 학교의 수업시간에 리오 딜런Leo Dillon이 잡지를 읽다가 버틀러 신부Father Butler에게 발각되어 꾸중 듣는 장면은 이렇다.

> "도대체 이 쓰레기는 뭐냐?" 그는 다그쳤다. "아파치 추장! 넌 로마 역사는 공부하지 않고 이런 걸 읽고 있었니? 학교에서 이따위 것을 다시 한 번 눈에 띄게 했단 봐라! 그걸 쓴 놈은, 내 생각엔 술값이나 벌려고 쓰는 어떤 경칠 놈일 거야. 너처럼 교육을 받은 애가 그따위 것을 읽다니 놀랍구나! 만일 네가… 국립학교 학생이라면 이해할 수 있다만, 자 딜런, 단단히 너한테 충고하지만 제발 공부 좀 해, 그러지 않으면…"

> 'What is this rubbish?' he said. 'The Apache Chief! Is this what you read instead of studying your Roman History? Let me not find any more of this wretched stuff in this college. The man who wrote it, I suppose, was some wretched fellow who writes these things for a drink. I'm surprised at boys like you, educated, reading such stuff. I could understand it if you were… National School boys. Now, Dillon,

I advise you strongly, get at your work or…' (*D* 18)

이렇게 다른 아이들처럼 꾸지람을 듣는 것도 잠시 스티븐은 학교의 구속에서 일단 벗어나면 또다시 야성적인 기분이 된다. 이러한 무법천지의 이야기만이 흥미롭고 그래서 또 도피를 갈망하기 때문에 "조롱받고 혼나지만 집에와서는 그런 야생의 감각에 배고파"(Peake 16)하며 그 갈망은 가슴 속에 계속 남아 있다.

여름 방학이 되자 소년은 학교생활의 지루함으로부터 해방되려고 리오딜런, 머호니Mahony와 함께 하루 결석을 하고 더블린 만에 위치한 '피전하우스'Pigeon House에 가기로 결심한다. 세 명이 모의를 하여 피전하우스를 가기로 했는데 약속시간에 아무리 기다려도 리오 딜런은 나타나지 않는다. 초등학교 친구 사이부터 배신이 있음을 조이스는 리오 딜런의 불참을 통해서 은근히 암시하고 있다. 할 수 없이 소년과 머호니는 나룻배를 타고 리피강을 건너 부두에 이르고 거기에 정박한 노르웨이 상선에 접근하여 그들의 말과 행동을 본다.

> 나는 배의 고물 쪽으로 가서, 그곳에 새겨진 배의 명각을 살펴보려고 했으나 실패하고 다시 되돌아와서는 그 외국 선원들 가운데 누가 초록색 눈을 가지고 있는지를 살펴보았다. 왜냐하면 나는 그전부터 그런 혼란스런 생각을 해왔으니까… 선원들의 눈은 푸르거나 회색이고 심지어 검기까지 했다. 눈이 초록색이라고 할 수 있는 유일한 선원은 키가 큰 사람이었는데, 그는 널빤지가 떨어질 때마다 쾌활하게 소리를 질러 부두에 모인 사람들을 웃기고 있었다.
> "좋아! 좋아!"
> 이 광경에도 싫증이 나자, 우리는 링센드 등대 쪽으로 서서히 거닐었다. 날씨는 벌써부터 찌는 듯이 더웠고, 식품점의 진열장에서는 곰팡이 핀 비스

킷이 허옇게 바래고 있었다.

I went to the stern and tried to decipher the legend upon it but, failing to do so, I came back and examined the foreign sailors to see had any of them green eyes for I had some confused notion··· The sailors' eyes were blue and grey and even black. The only sailor whose eyes could have been called green was a tall man who amused the crowd on the quay by calling out cheerfully every time the planks fell:
"All right! All right!"
When we were tired of this sight we wandered slowly into Ringsend. The day had grown sultry, and in the windows of the grocers' shops musty biscuits lay bleaching. (*D* 21)

그러나 학교에서 배운 씩씩하고 용감한 흠모의 대상이었던 바이킹 해적의 모습은 이 선원들에게서는 볼 수 없고 서투른 영어나 지껄이는 평범한 이들에게 실망하여 소년들은 '피전하우스'까지 갈 것을 포기하고 돌아오려는 길에 괴짜 노인을 만난다. 이 노인은 여러 이야기를 하다가 여자 친구에 대해 다음과 같이 말한다.

그 다음에 그는 우리 중에 누가 더 많은 애인을 갖고 있느냐고 물었다. 머호니는 애인을 세 명 갖고 있다고 태연하게 말했다. 이번에는 나한테 애인이 몇이냐고 물었다. 나는 하나도 없다고 대답했다. 그는 내 말을 믿지 않으며, 하나쯤 갖고 있을 게 분명하다고 말했다. 나는 잠자코 있었다.
"말해 봐요," 머호니가 그 사람에게 버릇없이 말했다. "그럼 당신은 몇이나 갖고 있어요?" 남자는 아까처럼 웃으며 그가 우리 나이였을 때는 애인을 많이 갖고 있었다고 말했다.
"어느 애나 사랑하는 애인 하나는 갖고 있지." 그는 말했다.

The man asked me how many had I. I answered that I had none. He did not believe me and said he was sure I must have one. I was silent. "Tell us," said Mahony pertly to the man, "how many have you yourself?"

The man smiled as before and said that when he was our age he had lots of sweethearts.

"Every boy," he said, "has a little sweetheart." (*D* 23)

용감하고 멋진 해적을 보려던 이 소년들의 꿈은 좌절되고 돌아오는 길에 만난 노인의 말이나 행동 또한 실망감을 안겨준다. 그런데 더욱 소년에게 불쾌한 것은 이 노인의 말은 단조롭고 했던 말을 또 하고 또 하는 지루함을 보여주는 것이다.

잠시 후에 그 사람은 내게 말을 걸었다. 그는 네 친구는 대단히 거친 아이라고 말하며, 학교에서 자주 매를 맞지 않느냐고 물었다. 나는 골이 나서 그의 말대로 매나 맞는 국립학교 학생 따윈 아니라고 대답할까 했으나, 잠자코 입을 다물고 있었다. 그는 이번에는 아이들을 징벌하는 문제에 관해 이야기하기 시작했다. 자신의 말에 다시 매혹된 듯, 그의 마음은 이 새로운 화제를 중심으로 빙빙 맴도는 듯 보였다. 아이들이 저럴 때는 매를 맞아야 한다. 맞아도 된통 맞아야 한다고 그는 말했다. 아이가 거칠고 말을 듣지 않을 때는 따끔하게 한 대 때려 주는 것보다 더 좋은 약은 없다고 했다. 손바닥을 한 대쯤 찰싹 때린다거나, 뺨을 한 대쯤 때리는 것은 아무 소용이 없다는 것이었다.

After an interval the man spoke to me. He said that my friend was a very rough boy and asked did he get whipped often at school. I was going to reply indignantly that we were not National School boys to be whipped, as he called it; but I remained silent. He began to speak on the subject of chastising boys. His mind, as if magnetized again by his speech, seemed to circle slowly round and round its new centre. He said that when boys were that kind they ought to be whipped and well whipped. When a boy was rough and unruly there was nothing would do him any good but a good sound whipping. A slap on the hand or a box on the ear was no good: (*D* 24-25)

소년은 이런 노인에게 너무 실망하고 화가 나서 이야기 도중에 벌떡 일어나기도 한다. 그래서 "노인의 집요한 이야기는 아이러니를 가져다준다. 죄의식과 동시에 부분적이고 미성숙한 자기 모습"(Peake 18)을 보여주어 도피하여 새로운 경험을 하고자하는 소년들에게 환멸만 가중시키고 "소년이 도망치려해도 소용없고 (망설이는 몰락이 카타르시스든 아니면 불법의 포기이든) 그저 더 강하게 붙여 놓을 뿐임"(Johnsen 13)을 느끼게 한다. 그리고 이노인은 오히려 "플린 신부Father Flynn를 닮았고 의식적인 고집에 꽉 조여진 사람이며 신비한 무엇인가를 보여 줄듯하나 실망"(Tindall 18)만 안겨준다. 소년은 이들을 만남으로 단지 자신의 죄와 어리석음 그리고 자신의 초라한 모습을 알고 이것이 곧 더블린의 가정과 학교에 갇혀 있는 처절한 상황임을 알게 될 뿐이다.

「애러비」의 소년은 내성적이고 책을 좋아하는데 낭만적 꿈을 갖고 있다. 이 이야기에는 처절한 환경 속이라서 '막다른 골목'에 갇혀있다는 것과 한 소녀에 대한 낭만적 사랑이 환상이었다는 것 그리고 그토록 가고 싶었던 애러비 바자 방문의 꿈과 그 꿈의 좌절 등이 있다. 이 소년은 애러비라는 바자에 몹시 가고자 한다. 애러비에 이 소년이 간다는 것은 사랑을 성취하는 길이고 동시에 자유에 대한 꿈을 실현하는 방법이다. 막다른 골목에서 현기증을 느낄 정도의 열악한 환경 속에 살아가고 있지만 소녀에 대한 사랑은 그를 지탱시키는 힘이다. 소년의 소녀에 대한 사랑은 이렇다.

그녀의 동생은 누나가 시키는 대로 하기 전에 언제나 그녀를 놀리곤 했고, 나는 그녀를 쳐다보며 난간 옆에 서 있었다. 그녀가 몸을 움직일 때마다 옷이 한들거렸고 그녀의 부드러운 머리채가 좌우로 흔들렸다.

매일 아침 나는 응접실 마루에 누워서 그녀네 집 문을 지켜보았다. 차일을 창틀로부터 1인치 정도 끌어내려 놓았기 때문에 나는 남의 눈에 띄지 않았다. 그녀가 문간 층계로 나왔을 때, 나의 심장은 뛰었다. 현관으로 달려가서 책을 움켜쥐고 그녀 뒤를 따랐다. 나는 그녀의 갈색 몸매에서 조금도 눈을 떼지 않고 있다가 길이 서로 갈라지는 지점까지 갔을 때, 발길을 재촉하여 그녀 곁을 지나쳤다. 이런 일이 매일 아침 일어났다. 우연히 몇 마디 말을 나눈 일 이외에는 결코 그녀에게 말을 건네 본 적이 없었다. 그런데도 그녀의 이름은 나의 온몸의 어리석은 피를 불러 일깨우는 소환장과 같았다.

Her brother always teased her before he obeyed and I stood by the railings looking at her. Her dress swung as she moved her body and the soft rope of her hair tossed from side to side.

Every morning I lay on the floor in the front parlour watching her door. The blind was pulled down to within an inch of the sash so that I could not be seen. When she came out on the doorstep my heart leaped. I ran to the hall, seized my books and followed her. I kept her brown figure always in my eye and, when we came near the point at which our ways diverged, I quickened my pace and passed her. This happened morning after morning. I had never spoken to her, except for a few casual words, and yet her name was like a summons to all my foolish blood. (*D* 28)

소년은 낭만적 사랑을 성취하기 위해 애러비 바자에 가서 선물을 사다가 이 소녀에게 주겠다고 약속을 한다. 소년은 "망간 누나의 모습에 반하고 특히 그 갈색에 반한다. 중요한 것은 망간 누나는 아일랜드 그 자체임"(Tindall 20)을 후에 깨닫게 된다는 점이다. 애러비에 간다는 사실 하나에 온통 마음이 꽂혀 있어 번민하고 기뻐하는데 "애러비의 상징은 학교의 지루한 생활에 대한 증오를 채워주는 그의 열정의 상징"(Peake 20)이 되어 잠시 동안 소년은 이런 꿈의 실현에 가슴이 설렌다.

> 그날 저녁 이후로 얼마나 헤아릴 수 없이 많은 어리석은 생각들이 나의 의식과 무의식을 황폐하게 만들었던가! 나는 시장이 열리기까지의 지루한 나날을 한꺼번에 없애 버리고 싶었다. 학업에도 짜증이 났다. 밤에는 침실에서, 낮에는 학교 교실에서 그녀의 영상이 떠올라 내가 읽으려고 애쓰는 책장 사이에 나타났다. '애러비'라는 말의 음절이 나의 영혼이 즐기는 침묵을 통해서 내게 계속 들려 왔고, 나에게 일종의 동방적인 마법을 거는 것 같았다.

> What innumerable follies laid waste my waking and sleeping thoughts after that evening! I wished to annihilate the tedious intervening days. I chafed against the work of school. At night in my bedroom and by day in the classroom her image came between me and the page I strove to read. The syllables of the word Araby were called to me through the silence in which my soul luxuriated and cast an Eastern enchantment over me. (*D* 30)

그러나 토요일 밤에 바자에 갈 때 필요한 돈을 주겠다고 약속한 아저씨의 무관심 때문에 너무 늦게 바자에 도착한다. 소년은 애러비에 도착해 도자기 상점에서 젊은 남녀의 부질없는 농담과 수작을 보고 실망에 빠지고 분노에 차서 어쩔 줄 몰라 한다.

상점 문간에서 한 젊은 여자가 두 젊은 남자와 이야기하며 웃고 있었다. 그들의 영국식 말투를 눈치 채면서 나는 그들의 대화에 멍청하니 귀를 기울이고 있었다.

"아이, 난 그런 말은 결코 하지 않았어요!"

"아, 하지만 당신 했잖았소!"

"아이, 난 그런 일이 없다니깐요!"

"저 여자가 말했잖았어?"

"그래, 나도 들었어."

"아이, 그건… 거짓말이에요!"

At the door of the stall a young lady was talking and laughing with two young gentlemen. I remarked their English accents and listened vaguely to their conversation.

"O, I never said such a thing!"

"O, but you did!"

"O, but I didn't!"

"Didn't she say that?"

"Yes. I heard her."

"O, there's a… fib!" (*D* 32-33)

황홀하고 꿈을 이루어줄 애러비에서 남녀가 수작하는 것을 본 소년은 자신이 '허영에 몰리고 또 조소를 받는 한 마리 짐승' 같다고 자각하는데 이는 "환상으로 생각했던 바자에서 젊은 여인이 두 남자와 이야기하는 것은 대표적 에피퍼니로 공허함을 보여주고 침몰하는 감각만을 제공"(Tindall 21)해 줄 뿐이다. 애러비가 결국 "동양적 매력의 장소가 아닌 노쓰 리치먼드 거리 North Richmond Street의 꽉 막힌 집처럼 공허한 또 다른 시장"(Johnsen 13-14)임을 인식하고 "자신이 허영에 쫓기고 조종당하는 피조물"(Tindall 21)임을 절감한다. 소년이 가슴 속에 품고 있었던 애러비에 대한 환상도 낭만적 사랑도 모두 허영임을 깨닫고 번뇌와 분노를 느끼는 그 자체가 자신을 제대로 알고 느끼는 에피퍼니의 순간이다.

「이블린」에서는 단순한 마음을 가진 한 여인이 어머니가 돌아가신 후 난폭한 아버지와 한 집에 살고 있다. 프랭크Frank라는 남자를 만나 부에노스 아이레스로 사랑의 도피를 계획하고 있다. 그런데 그 여자는 처음부터 먼지와 연결되어 있다.

> 그녀는 창가에 앉아 길 위에 땅거미가 깔리는 것을 지켜보고 있었다. 머리를 창문의 커튼에 기대고 있었기 때문에 먼지 낀 크레톤 천의 냄새가 콧구멍으로 스며들었다. 그녀는 피곤했다.

> She sat at the window watching the evening invade the avenue. Her head was leaned against the window curtains and in her nostrils was the odour of dusty cretonne. She was tired. (*D* 34)

초라한 도시의 한구석에서 사는 그녀는 어머니가 없을 뿐만 아니라 공터에서 형편없는 친구들이나 형제들과 놀 때에도 아버지는 지팡이를 가지고 이들을 위협하여 집안으로 몰아넣는다. 그런데 그 집은 언제나 먼지로 뒤덮여 있다. 그래서 그녀는 집에 대해서 이렇게 말한다.

> 집! 그녀는 도대체 먼지는 모두 어디서 생겨나는 것일까, 이상하게 여기면서 자신이 여러 해 동안 일주일에 한 번씩 먼지를 털어 내곤 했던 낯익은 물건들을 하나하나 눈여겨보면서 방을 둘러보았다.

> Home! She looked round the room, reviewing all its familiar objects

which she had dusted once a week for so many years, wondering where
on earth all the dust came from. (*D* 34-35)

그리고 아버지는 끊임없이 그녀가 늘 돈을 헤프게 쓴다는 둥, 채신머리가 없
다는 둥 하면서 애써 번 돈을 마구 거리에 뿌리라고 내주지는 않겠다고 말
하며 온갖 욕지거리를 퍼붓는 무서운 존재이다. 그래서 그녀가 결심한 것은
집을 떠나 멀리 도망가는 것이다. 프랭크와 다음과 같은 계획을 세운다.

그녀는 프랭크와 함께 새로운 인생을 개척할 참이었다. 프랭크는 매우 친
절하고 남자답고 솔직했다. 그녀는 그의 아내가 되어 부에노스 아이레스에
서 함께 살기 위해 밤배로 그와 함께 떠날 참이었다. 그는 그곳에 집이 있
다고 했다.

She was about to explore another life with Frank. Frank was very kind,
manly, open-hearted. She was to go away with him by the night-boat to
be his wife and to live with him in Buenos Ayres where he had a home
waiting for her. (*D* 36)

이렇게 먼지로 가득 차 있고 아버지라는 권위의 상징인 존재는 무서움과 공
포만을 주는 상황에서 부에노스 아이레스로 떠난다는 것은 새로운 꿈이요
이상이다. 그래서 "먼지의 이미지는 부에노스 아이레스의 신선한 공기와 대
조를 이루어 '삶과 죽음'을 포함하는 이미지"(Tindall 22)로 작용하는 것이
다. 그럼에도 불구하고 그녀는 프랭크와 새로운 세상으로 가지 못하고 마지
막 순간에 다음과 같이 말한다.

아니! 아니! 아니! 불가능한 일이었다. 그녀는 발작적으로 쇠 난간을 움켜쥐며 바다 가운데서 고통에 찬 비명을 질렀다. "이블린 ! 이비!" 그는 난간 너머로 달려가며 그녀에게 따라오라고 소리쳤다. 사람들이 빨리 앞으로 나아가라고 고함을 질렀으나, 그는 여전히 그녀를 부르고 있었다. 그녀는 어쩔 수 없는 짐승처럼 아무런 반응도 없이 창백한 얼굴로 그를 바라보고 있었다. 그녀의 눈은 사랑이나 작별 또는 인식의 아무런 표시도 그에게 보여주지 않았다.

No! No! No! It was impossible. Her hands clutched the iron in frenzy. Amid the seas she sent a cry of anguish!
"Eveline! Evvy!"
He rushed beyond the barrier and called to her to follow. He was shouted at to go on but he still called to her. She set her white face to him, passive, like a helpless animal. Her eyes gave him no sign of love or farewell or recognition. (*D* 39)

이렇게 결정적인 순간에 떠나지 못하고 쇠 난간을 붙잡고 있는 그 자체가 "부동성으로 결국 프랑크와 배를 타고 떠날 수 없는 것이며 동시에 현재의 상황에서도 어머니 말을 따라야하는 처지"(McCormack 80)를 보여주며 "가정과 종교의 부름에 행복이라는 영웅적 희생을 할 수 밖에 없는 운명" (Peake 22)을 나타내준다. 이블린에게는 "남자와 결혼하여 비상하는 것이 인생과 사랑의 약속이었는데, 그 꿈은 사라지고 남는 것은 무능력의 동물적 경험을 알게 되었다는 것 뿐"(Tindall 21)인 에피퍼니가 된다.

「하숙집」에서는 도런Doran이라는 청년이 하숙집 주인여자인 무니 부인 Mrs. Mooney의 딸 폴리Polly와 결혼해서 행복하게 살고 싶은데 결국엔 두 여자에게서 버림받아 그 꿈을 실현시키지 못한다. 무니 부인은 푸주간의 딸이었다. 그녀는 혼자서 일을 척척 처리할 수 있는 여자이며 과단성이 있는 여자였고 사업 수단이 좋아 돈을 벌어 지금은 하숙집을 운영하고 있다. 폴리는 19살 되는 몸매가 날씬한 처녀여서 이 하숙집에 많은 남자들이 들락거리고 그녀는 활발한 성격이라서 남자들과 수다를 떨며 지낸다. 예리한 관찰력이 있는 무니 부인은 무엇인가를 알게 된다.

일들이 이렇게 진행될 때 무니 부인은 폴리를 다시 타이피스트로 내보낼까 하고 생각하던 차에, 폴리와 어떤 젊은이 사이에 무슨 일이 벌어지고 있음을 눈치 챘다. 그녀는 두 사람을 감시하면서 이 비밀을 혼자만 마음속에 간직하고 있었다.

Things went on so for a long time and Mrs. Mooney began to think of sending Polly back to typewriting when she noticed that something was going on between Polly and one of the young men. She watched the pair and kept her own counsel. (*D* 61)

무니 부인은 이 젊은이를 여러모로 테스트한다. 마침내 폴리와 도런 사이의 도덕적 문제를 식칼로 고기를 썰 듯이 다루기로 결심한다. 처녀의 정조를 빼앗은 것에 대한 혹독한 대가를 치러야했다. 그러므로 "무니 부인의 힘 있는 결정권, 하숙집을 운영하는 교활함과 단호함, 딸에 대한 정책, 도런에 대한 계산 등은 악의에 가까운 탐욕스런 에고이즘의 표시"(Peake 26)이다. 도런은 신부에게 고해성사할 때에 모든 것을 고백했다. 그에게는 이제 빠져나갈 길이 없다. 어쩔 수 없는 상황에서 도런은 마침내 무니 부인의 제안을 받아들이기 때문에 "무니 부인과 딸 폴리의 공모가 도런을 절망케 만든다"(Tindall 26)라고 볼 수 있다. 도런은 폴리와 결혼하기로 무니 부인에게 항복한다. 무니 부인은 딸을 부른다.

그녀의 희망과 비전이 너무나 복잡한 나머지 그녀가 응시하고 있던 하얀 베개도 더 이상 보이지 않게 되고, 자신이 무엇을 기다리고 있다는 것조차 기억나지 않았다. 마침내 어머니가 부르는 소리를 들었다. 그녀는 벌떡 자리에서 일어나 난간을 향해 달려갔다.

"폴리! 폴리!"

"네, 엄마?"

"애야, 이리 내려온. 도런 씨가 말씀할 게 있으시단다."

그제야 그녀는 자기가 지금까지 무엇을 기다리고 있었는지 생각해 냈다.

Her hopes and visions were so intricate that she no longer saw the white pillows on which her gaze was fixed or remembered that she was waiting for anything.

At last she heard her mother calling. She started to her feet and ran to the banisters.

"Polly! Polly!"

"Yes, mamma?"

"Come down, dear. Mr. Doran wants to speak to you."

Then she remembered what she had been waiting for. (*D* 66-67)

도런은 자신을 덫에 씌우는 그물을 의심 없이 받아들임으로 암담한 현실에 갇히게 된다. 그러나 여기서 조이스는 "성장하기에 실패한 이야기들을 통해 사랑과 우정의 정신적 가치로 갈 수 있는 발전의 계기를 깨닫는 순간" (Peake 28)을 맞이하는 에피퍼니가 됨을 보여준다. 폴리 또한 어머니의 억압과 감시 그리고 책략의 의도를 깨닫는 에피퍼니의 순간을 인식한다.

이렇게 4개의 이야기를 분석해 보았는데 그것은 더블린 사람들이 정신적 마비에 빠져있고 늘 누군가에 의해 감시당하며 스스로의 힘으로는 빠져 나갈 수 없는 비참한 곤궁 속에 있음을 알 수 있다. 그래서 조이스는 특별한 의식을 가지고 자신의 탈출구를 만들고 어리석고 미련한 더블린 사람들을 깨우칠 의무를 가진다. 그 길이 『젊은 예술가의 초상』에 제시되어 있다.

『젊은 예술가의 초상』을 통한 비상

　『젊은 예술가의 초상』은 일종의 성장소설인데 성장이란 사람이 일정한 시간이 지나면 육체적으로나 정신적으로 성장하는 과정을 그린 소설을 말한다. 성장소설은 주로 정신적 성숙을 다루는데 이것은 인간의 내면에 일어나는 변화를 말한다. 내면의 성장은 개인과 가족 또는 사회, 개인과 어떤 문화 속에서 내면화되는 가치라 할 수 있다. 『젊은 예술가의 초상』은 이런 의미에서 뜻 깊은 성장소설이며 여기서 조이스는 미학이론을 전개시켜 자신이 예술의 사제가 되는 내면을 스토리텔링한다. 이런 성장소설은 주인공이 1인칭으로 등장하는데 조이스의 분신인 스티븐은 어린 시절부터 성장하면서 겪는 여러 경험을 통해, 특히 그의 고집과 따돌림을 통해 오히려 더 집요하게 내면화를 형상화시키고 이 과정에서 에피퍼니라는 특이한 경험을 예술로 승화시킨다. 『더블린 사람들』에서 나타났던 수많은 주인공들의 불행, 마비상태 그리고 감금의 상태에서 벗어나려는 끈질긴 노력이 스티븐의 어린 마음에 가득 차 있다. 사제가 되도록 수업을 받아야 했던 클로고우즈 우드 학교 Clongowes wood College는 스티븐에게는 공포와 두려움의 장소였다. 조이스는 빈민가의 아이들이 다니는 예수회 학교 벨베디어 학교Belvedere College에 다니지만 학교생활은 그의 사춘기의 예민한 감정에 수치심을 불러일으키고 이로 인해 자신과 현실에 눈을 뜨게 된다. 이 무렵 그에게는 두 가지 사건이 발생한다. 하나는 어머니 메이 디더러스May Dedalus의 맹목적인 종교에 대한 집념이고 다른 하나는 아버지의 무절제와 방탕과 무책임한 술 마시는 습관이다. 어머니에 대해서는 "카톨릭을 거부했다는 죄의식과 그로인한 어머니의 죽음의 원인이 됐다는 것"(Goldberg 68)이 자신의 영혼 위에 그물로 남아 있다. 아버지에 대해서는 그 후에 완성되는 소설『율리시스』(*Ulysses*)에서 말하는 '육체의 아버지를 벗어나 정신의 아버지를 추구'하는 강력한 동기를 부여하고 의식 속에 깊이 뿌리내린다.

『율리시스』의 텔레마커스Telemachus 장면에서 이 정신의 아버지 문제가 언급되고 대수방정식처럼 아버지를 찾아보겠다는 이론이 구체화된다. 스티븐은 육체의 아버지에 대해 생리적인 거부의식을 갖고 정신의 아버지를 찾아야한다고 다짐한다. 스티븐은 "나도 역시 죄의 암흑에서 수태되어, 태어난 것이 아니라 만들어 졌다."(wombed in sin darkness, I was too, made not begotten)(*U* 32)라고 생각하면서 육체적 아버지는 오히려 자기를 죽이는 악이라고 다음과 같이 생각한다.

> 부친이란, 하고 스티븐이 절망에 항거하면서, 말했다. 한갓 필요악이란 말이오. 그는 그 극을 그의 부친이 돌아간 몇 개월 뒤에 썼소. 만일 여러분들이, 두 혼기에 달한 딸들을 가지고, 서른 다섯 살의 인생에, 50의 경험을 가진, '넬 멧쪼 델캄닌 디 노스트라 비타(인생 행로의 절반에 달한)', 백발의 남자인 그가, 비텐베르크에서 온 수염도 나지 않은 대학생이라고 주장 한다면, 그의 70 고령의 어머니는 호색한 여왕임을 또한 주장하지 않으면 안 되오. 천만에. 존 셰익스피어의 시체는 밤길을 걸어 다니지 않아요. 시시각각으로 그것은 부패하고 또 부패해 가고 있소. 그는 부권에서 해방되어, 그의 자식에게 저 신비적인 재산을 유증하고, 휴식하고 있는 거요.

> A father, Stephen said, battling against hopelessness is a necessary evil. He wrote the play in the months that followed his father's death If you hold that he, a greying man with two marriageable daughters, with thirtyfive years of life, *nel mezzo, del cammin di nostra vita*, with fifty

of experience, is the beardless undergraduate from Wittenberg then you must hold that his seventy years old mother is the lustful queen. No. The corpse of John Shakespeare does not walk the night. From hour to hour it rots and rots. he rests, disarmed of fatherhood, having devised that mystical estate upon his son. (*U* 170)

스티븐에게 가족을 조금도 돌보지 않고 술집으로만 돌아다니는 그런 아버지는 진정한 아버지가 될 수 없다는 것이다. 조이스의 아버지가 실제로 술을 좋아하고, 떠들어 대고, 완력만 쓰고 집을 파산시킨 점을 상기해 볼 때에 조이스의 분신인 스티븐의 의식 속에 육체의 아버지가 결코 진정한 아버지가 될 수 없음은 당연한 일이라 하겠다. 그래서 셰익스피어가 변증법으로 다루어 졌을 때 아버지는 아들이고, 아들은 아버지가 되는 것이다. 다음 말을 음미해 보자.

러틀란드베이컨사우샘프텐셰익스피어든 아니면 과오의 희극 속에 나오는 똑같은 이름을 가진 다른 시인이 햄릿을 썼다고 한다면 그는 자기 자신의 자식만의 부친이 아니고, 이제는 자신도 한 사람의 자식이 아니기 때문에, 그는 모든 종족의 부친, 그 자신의 조부의 부친, 그의 태어나지 않은 손자의 부친이요, 그리고 자신도 그렇게 느꼈던 거요, 그리고 그 증거로는, 그의 손자는 아직 태어나지 않았소, 왜냐하면 매기 씨가 이해하고 있듯이, 자연은 완성을 혐오하기 때문이오

When Rutlandbaconsouthamptonshakespeare or another poet of the same name in the comedy of errors wrote Hamlet he was not the father of his own son merely but, being no more a son, he was and felt himself the father of all this race, the father of his own grandfather, the father of his unborn grandson who, by the same token, never was born for nature, as Mr. Magee understands her, abhors perfection. (*U* 171)

이런 생각을 하면서 스티븐은 아버지 속의 아들을 상상해 본다. 잡지 속에 있는 광고 디자인을 베끼기 위해 도서관을 잠시 동안 방문한 후 블룸Bloom은 현관에 서 있는 스티븐과 멀리건Muligan 사이를 걸어간다.

이러한 부자문제를 전개시키는 데 중요한 모티브가 두 개 있는데 하나는 옴파로스omphalos 모티브이고 또 하나는 검은 표범 모티브이다. 옴파로스란 말은 텔레마커스장에서 마텔로탑을 세계의 옴파로스라고 하는 데서부터 시작되는데 어원적으로는 여자성기womb와 남자성기phallus의 합성어이다. 옴파로스는 출생의 상징이라고 볼 수 있는 것으로 키르케 삽화의 무대 지시에 있는 것처럼 블룸에 의해 수정된 태아가 스티븐이며 옴파로스 모티브의 중요한 역할 중의 하나는 어머니역을 미나 퓨어호이 부인Mrs. Mina Purefoy이 한다는 점이다. 육체의 아버지를 버리고 정신의 아버지를 찾으려는 끈질긴 스티븐의 추구과정은 결국 블룸을 만나서 정신적으로 다시 태어남으로 일종의 완성을 이루는 것인데 이 태어남을 생태적으로 고찰한 버젠Frank Budgen은 "스티븐은 태아로서 성장하고 확장될 영혼"(216)이라고 주장한다. 즉 블룸은 정자이고, 퓨어호이는 난자이고, 스티븐은 태아로써 다시 탄생된다는 것인데 틴달W. Y. Tindall도 "블룸에게 자양분을 얻은 스티븐은 재생으로 발전될 태아"(200)라고 의견을 제시한다. 아버지와 어머니의 존재가 '벗어나야 할 그물'이라는 의식은 점점 더 조이스를 고립의 상태에 빠지게 한다.

그러나 그러한 아버지로 대표되는 종교의 문제는 그에게 압박으로 다가오지만 이러한 자유로운 인간의 욕구를 통제하려는 카톨릭은 오히려 조이스로 하여금 '종교의 그물'을 벗어나는 계기가 된다. 그 중의 하나가 아말Armall 신부가 가르치는 라틴어 수업시간에 돌란Dollan 교감 신부가 수업에 들어와 스티븐에게 야단치는 상황에 나타난다. 영작문을 하지 않는 스티븐을 야단치자 스티븐은 안경을 깨뜨려서 그렇다고 하지만 돌란 신부는 수업을 받지 않으려고 고의로 안경을 깬 것이라고 하면서 회초리로 매질을 한다. 억울한 스티븐은 두려워하고 몹시 망설이고 고민하다가 이 사실을 교장에게 이야기한다. 이것은 고자질에 해당되지만 교장은 이를 이해하고 "그럼 내가 며칠 동안 공부를 면제시켜주겠다"(I excuse you from your lesssons for a few days)(*P* 58)고 약속 한다. 오랜 망설임과 주저 끝에 교장을 만나는 스티븐은 심사숙고형의 사람이며 끈질김이 있고 현실의 부당 앞에 당당히 서려는 의지를 보여 준다. 그 결과 "조이스는 자기 자신을 육체적으로나 정신적으로나 메마른 힘들로부터 분리시키고 존재론적으로 도약하는데 따르는 부수적 위험"(Blades 109)을 충분히 깨닫게 된다.

클론고우즈 학교생활은 "그 나이의 어린이에게 가족으로부터 갑자기 떨어진다는 것은 고통을 주지 않았다고 생각할 수가 없다"(Ellmann 27)라는 말처럼 여러모로 어려움을 주는데 특히 파넬Parnell 사건 때문에 어른들 사이에 격렬한 논쟁이 벌어지고 아버지의 성직자에 대한 비난과 재정적인 문제로 이 학교를 떠난다. 조이스는 "내향적으로 자기반영적인 음조"(Bolt 62)를 가지고 있는데 이때부터 종교의 문제가 인간을 행복하게 하는 것이 아니고 자신의 내면화에 장애물이 된다는 사실을 깨닫는다.

오, 얼마나 무시무시한 형벌입니까! 영원하고 끝없는 고통, 육체적으로 정신적으로 무한한 고문, 한 가닥 희망의 빛도 없이, 한 순간의 휴식도 없이, 무한히 격렬한 번뇌, 무한히 장렬하고 무한히 지속되며 무한히 변화무쌍한 고통, 영원토록 삼키며 영원토록 지니고 있는 고통, 육체를 고문하며 영혼을 영원토록 갉아먹는 번뇌, 그 한 순간 한 순간 자체가 영원인 영원성, 번뇌의 영원성입니다. 대죄 속에서 죽은 자를 위해 전지전능하시고 의로우신

하느님께서 선포하신 저 무시무시한 형벌이 바로 이러한 것입니다.

O, what a dreadful punishment! An eternity of endless agony, of endless bodily and spiritual torment, without one ray of hope, without one moment of cessation, of agony limitless in intensity, of torment infinitely varied, of torture that sustains eternally that which it eternally devours, of anguish that everlastingly preys upon the spirit while it racks the flesh, an eternity, every instant of which is itself an eternity of woe. Such is the terrible punishment decreed for those who die in mortal sin by an almighty and a just God. (133)

종교가 축복이 아니고 형벌로 다가오는 것에 대한 강력한 반발심이 생기고 조이스는 "기독교의 거짓된 종교를 거부하고 예술의 진실된 종교를 따르기로 한다. 그는 영원한 상상력의 사제가 되고자 한다"(Hodgart 61)처럼 새로운 길로 접어든다.

조이스가 클로고우즈 우드나 벨베디어 학교를 다니면서는 고립감을 느끼고 종교 특히 카톨릭의 권위에 대해 반감을 갖지만 대학에 들어가면서 부터는 사회전반과 특히 국가에 대한 인식의 폭이 넓어져 간다. 아일랜드라는 국가는 경제적으로 궁핍하고 정치적으로는 비리와 부패가 만연함을 깨닫게 된다. 조이스는 아일랜드의 민족주의 운동과 그릇된 애국심의 강요 등에 반감을 갖고 오히려 대륙문화에 대한 동경을 가진다. 편협한 민족주의와 애국주의를 강요하는 데이빈에게 국가가 '그물'임을 인식시키려 한다.

영혼은 태어나는 거야, 그는 모호하게 말했다, 내가 너에게 말했던 그 순간에 처음으로 말이야. 그것은 느리고 어두운 탄생이야, 육체의 탄생보다 한층 신비스러운 거야. 인간의 영혼이 이 나라에서 태어날 때 그것이 날아가

지 못하도록 묶어 두는 그물이 쳐있어. 넌 내게 국적이니, 언어니, 종교를
말하고 있어. 나는 그러한 그물을 뚫고 날아가도록 노력할 거야.

The soul is born, he said vaguely, first in those moments I told you of.
It has a slow and dark birth, more mysterious than the birth of the body.
When the soul of a man is born in this country there are nets flung at
it to hold it back from flight. You talk to me of nationality, language,
religion. I shall try to fly by those nets. (203)

데이빈이 열렬하게 민족주의자로 각종 정치적 활동에 참여하는 것을 보고
국수주의자로 보면서 데이빈을 길들여진 기러기라고 비난한다. 날개를 가지
고는 있지만 전통과 인습의 틀에 박혀 더 이상 높은 곳으로 비상하지 못하
는 아일랜드 민족정신 자체를 조롱하는 것이다. 국민들의 의식 수준이 너무
낮아 이러한 주위의 사람들과는 대화가 통하지 않고 이런 조국은 암담하다
고 생각하여 국가를 "자기 새끼를 잡아먹는 암퇘지"(Ireland is the old sow
that eats her farrow)(203)라고까지 말하는 것이다.

　　국가에 대한 반감, 종교에 대한 거부감은 결국 조이스를 예술가로 성장
케 하는 요인으로 작용한다. 카톨릭 학교에 다니면서 사제가 되려고 공부하
고 훈련을 받았으나 조이스는 예술의 사제가 되기로 결심한다. 그런데 조이
스가 예술가가 되기 위해서는 미학이론을 알아야 한다. 조이스는 스티븐을
통해 미학이론을 발전시켜나간다. 스티븐은 아퀴나스와 아리스토텔레스의
미학이론을 공부한다. 아퀴나스의 미학이론의 골자는 전일성, 조화 그리고
명료성이다. 아리스토텔레스의 비극론의 핵심은 연민과 공포이다. 그러나
스티븐은 이 두 사람의 이론에만 의존하지 않고 여기에 '자신만의 이론'을
펼쳐나간다.

　　그는 미와 선은 구분되어야 한다면서 예술가를 '창조의 하나님'과 똑같

이 생각한다. 예술작품 스스로가 의미를 발현하도록 하는 에피퍼니라는 개념에서 조이스 미학이론의 토대를 알 수 있다. 스티븐은 '미는 즐겁게 하는 것'이고 '욕망을 만족시키는 것은 선'이라고 주장한다. 미와 선은 구별되어야 한다는 것을 '바이론이 부도덕한 생활을 했기 때문에 훌륭한 시인이 못된다'라는 헤론Heron의 말에 반대 입장을 표명한다. 미와 선의 토론에서 "미란 인식하는 과정에서 욕망이 정화되는 것"(Eco 10)이라고 스티븐은 주장한다. 그리고 키츠John Keats가 「희랍 항아리의 노래」("Ode to an Grecian Urn")에서 주장한 '미는 진리요, 진리는 미다'라는 말을 그대로 수용한다. 세상을 아는 것은 시각, 청각, 미각, 후각, 촉각 등의 감각을 통해 의식을 확대해 나가는 것이라고 미학이론을 설명한다. 그래서 '예술은 관찰자에게 정적인 상태를 유발시켜야 한다'라든가 예술가가 표현하는 것은 '심미적 정적 상태'라고 설명한다. 또한 아리스토텔레스가 주장한 연민과 공포를 중요시 여기고 이것을 더욱 발전시켜 공포와 연민이라는 비극적 정서가 사람들의 마음속에 동적인 상태가 아닌 정적인 상태를 일으키고 유지시켜야한다고 주장한다.

스티븐은 이제 서서히 고립감과 더불어 행복과 자유스러움을 느낀다. 스티븐은 예술가로 성장하기위해 주변으로부터의 고립을 자초하지만 묘한 고립감은 행복을 가져오고 예술가로서의 미학을 발전시키는 자유에 만족해 한다. 전일성, 조화, 광휘라는 3가지 단계가 전체적으로 유기적인 관계를 가지고 빛을 발할 때, 즉 대상이 에피퍼니화될 때 미가 발현된다고 볼 수 있다. 에피퍼니의 절정은 바닷가에서 소녀를 보는 때이다.

그의 앞 흐름 한가운데에 한 소녀가, 혼자 조용히, 바다를 응시하며, 서 있었다. 그녀는 마술이 이상하고 아름다운 바닷새의 모습으로 바꾸어 놓은 사람을 닮은 듯했다. 그녀의 길고 가느다란 벌거벗은 양다리는 학의 그것처럼 섬세했고 에메랄드빛 한 줄기 해초가 살결 위에 도안을 그려 놓은 것을 제외하고는 온통 순결하게 보였다. 몹시 부풀고 상아처럼 부드러운 빛깔의, 그녀의 허벅다리가 거의 엉덩이까지 벌거벗은 채 드러나고, 하얀 깃장식을 두른 그녀의 속옷은 마치 부드럽고 하얀 솜털의 깃을 닮았다. 그녀의 청회빛 치마는 허리 주변까지 대담하게 걷어 올려 졌고 뒤쪽으로 비둘기의 꽁지 모습을 하고 있었다. 그녀의 앞가슴은 새의 그것처럼 부드럽고 가냘팠고, 검은 깃털의 비둘기의 앞가슴처럼, 가냘프고 부드러웠다. 그러나 그녀의 길고 아름다운 머리칼은 소녀다웠다. 그리고 그녀의 얼굴 또한 소녀다웠고, 경이적인 인간의 아름다움으로 감돌았다.

A girl stood before him in midstream: alone and still, gazing out to sea. She seemed like one whom magic had changed into the likeness of a strange and beautiful seabird. Her long slender bare legs were delicate as a crane's and pure save where an emerald trail of seaweed had fashioned itself as a sign upon the flesh. Her thighs, fuller and soft-hued as ivory, were bared almost to the hips where the white fringes of her drawers were like feathering of soft white down. Her slate-blue skirts were kilted boldly about her waist and dovetailed behind her. Her bosom was as a bird's, soft and slight, slight and soft as the breast of some dark-plumaged dove. But her long fair hair was girlish: and girlish, and touched with the wonder of mortal beauty, her face. (P 171)

그 소녀는 스티븐의 영혼을 온전히 사로잡는다. 새로운 예술의 세계가 새로운 생명의 길로 영광스럽게 나타나기 때문에 "그녀의 아름다움은 진리의 비춤처럼 그에게 영향을 미치고 비록 인생의 무질서와 고통이 있을 지라도 인생과 예술의 선택을 입증해준다"(Ellmann 55)고 볼 수 있다. 여기에는 또 많은 새가 등장하는데 이 "새들은 일어서거나 넘어지는 움직임을 나타낸 것으로 학, 오리, 비둘기 등이고 감각적 중요성의 언어들은 건드림, 눈, 응시 등"(O'Connor 119)으로 이런 소녀와 새와 동작들은 예술가의 이미지나 사명과 연관을 가진다. 스티븐은 다음과 같이 이 순간을 표현한다.

> 그녀의 영상은 영원히 그의 영혼 속으로 빠져 들어갔고 어떠한 말도 그의 황홀경의 성스러운 침묵을 깨지는 못했다. 그녀의 눈이 그를 불렀고 그의 영혼이 그 부름에 뛰었다. 살도록, 과오를 범하도록, 타락하도록, 승리하도록, 인생에서 인생을 다시 창조하도록! 한 야성적인 천사가 그에게 나타났던 것이니, 인간의 젊음과 아름다움을 지닌 천사, 생명의 아름다운 궁전으로부터 온 한 특사가, 한순간에 갖가지 과오와 영광의 문을 활짝 열기 위해, 그의 앞에 나타났던 것이다.

> Her image had passed into his soul for ever and no word had broken the holy silence of his ecstasy. Her eyes had called him and his soul had leaped at the call. To live, to err, to fall, to triumph, to recreate life out of life! A wild angel had appeared to him, the angel of mortal youth and beauty, an envoy from the fair courts of life, to throw open before him in an instant of ecstasy the gates of all the ways of error and glory. (*P* 172)

예술의 사제가 되려는 스티븐에게 이제 세상은 온통 꽃처럼 피어나고 밝은 빛으로 다가온다는 환상으로 꽉 찬 감각을 가져다준다. 바닷가의 소녀를 통해 과거를 구체화하고 미래를 다시 가져온다. 소녀는 스티븐의 미래의 생애에 무의식적 영향을 주어 "현재, 과거, 미래를 하나의 시간으로 캡슐 속에 넣는"(Blades 159) 역할을 한다. 그런 상황을 스티븐은 다음과 같이 말한다.

그의 영혼은 어떤 새로운 세계, 환상적이고, 어두컴컴하며, 바다 밑처럼 불확실한, 구름 같은 형태와 존재들이 횡행하는 세계 속으로 이울어져 가고 있었다. 하나의 세계인가, 한 가닥 빛인가 아니면 한 송이 꽃인가? 번쩍이며 그리고 떨면서, 그리고 펼쳐지며, 한 가닥 깨지는 빛, 한 송이 피어나는 꽃처럼, 그것은 끊임없이 연달아 펼쳐진다. 온통 진홍으로 피었다가, 펼쳐지면서 그리고 한 잎 한 잎 가장 창백한 장밋빛으로 시들어 가며, 빛의 물결에서 빛의 물결로, 온 하늘을 부드러운 홍조로 물들이며, 홍조가 더욱더 짙어만 갔다.

His soul was swooning into some new world, fantastic, dim, uncertain as under sea, traversed by cloudy shapes and beings. A world, a glimmer or a flower? Glimmering and trembling, trembling and unfolding, a breaking light, an opening flower, it spread in endless succession to itself, breaking in full crimson and unfolding and fading to palest rose, leaf by leaf and wave of light by wave of light, flooding all the heavens with its soft flushes, every flush deeper than the other. (*P* 173)

마침내 스티븐은 예술의 사제가 되어 인생의 확실한 목표를 갖게 되고 새처럼 높이 날아오르려 하기 때문에 "비상의 황홀은 키워드이다"(Kenner 48)라고 볼 수 있다. 이제 스티븐은 처절하고 형편없는 자기 자신을 그물에서 벗어나게 하고 암담한 조국을 새롭게 변화시킬 방법임을 인식하고 이렇게 천명한다.

환영 하도다, 오 인생이여! 나는 경험의 실현에 백만 번이고 부딪치기 위해 떠나며 나의 영혼의 대장간 속에서 민족의 아직 창조되지 않은 양심을 벼리기 위해 떠나가노라.

Welcome, O life! I go to encounter for the millionth time the reality of experience and to forge in the smithy of my soul the uncreated conscience of my race. (*P* 253)

외롭고 고집불통이었고 현실에서 환멸과 암담함에 둘러 싸였던 조이스는 이제 그를 묶어 놓았던 '가족, 언어, 국가, 종교'의 그물을 벗어나 예술의 사제로 상상력을 통해 비상하여 암담한 조국을 살리려는 자신의 사명을 깨닫고 미래를 향해 비상의 날개를 펼치고 하늘을 향해 높이 날아오른다.

■ 인용문헌

Beja, Morris. ed. *James Joyce: Dubliners and A Portrait of the Artist as a Young Man*. Macmillan, 1982.

Benstock, Bernard. ed. *The Seventh of Joyce*. Bloomington: Indiana UP, 1982.

Blades, John. *James Joyce: A Portrait of the Artist as a Young Man*. Penguin Books, 1991.

Bolt, Sydney. *A Preface to James Joyce*. London: Longman, 1981.

Brown, John Mason. ed. *The Portable Charles Lamb*. Penguin Books, 1980.

Budgen, Frank. *James Joyce and the Making of Ulysses*. Bloomington & London: Indiana UP, 1960.

Chace, William. M. ed. Joyce: *A Collection of Critical Essays*. N.J.: Prentice-Hall, 1974.

Eco, Umberto. *History of Beauty*. Trans. Alastair McEwen. New York: Rizzoli, 2005.

Ellmann, Richard. *James Joyce*. Oxford: Oxford UP, 1982.

Ghislin, Brewster. "The Unity of *Dubliners*." *James Joyce: Dubliners and A Portrait of the Artist as a Young Man*. Ed. Morris Beja. Macmillan, 1982. 100-23.

Goldberg. S. L. "Homer and the Nightmare of History." *Joyce: A Collection of Critical Essays*. Ed. William M. Chace. N.J.: Prentice-Hall, 1974. 66-83.

Hodgart, Matthew. *James Joyce: A Student's Guide*. London: Routledge & Kegan Paul, 1978.

Johnsen, William. A. "Joyce's 'Dubliners' and the Futility of Modernism." *James Joyce and Modern Literature*. Ed. W. J. McCormack and Alistair Stead. London: Routledge & Kegan Paul, 1982. 5-21.

Joyce, James. *Dubliners*. London: Penguin Books, 1968.

_____. *A Portrait of the Artist As a Young Man*. London: Penguin Books, 1969.

_____. *Ulysses*. London: Penguin Books, 1986.

Kenner, Hugh. "The Portrait in Perspective." *James Joyce: Dubliners and A Portrait of the Artist as a Young Man*. Ed. Morris Beja. Macmillan, 1982.

    123-50.

Maugham, W. Somerset. *The Moon and Sixpence*. London: Penguin Books, 1969.

McCormack, W. J. and Alistair Stead. *James Joyce and Modern Literature*. London: Routledge & Kegan Paul, 1982.

O'Connor, Frank. "Joyce and Dissociated Metaphor." *James Joyce: Dubliners and A Portrait of the Artist as a Young Man*. Ed. Morris Beja. Macmillan, 1982. 117-23.

Peake, C. H. *James Joyce: The Citizen and the Artist*. Stanford: Stanford UP, 1977.

Tindall, William York. *A Reader's Guide to James Joyce*. New York: The Noonday Press, 1959.

램과
페이소스

서론

페이소스pathos는 연민의 정 또는 비애감悲哀感이란 뜻이다. 슬픈 것이기는 하지만 그렇다고 절망적인 슬픔이 아니요 어느 정도 연민을 느끼게 하는 슬픈 감정이다. 수필을 문학 장르로 정착시키고 높은 품격의 글을 써서 사람들의 마음을 사로잡은 수필가는 찰스 램Charles Lamb, 1775-1834이다. 그는 특별한 생각을 가지고 불행한 사건을 오히려 페이소스를 느끼게 하는 격조 높은 문학으로 형상화하였다.

수필이란 문학 장르는 불란서의 몽테뉴Michel de Montaigne, 1533-1592에서부터 시작된 것으로 알려져 있다. 그가 1580년에 출간한 『에세』(Essais)라는 책의 제목에서 사용한 'essais'라는 언어는 라틴어에서 불어로 넘어온 것으로 '시도한다, 시험한다, 조사한다' 등의 뜻을 가진 동사였는데 몽테뉴는 명사로 사용했다. 몽테뉴는 원래 변호사 일을 했었는데 아버지가 세상을 떠나자 공직 생활을 접고 시골에 내려와 지내면서 독서와 사색에 잠긴다. 그러다가 자신의 신변과 주변에서 일어나는 일상사를 관찰하고 명상하면서 자아의 발견을 위해 책을 쓴다.

몽테뉴는 글을 쓰는 목적을 인간을 서술하기 위한 수단으로 보는데 특히 자신을 솔직하고 정직하게 서술하기 위한 것이라고 주장한다. 그는 인간성의 다양성과 변덕을 가장 기본적인 인간의 특징으로 간주하는데 이는 인간성의 연약함에 대한 르네상스 시작부터의 관습이었다. 그는 특히 회의주의자였는데 그 이유는 우리의 생각이 수시로 변하기 때문에 우리의 이성을 믿을 수 없다고 본 결과이다. 그러므로 인간은 동물보다 우월하다고 생각할 만큼 충분한 이유를 갖지 못한다고 주장하기도 한다. 몽테뉴는 불란서와 서구의 현대 사상에 많은 영향을 끼쳤다.

불란서의 몽테뉴가 선구적인 수필가라면 영국에서는 베이컨Francis

Bacon이 그 역할을 했다고 볼 수 있다. 베이컨은 계몽적이고 격언적인 수필을 기지와 명확성으로 간결하게 표현했다. 베이컨은 분별력이 있는 수필가로 그의 문체는 간결하고 그 내용은 격언적인 것이 많고 깊이가 있다. 그의 수필 중 「학문에 대하여」("of Studies")를 보면 문체는 간결하며 격언과 같은 교훈이 있는 명문장임을 알 수 있다.

찰스 램은 1775년에 태어나 1834년에 죽었으니까 60년을 살다간 사람이다. 그에게는 존John이라는 형이 있었으나 그와는 별 관계가 없고 메어리 램Marry Lamb, 1764-1847이라는 누나와의 생활이 그의 인생과 수필문학에 지대한 영향을 끼친다. 찰스 램의 생애에 있어 커다란 두 개의 사건이 있었는데 하나는 시몬즈Anne Simmons와의 연애 사건이고 다른 하나는 누나 메어리 램의 정신발작에 의한 어머니 살해사건이다. 이 모친 살해 사건은 "찰스 램의 문학적인 분신alter ego이 되어 문학적 승화"(Gerould 55)로 작용을 한다. 하여튼 이 두 가지 사건은 결국 찰스 램을 독신주의자가 되게 하고 페이소스를 가져오는 수필문학가로 자리매김하게 되는 결정적 원인이 된다. 그래서 그의 수필들은 "좌절, 후회, 고독을 자기 나름의 방식으로 표현"(Brown 17)한 독특한 특징을 가진다.

찰스 램이 정신적 감옥에서 수필문학을 탄생시켰다면 와일드Oscar Wild는 동성애자임을 커밍아웃coming out하는 사건 때문에 실제 감옥에 2년간이나 갇히게 되어 새로운 내용의 산문집인 『옥중기』(De Profundis)를 집필한다. 와일드는 옥중 생활을 하면서 느낀 바를 솔직하게 피력한다. 그는 인간 생활의 가식과 형식을 탈피하고 허울뿐인 현대사회에 경종을 울렸는데 인간의 운명을 이렇게 기술한다.

나의 비극에 얽힌 모든 것은 보기만 해도 무섭고, 비천하고, 반발적이고, 품위를 잃고 있었다. 우리의 복장에서조차 우리를 이다지도 괴이한 모습으로 보이게 한다. 우리는 슬픔의 광대역인 것이다. 슬픔으로 괴로워하는 광대인 것이다. 우리는 특별히 유머의 감각에 어필하도록 만들어져 있다.

Everything about my tragedy has been hideous, mean, repellent, lacking in style. Our very dress makes us grotesques. We are the zanies of sorrow. We are clowns whose hearts are broken. We are specially designed to appeal to the sense of humour. (Foreman 937)

찰스 램이 페이소스로 인간의 운명을 기술하여 우리의 마음을 어느 정도 진무해준다면 와일드는 적나라하게 인간의 비참을 고발하고 비판하여 각성을 하도록 한다. 「꿈속의 어린이」("Dream Children") 혹은 「회상」("Reverie")이라는 수필은 찰스 램이 첫사랑을 바쳤던 시몬즈에 대한 한없는 연민과 페이소스의 표현이다. 찰스 램이 첫사랑의 순수한 애정을 바쳤던 시몬즈는 후에 버트람Bertram이라는 돈 많은 남자와 결혼한다. 한국판 「이수일과 심순애」 같은 내용의 연애사건이었다. 이수일은 심순애의 변절에 대해 '김중배의 다이아몬드가 그리도 좋더냐? 순수한 애정을 돈에 팔아넘기다니!' 하면서 원망하고 통곡하지만 찰스 램의 애끓는 마음은 정서의 순화작용을 거쳐 문학으로 승화되었다.

메어리가 어머니를 살해한 끔찍한 사건은 찰스 램이 21살일 때 일어난 것이다. 그 후 38년간을 이 후유증에 시달린 찰스 램은 코울리지S. T. Coleridge에게 보낸 편지에서 "나는 그 공포의 날로부터 시간을 셈한다"(Brown 3)라고 할 정도이다. 그러나 이 끔찍한 사건은 오히려 시간의 "즐거운 죄인"(Brown 3)이 되었고 찰스 램의 생을 지탱한 뚜렷한 구심점이 되었다. 그래서 "운이 없는 사람들이 있다. 이들은 상황의 불의함에 의해서 또는 성격상의 어떤 완강함 때문에 오히려 다른 사람들의 고통에 버팀목이 되는 운명에 처하게 된다"(Brown 3)고 한 것처럼 이 사건은 오히려 찰스 램을 운명과 맞서 싸우게 하고 이를 극복하는 동기 부여가 된다.

찰스 램에게 '상처만 남긴 좌절된 사랑'과 누나의 '모친 살해 사건'은 평생의 트라우마가 된다. 그래서 찰스 램은 이 트라우마를 벗어나기 위해 책을 읽고 글을 쓰는 일에 전념하고 불쌍한 누이 메어리를 책임지기 위해서 평생을 독신으로 살 결심을 하여 이 남매는 "부드러우나 비극적인 그들을 하나로 묶는 진한 관계"(Brown 5)를 유지하게 되고 수필에서는 엘리아Elia 와 브리젯Briget으로 형상화된다.

동인도회사를 다니며 보잘 것 없는 월급으로 근근이 생계를 유지하지만 문학에 대한 열정은 결코 식지 않아서 그는 코울리지S. T. Coleridge나 워드워스William Wordsworth 등과 친교하면서 문학써클을 만들고 작품 활동을 한다. 이 모임은 한 달에 한 번 모이는 것인데 퀸시De Quiency나 해즐릿William Hazlitt도 참여하여 자못 근사한 모임이 된다. 그런데 이 모임에 나오는 켈리Fanny Kelly라는 여배우에게 찰스 램은 청혼 장을 보낸다. 첫사랑의 상처를 겪은 후 25년 후인 그의 나이 42세에 일어난 사건이다. 켈리의 그 때 나이는 27살로 되어 있다. 이것은 어디까지나 찰스 램의 일방적 사랑이었기에 이루어질 수 없는 것이었다. 후에 청혼 장을 켈리에게 주었다가 거절당하고 사랑하는 것이 '기쁨pleasure이며 동시에 고통pain'이라고 고백한 것을 보면 사랑이 얼마나 괴로운 것인가를 보여주며 찰스 램은 이렇게 두 번의 좌절된 사랑을 경험하게 된다. 이 여인에 대한 사랑은 「바바라 S」로 문학적 형상이 이루어진다. 이 수필이 얼마나 애절한지 「바바라 S」를 영문학의 눈물방울이라고까지 한다. 그러면 찰스 램의 수필 가운데 「꿈속의 어린이」, 「옛날 도자기」, 「굴뚝 청소부를 칭찬함」이라는 세 편을 분석하여 그의 스토리텔링을 들어보자.

「꿈속의 어린이」 - 하나의 환상

청년은 꿈에 살고 노인은 추억에 산다는 말이 있다. 지나간 어떤 일에 대해 서운해 하고 분개하며 저주를 하는 사람이 있는가 하면 그것을 승화시켜 자기 발전의 계기로 삼거나 예술가들처럼 형상화하며 작품으로 남기는 사람도 있다. 청춘에게 끼치는 가장 큰 영향은 아무래도 사랑일 듯싶다. 단테는 9살의 베아트리아체를 보고 열정적 사랑에 빠진다. 그러나 그 사랑은 이루어지지 않고 더군다나 그녀가 24살에 요절함으로 단테의 가슴속에 베아트리아체는 영원한 연인, 성모와 같은 여인으로 남는다. 그 순수하고 영원한 사랑은 문학 속에 형상화되어 『신곡』(*The Divine Comedy*)이라는 불후의 명작이 탄생된다.

「모나리자의 미소」라는 레오나르도 다빈치의 명작은 다빈치가 연모하고 사랑한 조콘다를 캠퍼스에 영원한 여인으로 각인시킨 작품이다. 다빈치와 조콘다 사이에 어떠한 사랑이 오고 갔는지는 잘 알려져 있지 않지만 단테의 베아트리아체처럼 조콘다는 다빈치의 가슴에 영원한 연인, 신비의 여인, 성모와 같은 여인으로 남아있어 「모나리자의 미소」라는 불후의 명작이 되었다.

헤밍웨이는 이탈리아 전쟁의 종군기자로 활동하다가 총상을 입어 밀라노 병원에 입원한다. 여기서 간호원 애그니스 폰 쿠로우스키의 친절함과 미모에 빠져 사랑의 열병을 앓는다. 그래서 '나는 그녀의 불행을 생각할 때 무서운 생각이 들었지만 폭음으로 그녀에 대한 기억을 불살라 버리려고 노력했다'라고 괴로워했다. 애그니스는 헤밍웨이의 명작 중 하나인 『무기여 잘 있거라』의 캐터린 바아클리로 형상화된다.

셰익스피어도 이름을 밝힐 수 없는 한 여인에 대한 사랑을 열병이라고 그의 『소넷시집』 제147번에서 이렇게 표현한다.

나의 사랑은 열병과 같아서
항상 그 병이 오래 지속되기를 동경하며
입맛을 잃은 미각을 즐겁게 하기 위하여
그 병을 더 길게 끌고 가는 것을 먹는다

My love is as a fever, longing still
For that which longer nurseth the disease,
Feeding on that which doth preserve the ill,
The uncertain sickly appetite to please.

이런 의미에서 찰스 램의 사랑도 영원한 문학의 향기로 형상화 되는데 비록 그것이 '상처만 남긴 좌절된 사랑'이지만 「꿈속의 어린이」 속에 페이소스를 충분히 느끼게 기술되어 있다. 찰스 램은 외할머니 메어리 필드Marry Field에 대한 수많은 기억을 가지고 있었는데 필드는 허트보드사이어Hertfordshire의 블레이크스웨어Blakesware라 불리는 대저택의 관리를 맡고 있었다. 이 대저택은 플러머 가문Plummer Family이 소유한 것으로 플러머 부인은 종종 이 저택을 비운다. 그럴 때면 외할머니 필드는 찰스 램을 그 저택에 초대하여 그 많은 방과 가구들, 그림들을 보게 하고 그 넓이가 얼마나 큰지 가늠하기조차 힘든 정원과 꽃들 그리고 정원 연못의 각종 물고기들이 뛰노는 것을 관찰하게 하였다. 그러한 이런 시절의 추억들이 「꿈속의 어린이」라는 수필 속에 고스란히 간직되어 있다.

자주 드나들던 이 플러머의 대저택에서 어느 날 찰스 램은 생애의 대 전환이 되게 하는 한 여인 시몬즈를 17살에 만나게 된다. 2년간의 끈질긴 구애를 했지만 시몬즈는 그 후 돈 많은 남자인 바트람과 결혼한다. 그래서 찰스 램은 시몬즈와의 사랑을 '상처만 남긴 좌절된 사랑'이라고 표현했다. 찰스 램은 이 사랑을 결코 잊을 수 없어 벽난로 앞에 앉아 잠시 꿈을 꾼다.

그 꿈속에서 수십 년 전에 헤어진 시몬즈와 만나 결혼하여 딸 앨리스Alice와 아들 존John을 낳아 무릎 위에 그 애들을 올려놓고 자신에게는 외할머니이며 이들에게는 외증조 할머니에 얽힌 추억들을 들려준다. 대저택 플러머의 규모에 애들은 놀라 입이 딱 벌어지고 정원에서 따온 과일을 먹기도 하고 연못 속의 고기들이 뛰노는 것에 정신이 빠진다. 이 대저택은 플러머의 것이지만 실제 살고 있는 주인은 외증조 할머니라면서 자신의 할머니 자랑을 이렇게 한다.

여기서 엘리스는 그런 일을 꾸짖기에는 너무도 마음이 고우셨던 어머니의 표정을 지어보이는 것이었습니다. 그 다음, 나는 말을 이어 증조 할머니, 필드라는 분이 얼마나 믿음이 깊었으며, 또 얼마나 남들에게 사랑을 받았고, 존경을 받았는가를 이야기해 주었습니다. 그렇지만 이 증조 할머니는 사실은 이 큰 집의 주인이 아니고, 다만 집 주인에게서 부탁받아 이 집을 관리하고 있는 데 지나지 않았습니다(그러나 어떤 점으로는 증조 할머니는 그 집의 주인아주머니라고 해도 좋을 것입니다). 왜냐하면 그 집 주인은 이웃 고을의 어딘가에 사놓은 새 현대식 저택에 살기를 좋아하여, 이 집을 증조 할머니에게 맡겨버렸기 때문입니다.

Here Alice put out one of her dear mother's looks too tender to be called upbraiding. Then I went on to say, how religious and how good their great-grandmother Field was, how beloved and respected by everybody, though she was not indeed the mistress of this great house, but had only the charge of it (and yet in some respects she might be said to be the mistress of it too) committed to her by the owner, who preferred living in a newer and more fashionable mansion which he had purchased somewhere in the adjoining county. (Brown 361-62)

찰스 램은 자녀들에게 그들의 외증조 할머니는 이 대저택을 잘 관리하셨을 뿐만 아니라 신앙심이 얼마나 깊었으며 멋진 여인이었는가를 자세히 말한다. 그렇기 때문에 "꿈속의 어린이는 토론이 아닌 설득"(Gerould 409)의 수필이라고 평가된다. 찰스 램은 이 어린이들의 외증조 할머니가 여러 면에서 멋쟁이였음을 조목조목 예를 들어 설명한다.

> 그리고 필드 할머니가 옛날에는 키가 크고, 신체가 곧고, 태도가 우아하셨고, 젊었을 때는 일등 가는 댄스의 명수였다고 하자, 엘리스는 작은 오른발이 무의식중에 스텝을 맞추기 시작하였으나, 나의 근엄한 표정을 보자, 발을 멈추고 말았습니다. 고을에서 제일 춤을 잘 추는 분이라고 하였는데, 암이라고 하는 무서운 병에 걸려, 그 고통으로 허리가 굽어 버리고 말았습니다. 그러나 그 병이 그녀의 좋은 정신력을 굽히지 못했으며 엎드리게 하지도 못했습니다. 그 정신력은 아직도 꿋꿋했는데 그 이유는 그녀가 그토록 선량하고 신앙이 좋았기 때문이었습니다.

> Then I told what a tall, upright, graceful person their great-grandmother Field once was; and how in her youth she was esteemed the best dancer —here Alice's little right foot played an involuntary movement, till, upon my looking grave, it desisted—the best dancer, I was saying, in the county, till a cruel disease, called a cancer, came, and bowed her down with pain; but it could never bend her good spirits, or make them stoop, but they were still upright, because she was so good and religious. (362)

이 저택은 너무 커서 유령이 나타날 정도이지만 외할머니는 그런 것에 개의치 않았고 시간이 나기만 하면 손자를 불러 집안과 정원과 연못을 보게 하였음을 다음과 같이 자세히 설명한다.

그 다음에 나는 할머니가 휴가 때면 손자들을 그 큰 집에다 불러서 잘 대접해 주셨다는 이야기를 했습니다. 특히 나는 혼자서 몇 시간이고 로마의 황제였던 열 두 사람의 시이저의 오래된 흉상을 물끄러미 쳐다보노라면, 마침내 그 오래된 대리석 흉상의 머리들이 다시 살아나는 것 같기도 하고, 또 나 자신이 그 흉상들과 함께 대리석의 상으로 변해버리거나 할 것 같이 생각되던 일, 또 빈 큰 방이 몇 개씩 있고, 다 헤져버린 커튼, 바람에 펄럭거리는 벽걸이 포장, 금박이 거의 벗겨져버린 조각된 참나무 액자들이 걸려 있는 큰 저택을 이리저리 방황하며 지칠 줄 몰랐습니다.

Then I told how good she was to all her grandchildren, having us to the great house in the holydays, where I in particular used to spend many hours by myself, in gazing upon the old busts of the twelve Caesars, that had been Emperors of Rome, till the old marble heads would seem to live again, or I to be turned into marble with them; how I never could be tired with roaming about that huge mansion, with its vast empty rooms, with their wornout hangings, fluttering tapestry, and carved oaken panels, with the gilding almost rubbed out. (Brown 363)

그러나 세월을 버틸 수 있는 것은 이 세상에 아무 것도 없는 법, 그 외할머니도 돌아가시고 그 대저택도 허물어지고 또한 찰스 램의 큰 형인 존도 돌아가셨음을 이야기한다. 그때 쯤 어린이들이 찰스 램에게 돌아가신 어머니 얘기를 해달라고 졸라댄다. 찰스 램은 「꿈속의 어린이」의 마지막을 다음과 같이 회상한다.

그래서 나는 7년이라는 세월을 두고 때로는 희망을 걸고, 때로는 절망 속에 빠지며, 그러나 끈덕지게 아름다운 엘리스 W─;이라는 여인에게 사랑을 구한 이야기를 하였습니다. 그리고 아이들도 이해할 수 있을 정도로, 처녀의 수줍음이나 까다로움, 그리고 거절하는 것이 무엇을 의미하는 것인지를 설명하여 주었습니다. 그때, 엘리스 쪽으로 얼굴을 돌렸더니, 어머니 엘리스의 영혼이 마치 딸 엘리스의 두 눈에 재현된 듯 역력히 드러나서, 모녀 중 어느 쪽이 내 앞에 서있는지, 그 광택이 있는 모발이 누구의 것인지, 분간치 못하게 되었습니다. 그리고 내가 물끄러미 바라보며 서 있으려니, 두 아이들은 어렴풋이 내 시아에서 뒷걸음질 쳐 가다 마침내 슬픈 두 얼굴만이 아득히 먼 곳에 보일 뿐이었습니다.

"우리들은 엘리스의 아이들도 아니고, 당신의 애들도 아닙니다. 또 아이들도 아닙니다. 엘리스의 아이들은 바트람을 아버지라고 부른답니다. 우리는 아무것도 아닙니다. 아무것도 아닐 정도가 아닙니다. 그저 꿈입니다. 혹 그럴 수도 있었을까 하는 존재입니다. 우리가 이 세상에서 태어나서 이름을 갖기까지는 몇 백만 년이라는 세월을 지루한 라이스(망각의 강)의 기슭에서 기다려야 합니다."

Then I told how for seven long years, in hope sometimes, sometimes in despair, yet persisting ever, I courted the fair Alice W—; and, as much as children could understand, I explained to them what coyness, and difficulty, and denial, meant in maidens—when suddenly turning to Alice, the soul of the first Alice looked out at her eyes with such a reality of representment, that I became in doubt which of them stood there before me, or whose that bright hair was; and while I stood gazing, both the children gradually grew fainter to my view, receding, and still receding, till nothing at last but two mournful features were seen in the uttermost distance, which, without speech, strangely impressed upon me the effects of speech: "We are not of Alice, nor of thee, nor are we children at all. The children of Alice call Bartrum father. We are nothing; less than nothing, and dreams. We are only what might have been, and must wait upon the tedious shores of Lethe millions of ages before we have existence, and a name" (Brown 365-66)

찰스 램은 '상처만 남긴 좌절된 사랑'을 추억 속에 떠올려 자녀를 낳고 그들과 대화하는 아름다운 상상으로 이야기하기 때문에 "글의 방향은 일관성 있게 내적이고 회상적"(Scoggins 190)이라고 볼 수 있다. 그리고 꿈속에 빠져 있는 동안 있었던 모든 것들은 환영이고 환상임을 상기시키며, 이런 것들이 실현되려면 '백만 년'이라는 망각의 강을 건너야 함을 말한다. 사랑은 인간의 힘으로는 어쩔 수 없는 운명적 사건이지만 긴 세월의 흐름이라는 여과장치를 통해 문학적 상상력으로 그 사랑을 성취할 수 있다는 예술의 영원성을 페이소스로 묘사한 것이다.

그의 소박하고 진솔한 감정은 친구이며 스승과 같았던 코울리지의 죽음 소식을 듣고 "나는 내가 슬퍼할 수 없다는 사실이 슬프다"(I grieved then that I could not grieve)(Brown 383)라고 했는데 그 이유는 이 세상에 사는 마지막 생애 동안에도 코울리지는 영원을 갈구하고 있었기 때문이라고 했다. 찰스 램은 또 "그의 위대하고 고귀한 정신이 늘 나를 따라다녔다"(His great and dean spirit haunts me)(Brown 383)라고 하면서 그를 생각하는 것 없이는 어떤 책이나 사람에 대한 평가를 할 수 없다고 말하고 "나의 모든 명상의 증거이고 기준이 그 분이었다"(He was the proof and touch stone of all my cogitations)(Brown 363)라고 아낌없는 찬사를 보냈다. 두 가지 커다란 사건이 평생의 트라우마로 작용했지만 찰스 램은 자신의 마음을 잘 다스리고 코울리지 같은 스승의 정신적 도움으로 페이소스에 근거한 문학을 탄생시켰다. 그는 자신의 감정과 생각을 진술하고도 감동적으로 형상화 시키는 스토리텔링을 하였다.

「옛날 도자기」

　「옛날 도자기」에서 찰스 램은 옛날 가난했던 시절의 소박하고 애틋한 정情을 서술한다. 「옛날 도자기」에는 찰스 램이 "가난 속에도 즐거움이 있지 않았을까?"(Brown 297)와 "우리들이 같이 자랄 때, 고생이 많았다는 것은 크게 감사할 일이라고 생각해요"(Brown 297)라고 말함으로써 지난날의 가난과 고생을 옛날 도자기를 쳐다보며 마음속에 추억의 그림으로 새겨 넣으려 한다. 이 이야기는 실은 누나인 메어리 램을 사촌 누님 브리젯Cousin Bridget으로 이름을 바꾸어 놓았을 뿐 사실은 자신과 누나에 대한 것이다. 그래서 레이먼D. H. Reimen은 "이 수필의 주된 문체는 가난했던 좋은 옛 시절의 흘러감에 대한 애가와 엘리아의 감각적이지 않고 머리가 굳어진 답변"(476)이라고 분석한다.

　엘리아와 브리젯은 함께 젊음과 그 겸손했던 모험의 손실을 아쉬워한다. 그러나 브리젯이 문제를 외면하고 재산의 증식으로 인한 과거의 즐거움의 손실을 비난하는 반면에 엘리아는 좀 더 사실적으로 자신과 브리젯의 내면에 어려움이 있음을 인식한다. 이들은 "순수성과 무지 그리고 단순한 마음"(Scoggins 204)을 가지고 서로를 위로하고 격려하며 지낸다. 그렇기 때문에 "비극과 인생의 무거운 짐에도 불구하고 램은 어린이의 모습으로 소박한 행운의 시간"(Scoggins 204)을 가질 수 있었던 것이다.

　옛날 도자기는 옛날이나 지금이나 미래에도 그 모습은 그대로 있는데 사람들의 행복, 느낌, 정서, 생각은 변한다는 점이다. 예술은 영원한데 인생은 그렇지 못한 것에 대한 안타까움의 애가인 것이 이 수필이 말하려는 것이다. 그래서 레이먼은 "시간은 브리젯이 잃어버린 행복에 대한 애가와 그 결과 인간의 능력이 허물어져감의 상징이 되는 것이 그림과 연극을 지배 한다"(476)고 설명한다.

이렇게 옛날 도자기에 대한 사상은 아무리 그것이 과거의 어떤 특별한 순간과 연관되어 있더라도 이런 애착은 변하지 않으며 그래서 시간의 제한을 받지 않는 영원성을 가진다. 옛날 도자기의 영원성과 동시에 찰스 램은 거리에 그려진 그림에 대해서도 독특한 생각을 가진다. 시간과 마찬가지로 거리도 그 대상물 자체에 의미가 있는 것이 아니고 우리가 그 대상에 대해서 어떤 생각을 가지느냐가 중요하다고 본다. 그래서 소나 토끼 같은 것도 "상징적으로 이데아의 세계 안에서 단순히 공존 한다"(Reimen 477)라고 평가한다. 예이츠의 '라피즈 라줄리'나 엘리엇의 '정점'still point처럼, 그리고 키츠의 '그리스 항아리'처럼 찰스 램은 "옛날 도자기를 통해서 변화무쌍한 세계에서의 불변을 추구하고 인간이 창조하고 또 그것을 명상하는 인간적 상상력"(Reimen 477)의 자극을 염원한다.

찰스 램은 "결코 사라지지 않는 기쁨이 되는 예술인 자신의 수필의 내적인 세계로 되돌아간다"(Reimen 476)고 볼 수 있다. 램은 인간적인 회의론자로서 자신의 상징세계를 창조하며 이것을 통해 진실로 상징적인 방법으로 보편타당한 인간의 문제를 탐구하였다.

나는 도자기에 그려진 옛 친구들을 만나기를 좋아합니다―아무리 멀리 떨어져도 그들의 모습은 줄어들지 않으며―공중에 떠 있는 듯도 하고, 그렇게 우리들 눈에는 보이는 것입니다. 하지만 역시 대지에 서 있습니다.

I like to see my old friends―whom distance cannot diminish―figuring up in the air (so they appear to our optics), yet on terra firma. (Brown 291)

이 대목에서 램은 지리적 거리를 배제하고 심리적 거리를 중시한다. 그림에서 중요시 여기는 '원근법을 무시하고 공간의 한계도 없이'라고 한 것처럼 주관적 마음의 작용을 중요시한다. 그런 마음만 있다면 지리적 거리는 아무 의미 없으니 그것이 곧 상징적 방법에 의한 인간 이해와 인식의 고귀성이며 이것은 영원한 예술성으로 승화되는 것임을 강조한다.

찰스 램은 도자기 속의 그림을 보고 원근법에 의한 감상의 틀에 갇혀 있지 말고 무한한 상상력으로 이 고정된 그림들을 춤을 추는 추상화로 환원 시키기를 제안한다. 그래서 시간과 공간을 초월하는 영원한 세계 즉 예술의 세계를 제시하는데 이는 "어른의 산문으로 어린 시절의 괴롭히는 꿈을 대치 시키는 것으로 램의 자가 치유는 그를 벼랑에서 지켜주었다"(Monsman 56) 라고 풀이된다. 저녁에 사촌 누님 브리젯과 한가로이 회춘차熙春茶를 마시며 감상에 젖어 드는데 이것은 램의 수필 세계를 이해하는 주요한 단서라서 "인간의 감정이 그 순간의 사상보다 더 영원하다"(Scoggins 206)라고 설명 된다. 감정과 이성중에서 냉철함이 인생에서 중요하지만 우리는 이성보다는 감정에 의존해야 할 때가 있다. 딱딱한 이성은 머릿속에서는 수긍되지만 우 리는 종종 부드러운 감정에 이끌리는 경우를 보게 된다. 그것은 건강을 위해 커피를 끊어야 한다고 이성으로는 결심하지만 감정에 이끌리어 고혹적인 향 기의 커피 유혹에 빠지는 것과 같다. 찰스 램은 '인간이 어리석다'라는 것과 '가난 속에서도 즐거움이 있지 않았을까?'라는 두 가지 기본적 생각 속에서 모든 것을 보고 생각하고 글을 쓴다.

지금은 생활의 여유가 좀 있어 저녁에 벽난로 가에 둘러 앉아 차를 마 시기도 하고 연극도 구경하고 간소한 외식을 즐기기도 하지만 이것들은 옛 날 가난한 시절의 즐거움과 비교하면 참다운 인생의 진미가 없는 껍데기 같 은 삶이라는 것이다. 그래서 삶은 「옛날 도자기」라는 수필 여러 곳에서 가 난할 때의 즐거움을 회상하는 것으로 그려진다. 가난하여 여러 방법으로 용 돈을 모아 고서古書를 샀을 때의 하룻밤을 찰스 램은 다음과 같이 회상한다.

낡은 까마귀 빛 그 양복을 입고 의기양양하게 활보하고 다녔던, 그때의 소박한 영예의 반이라도 지니고 있는지?—자네는 포리오판 고서에다 아낌없이 써 버린 목돈 15실링—아니 16실링이었든가—그 당시 우리에게는 큰돈이었었지—그런 목돈을 써 버린 대가로 응당 그만 입어야 할 옷을 4, 5주간은 더 입고 다녔어. 이제 좋아하는 책이라면 무엇이든 살 수 있는데, 자네가 훌륭한 고서를 집에 들여오는 것을 지금은 한 번도 볼 수가 없으니 말이야.

with which you flaunted it about in that over-worn suit—your old corbeau—for four or five weeks longer than you should have done, to pacify your conscience for the mighty sum of fifteen—or sixteen shillings was it?—a great affair we thought it then—which you had lavished on the old folio. Now you can afford to buy any book that pleases you, (Brown 293-94)

가난의 즐거움을 음식점에 가는 것에서도 과거와 비교한다. 지금은 큰 부담 없이 좋은 음식점에서 식사를 하기도 하지만 옛날에는 조그마한 음식을 가지고 시골로 나들이를 갔던 것들이 '우리는 서로 즐거운 얼굴로 가난한 음식을 맛있게 먹었던 일을 기억하겠어?'라고 자문할 정도로 소중했음을 일깨워 준다. 값싼 좌석에서 연극 구경하려던 시절에 대해서도 회상한다. 지금은 좋은 연극 구경을 위해 잘 보이는 좌석에 앉아 있어도 잘 보이지 않고, 들리지 않는다고 불평하지만 이는 모두 생활의 편리, 물질의 부유함 때문에 예술에 대한 애틋함, 인생에 대한 순수함이나 진지함이 없어진 것이라고 보고 이를 후회하는 것이다. 상당한 정도로 찰스 램은 "이런 보통의 일에 대해 감정의 가치를 부인하는 것이 아니라 친숙하고 다룰 수 있는 범위 안에서 기쁨과 슬픔"(Monsman 61)을 가져오는 아이러니컬한 산문으로 재구성하는 것이다. 이러한 인간의 생활과 마음의 변화를 가난과 고생 및 편안함의 측면에서 이렇게 생각한다.

하긴 극장 안에 들어가서 불편한 계단을 사람들 사이를 비집고 올라가기란 여간한 일이 아니었어—그러나 역시 특별석의 통로와 별로 다를 것이 없이 아주 잘 여성에 대한 예절이 지켜졌거든—그리고 이 조그만 어려움을 극복하였다는 것이 좌석의 편안함을 높이고, 그 뒤에 오는 연극에 즐거움을 더해 주었던 것이지! 지금은 그저 돈을 내고 안에 걸어 들어가기만 하면 되는 거지. 대중석에서는 잘 보이질 않는다고 자네는 지금은 말하지만, 그 당시에는 분명 잘 보이기도 하고 들리기도 했었지—그러나 시력도 그 밖의 모든 것도 가난과 함께 달아나 버렸나 보다.

It is the very little more that we allow ourselves beyond what the actual poor can get at, that makes what I call a treat—when two people living together, as we have done, now and then indulge themselves in a cheap luxury, which both like; while each apologizes, and is willing to take both halves of the blame to his single share. I see no harm in people making much of themselves in that sense of the word. It may give them a hint how to make much of others. But now—what I mean by the word —we never do make much of ourselves. None but the poor can do it. I do not mean the veriest poor of all, but persons as we were, just above poverty. (Brown 296)

찰스 램에게 가난은 큰 문제가 되지 않았다. 넉넉한 돈이 있었더라면 이 오누이의 관계는 그렇게 애절하지도 않았고 돈독한 정도 없었을 것이다. 그래서 가난이 오히려 행복을 가져다주었다고 다음과 같이 말한다.

브리젯은 대개의 경우 과묵하였으므로 일단 말문이 열리면, 그녀의 말을 가로막지 않도록 주의를 하게 됩니다. 그러나 기껏해야 일 년에 몇 백 프랑 밖에 안 되는 빈자에 대한 환상에는 고소를 금할 길이 없습니다. 사실이지, 가난했을 때가 지금보다 행복했지요. 그러나 누님, 그때 우리는 젊지 않았어요. 여유가 생겼어도 참아야지요. 여분을 바다에 던져버린들 우리 처지가 별로 나아질 것도 없을 테니 말이요. 우리들이 같이 자랄 때, 고생이 많았다는 것은 크게 감사할 일이라고 생각해요. 지금 누님이 불평하고 있는 그 넉넉한 살림이 처음부터 우리에게 있었다면, 우리 사이는 지금처럼 되지는 않았지요. 저항력이라고나 할까—경우에 따라서는 억제하기 어려운 젊은 영혼의 자연적인 부풀음은 이미 오래 전에 삭아 없어졌을 것입니다.

Bridget is so sparing of her speech on most occasions, that when she gets into a rhetorical vein, I am careful how I interrupt it. I could not help, however, smiling at the phantom of wealth which her dear imagination had conjured up out of a clear income of poor—hundred pounds a year. "It is true we were happier when we were poorer, but we were also younger, my cousin. I am afraid we must put up with the excess, for if we were to shake the superflux into the sea, we should not much mend ourselves. That we had much to struggle with, as we grew up together, we have reason to be most thankful. It strengthened, and knit our compact closer. We could never have been what we have been to each other, if we had always had the sufficiency which you now complain of. The resisting power—those natural dilations of the youthful spirit, which circumstances cannot straiten—with us are long since passed away. (Brown 297)

이렇게 추억의 아름다움을 생각하며 누나와 함께 먼 길을 걷고 싸구려 연극을 구경했던 때를 머나먼 꿈의 세계로 간직하고 싶어 하는데 이는 "거리를 두고 도시를 보기 때문에 '과거의 필름'을 통해 도시를 본다"(Nord 177)라는 말처럼 초연한 태도로 과거를 재구성하는 찰스 램의 글쓰기 방법이다.

누님과 내가 다시 한 번 하루에 30마일 길을 걸을 수 있다면, 배니스터와 브랜드 부인이 다시 한 번 젊어지고, 누님과 나도 젊어져서, 그들의 연기를 볼 수 있다면─즐거웠던 옛날의 1실링짜리 대중석의 그날이 돌아오기만 한다면─이제는 한낮 꿈에 지나지 않아요.

Yet could those days return─could you and I once more walk our thirty miles a-day─could Bannister and Mrs. Bland again be young, and you and I be young to see them─could the good old one shilling gallery days return─they are dreams. (Brown 297)

찰스 램은 인생의 말년에 과거를 회상하며 즐거웠던 추억을 떠올린다. 다시 젊어져서 가난하지만 누나 메어리와 손잡고 가까운 시골로 나들이도 하고 비록 싸구려지만 연극 구경을 하고 싶어 한다. 그는 소박한 마음을 가지고 어려운 처지의 사람들에게 무한한 동정심을 가지고 글을 썼으며 자신과 가장 가깝고 우애가 돈독했던 누나와의 애틋한 마음을 부드럽고 섬세한 필치로 스토리텔링했던 진솔하고 구수한 우리의 친구였다.

「굴뚝 청소부를 칭찬함」

영국에 있는 3-4층짜리 크고도 넓은 대저택은 겨울을 따뜻하게 지내기 위해서 해마다 굴뚝을 청소해야만 한다. 그런데 그 굴뚝 안을 청소하려면 몸집이 작은 아이여야 했다. 아궁이에서 굴뚝 끝까지의 거리는 길고 그 안은 캄캄하고 비좁다. 어린 아이 한명이 간신히 통로를 따라가며 빗자루 하나로 청소를 한다. 이런 힘들고 고된 일을 하는 어린 굴뚝 청소부에 대해 찰스 램은 무한한 동정과 애처로움을 표시하기도 하므로 "「굴뚝 청소부를 칭찬함」에서는 사회적 불평등과 비인간성에 대한 잔인한 서술과 동시에 옛날의, 사회적으로 좀 더 단순한 온정이 깃든 영국에 대한 한탄"(Nord 177)을 보여 준다. 이러한 찰스 램의 어린 굴뚝 청소부에 대한 마음은 온정주의에 가깝기 때문에 이들을 성직자라고까지 생각하게 된다.

> 나는 이 나라 태생의 아프리카인 같은 흑인소년들을 존중합니다. 뽐내는 기색도 없이 검은 법의를 입고, 12월의 몸을 에이는 듯한 아침 대기 속에 조그만 설교단(굴뚝의 정상)에서 인류에게 인내의 교훈을 설교하는 성직자 같은 꼬마들.

> I reverence these young Africans of our own growth—these almost clergy imps, who sport their cloth without assumption; and from their little pulpits (the tops of chimneys), in the nipping air of a December morning, preach a lesson of patience to mankind. (Brown 343)

성직자가 신도들을 위해 때로는 죽음을 맞이하듯이 어린 굴뚝 청소부들도 굴뚝 청소를 하다가 질식하거나 기나긴 굴뚝 어느 모퉁이에서 종종 죽을 수 있기 때문이다. 그러니 이런 어린 굴뚝 청소부에게 약간의 동정심을 가지는 것은 너무나 당연하다.

> 독자 여러분, 이른 아침 산책길에서 이들 꼬마 신사 하나를 만나거든, 한 페니 베풀어 주시는 것이 좋겠습니다. 두 페니라면 더욱 좋겠지요, 만일 얼어붙은 듯한 추운 날씨에 본래 힘겨운 고된 일에다가 설상가상으로 발꿈치에 동상까지 걸려 있다면(흔히 있는 일입니다) 당신의 인정에 대한 청구는 틀림없이 6펜스로 올라갈 것입니다.

Reader, if thou meetest one of these small gentry in thy early rambles, it is good to give him a penny. It is better to give him two-pence. If it be starving weather, and to the proper troubles of his hard occupation, a pair of kibed heels (no unusual accompaniment) be superadded, the demand on thy humanity will surely rise to a tester. (Brown 344)

어린 굴뚝 청소부가 아주 좋아하는 차인 사사프라스를 소개한다. 분필 가루를 많이 마시거나 황사 때문에 미세먼지가 많이 있을 때 목과 폐에 좋다 하며 돼지비개 고기를 즐겨먹는다고 하는데 이 어린 굴뚝 청소부들은 사사프라스라는 차를 좋아하는데 여기에 대해 찰스 램은 다음처럼 서술한다.

신체기관이 어떤 특수 조직이길래 그런지는 모르지만, 이 혼합음료가 소년 굴뚝 청소부의 구미를 놀라우리만큼 만족시키고 있다는 것을 알고 있습니다. 혹은 유질의 분자(사사프라스는 다소 기름기가 있다)가 병아리 직공 위턱에서 가끔 발견되는(해부하여 보면) 응결된 그을음 덩이를 삭여주는 것일까, 그것은 어떻든 이 어린 굴뚝 청소부의 감각에게는 어떤 맛이나 냄새도 이에 비교할만한 미묘한 자극을 주지를 못하는 것 같습니다. 돈이 한 푼도 없으므로 하다못해 한 가지 감각이라도 만족을 주기 위해, 집에서 기르는 짐승-고양이-이 새로 돋아나는 쥐오줌풀 순을 바라보며, 그르륵 그르륵 목을 울리는 것과 같은 즐거움으로 소년들은 무럭무럭 피어오르는 김 위에 새끼만 머리를 기우뚱 하고 있는 것이겠지요.

I know not by what particular conformation of the organ it happens, but I have always found that this composition is surprisingly gratifying to the palate of a young chimney-sweeper—whether the oily particles (sassafras is slightly oleaginous) do attenuate and soften the fulliginous concretions, which are sometimes found (in dissections) to adhere to the roof of the mouth in these unfledged practitioners; or whether Nature, sensible that she had mingled too much of bitter wood in the lot of these raw victims, caused to grow out of the earth her sassafras for a sweet lenitive—But so it is, that no possible taste of odious to the senses of a young chimney-sweeper can convey a delicate excitement comparable to this mixture. Being penniless, they will yet hang their black heads over the ascending steam, to gratify one sense if possible, seemingly no less pleased than those domestic animals—cats—when they purr over a new-found sprig of valerians. (Brown 344-45)

어린 굴뚝 청소부들에게 동정심을 갖고 도와주는 것이 인간의 기본적인 감정이며 또한 이것이 실질적인 생활의 이익에 도움이 된다고 말한다. 굴뚝이 청소가 안 되어 거기에 쌓인 그을음으로 인해 불이 나면 수십 대의 소방차가 달리면서 내는 소음으로 시민들은 마음의 평화를 잃을 것이며 동시에 금전적인 피해도 막대할 것이라고 설명한다.

그리고 살기가 그렇게 녹록치도 않고 별다른 구경거리도 없는 시대에 (연극이 그 시대의 유일한 구경거리지만 돈이 들기 때문에 쉬운 것이 아니었음을 감안하고) 어린 굴뚝 청소부의 천진난만한 웃음을 자아내게 하는 행동을 익살스럽게 표현한다. 찰스 램 자신은 노상에서 받는 창피나 다른 사람들의 비웃음이나 조롱거리가 되는 것을 아주 싫어하지만 한번은 겨울 빙판길에서 아차 하는 순간에 벌렁 나자빠졌는데 그런 자신을 보고 우스워 죽겠다는 듯이 주위 사람들에게까지 자신의 우스꽝스런 모습을 선전하고 있는 어린 굴뚝 청소부를 보고 다음과 같이 표현했다.

그의 즐거움 속에는 최대의 기쁨과 최소의 악의가 어려 있는 것입니다. —왜냐하면 진짜 굴뚝 청소부의 웃음에는 원래 추호도 악의가 없는 것이므로 —만일 신사 체면으로 견딜 수만 있는 것이라면, 밤중까지도 쾌히 그의 웃음거리가 되고, 조롱의 대상이 되어 줄 수가 있으리라고 생각했던 것입니다.

in his mirth—for the grin of a genuine sweep hath absolutely no malice in it—that I could have been content, if the honour of a gentleman might endure it, to have remained his butt and his mockery till midnight. (Brown 347)

그리고는 이 어린 굴뚝 청소부는 가난하고 무식한 천덕꾸러기가 아니고 귀족 집의 도련님이라고 판단한다. 이 어린 굴뚝 청소부가 지금은 신분이 전락하여 아주 힘들고 어려운 일을 하지만 그 눈에 뛰는 여정과 점잖은 태도를 볼 때 이것은 운명이 바뀐 것의 증좌라고 다음과 같이 구체적으로 예를 들어 설명한다.

2-3년 전 아런델 성안 한 침대에서—공작이 사용하는 천개 밑에—(하워드 가의 그 저택은 구경꾼들의 호기심을 끌었는데, 그것도 주로 그 침대 때문이었고, 죽은 공작은 특히 침대의 감식가이었다.)—별 모양의 왕관을 아로새겨 짠 정교한 장막이 드리워져 있는—비너스가 아스캐니어스를 잠재웠던 무릎보다 더 희고 폭신한 두 장의 시트에 싸여—행방불명이 되어 온갖 방법으로 수색했으나 찾지 못했던 굴뚝 청소부가 한낮에 깊이 잠들어 있는 것을 우연히 발견한 일이 있었습니다. 이 꼬마는 거창한 집의 굴뚝 속에 들어갔다가, 꾸불꾸불한 미로에서 길을 잃고, 어디라 짐작할 수 없는 구멍으로 나와 이 어마어마한 방에 내려온 것입니다. 지루하기 짝이 없는 탐색에 지쳐 있던 차에, 그 자리에 손을 벌여 맞아 주는 휴식에의 즐거운 초대를 물리칠 수 없어, 슬그머니 시트 속에 기어들어 검정을 칠한 머리를 베개에 누이고, 하워드 가의 도련님처럼 잠들어 버린 것입니다.

In one of the state-beds at Arundel Castle, a few years since —under a
ducal canopy —(that seat of the Howards is an object of curiosity to
visitors, chiefly for its beds, in which the late duke was especially a
connoisseur)—encircled with curtains of delicate crimson, with starry
coronets inwoven —folded between a pair of sheets whiter and softer
than the lap where Venus lulled Ascanius —was discovered by chance,
after all methods of search had failed, at noonday, fast asleep, a lost
chimney-sweeper. The little creature, having somehow confounded his
passage among the intricacies of those lordly chimneys, by some
unknown aperture had alighted upon this magnificent chamber; and tired
with his tedious explorations, was unable to resist the delicious
invitement to repose, which he there saw exhibited; so creeping between
the sheets very quietly, laid his black head upon the pillow, and slept
like a young Howard. (Brown 348)

이렇게 깊은 잠에 빠져 있는 하워드 가의 도련님을 생각하여 위대한 자연의
힘은 발동되어 의심할 나위 없이 귀족 집의 깨끗하고 넓은 침대에서 '자신
의 정당한 요람이자, 휴식처가 되는 곳에 기어들어간 것이다'라고 판단하는
것이다. 그런데 이런 생각을 가진 제임스 화이트라는 사람은 어떻게 해서든
부당하게 뒤바뀌어진 가련한 어린이의 운명을 다소나마 정정해주고자 고심
한 끝에 매년 굴뚝 청소부 축제대회를 마련해서 이 날은 실컷 먹고 떠들고
춤추는 기회를 준다는 것이다. 그래서 "화이트의 역할은 이익을 주는 광대
의 역과 같다. 램은 희생자를 고상하게 해주고 아런델 성의 공작의 침대에서
잠에 떨어진 어린 굴뚝 청소부를 자연적인 귀족의 본능으로 본 것"(Brier
237)이라 할 수 있으며 축제대회는 다음과 같이 활기 넘치고 재미있는 행사
인 것이다.

그러면 회중은 하늘이 찢어질 듯한 환호성을 올리고, 동시에 드러낸 수백의 이빨들의 광채는 밤의 어둠을 깜짝 놀라게 하는 것이었습니다. 기름기 도는 고기를 그보다 더 기름이 흐르는 듯한 주인의 말을 곁들여서, 입맛을 다셔가며 먹는 시꺼먼 조무라기들을 바라보던 일,… 그러한 것들을 바라보는 것은 얼마나 즐거운 일이었던가. 그 다음에는 축배를 들었습니다. —임금님을 위하여—검은 법의를 위하여—이 축배의 뜻을 알았건 몰랐건, 좌우간에 재미있어 하고, 즐거워하였습니다. —그리고 기분이 절정에 오르게 되면 으레 '브러쉬가 월계관보다 우월하기를!'을 빼놓지 않는 것입니다.

whereat the universal host would set up a shout that tore the concave, while hundreds of grinning teeth startled the night with their brightness. O it was a pleasure to see the sable youngkers lick in the unctuous meat, with his more unctuous sayings —how he would fit the tit-bits to the puny mouths,… Then we had our toasts —"the King" —the "Cloth" — which, whether they understood or not, was equally diverting and flattering; —and for a crowning sentiment, which never failed, "May the Brush supersede the Laurel!" (Brown 351)

이런 어린 굴뚝 청소부를 보면서 램도 인간의 평등사상을 "황금의 소년 소녀들도/굴뚝 청소부와 같이 흙으로 돌아오라"(Golden lads and lasses must,/ As chimney-sweepers, come to dust)(Brown 351)라고 끝을 맺는다. 어린 굴뚝 청소부에 대한 램의 예찬은 인간의 근본적인 연민정신과 운명에 대한 훈련이며 인간은 누구나 흙으로 돌아가는 존재라는 것을 일깨워 준다. 찰스 램은 무한한 인간애를 가지고 주위의 사소한 일까지도 페이소스를 가지고 서술했으며 구수하며 독특한 해학적 스토리텔링을 함으로써 독자의 가슴에 깊은 감동을 준다.

■ 인용문헌

Brier, Peter A. "The Ambulant Mode: Pantomime and Meaning in the Prose of Charles Lamb." *Huntington Library Quarterly* 40.3 (1977): 227-46.

Brown, John Mason. ed. *The Portable Charles Lamb*. Penguin Books, 1980.

Canby, Henry Seidel. "Congreve as a Romantist." *PMLA* 31.1 (1916): 1-23.

Foreman, J. B. *The Complete Works of Oscar Wilde*. New York: Harper & Row, 1989.

Gerould, Katharine Fullerton. "An Essay on Essay." *The North American Review* 240.3 (1935): 9-18.

Monsman, Gerald. "Charles Lamb's Elia and the Fallen Angel." *Studies in Romanticism* 3.1 (1999): 51-62.

Nord, Deborah Epstein. "The City as Theater: From Georgian to Early Victorian London." *Victorian Studies* 31.2 (1988): 159-88.

Reiman, Donald H. "Thematic Unity in Lamb's Familiar Essays." *The Journal of English and Germanic Philology* 64.3 (1965): 470-78.

Scoggins, James. "Image & Eden in the Essay & Elia." *The Journal of English and Germanic Philology* 71.2 (1972): 198-210.

http://en.wikipedia.org/wiki/Essays_(Montaigne

http://en.wikipedia.org/wiki/Essays_

http://www.egs.edu/library/charles-lamb/biography/

폭정의
원인과 결과

서론

　우리 인생은 유전과 환경에 의해 영향을 받는다. 유전적으로 좋은 인품을 타고 나는 경우도 있고 좋지 않은 유전적 기질을 가지고 태어날 수도 있다. 좋은 유전적 유산도 어떤 환경적 요인에 따라 나쁜 것으로 변화될 수 있다. 유전적으로 좋지 않은 것을 타고나서 평생 악한 행동을 하는 경우도 있고, 유전적으로는 좋게 태어났지만 어떤 환경적 요인 때문에 악하게 변할 수 있는 것이 인생이다. 태생적으로 잘못 태어나 잔혹한 악을 행하는 대표적 예는 영국의 리처드 3세 왕이며, 선천적으로는 잘 태어났으나 후천적 이유 때문에 악한 행위를 행한 왕은 연산군이다. 셰익스피어는 『리처드 3세』를 통해 왕위 찬탈의 부당성과 잔혹성의 결과를 문학적으로 형상화하였다.

　보링부르크Henry Bolingbroke가 리처드 2세의 통치력 부족을 이유로 왕위를 찬탈하여 헨리 4세로 등극하지만 보링부르크의 손자인 헨리 6세가 글로스터 공작Duke of Glouster에게 살해되고 왕권을 잃음으로 보복을 받게 되었다는 것이 셰익스피어의 역사극에 대한 신의적神意的; providential 해석이다. 두 왕 사이에 차이점이 있다면 보링부르크의 찬탈은 어느 정도 수긍이 가는 점이 있지만 글로스터의 찬탈은 공의보다는 순전히 개인적 복수심의 발로라는 점이다. 개인의 복수심 때문에 살인을 자행하여 글로스터 공작에서 리처드 3세라는 왕이 된 그는 "악한 행위가 악마의 특징이며 여러 차례 리처드는 악마"(Hammond 102)로 불릴 정도이다. 왕이라는 최고의 통치자가 비뚤어진 개인적 성격을 가지고 폭군으로 전락할 때 그 잔혹성과 피해가 얼마나 큰 것인지를 『리처드 3세』는 잘 보여준다. 그런데 이런 상황과 흡사한 것이 이조시대의 연산군이다. 연산군은 왕이 되기 전까지는 "나이는 어리나 영특한 동궁"(박종화 166)이라 여겨졌던 인물이다. 그러나 그가 왕이 된 후 왕권을 유지하기 위해 무오사화와 갑자사화라는 정치적 회오리바람을 일으키고 사약을 마시고 억울하게 죽었다는 어머니 폐비 윤 씨의 비단적삼에 토한 피의 흔적을 보고 극도의 적개심에서 광기어린 살인행위를 저질러 폭군으로 전락한다. 리처드 3세는 왕이 되기 위해 잔인한 살인을 저질렀고 연산군은 왕이 된 후 왕권을 유지하기 위해 참혹한 살인과 패륜을 저지르는 차이가 있다. 그런데 이들의 악행은 그들이 모두 일국의 왕이라는 데 심각성이 있다. 왕은 절대 권력을 가지기 때문에 그 피해의 영향력이 아주 크기 때문이다.

리처드가 태어날 때부터 "불구(deformity)에 병적으로 압도되어" (Charney 127) 복수심에 사로잡히는 폭군이었다면 연산군은 "과도한 집착에 따른 자기제어의 부족"(김범 147)으로 참혹한 살인을 저지르는 광기어린 폭군이라 할 수 있다. 리처드 3세는 불구로 태어난 것에 분노하고 부모의 애정을 받지 못해 복수심에 사로잡혔으나 철저한 계산과 자기관리 및 마키아벨리적 수법을 사용하고 "교묘한 언어구사"(Rackin 272)로 왕이 되기 때문에 "탄생에 대한 복수와 그 보상이 왕관을 추구하게 만들었다"(Watson 16)고 본다면 연산군은 왕이 되기 전까지는 머리도 좋고 원만한 사람으로 문제가 없었으나 왕이 된 후 왕권을 유지하는 과정에서 정치세력을 확보하려다 두 번의 사화를 일으키고 폐비 윤 씨에 대한 개인적 복수심이 극에 달해 광기어린 폭군이 되었음으로 환경에 의한 변화된 사람임을 알 수 있다. 이런 의미에서 리처드의 복수심은 유전적 요인인 선천적 증오심에서 비롯된 것이라면 연산군의 복수심은 환경의 변화에 따른 통치력에 대한 왜곡된 생각과 폐비에 대한 개인감정에 의한 후천적 증오심에서 온 것이라 정의내릴 수 있다.

리처드나 연산군은 왕이 되기 위해 또는 왕이 된 후에 보여주는 복수심에 의한 살인 등 여러 가지 행위가 악의 전형적 모습을 보이는데 이 과정에서 여자들의 역할 또한 매우 중요하다. 리처드가 헨리 6세 왕의 왕비 마가렛Margaret의 분노와 저주 때문에 더욱 복수심에 사로잡힌다면 연산군에서는 예종의 비인 대왕대비 한 씨와 성종의 후궁인 정귀인과 엄소용 등의 시기·질투 및 음모 등이 연산군의 분노를 치솟게 하고 이것이 복수와 살인 및 패륜의 극치에 이르게 한다.

『리처드 3세』에서 영국 귀족들 간의 불화와 반목이 정치적 싸움과 부패를 가져온 것처럼 연산군 시대도 훈구파와 사림파라는 정치적 세력 간의 싸움이 연산군을 극악한 폭군으로 이끄는 주요 원인이 된다. 부모의 축복을 받지 못하고 저주의 대상으로 태어난 리처드는 선천적으로 비뚤어진 성격을 갖고 이런 심리적 열등감에서 비롯된 증오심이 발전하여 음모와 복수에 전념하는 악의 화신이 된다. 반면에 연산군은 정통성이 있고 치세를 하기에 큰 문제가 없을 것으로 보였지만 왕이 된 후 통치술의 결여와 친어머니의 폐위에 대한 심리적 불안감이 잠재해 있다가 결정적 증거에 의해 증오심과 분노가 폭발하여 악으로 치닫는 결과를 낳았다.

이런 의미에서 여기서는 리처드와 연산군을 비교하여 폭정의 원인과 과정 및 그 결과를 검토하고자 한다. 여기서 비교하려는 것은 두 왕의 복수심의 원인, 복수심에서 비롯되는 살인행위와 폭정의 과정, 주변 인물들의 역할과 두 왕의 차이점과 공통점 등이다.

리처드와 연산군의 폭정 원인

리처드는 키가 작고, 절름발이였고 꼽추였으며 왼쪽 어깨가 오른쪽보다 높으며 얼굴은 못 생겼기 때문에 자신은 "화려한 사교계를 미남자로 군림하여 주름잡지 못할 바에야"(Since I cannot prove a lover/To entertain these fair well-spoken days)(1.1.28-29)[2]라는 생각을 갖고 세상의 쾌락을 증오하고 예언과 중상모략과 태몽 같은 것으로 에드워드Edward 왕과 클라렌스Clarence 등을 원수로 만드는 "간악하고 술책에 능한 반역자"(Subtle, fake, and treacherous)(1.1.37)가 되겠다며 "이런 음모는 영혼 깊숙이 들어가라"(Dive, thoughts, down to my soul)(1.1.41)고 개막 장면부터 천명한다. 그런데 이렇게 복수심과 증오심에 불타는 리처드는 어머니나 주위 사람들로부터 태어날 때부터 저주의 대상이었다. 리처드의 어머니인 요크 공작부인은 리처드가 어른이 된 후에도 "너 두꺼비 놈아"(Thou toad, thou toad)(4.4.145)라고 했으며 마가렛 왕비도 "악마의 낙인찍힌 병신, 땅을 파는 멧돼지"(Thou elvish-mark'd, abortive, rooting hog)(1.3.228)라고 저주했으며 나중에 리처드의 부인이 된 앤Anne조차도 "인간의 눈으로 어찌 악마를 볼 수 있겠느냐, 썩 없어지지 못할까, 이 무서운 악귀의 앞잡이야!"(And mortal eyes cannot endure the devil/Avaunt, thou dreadful minister of hell!)(1.2.45-46)라고 극언할 정도이다. 누구에게도 사랑을 받지 못하고 오랜 세월동안 욕을 얻어먹고 무시당하고 저주의 대상이 된 리처드는 성격이 비뚤어져 증오심에 불타고 복수에 전념하는 것은 당연한 과정일지도 모른다.

리처드에게는 '더러운, 못생긴, 볼썽사나운, 불구의'라는 말들이 붙어다녔고 그래서 그는 사람이 아닌 '두꺼비, 거미, 돼지, 도마뱀' 같은 흉측한 동물로 비유되는데 이는 "무자비한 잔인성을 나타내려고 동물 이미지"(Spurgeon 232)를 셰익스피어가 사용한 것으로 보인다.

리처드의 음모의 첫 번째 행동은 G자로 시작하는 이름의 사람이 왕위를 찬탈할 것이라는 소문을 퍼뜨리는 것이다. 현재 영국은 헨리 6세가 죽고

---

2) 이하 이 책에서의 셰익스피어 원문 인용은 William Shakespeare. *The Riverside Shakespeare*. Ed. G. B. Evans. Boston: Houghton Muffin, 1974에 의거함.

그 첫째 아들 에드워드가 에드워드 4세로 왕위에 있는 상태이며 둘째 아들 클라렌스는 조지George라는 이름을 가지고 있고 리처드는 글로스터Gloucester 이니까 두 사람 중에 한 명이 반역자가 되리라는 것이다. 리처드는 클라렌스에게 자신도 의심되는 요주의 인물이라고 안심시키고 결국은 클라렌스를 살해한다. 이렇게 극의 초반부터 음모에 의한 복수심을 리처드가 갖게 되는 것은 이미 "동정도, 사랑도, 공포도 없는"(neither pity, love, nor fear.)(*Henry VI Part 3* 5.6.68)이라는 표현 등에 예견되었음을 알 수 있다.

신체적 불구라는 것 때문에 자신을 저주할 뿐 아니라, 그런 자연적 운명을 잔인성과 복수의 계기로 삼고 리처드는 "악의 예술가"(Rossiter 141)로서 극 전체를 이끌어가기 때문에 "이 연극은 한 사람에게 초점이 맞추어져 있고 거기에서 나오는 광선이 전체 극에 퍼지는데"(Clemen 47), 문제는 그 빛이 어둠을 밝히는 좋은 빛이 아니고 저주와 복수와 살인이라는 패망으로 가는 어두운 빛이라는 점이다. 이런 선천적 출생을 수용하고 좋은 방향으로 가지 않고 "출생을 왜곡pervation"(Watson 22)하여 다음과 같이 검은 악마성을 나타낸다.

그녀의 남편과 아비를 내 손으로 죽이긴 했지만
그게 무슨 상관이더냐. 내가 그녀의 남편 겸
아버지가 돼 주는 게 차라리 귀중한 보상의 길이 될 것이다.
이건 절대로 사랑 때문이 아니다. 또 하나의 별도의
감춰진 음모가 있어서인데 일의 성공을 위해선 그녀와
결혼하지 않을 수 없지.

What though I kill'd her husband and her father?
The readist way to make the wench amends
Is to become her husband, and her father:

The which will I, not all so much for love

As for another secret close intent,

By marrying her which I must reach unto. (1.1.154-59)

물론 리처드에게 이런 음모와 복수심을 갖게 한 원인 중에는 랭카스타 Lancaster 가문과 요크York 가문의 세력 싸움도 있기 때문에 "두 가문의 적대 감에 의해 극화된 생산품이고 또 하나는 육체적 불구에 의해 형성된 개인의 심리"(Barber 91)의 복합이라 볼 수 있다. 이렇게 본성과 행운이 처음부터 자신에게 좋지 않다는 선천적 증오심은 이 극을 "살인과 복수로 점철되게 하는 요인"(Wilders 50)으로 작용하는데 이는 "육체적 불구가 도덕적 불 구"(Ewbank 408)로 변하여 잔인한 복수의 길로 치닫게 한다.

리처드가 선천적 증오심 때문에 악마의 화신으로 변화된 것과는 대조 적으로 연산군은 후천적 증오심에서 악마 같은 폭군으로 변했다고 볼 수 있 다. 연산군은 생모가 폐비되었다는 점을 제외하면 큰 문제가 없는 임금이었 다. 세자로서 왕이 되기 위한 수업을 잘 받았으며 혼례를 정식으로 치러 성 인이 되는 의식을 거쳐 아버지 성종 왕의 죽음으로 자연스럽게 왕위를 계승 하였다. 연산군이 왕으로서 부족함이 없음은 그가 15살 때 태평관에서 명나 라 사신을 접할 때 예의를 잘 지켜 칭찬을 받은 일이 잘 증명해 준다. 그러 나 연산군이 왕이 된 후 두 가지 일들이 그를 후천적 증오심에 빠지게 한다. 하나는 왕의 권력에 도전하는 삼사의 저항이고 또 하나는 폐비 윤 씨에 대 한 의문이다. 즉 삼사의 강력하고 지속적인 탄핵에 시달리던 연산군과 대신 들은 당시의 커다란 문제점이 바로 삼사의 '능상'이라는 결론을 공유하고 그들을 축출하는 무오사화를 일으킨다. 이 무오사화는 수많은 사람을 죽이 는 엄청난 사건이 되고 이것이 연산군으로 하여금 파행적 행동을 하게 하였 고 또한 폐비 윤 씨에 대한 생각이 그를 비정상적으로 만든다. 연산군의 폐비인 어머니에 대한 생각은 다음에 잘 묘사되어 있다.

생각이 여기까지 미치고 보니 동궁 자신은 갈 데 없는 어머니 없는 외로운
몸이다. 그러면… 하고 동궁 연산은 또다시 퇴침을 고쳐 베고 반듯이 누워
천장을 쳐다보며 생각하였다.
그러면 폐비는 무슨 일로 하여 대궐에서 쫓겨나서 폐서인이 되었나?
무슨 크나큰 일을 저질렀기에 죽음을 당하는 참혹한 사약을 받았단 말이
냐? (박종화 155)

리처드 3세가 '이 세상에 홀로된 몸'이라고 생각한 것처럼 연산군도 어머니
를 기억할 때 '외로운 몸'이라고 스스로를 생각하며 서서히 "음울하고 무겁
고 진중해지는"(박종화 172) 성격으로 변하기 시작한다. 연산군이 일그러진
마음을 식히고 흩어지게 할 특별한 것이 없어 하루하루를 술과 여자로 보내
며 우울한 심경을 달랠 때 장녹수를 만나게 되고 장녹수는 마침내 비밀의
폐비 윤 씨 문제라는 판도라 상자를 열어 연산군을 광기어린 복수로 이끌어
간다. 장녹수가 전하는 내용은 다음과 같다.

이것은 폐비마마의 임종하실 때 흘리신 피눈물이올시다.
그때 폐비께서 사약을 받고 돌아가실 때 하도 지원하시어
이 한삼에 피눈물을 방울 방울 떨어뜨리면서
어머니 나는 가는 사람요, 동궁이 무사히 자라나거든 부디부디
이 한삼을 전해서 주오. 지원극통한 이 말씀을 전해주어!
하시고 그대로 운명을 하셨다 합니다. 점점이 물든 붉은 핏방울에선 폐비
마마의 지통하신 혼령이 그대로 엉키어 흩어지지 않으셨을 겝니다. 상감마
마, 약주만 잡수실 때가 아니올시다.
정신을 차리시고 선 폐비마마의 긴 한을 풀어 드리옵소서. (박종화 348-49)

장녹수의 말을 듣고 자신의 외조모되는 장흥 부부인 신 씨의 증언까지 다 들은 후 연산은 "나는 배웠다. 이제부터 나는 잔인하리라"(박연희 3권 255)라고 결심하며 이를 악문다. 그러한 연산의 심정을 박종화는 이렇게 표현하다.

> 연산은 극도에 오르시도록 분함과 노여움이 터지셨다. 당신을 해하려고 하고, 어마마마를 헤치려하고, 그래도 유위부족하여 어마마마를 내치어 폐비가 되게 하고, 그리고도 또 나빠서 사약을 내리시도록 일을 꾸며 낸 정 씨나 엄 씨가 몹시도 미우시다. 인제는 더 참을 수가 없다. (356)

의심과 불안과 우울 속에 헤매던 연산군은 마치 햄릿이 유령의 지시를 의심하다가 현재의 왕 클로디어스Claudius의 범죄 사실을 알게 된 후 복수를 향해 전념하듯이 무자비한 복수의 길을 걷는데 이는 리처드가 철저한 계산아래 차근차근 살인을 감행하여 왕권을 획득하는 것과는 차이가 있는 것으로 연산군은 무자비한 살인과 음행과 패륜으로 점철된다는 점이다. 이러한 연산군의 행동을 김범은 다음과 같이 설명한다.

> 갑자사화의 핵심적인 원인 중 하나였던 폐비 윤 씨의 죽음에 대한 … 정치적 측면에서부터 인간적인 문제까지 두루 걸쳐 있지만, 광기어린 패행은 후자와 관련하여 더욱 빈번하고 극한적으로 나타났다. (150)

이 몇 가지를 고려해 볼 때 리처드에게는 왕위를 차지하려는 과정에서 복수심에 의한 살인행위가 육체적 불구라는 선천적 요인에서 온 것으로 보이고 여기에 정치세력의 두 가문 사이의 불화와 세력다툼도 일조를 하였다고 하겠다. 연산군에 있어서는 선천적으로 문제가 없었으나 왕권을 유지하는 과정에서 정치세력을 제대로 다스리지 못하여 화를 자초하였고 여기에 죽은 폐비 윤 씨에 대한 복수심이라는 후천적 요인이 또한 작용하여 복수의 살인 행각이 잔인하게 이어졌다고 볼 수 있다.

폭정의 결과

리처드는 선천적 증오심에서 복수심이 작동하여 무자비한 잔인성으로 살인을 하기 때문에 "거짓 맹세와 살인이 리처드의 상표가 되는 죄" (Campbell 308)라고 볼 수 있는데 그가 앤Anne 부인에게 구애하는 장면은 거짓 맹세의 전형적 모습이다. 앤이 리처드에게 '남편도 아버지도 살해한 사람'이 아니냐고 할 때에 "그런 짓을 하게 한 장본인은 바로 당신의 미모요" (Your beauty was the cause of that effect)(1.2.125)라고 하면서 "당신은 나의 빛이며 나의 생명이오."(It is my day, my life)(1.2.134)라고 대답하면서 살인의 이유를 "앤 부인, 당신 남편을 죽인 건 당신에게 더 좋은 남편을 맞게 해주기위해서였지"(He that bereft thee, lady, of thy husband,/Did it to help thee to a better husband)(1.2.142-43)라고 능청스럽고 뻔뻔스럽게 말한다. 물론 처음엔 앤 부인이 리처드에게 '독 있는 두꺼비'이며 도마뱀만 도 못한 존재라고 저주하지만 리처드는 죽음으로 자신의 진심을 보여주겠다 면서 구애를 들어주지 않으면 죽겠다고 이렇게 말한다.

자. 이 예리한 칼날을 당신께 줄 테니,
소원대로 이 참된 가슴팍을 푹 찔러
당신을 사모하는 이 영혼을 하늘로 날려 보내주오
자, 그 칼 앞에 이렇게 무릎을 꿇고 가슴을 헤치고
당신 손에 죽기를 원하오

Lo here I lend thee this sharp-pointed sword,

Which if thou please to hide in this true breast,

And let the soul forth that adoreth thee,

I lay it naked to the deadly stroke,

And humbly beg the death upon my knee. (1.2.178-82)

이러한 리처드의 전략은 무서운 마키아벨리적 수법인데 이것은 육체적 폭력보다 더 무서운 언어적 폭력으로 여기에 대해서 "이 대사는 남편의 관을 앞에 놓고 리처드가 드러내는 언어폭력이며 미망인 앤을 수중에 넣는 셰익스피어 언어의 힘을 나타낸다"(Ewbank 403)라고 지적된다. 헨리 6세를 죽이고 에드워드 4세인 현재의 왕을 살해하고 왕위를 오르는 데 거침돌이 되는 클라렌스를 죽인 리처드는 이제 앤 부인만 손에 넣으면 문제는 아주 수월해질 것으로 판단한다. 리처드가 자신을 죽이라는 거짓 위선을 부리며 앤에게 애걸하는데 이러한 것에 대해 바버(Barber)는 "이런 구애는 광기적 에너지이며 이는 불구가 된 육체를 움직이는 노련한 배우가 쓸 수 있는 도구"(89)라고 설명한다. 맥베스도 야심을 가지고 왕을 살해하고 왕권을 획득하지만 그 후의 과정에서는 비극적 영웅의 모습을 보여준다면 리처드는 "그를 영광과 죽음으로 이끌어간 자기 파괴적이고 신비한 염원에 의한 동기화"(Rabkin 84)의 단순한 기재가 되었을 뿐이어서 비극적 영웅의 모습은 보이지 않는다.

　　리처드가 왕위에 오르기 위해 사용하는 악마적인 모습은 악의를 숨기고 은근히 보여주는 음흉한 것, 잔인한 것, 교활한 것, 반종교적인 것 등을 행사하는 데서 드러난다. 그는 성격이 뚜렷하며, 감언이설을 잘하고, 민첩성이 있으며, 자신의 성격을 마음대로 조정하는 능력을 갖춘 자로서 이성과 감정을 잘 조화시키며 목적을 위해서는 수단을 가리지 않는 전형적 마키아벨리적 인물이며 버킹검을 충분히 이용하고 살해하는 것처럼 배반을 거침없이 행하는 철저하고 냉혈적인 사람이다. 앤 부인에게 구애하면서 그 속뜻을 보이는 장면은 위선의 대표적 예이다.

이건 절대로 사랑 때문이 아니다.
또 하나 별도의 감춰둔 음모가 있어서 인데
일의 성공을 위해선 그녀와 결혼하지 않을 수 없지

The which will I, not all so much for love
As for another secret close intent,
By marrying her which I must reach unto. (1.2.157-59)

겉으로는 진실 되고 다른 사람을 배려하는 척하면서 남의 등을 치는 위선자임은 형 클라렌스에게 "잘 가시오 형님, 되돌아오지 못할 길을. 난 형님이 순진해서 좋다오. 잠시 후에 천국에 보내 드리리다"(Go, tread the path that thou shalt ne'er return;/Simple, plain Clarence, I do love thee so/That I will shortly send thy soul to Heaven)(1.1.117-19)라고 말하는 대목에 잘 나타나 있다. 어린 에드워드 세자가 순진하게 삼촌에게 목숨을 의지하려 할 때도 겉으로는 진실 된 것처럼 하면서 "외관과 본심이 꼭 같기란 아주 어려운 일"(outward show…/Seldom or never jumpeth with the heart)(3.4.10-11)이니 자신만이 보호해 줄 수 있다고 안심시키며 "어린 것이 너무 똑똑하면 오래 살지 못한다고"(So wise so young, they say, do never live long)(3.1.79)라고 중얼대고는 결국 어린 세자를 죽인다. 그의 위선적 모습은 "나는 극악한 악마 역을 할 때도 성자처럼 보이리라"(And seem a saint, when most I play the devil)(1.3.338)라고 말하는 것 등을 통해 알 수 있듯이 그의 심중에 언제나 도사리고 있다. 이러한 리처드는 확실히 "자아 은폐와 자아 노출을 놀라울 정도로 표현"(Blanpied 62)하는 방법을 구사할 줄 아는 "언어의 기술적 조정 능력의 소유자"(McDonald 200)라고 볼 수 있다.

리처드의 잔인성을 나타내주는 것 중에 하나는 버킹검과 모의하여 왕권을 차지하는데 거침돌이 되는 사람을 한 명 한 명 제거하는 과정에서 헤스팅스Hestings에 대한 처리문제이다. 버킹검과 케이스비Cateby가 헤스팅스 경이 모의에 동참하지 않으면 어떻게 할까 망설일 때 리처드는 거침없이 "목을 베어버려야지, 가부간 결말을 내야하니까"(Chop off his head, man, somewhat will we do)(3.1.193)라고 말하므로 그 잔혹성을 드러낸다.

그가 흑심을 품고 왕권을 차지하려 하면서도 겉으로는 안 그런척하는 대표적 예는 버킹검과 그 일당이 리처드가 왕관을 써야한다고 간청할 때 다음과 같이 말하는 곳에 위선적 태도가 잘 나타나 있다.

> 여러분이 나에게 얹으려는 왕관을 이 사람은 세자의
> 머리위에 얹고 싶소, 그것은 세자의 타고난 운명이며 권리요.
> 내가 그것을 탐하다니, 하느님께서도 용서치 않을 것이오.

> On him I lay that you would lay on me;
> The right and future of his happy stars
> Which God defend that I should wring from him. (3.7.170-72)

자신의 악마적 모습을 감추기 위해 그는 자기중심적이고, 잔인하며 철저히 기독교 신을 갖다 맞추기 때문에 "반 기독교적인 사람의 완전한 샘플"(Hammond 102)이기도 하다. 그것은 그가 왕으로 추대되었을 때 경건한 모습을 보이기 위해 손에 기도서를 들고 좌우에 대주교를 거느리고 시민들 앞에 나타나는 데서 절정을 이룬다. 속에는 시커먼 악마의 탈을 쓰고 겉으로는 경건한 체 하면서 주교들과 나타나는 것은 동시에 성직자들의 타락도 의미하기 때문에 영국 정치의 총체적 타락을 셰익스피어가 리처드를 통해 은연중 보여준다고 하겠다.

리처드의 교활하고도 잔인한 면을 잘 나타내주는 것은 버킹검과의 관계에서 여실히 드러난다. 극의 처음부터 리처드와 뜻을 같이하고 왕관을 차지하도록 모든 조치를 취하고 여론을 조성하고 숙적들을 퇴치하는 데 일등공신이었던 버킹검에게 "경이 순금인지 아닌지 시험해 보겠소"(To try if thou be current gold undeed)(4.2.9)라고 하면서 어린 에드워드 왕자가 살아있는 지를 묻는다. 그 사생아를 죽이는 일에 약간 망설이는 버킹검에게 화가 나서 감쪽같이 살인을 맡아줄 티렐Tyrrel을 불러들이고 "버킹검에게는 음흉한 속셈이 있는 것 같아"(High-reaching Buckingham grows circumspect)(4.2.31)라면서 왕자를 죽이는 일을 티렐에게 넘김과 동시에 버킹검을 외면하고 없애버린다. 버킹검이 다시 무대에 나타나는 것은 보스워즈Bosworth 전쟁터에서 유령의 모습으로 리처드를 다음처럼 저주할 때이다.

> 나는 누구보다도 먼저 네 머리위에 왕관을 씌워주었다.
> 그리고 마지막 네 포악의 희생자가 되었다.
> 오, 내일 싸움에서 이 버킹검 생각을 하여라.
> 네 죄의 두려움 속에 죽어라!
> 피 비린내 나는 살인을 저지를
> 꿈을 꾸어라. 무섭게 절망하여 절망 끝에 숨을 거둬라!

> The first was I that help'd thee to the crown;
> The last was I that felt thy tyranny,
> O, in the battle think of Buckingham,

And die in terror of thy guiltiness.

Dream on, dream on of bloody deeds and death,

Fainting, despair: despairing, yield thy breath. (5.3.168-73)

물론 보스워즈 전쟁 직전에 리처드에 의해 직, 간접적으로 살인된 모든 사람들의 유령이 나와서 리처드를 저주하고 리치먼드의 승리를 기원하지만 누구보다도 버킹검의 저주는 리처드의 교활하고도 잔인한 모습을 실감케 한다. 그 이유는 다른 사람들은 모두 리처드가 왕위에 오르는데 거침돌이었지만 버킹검은 최고의 동지요 공신이었기 때문이다. 버킹검마저도 리처드를 저주하는데 마가렛의 저주는 더욱 독기에 차고 악랄할 수밖에 없다. 마가렛은 "과거를 현재로 가져오는 통로"(Barber 93)여서 리처드에게 수치심과 증오심 및 복수의 감정을 고조시키는데 이는 대왕대비 한 씨의 연산에 대한 저주 및 폐비 윤 씨 사약사건이라는 과거일이 현재로 환원되는 것과 같은 기능을 한다. 마가렛은 공작부인과 더불어 리처드의 천인 공로할 살인을 질타하면서 다음과 같이 말한다.

눈알보다 이빨이 먼저 생겨 어린 양떼를 물어뜯어 그 생피를 핥아먹는 잔인한 개, 하느님의 창조물을 더럽히는 파괴자, 슬픔에 웃다 지친 통한의 눈을 공포에 떨게 하는 세상에 다시없는 폭군,

That dog, that had him teath begone him eyes,

To worry lambs, and lap their gentle blood;

That excellent grand tyrant of the earth. (4.4.49-51)

이러한 마가렛의 저주는 리처드의 분노와 복수심을 더 강하게 만들어 "저주는 마가렛에서 총 집결되어 왜곡되어지는 현상"(Leggatt 44)을 만든

다. 리처드가 마음에 분노와 적개심이 가득 차 복수의 외길을 걷는 것은 당연한 수순이기도 하다. 그러한 리처드는 소모셋 공작, 헨리 6세 왕, 에드워드 4세 왕, 클러랜스 등 왕이거나 왕에 가깝다고 느껴지는 사람을 살해하고, 리버즈Rivers와 그레이Grey는 엘리자베스Elizabeth 왕비의 오빠들이라서 살해한다. 헤스팅즈와 본Vaughan은 반대 견해를 가졌다고 죽인다. 혹시도 모를 후일의 싹을 자르기 위해 에드워드의 두 왕자까지도 죽이는 잔인성을 드러낸다. 이용당하고 용도 폐기된 경우는 앤 공주와 버킹검이라 할 수 있다. 이렇게 리처드는 왕권을 획득하기 위해 무자비하게 살인을 감행하는 "거대한 메커니즘"(Kott 17)을 향해 거침없이 달렸으나 이제 곤두박질할 절벽이 그 앞에 남아있을 뿐이다.

연산군은 왕위에 오르기까지는 문제가 없었으나 왕이 된 후 통치과정에서 복수심과 패륜의 길로 치닫는다. 연산군의 복수심은 앞에서 예를 든 것처럼 두 번의 사화와 폐비 윤 씨라는 과거 사실을 현재로 가져옴으로 극에 달한다. 무오사화에서 피해를 받은 사람은 44명인데 그 중 7명은 사형에 처해진다. 이렇게 왕권을 유지하기 위하여 "삼사를 일단 제압한 연산군이 자신의 개인적 성향을 노골적으로 드러내기 시작하면서"(김범 126) 정국의 전개양상을 갑자사화라는 더 큰 정치적 파국으로 몰고 간다. 무오사화에서는 왕과 대신이 한 편이 되고 삼사가 대척세력이었다면, 이를 극복한 후 "연산군이 자신의 왕권을 점차 자의적으로 행사"(김범 127) 하면서 왕 이외의 모든 대신과 삼사까지도 적이 되고 그에 따라 파행적 행동은 극에 달한다. 이 때부터 연산군의 본성이 나타나는데 "연산은 성품이 포악하고 살피기를 좋아하며 정치를 가혹하게 하였다. 주색에 빠져 사사를 폐하고"(지두환 145), 연회를 자주 베풀어 사치하였고 사냥을 위해 금표의 설치로 백성의 재산을 몰수하는 등 그 파행이 끝이 없어 "법도와 규율에 대해서 손댈 수 없는 반

항아"(이숭녕 252)가 되었다. 어머니인 폐비 윤 씨의 억울한 죽음을 복수하기 위해 제일먼저 아버지인 성종의 후궁들을 죽이고 대왕대비에게 나타나는데 "분함을 못 이기어 사지를 부르르 떨었다. 속바람이 일어날 듯하다. 감정은 극도에 높았다"(박종화 360)라고 할 상태였고 정귀인과 엄소용의 피 흘린 시체를 보고는 "네, 저년들의 시체를 갈기갈기 찢어서 젓을 담근 뒤에, 산과 들로 헤쳐서 까마귀가 먹게 하라"(박종화 360)라고 할 정도로 미치광이가 된다. 연산군의 폭정은 정치적 분야와 비정치적인 분야를 가리지 않고 과도한 자기 집착에 따른 광기 그 차체였는데 잔인성이 그 핵심이라 볼 수 있다. 그런 연산군의 행태에 대해 지두환은 이렇게 설명한다.

> 만년에는 주색에 빠지고 도리에 어긋나며, 포악한 정치를 극도로 하여, 대신·대간·시종을 거의 다 주살하되 불로 지지고 가슴을 쪼개고 마디마디 끊고 백골을 부수어 바람에 날리는 형벌까지도 있었다. (144)

물론 이러한 기록이나 평가는 "반정에 의해 폐위된 연산군의 관련 기록에는 재위 당시의 행적에 대한 부정적 면모가 강조"(이기대 279)된 점도 있지만 그의 폭정은 상상키 어려울 정도로 잔혹한 것임을 알 수 있다. 살인의 연속으로 왕위에 올랐으나 피살인자들의 유령이 차례로 나타나 리처드에 대해서는 저주하고 리치먼드에게는 축복을 내려 리처드의 죽음이 예고된 것처럼 연산군에게 파행과 음행의 결과는 왕위에서 축출되는 결과가 된다.

결론

리처드의 최후 생애는 리치먼드를 중심한 반격군이 진군할 때 리처드에 의해 살해된 자들의 망령의 저주에서 이미 예견된다. 더군다나 아내였던 앤과 왕위를 쟁취하기까지 최고의 공신인 버킹검의 망령까지 저주를 내릴 때 리처드는 술에 취한 듯 몽롱하여 머리가 무겁고 몸에서 힘이 빠진다. 헨리 6세, 에드워드 왕, 클라렌스, 리버스, 볼, 헤스팅스, 두 어린 왕자, 앤 그리고 마지막 버킹검의 망령이 차례로 나타나 리처드에게는 살해당할 것이라고 저주를 하고 리치먼드에게는 승리와 영광이 있을 것이라고 예언한다. 이제 복수심에 사로잡혀 살인을 향해 치닫던 리처드는 "악마적인 악행으로 멸망에 이르게 되고 영국이라는 국가는 핏빛주의에서 비롯된 저주의 결과"(Bevington 51)를 맞이하게 된다. 리처드는 다음과 같이 자신을 말한다.

난 이제 절망이다. 내 편을 드는 놈은 하나도 없다. 내가 죽어도 동정해 줄 놈이 없지. 그렇다. 날 동정할 리가 없다. 나부터 나 자신에 정나미가 떨어졌는데.

There in no feature loves me, and it I die, no soul will pity me — And wherefore should they, since that I myself find in myself on pity to myself. (5.3.201-04)

태어날 때 축복을 받지 못하고 "신체적 불구에서 시작한 수치심이 리처드의 악의 근원"(Cluck 144)이 되며 그가 정치적 폭력을 행한 대로 폭력의 공포를 느끼는 마지막 장면에서 리처드는 자기 분열현상과 정신적 병의 모습을 보인다. 그래서 중복되는 수많은 리처드의 범죄는 "과대한 행동의 결행에서 오는 정신병 환자"(Watson 17)의 모습을 보여 준다. 결국 리처드는 보스워즈 전쟁터에서 리치먼드에 의해 살해되어 비참한 최후를 맞이한다.

연산군의 경우에도 말년에는 정치에서 멀어지고 장녹수와 술만 마시면서 "세상만사가 다 허무하구나"(박종화 403)라던가, "모든 것이 공(空)이다.

죽어지면 썩은 시체는 푸른 산에 한 줌 흙을 더할 뿐이다"(박종화 402)라고 말하는데 이는 "인생을 단지 걸어 다니는 그림자라는 허상으로 표현"(홍기영 195)하는 맥베스의 고백과 같다. 연산군은 자신을 내쫓으려는 백성들의 반란에 항거 한 번 하지 못하고 "옜소, 이보를 진성에게 전해주오. 대비 모시고 백성들을 잘 사랑하며 밝은 임금이 되라하고! 연산의 눈에서 산연히 눈물이 흘렀다"(박종화 496)라고 하면서 폐위되고 두 달 만에 죽게 된다. 그래서 연산군은 과도한 복수심의 집착에 사로잡혀 살인과 음행과 패륜으로 가득 찬 잔인한 폭군의 최후가 얼마나 비참한가를 보여준다.

리처드는 선천적 불구 때문에 심한 정신병 환자가 되어 왕권탈취라는 목표를 향해 살인행위로 점철된 일생을 보낸다. 찬탈이라는 공통점을 가졌음에도 불구하고 "헨리 5세에서는 진정한 왕권이 무엇인가를 리처드 3세에서는 거짓된 왕권이 결국 파괴됨"(Hapgood 27)을 보여준 셈이다. 연산군은 왕이 되기 전까지는 문제가 없는 성군이 될 자질이 있었음에도 불구하고 정치력의 결여와 폐위된 어머니에 대한 집착이라는 후천적 복수심 때문에 수많은 생명을 죽이고 음행과 패륜에 빠져 있다가 왕에서 쫓겨나는 입장이 되었다. 리처드의 어머니에 대한 분노와 불구에 대한 증오, 연산군의 어머니에 대한 그리움과 억울하게 사약을 마시고 죽은 것에 대한 분노와 증오는 두 왕에게 공통된 것이어서 어린 시절의 정신상태가 어떤 결과를 가져오는지를 보여준다고 하겠다. 리처드가 선천적 복수심에서 비롯된 살인의 희생자 이며 동시에 "영국사회가 만들어낸 희생자"(Leggatt 14)인 것처럼 연산군도 어머니에 대한 복수심과 사림파와 훈구파 사이의 정치적 싸움의 희생자라고 볼 수 있으며, 두 왕 모두 그 과정에서 자기통제를 못하고 편집증에 사로잡힌 정신병 환자의 모습을 보여준다.

■ 인용문헌

김범. 『사회와 반정의 시대』. 서울: 역사비행사, 2007.

박연희. 『황제 연산군』. 1,2,3,4,5권. 서울: 명문당, 1991.

박종화. 『금삼의 피』. 서울: 동아출판사, 1995.

이기대. 「문헌기록에 나타난 연산군 현상의 전승양상」. 『정신문화연구』 35.2 (2012): 256-82.

이숭녕. 「연산군의 시상의 고찰」. 『동방학지』 12 (1971): 247-65.

지두환. 『사회와 반정의 시대』. 서울: 역사문화, 2008.

홍기영. 「『맥베스』에 대한 기독교적 해석」. 『현대영어영문학』 55.3 (2011): 181-98.

Barber, C. L. and Richard P. Wheeler. *The Whole Journey: Shakespeare's Power of Development*. California: U of California P, 1986.

Bevington, David. "Tragedy in Shakespeare's Career." *The Cambridge Companion to Shakespearean Tragedy*. Ed. Claire McEachern. Cambridge: Cambridge UP, 2002. 50-68.

Blanpied, John. W. "The Read End Comedy of Richard III." *William Shakespeare's Richard III*. Ed. Harold Bloom. New York: Chelsea House, 1988. 61-72.

Campbell, Lily B. *Shakespeare's Histories*. San Marino, California: The Huntington Library, 1978.

Charney, Maurice. *On Love & Lust*. New York: Columbia UP, 2000.

Clemen, Wolfgang. *The Development of Shakespeare's Imagery*. Second ed. London: Methuen, 1977.

Cluck, Nancy A. "Shakespearean studies in shame." *Shakespeare Quarterly* 36 (1985): 141-51.

Ewbank lnga-Stina. "Richard III." *Shakespeare: An Oxford Guide*. Ed. Stanley Wells and Lena Cowen Orlin. Oxford: Oxford UP, 2003.

Hammon, Antony. "Introduction." *King Richard III. The Arden Shakespeare*. Ed. Antony Hammon. London: Methuen, 1981. 1-97.

Hapgood, Robert. "Shakespeare on Film and Television." *The Cambridge Companion to Shakespeare Studies*. Ed. Stanley Wells. Cambridge:

Cambridge UP, 1994. 273-86.

Kott, Jan. *Shakespeare Our Contemporary*. Trans. B. Taborski. London: Methuen, 1965.

Leggatt, Alexander. *Shakespeare's Political Drama*. London: Routledge, 1988.

McDonald, Russ. *The Bedford Companion to Shakespeare*. New York: Bedford Books of St. Martin's Press, 1996.

McEachern, Claire. *The Cambridge Companion to Shakespearean Tragedy*. Cambridge: Cambridge UP, 2002.

Rabkin, Norman. *Shakespeare and the Problem of Meaning*. Chicago: Chicago UP, 1981.

Rackin, Phyllis. "Engendering the Tragic Audience; The Case of *Richard III*." *Shakespeare and Gender*. Ed. Dedorah Barker and Ivo Kamps. London: Verso, 1995. 263-82.

Shakespeare, William. *King Richard III*. *The Arden Shakespeare*. Ed. Antony Hammon. London: Methuen, 1981.

_____. *The Riverside Shakespeare*. Ed. G. B. Evans. Boston: Houghton Muffin, 1974.

Smallwood. R. L. "Shakespeare's Use of History." *The Cambridge Companion to Shakespeare Studies*. Ed. Stanley Wells. Cambridge: Cambridge UP, 1994. 143-62.

Smidt, Kristian. *Unconformities in Shakespeare's History Play*. New Jersey: Humanities Press, 1982.

Spurgeon, C. F. E. *Shakespeare's Imagery and What It Tells Us*. Cambridge: Cambridge UP, 1971.

Rossiter, A. P. *Angel with Horns: Fifteen Lectures on Shakespeare*. London: Longman, 1989.

Watson, Robert N. *Shakespeare and the Hazards of Ambition*. Massachusetts: Harvard UP, 1984.

Wilders, John. *The Lost Garden*. New Jersey: Rowman and Little Field, 1978.

Wells, Stanley. ed. *The Cambridge Companion to Shakespeare Studies*. Cambridge: Cambridge UP, 1994.

겨울 이야기는
따뜻한가?

서론

매서운 추위가 몰려오는 겨울밤에 셰익스피어가 들려주는 이야기는 따뜻할 수 있는가? 봄을 시샘하는 추위보다 오히려 겨울밤의 추위가 우리를 따뜻하게 해 줄 수 있음은 이 훈훈한 『겨울 이야기』라는 한 편의 드라마 때문이다. 셰익스피어는 희극작품에서는 주로 젊은 청춘남녀의 사랑을 다루고 비극작품에서는 심각한 인생의 고뇌와 내부적 갈등을 심오하고 격렬하게 보여주었다. 그러나 말년에 그는 조화와 용서 및 새로운 탄생과 같은 더 넓은 세계를 보여주었다. 특히 그의 말기극에서는 비극으로 끝날 수밖에 없는 심각한 사건이 어떤 방법으로든지 좋게 해결되는 구조를 가진다. 비극적 결함에 의해 극단적인 쪽으로 치달아 죽음으로 끝나는 파멸의 세계가 아닌 조화와 행복의 세계가 셰익스피어 말기극의 극적 구조이다. 고통과 죽음의 비극적 세계에서 다시 고통의 문제와 죽음의 문제가 해결되고 재생되는 양상은 겨울의 혹한을 오히려 더 따뜻하게 해준다. 이러한 반전의 세계를 가능케 하거나 죽음이 재생으로 회복되는 것은 기독교적 해석에서만 이해가 가능하다.

아내를 질투하고 의심하는 똑같은 문제를 취급한 셰익스피어는 비극인 『오델로』(Othello)에서는 오델로가 결국 아내 데스데모나Desdemona를 목 졸라 죽이고 자신도 스스로 목숨을 끊는데 비해, 말기극인 『겨울이야기』에서 리온티즈Leontes는 죽었던 것으로 생각되었던 아내 허마이오니Hermione와 다시 만나는 행복을 맛보는 극적 방법을 사용하고 있어, 읽는 우리에게 인생이 비참한 것만이 아니고 때로는 따뜻할 수 있음을 보여준다. 이것은 온갖 인간의 비극적 체험을 통해 셰익스피어가 말년에는 "화해에 중점을 두고 용서를 하는 폭넓을 인생관"(Pettet 82)을 보여준 것이라 하겠다. 리온티즈는 "의심의 죄"(Knight 79)에 사로 잡혀 갈등과 분규가 증폭되어 가정이 붕괴되고 임금과 신하 간의 불신이 커져 소위 소우주가 온통 혼란과 붕괴의 위기에 빠진다. 그러나 그런 의심과 불신과 갈등의 세계는 리온티즈의 진실 된 회개와 용서, 그리고 허마이오니에 의해 강조되는 '은혜'grace와 젊은 세대인 플로리젤Florizel과 퍼디터Perdita의 목가적인 분위기 속의 참다운 사랑에 의해 가정의 재결합과 재생에 의한 구원의 세계를 가져온다. 비록 리온티즈가 죄를 지었으나 철저히 회개하여 다시 가정의 복귀가 이루어졌으므로 "죄와 구원의 원형적 패턴이 이 작품의 등뼈"(Battenhouse 89)가 된다고 볼 수 있다. 이렇게 리온티즈가 헤어졌던 가족과 다시 만나고 참다운 인간성이 회복되는 것은 기독교정신의 핵심인 '은혜'에 기초를 두고 있다. 리온티즈의 "죄와 회개 및 가정 회복은 구원에 대한 기독교적 구도"(Mahood 150)이지만 이 과정에서 허마이오니가 여러 차례 말하는 '은혜'와 '진실로'verily라는 말들은 기독교적 인유이다. 허마이오니가 죄가 없음에도 누명을 쓰고 투옥 되면서 오히려 시녀들에게 울지 말라고 하고 리온티즈에게는 "이런 일로 감옥에 가는 것은 나의 명예를 증명하기 위한 것이 되겠으니까"(this action I now go on/Is for my better grace)(2.1.121-22)라고 하는 것은 "내가 떠나는 것이 너희에게 유익이라"(요한복음 16장 9절)라고 말하는 예수의 말과 유사성을 가진다. 죄가 없음에도 고난을 받는 욥과도 같은 입장의 허마이오니는 인류에게 구원을 가져오기 위해 죽음을 맞이하는 예수처럼 감옥에 갇히고 버림받은바 되었으나 석상의 상태로 있다가 소생하여 리온티즈에게 구원을 가져오기 때문에 기독교적 구원의 패턴이 있음을 알 수 있다.

서로 절친한 친구였던 리온티즈와 보헤미아Bohemia의 폴릭서니즈Polixenes 사이의 우정과, 우정의 깨어짐, 그리고 다시 우정이 회복되는 것도 리온티즈의 입장에서 보면 가정의 붕괴→가정의 회복, 아버지와 딸의 헤어짐→다시 만나는 기쁨과 행복이라서 '잃음을 통해 얻음'에 이르는 공통점을 가진다. 특별히 석상의 상태로 있다가 소생하는 허마이오니는 예수부활의 상징성을 가지며 리온티즈의 구원은 퍼디터와 플로리젤의 결혼으로 축복을 받게 된다. 이 과정에서 폴리너Paulina는 죄의 수렁에 빠져있는 리온티즈를 철저히 회개케 하여 구원에 이르게 하는 주요한 역할을 하는데 이는 "그 이름이 비유적으로 사도 바울과 같은데 악을 버리고 목가적 개심으로 믿음의 예언자적 수호자"(Knight 95)여서 역시 기독교정신을 나타내준다.

이런 의미에서 리온티즈의 죄와 회개 및 구원의 과정을 살펴보고, 이 과정에서 캐밀로Camillo와 폴리너의 역할이 가진 의미를 추구해보고 리온티즈로 대표되는 기성세대의 문제와 이를 해결하는 플로리젤과 퍼디터로 대표되는 젊은 세대의 역할을 밝혀보고자 한다. 석상으로 있다가 초자연적이고 기적 같은 방법으로 소생하여 리온티즈를 구원시키는 허마이오니의 역할이 기독교의 부활정신에서 온 것이지만 셰익스피어가 어떻게 기독교 정신을 인간의 행복을 위해 연극적 장치로 사용하였는가를 알아보고자한다.

죄의 과정

기독교의 구원의 패턴을 가장 잘 나타내주는 인물은 리온티즈이다. 그는 죄를 지었으나 철저히 회개하여 마침내 구원을 얻는다. 리온티즈에게 구원이란 죽었던 것으로 생각되었던 아내 허마이오니와 다시 만나는 놀라운 축복이고, 거친 들판에 던져져 죽었을 것으로 여겨졌던 퍼디터를 다시 만나는 기쁨이다. 이러한 개인적 문제 뿐 아니라 어렸을 때부터의 친구인 폴릭서니즈의 보헤미아 국가와 그의 시릴리아 국가 간에도 오랜 반목의 기간 뒤에 새로운 관계가 복원되는 것이다. 그리고 이러한 관계회복은 플로리젤과 퍼디터의 결혼으로 더욱 공고해진다.

그러면 리온티즈의 죄의 과정과 그로 인한 가정 붕괴 및 보헤미아 왕과의 괴리, 신하와의 분리 등을 살펴보자. 리온티즈는 어린 시절부터 돈독한 우정관계를 이루어왔던 폴릭서니즈 왕이 시실리아에 머무는 동안 왕비인 허마이오니와 불륜에 빠졌다고 생각하여 질투심의 노예가 된다. 리온티즈의 부탁에도 불구하고 시실리아를 떠나야하겠다는 폴릭서니즈를 시실리아에 더 체류하도록 허마이오니에게 부탁을 해 놓고 그것을 오히려 애정으로 의심하고 질투심을 나타내는 리온티즈는 다음과 같이 말한다.

> 음, 열이 너무 과하군.
> 우정도 너무 지나치면 마침내는 피를 섞게 마련이지.
> 어쩐지 가슴이 설레고, 심장이 고동을 치는데,
> 기쁨 때문은 아냐. 기쁨 때문은 아니지.
> ………
> 허지만 저렇게 손바닥을 만져 보고, 저렇게 손가락을 쥐어 보고, 또 거울 앞인 것처럼 저렇게 억지로 웃는 얼굴을 해보이고

> Too hot, too hot!
> To mingle friendship far is mingling bloods.
> I have *tremor cordis* on me: my heart dances;
> But not for joy; not joy.
> ………
> But to be paddling palms and pinching fingers,
> As now they are, and making practised smiles,
> As in a looking-glass, (1.2.108-17)

마치 이야고Iago에게 속아 오델로가 질투심에 사로잡혀 캐시오Cassio를 복직시켜달라고 애원하는 것을 애정이나 불륜으로 생각하는 것처럼 리온티즈는 스스로의 질투심에 빠져 있기 때문에 커다란 죄를 짓고 있는 것이다. 그러므

로 리온티즈는 "질투적 분노에 압도되어 그녀가 폴릭서니즈와 간음했다는 확신"(Foakes 261)을 갖게 된다. 공교롭게도 폴릭서니즈가 시실리아에 체류하는 기간과 출산을 앞둔 허마이오니의 입장이 우연하게도 일치함으로 리온티즈는 둘 사이를 불륜으로 간주하고, 불륜의 현장을 확인하려는 나쁜 술수가 내재하고 있는 것이다. 질투심이 극에 달하여 정신이 광증을 일으키는데 이는 삶의 실재성을 인식하지 못하고 자기 환상에 사로잡혀 있는 어쩔 수 없는 상황이다. 그래도 충신 캐밀로는 허황된 생각을 버리라고 충언을 하나 리온티즈는 막무가내이다.

귓속말을 해도 아무 것도 아니란 말인가?
볼을 부벼대도? 코와 코를 맞대도? 입을 맞대고 혀를 빨아대도?
웃다가 말고 한숨을 내쉬어도? 이건 명백히 정절을 깨뜨린 증거지 뭐요. 그래 다리와 다리를 포개고 있잖은가?
‥‥‥‥ 이 세계 안의 온갖 것들도 아무 것도 아니지 뭐요. 땅을 덮고 있는 저 창공도 아무 것도 아니오, 보헤미어 왕도 아무 것도 아니오 내 처도 아무 것도 아니지 뭐요. 무엇이고 다 아무 것도 아니지 뭐요, 만약 이 일이 아무 것도 아니라면.

Is whispering nothing?
Is leaning cheek to cheek? is meeting noses?
Kissing with inside lip? stopping the career
Of laughing with a sigh?—a note infallible
Of breaking honesty—horsing foot on foot?
‥‥‥‥   is this nothing?
Why, then the world and all that's in't is nothing;
The covering sky is nothing; Bohemia nothing;
My wife is nothing; nor nothing have these nothings,

If this be nothing. (1.2.284-96)

이러한 리온티즈의 태도는 특히 보통사람과는 다르게 "절대군주나 조신들의 견해도 받아들이지 않고 들어야 할 의무로부터 자연스럽기"(Kurland 402) 때문에 더욱 나쁜 길로 빠져들게 되어있다. 그러므로 리온티즈는 "하나님께서 저희를 부끄러운 욕심에 내버려두었다"(로마서 1장 21절)라는 성경의 말처럼 질투심과 욕심에서 말하게 된다. 또한 위의 대사의 'Is this nothing?'이라고 하는 부분은 『리어왕』에서 코딜리어가 'nothing'이라고 한 말에 리어왕이 격분하여 성급하게 딸을 추방시키는 것과 좋은 대조를 이루는데 이는 "리온티즈가 개념을 실제로 받아들여 욕망과 환상의 결과"(Morse 434)를 가져와 작은 문제를 확대 재생산하여 아주 나쁜 죄의 양상으로 발전한다. 극심한 질투심 때문에 리온티즈는 "더럽혀진 두꺼비나 가시나무나 쐐기풀이나 말벌꽁무니"(Spotted/Is goads, thorns, nettles, tails of wasps)(2.1.328-29)라는 등의 말을 허마이오니에게 하는데 이는 "타락한 언어로 극악한 말을 양산"(Hunt 80)하는 인간의 왜곡된 모습을 보여준다. 질투심의 무서운 병에 걸린 리온티즈는 결국 폴릭서니즈의 술잔에 악을 넣어 "나의 원수를 영면케 해 다오"(To give mine enemy a lasting wink)(1.2. 317)라고 하여 살인의 죄까지 짓는다. 그러나 충신인 캐밀로는 리온티즈의 명령을 지킬 수가 없다. 캐밀로는 리온티즈의 질투심이 전혀 근거가 없으며 허마이오니가 정숙하다는 사실을 알고 있기 때문에 폴릭서니즈를 독살하기는커녕 그와 더불어 시실리아로 탈출하려한다. 원인을 설명할 시간도 없고 처지가 급박하니 캐밀로는 폴릭서니즈에게 "만일 저의 정직성을 믿으신다면/저의 몸을 담보로 맡기겠사오니 믿으시고/오늘밤 중으로 탈출하십시오" (If therefore you dare trust my honesty,/that lies enclosed/in this trunk;

which you/shall bear along impawn'd, away to-night.)(1.2.434-36)라고 하는데 이는 캐밀로의 현명한 선택이다. 목숨을 잃는 한이 있어도 자신의 명예를 지키고 곤경에 처한 폴릭서니즈를 구해내려는 캐밀로의 행동은 "자기 목숨을 얻는 자는 잃을 것이요, 나를 위하여 잃는 자는 자기 목숨을 얻을 것이다"(마태복음 10장 39절)라는 성경의 말씀과도 좋은 대조가 된다. 이러한 상황에서 폴릭서니즈는 캐밀로의 제안을 따를 수밖에 없지만 리온티즈의 질투심에 의한 죄는 절친한 친구 사이도 갈라놓는 것이어서 폴릭서니즈는 이렇게 상황을 설명한다.

> 더구나 평소에 친구라 공언한 사람한테 모욕당한 것이라 생각하고 있는 것이니 그 복수는 틀림없이 그만큼 더 맹렬한 것이요, 무서운 생각이 엄습해 오는군
>
> He is dishonour'd by a man which ever/Professed to him: why his revenge must/In that he made more bitter, Fear o'ershades me. (1.2.455-57)

리온티즈의 죄의 과정은 우정을 파괴하고 신하를 다른 나라로 떠나보내는 결과를 가져온다. 폴리너는 새로 태어난 공주가 리온티즈의 질투심을 가라앉히고 안정된 마음을 가져오기를 기대하면서 이 부녀의 상봉을 주선했으나 설상가상으로 리온티즈는 공주를 불살라 죽이라고 신하들에게 명령한다. 그러나 신하들의 강력한 반발에 부딪혀 리온티즈는 한발 물러나 그 애기를 "적막한 사막에 갖다버려라"(thou bear it/To some remote and desert place)(2.3.175-76)라고 말한다. 이렇게 매정하게 딸을 버리라고 명령한 다음 리온티즈는 더욱 질투심에 불타 허마이오니를 공개 재판에 넘겨 불륜의

명백한 증거를 잡으려고 한다. 그러나 이러한 "리온티즈의 남성의 소유욕망의 비극적 실패는 암묵적으로 여성의 소유영역을 인식시켜주는"(Danson 79) 결과를 가져올 따름이다. 허마이오니는 재판을 받기 전에 자신의 처지를 다음과 같이 호소한다.

> 그러나 오해는 마십시오, 목숨이 아까워서는 아닙니다.
> 저는 목숨을 초개만큼도 소중히 하고 있지 않으니까요
> 그러나 저의 명예만은 어떻게 해서든지 그 결백함을 증명해 보이고 싶습니다만, 만약 오직 추측만을 근거로 전하의 갖가지 의심에 의해 눈을 뜬 것 이외의 일체의 증거는 잠이 들어있는 채, 소녀가 유죄 판결을 받게 된다면, 그거는 분명히 가혹하고 위법이라고 하지 않을 수 없습니다. 귀족 여러분, 저는 신탁에 호소합니다. 아폴로 신으로 하여금 저를 재판케 해주십시오

> But yet hear this: mistake me not; no life,
> I prize it not a straw, but for mine honour,
> Which I would free, if I shall be condemn'd
> Upon surmises, all proofs sleeping else
> But what your jealousies awake, I tell you
> 'Tis rigor and not law. Your honours all,
> I do refer me to the oracle:
> Apollo be my judge! (3.2.108-16)

그러나 이 재판에서 신탁은 허마이오니의 무죄뿐만 아니라 리온티즈 왕의 현재 모습과 미래까지를 다음과 같이 선언한다.

허마이오니는 정절하다.

폴릭서니즈는 결백하다. 캐밀로는 충신이다.

리온티즈는 의심 많은 폭군이다 그 무구한 영아는 정히 그의 자식이다. 그
리고 만약 잃어버린 아기가 발견되지 않을 때는,

왕에게는 후계자가 없다.

> Hermione is chaste;
>
> Polixenes blameless; Camillo a true subject; Leontes
>
> a jealous tyrant; his innocent babe truly begotten;
>
> and the king shall live without an heir, if that
>
> which is lost be not found. (3.2.133-37)

신탁의 내용이 공개되는 순간 진실을 확인하게 되는 신하들과 허마이오니는
안도의 숨을 쉬지만 리온티즈는 마음이 더욱 완악해져서 이제는 신탁도 거
부하고 재판을 계속하려한다. 바로 이때 이 작품의 전환점이 되는 사건이 일
어난다. 그것은 하인이 왕자의 죽음을 고하는 장면인데 여기서 리온티즈는
"아폴로 신이 노하셨구나. 하늘의 신들이 나의 부정을 응징하시는 구나"
(Apollo's angry, and the heavens themselves/do strike at my injustice.)
(3.2.146-47)라고 탄식하며 자신의 죄가 응징을 받는다고 생각한다. 이런 상
황에서 허마이오니는 졸도하여 무대에서 사라지고 리온티즈도 질투심에서
증오와 분노로 치닫던 생각과 행동을 멈추고 자신을 돌아보며 후회하기 시
작하여 극은 이제 리온티즈의 회개와 구원의 장면으로 이동한다.

회개

질투심에 의한 의심이 적개심으로 변하여 친구를 죽이라고 명령하기도
하고 아내 허마이오니를 재판에 넘기기도 하고 자신의 친 딸을 바다에 던지

라고 했지만, 아들의 갑작스런 죽음과 신탁의 예언에 리온티즈는 서서히 원래의 인간성을 회복하여 자신의 잘못을 인정하고 용서를 다음과 같이 구한다.

아폴로여, 용서하소서!
저는 당신이 내린 신탁에 너무 큰 모독을 저질렀습니다.
나는 폴릭서니즈와 화해하고,
왕비에게 새로이 사랑을 구하고, 충신 캐밀로를 부르겠다.
그는 진실하고 자비심이 많은 사람이다.
나는 사추로 정신이 나가
잔혹한 복수를 생각해 내어
캐밀로에게 나의 친구 폴릭서니즈를 독살하는
임무를 부여했다.

Apollo, pardon
My great profaneness 'gainst thine oracle!
I'll reconcile me to Polixenes,
New woo my queen, recall the good Camillo,
Whom I proclaim a man of truth, of mercy;
For, being transported by my jealousies
To bloody thoughts and to revenge, I chose
Camillo for the minister to poison
My friend Polixenes: (3.2.153-61)

이렇게 리온티즈가 자신의 행동을 후회하고 회개의 참 모습을 보이는 과정에서 폴리너의 역할은 아주 중요하다. 폴리너가 왕비마마가 옥에 갇히기 전에 출산한 공주를 데리고 와 리온티즈 왕의 축복을 부탁했을 때 "물러 갓!

미치광이 마녀! 이 여자를 문 밖으로 끌어내라, 뚜쟁이 짓이나 해먹는 뚜쟁이 같으니!"(out!/A mankind witch! Hence with her, out o' door:/A most intelligencing bawd)(2.3.67-69)라고까지 악담을 퍼붓는다. 그러나 폴리너는 자신의 정직함이 왕의 발작만큼이나 확실하다고 항변한다. 화가 머리끝까지 난 리온티즈는 "아기와 그 어미까지 불에 태워 버려라"(Hence with it, and together with the dam/Commit them to the fire!)(2.3.93-95)라고 고함친다. 이렇게 미쳐있는 리온티즈에게 폴리너는 귀족과의 대화에서 다음과 같이 말한다.

> 자 폭군 양반, 어떤 신발명의 고문 도구를 가져오겠어요?
> 수레바퀴로 찢기? 고문대? 화형? 살 껍질 벗겨내기?
> 가마솥에 끓이기? 납 속에 녹이기? 기름에 튀기기?
> …
> 왕비마마가, 왕비마마가 저 다시 없이 상냥하고 소중한 왕비마마가
> 돌아가셨습니다! 그래도 아직 천벌은 내리지 않았습니다.

> What studied torments, tyrant, hast for me?
> What wheels? racks? fires? what flaying? boiling?
> In leads or oils?
> …   the queen, the queen,
> The sweet'st, dear'st creature's dead,
> and vengeance for't
> Not dropp'd down yet. (3.2.174-201)

리온티즈에게 이렇게 가혹한 말을 하는 것은 "리온티즈를 악마로 보고" (Knight 95)있기 때문에 폴리너는 "리온티즈의 양심"(Grantley 241)으로써

리온티즈를 원래의 건강한 정신으로 돌이키기 위한 어쩔 수 없는 방법이다. 이런 가혹한 말은 폴리너의 "담대성, 용기, 기지"(Hunt 87)가 더해져 리온티즈를 오히려 파멸에서 막아내고 진정한 회개를 하도록 하여야 하기 때문에 "이런 언어가 기적, 마술, 광증을 밝히는 언어 선택"(Felperin 16)이라고 볼 수 있다. 폴리너는 리온티즈의 양심을 회복시킬 목적으로 이렇게까지 말하기도 한다.

> 1천 명의 인간의 1만 년을
> 계속 무릎을 꿇고 벌거벗은 채 단식을 하면서 불모의 산정에서
> 빌며 끊임없는 폭풍의 겨울만 만난다 해도,
> 신들의 마음을 움직여서 당신이 있는 쪽으로
> 향하게 할 수는 없을 것입니다.

> A thousand knees
> Ten thousand years together, naked, fasting,
> Upon a barren mountain and still winter
> In storm perpetual, could not move the gods
> To look that way thou wert. (3.2.210-14)

그러면서 폴리너는 죽은 왕자와 왕비마마 및 공주에 관해서는 더 이상 말을 하지 않고 슬퍼하지도 않겠다고 다짐을 한다. 옆에서 이 광경을 본 후 리온티즈는 다음과 같이 말한다.

> 사실대로 솔직히 잘 말해 주었소
> 동정을 받는 것보다는 그것이 훨씬 더 고맙소
> 제발 나를 왕비와 왕자의 유해 곁으로 안내해 주오.

모자를 같은 무덤에 묻어 주겠소
묘비에는 양인의 사인을 새겨서 영구히 나의 치욕으로 삼겠소
매일 한 번씩 나는 양인이 잠들고 있는 교회당을 찾아가서,
그곳에 눈물을 뿌리는 것을 낙으로 삼겠소
육체가 이 일을 감당해 내는 한,
나는 맹세코 이것을 일과로 삼겠소
자, 그 슬픈 유해 곁으로 나를 안내하오

Thou didst speak but well
When most the truth; which I receive much better
Than to be pitied of thee. Prithee, bring me
To the dead bodies of my queen and son:
One grave shall be for both: upon them shall
The causes of their death appear, unto
Our shame perpetual. Once a day I'll visit
The chapel where they lie, and tears shed there
Shall be my recreation: so long as nature
Will bear up with this exercise, so long
I daily vow to use it. Come and lead me
Unto these sorrows. (3.2.232-43)

폴리너는 처음에는 가혹하고 무엄하게 리온티즈에게 조언하고 질책했으나
리온티즈의 후회와 회개의 모습을 보고 부드러워지고 후에는 캐밀로와 결혼
하는 새로운 인물이 됨으로 "정신적 성숙을 하는 여인"(Battenhouse 234)
이 되어 리온티즈의 양심을 회복시키는 주요한 역할을 한다. 리온티즈가 양
심이 회복되어 참다운 회개를 하도록 조치하고 셰익스피어는 극적 효과와
재미를 위해 4막에 양털 깎기 축제 장면을 전개시킨다. 그리고는 해설자인

'시간'을 등장시켜 긴 세월이 지나는 동안 리온티즈는 진실한 회개를 하였고 죽었을 것으로고 생각되었던 퍼디터는 보헤미아의 어느 목양자의 아리따운 딸로 성장해 있음을 전해준다. 이러한 과정은 결국 "리온티즈를 통해 인간의 실수, 고통 및 영혼의 재생에 대한 셰익스피어의 통일성"(Bennet 89)을 나타내주는 것이 된다. 이곳 보헤미아에서는 목가적이고 평화로운 분위기 속에서 양털 깎기 축제가 벌어진다. 이런 연극적 장치는 회개하는 리온티즈에게는 인고의 시간을 제공하고, 이 극의 전반 부분에 팽배해 있던 증오와 파괴 및 살인교사 등의 분위기를 순수나 젊음, 행복과 소원성취로 전환시키는 극적 효과를 나타낸다.

적대 관계에 있던 시실리아와 보헤미아는 플로리젤과 퍼디터의 사랑으로 새로운 우호관계가 가능케 되고 추방되었던 캐밀로의 제안으로 플로리젤이 시실리아로 오게 됨으로 리온티즈와 폴릭서니즈의 우정도 회복된다. 폴리너에 의해 리온티즈가 새 삶을 갖게 되듯 캐밀로로 인해 임금과 신하의 관계가 회복되는 분위기가 조성된다. 황야에 버려져 죽었을 것이라고 간주되었던 터디터는 아름답게 성장하여 목양자의 딸로 행복하게 지내고 있고 왕자의 신분을 감추고 목동으로 가장한 플로리젤은 퍼디터를 그저 순박한 목양자의 딸로 알고 있다. 리온티즈의 질투심에서 발생한 잔인하고 황량한 계절이 가고 이 시골의 양털 깎기 축제는 노래와 춤이 있고 꽃이 만발한 따뜻한 봄으로 청춘의 계절인 것이다. 플로리젤은 왕자가 아닌 목동으로, 그리고 공주가 아닌 퍼디터는 목양자의 딸로 만나 순수한 사랑을 한다. 그런데 역시 왕의 신분을 감추고 왕자 플로리젤의 행적을 수상히 여기고 이를 알아보기 위해 양털 깎기 축제에 참석한 폴릭서니즈도 잠시 이런 분위기를 즐긴다. 아무 내용도 모르는 퍼디터는 폴릭서니즈와 캐밀로 등 참석한 사람들에게 로즈메리와 운향 등의 꽃을 나눠준다. 꽃은 축제 분위기를 북돋아주는 것이고 참석한 사람들에게 기쁨을 주는 것이지만 헌트Hunt는 "꽃과 허브를 나누어주는 장면이 소통의 기준"(94)이 된다고 보았다. 그러니까 퍼디터는 폴릭서니즈 왕과 그의 아들 플로리젤 왕자와 사랑하게 되는 상징적 분위기로 꽃을 나누어주는 셈이 된다. 그러나 퍼디터와 플로리젤의 사랑이 그렇게 쉽게 이루어지지는 않는다. 폴릭서니즈는 플로리젤이 형편없는 목양자의 딸을 사랑하는 것에 크게 노하여 목양자를 늙은 반역자로 몰아붙이고 그들의 사랑을 허락하지 않는다. 뿐만 아니라 이 집에 플로리젤이 들어가기만 해도 극형에 처한다고 말한다. 플로리젤이 왕자인 것을 알고 자신의 신분을 밝힐 수 없는 퍼디터는 사랑을 포기한다고 말한다. 그렇지만 플로리젤은 왕위 대신 사랑을 선택하겠다면서 "자, 얼굴을 들어요. 아버지, 저의 왕위 계승권을 말살해 버리십시오. 저는 애정의 계승자가 될 테니까요."(Lift up thy looks:/ From my succession wipe me, father; I/Am heir to my affection.) (4.4.480-82)라고 말하며 이들의 사랑은 결실을 보게 된다.

이런 상황은 시실리아의 전반부와 유사성을 가진다. 리온티즈의 오해와 질투심에 의해 허마이오니가 죽은 것이 되고 퍼디터가 황야에 버려진 것처럼, 폴릭서니즈의 권력은 보헤미아를 냉혹한 불모지로 만든 것이다. 캐밀로가 시실리아를 떠나듯 이제는 보헤미아를 떠날 수밖에 없다. 진실한 사랑을 찾아 보헤미아를 떠나야 하는 플로리젤과 이제는 고국으로 돌아가야 할 캐밀로의 입장은 일치점을 갖게 된다. 폴릭서니즈의 결혼 반대로 플로리젤은 일시적으로 낭패를 보고 절망에 빠지지만 캐밀로의 제안으로 시실리아로 가게 되어 두 나라의 화평이 이루어지고, 고국으로 돌아가면 공주로 다시 태어나는 퍼디터는 아버지를 만나게 되고 사랑도 성취시킬 수 있는 결과에 이르게 된다. 이런 의미에서 플로리젤과 퍼디터의 만남과 사랑은 "혼동과 엉킴에서 질서를, 불임과 장벽에서 결실과 증가를 가져오는 것을 극화"

(Munroe 91)한 연극적 장치라 할 수 있다. 이제는 아버지와 딸의 만남, 남편과 아내의 만남, 그리고 젊은 청춘 남녀의 사랑이 결실을 맺는 좋은 일들만 남아 있는 셈이다. 리온티즈의 살해 명령을 거부하고 오랜 세월 동안 고국 시실리아를 떠나 보헤미아에서 괴로운 나날을 보내던 캐밀로에게 절호의 기회가 온 것이다. 사랑의 곤경에 빠진 플로리젤을 도피시켜 방도를 찾게 하고 자신은 고국으로 돌아가기 위해 폴릭서니즈에게 캐밀로는 자기의 뜻을 표현하고 이를 성취한다.

캐밀로는 리온티즈로부터 폴릭서니즈를 살해하라고 명령 받았을 때도 기지를 발휘하여 보헤미아로 피신했는데 이번에는 플로리젤 왕자를 위험에서 구출하고 사랑도 결실을 맺도록 하기 위해 가장 적절한 방안을 알고 있다. 플로리젤과 고국 시실리아로 돌아가는 것은 자신이 고국의 품에 안기는 평안함 이외에도 플로리젤 왕자와 퍼디터의 결혼을 성사시켜 두 나라의 신뢰도 다시 회복하게 할 수 있는 것이다. 이러한 플로리젤과 퍼디터의 결혼을 성사케 한 것은 폴릭서니즈 왕과 리온티즈 왕의 화합을 통해 그 시대 상황을 반영하려는 "제임스 1세의 카톨릭계 왕을 개신교의 왕으로 개종시키려는 국민적 정서를 고려한 셰익스피어의 극장적 방법"(Ellison 19)이기도하다. 리온티즈의 입장에서 보면 한 쪽에서는 폴리너에 의한 후회와 회개를 통한 구원이 있었다면 다른 한편에는 캐밀로가 파괴되었던 임금과 신하의 문제가 해결되고 보헤미아 국가와의 관계개선도 이루어지게 된 셈이다. 이것은 또한 엘리자베스 여왕 서거 후 왕위를 계승한 "제임스 I세와 영국이 원하는 바를 성취시키는 이상ideal의 실현"(Hamilton 354)을 셰익스피어가 연극 속에 구현했다고 볼 수 있다.

결론

폴리너에 의해 개인적 용서를 받고 구원을 얻은 리온티즈에게 이제 남은 것은 캐밀로를 만나 신하와 화해하고 죽은 것으로 여겨진 아내 허마이오니와 딸 퍼디터를 만나는 일만 남아있다. 플로리젤과 함께 고국에 돌아온 캐밀로에게 리온티즈는 "여기에 잘 왔어요. 지상에는 봄이 오듯이"(Welcome hither, As in the spring to the earth)(5.1.150-51)라고 말하며 분노와 질투심의 혹독한 겨울이 가고 봄이 왔음을 말한다. 플로리젤과 같이 왕궁에 들어온 공주(아직은 리온티즈가 퍼디터인지 모르기 때문에)가 베일을 벗을 때 리온티즈는 "멋진 공주여… 여신 같군! 아! 나는 자녀를 둘 다 잃고 말았지"(And your fair princess,… goddess!… O, alas!/I lost a couple)(5.1.130-31)라고 말하며 한탄을 하면서도 감격의 말을 한다. 자기 자신의 딸을 보고도 아직 알아보지 못하는 상태에서 리온티즈에게 죽은 것으로 처리되었던 허마이오니를 무대에 등장시켜 기적과 같이 부부재회의 만남을 가능케 한 것은 "초자연적인 힘으로써 은혜로운 우주가 창조됨을 보여주려는 것"(Foster 339)이라 하겠다. 폴리너는 리온티즈 일행을 이끌고 석상이 있는 곳으로 온다. 그리고 음악을 연주시켜 신비한 분위기 속에서 허마이오니를 소생시킨다. 이 장면은 다음과 같다.

> 악사들, 상을 깨우시오. 연주를 시작하세요! (음악)
> 시간이 됐어요. 내려오십시오. 이제는 돌이 아닙니다. 이리 오세요. 여기 계신 분들을 죄다 놀라게 해 주십시오. 자, 오세요.
> 무덤은 제가 봉해 놓겠어요. 움직이십시오. 자, 나오십시오.
> 무감각을 죽음에게 양도하십시오. 왕비전하는 죽음의 손으로부터 소중한 생명을 되찾은 것이니까요. 보십시오, 상이 움직입니다.
> (허마이오니가 좌대에서 내려온다)

Music, awake her; strike! Music

'Tis time; descend; be stone no more; approach;

Strike all that look upon with marvel. Come,

I'll fill your grave up: stir, nay, come away,

Bequeath to death your numbness, for from him

Dear life redeems you. You perceive she stirs:

(*Hermione comes down*)(5.3.98-104)

이렇게 죽은 것으로 여겨졌던 허마이오니를 소생시키는 것은 "가장된 죽음이 자기 보존이 되고 남자들에게는 벌과 명예회복의 기회를 준다"(Neely 175)고 볼 수 있으며 이 의식은 "음악을 대동"(Smith 168)하여 신비스럽게 진행된다. 이렇게 허마이오니가 소생하게 하는 것은 "초자연적이고 이유 없는 것을 강조하여 행복한 결말을 가져오려는 것이 셰익스피어의 의도"(Mincoff 84)라고 볼 수 있는데 여기서 중요한 것은 셰익스피어가 소생장면을 통해 전달하려는 의도이다. 셰익스피어는 단순한 기독교의 죄와 회개 그리고 구원이라는 교리를 전파하려는 것이 아니라는 점이다. 성경에는 "부활 때에는 장가도 아니 가고 시집도 아니 가고 하늘에 있는 천사들과 같으니라"(마태복음 22장 30절)라고 되어 있는데 리온티즈가 소생한 허마이오니와 다시 부부로 결합하게 한 것은 비록 기독교 교리와 부합되는 것은 아니지만 기독교의 부활 정신을 셰익스피어가 극화하여 "인간관계를 회복시키려는 것"(Marshall 42)이며 이것이 곧 "인간의 소원성취"(Marshall 52)를 위한 극적 장치라고 하겠다.

이제 소생한 허마이오니가 딸과 재회하는 기쁨만이 남아있다. 출산 직후 이별했던 딸을 다시 만나는 기쁨은 젊은 세대에 의해 새로운 세대가 더 활기차고 힘차게 뻗어나갈 것임을 시사하는데, 허마이오니는 신들에게 "천상의 신령님들, 부디 굽어보시고 저의 딸의 머리에 신성한 병으로부터 은총을 쏟아주십시오."(You gods, look down,/And from your sacred vials pour your graces/Upon my daughter's head!)(5.3.122-24)라고 말하므로 모녀의 상봉과 부부의 재회가 동시에 이루어진다. 퍼디터와 허마이오니의 만남은 기나긴 인고의 시간 후에 비로소 찾아오는 재회의 기쁨이 되며 이러한 "어머니-딸의 구조는 화해이며 인생의 재창조"(Traversi 190)의 기능으로 작용한다. 캐밀로는 왕과의 관계가 회복되고 그동안 소원했던 보헤미아와 시실리아의 관계도 복원되며 이는 신세대인 플로리젤과 퍼디터의 결혼으로 더욱 공고해진다. 리온티즈가 죄를 지으나 회개하고 구원에 이르러 기독교적 패턴을 따르고 등장인물의 대사와 성경과의 유사성이 작품 속에 많이 있지만 "성경적 인유로만 보는 것은 학자들의 편향적 태도"(Shaheen 720)라는 지적도 유념해야한다. 물론 기독교 교리의 용서나 은총도 리온티즈의 구원에 중요한 역할을 했으나 "자신의 참을성과 지연시키는 능력"(Bristol 19)이라는 인간적 측면도 고려해야한다. 왜냐하면 셰익스피어는 작품 속에 기독교의 교리를 전파하려는 것이 목적이 아니고 어디까지나 인간의 조화로운 행복 추구와 소원성취를 위한 연극적 장치로 기독교정신을 사용했기 때문이다.

■ 인용문헌

Battenhouse, Roy. *Shakespeare's Christian Dimension: An Anthology of Commentary.* Bloomington: Indiana UP, 1994.

Bennent, Kenneth C. "Reconstructing *The Winter's Tale.*" *Shakespeare Survey* 46 (1994): 81-90.

Bristol, Michael D. "In Search of the Bear: Spatiotemporal Form and the Heterogenity of Economics in *The Winter's Tale.*" *Shakespearean Criticism.* Vol 19. Gale, 1991. 366-78.

Danson, Lawrence. "The Catastrophe in a Nuptial: The Space of Masculine Desire in *Othello, Cymbeline, and The Winter's Tale.*" *Shakespeare Survey* 46 (1994): 69-80.

Ellison, James. "*The Winter's Tale* and the Religious Politics of Europe." *Shakespeare's Romances.* Ed. Alison Thorne. Palgrave, 2003. 171-204.

Foakes, Reginald. "*The Winter's Table.*" *Shakespeare: an Oxford Guide.* Ed. Stanley Wells and Lena Cowen Orlin. Oxford: Oxford UP, 2003. 261-66.

Felperin, Howard. "Tongue-tied Our Queen: the Deconstruction of Presence in *the Winter's Tale.*" *Shakespeare & Question of Theory.* Ed. Patricia Parker and Geoffrey Hartman. Methuen, 1985. 3-18.

Foster, Verna A. "The 'death' of a Heroine: Tragicomic Dramaturgy in *The Winter's Tale.*" *Shakespearean Criticism.* Vol 23. Gale, 1994. 339-46.

Grantley, Daryll. "*The Winter's Tale* and Early Religious Drama." *Shakespeare's Christian Dimension: An Anthology of Commentary.* Ed. Roy Battenhouse. Bloomington: Indiana UP, 1994. 239-44.

Hamilton, Donna B. "*The Winter's Tale* and the Language of Union, 1604-1610." *Shakespearean Criticism.* Vol. 25. Gale, 1994. 347-56.

Hunt, Maurice. *Shakespeare's Romance of the Word.* London and Toronto: Associated UP, 1990.

Knight, G. Wilson. *The Wheel of Fire.* London: Methuen, 1983.

Kurland, Stuart M. "We Need No More of Your Advice: Political Realism in *The Winter's Tale.*" *Shakespearean Criticism.* Vol 19. Gale, 1991. 401-10.

Mahood, M. M. *Shakespeare's Wordplay*. London: Methuen, 1979.

Marshall, Cynthia. *Shakespearean Eschatlogy*. Carbondale: Southern Illinois UP, 1991.

Mincoff, Marco. *Things Supernatural and Causeless*. Newark: U of Delaware P, 1992.

Morse, William R. "Metacriticism and Materiality: The Case of Shakespeare's *The Winter's Tale*." *Shakespearean Criticism*. Vol 19. Gale, 1991. 431-40.

Munroe, Jennifer. "It's All about the Gillyvors: Engendering Art and Nature in *The Winter's Tale*." *Shakespearean Criticism*. Vol. 150. Ed. Lawrence J. Trudeau. Gale, 2013. 89-98.

Neely, Carol Thomas. "*The Winter's Tale*; Women and Issue." *Shakespeare: The Last Plays*. Ed. Kierman Ryan. Longman, 1999. 169-86.

Pettet, E. C. *Shakespeare and Romantic Tradition*. London: Methuen, 1970.

Shaheen, Naseeb. *Biblical References in Shakespeare's Plays*. Newark: U of Delaware P, 1999.

Shakespeare, William. *The Riverside Shakespeare*. Ed. G. B. Evans. Boston: Houghton Muffin, 1974.

Smith, Hallett. *Shakespeare's Romances*. California: Ritchie & Simon, 1972.

Traversi, Derek. *Shakespeare: The Last Phase*. Stanford, California: Stanford UP, 1969.

햄릿은
떠다니고
있는가?

서론

『햄릿』은 모나리자의 미소처럼 보는 각도와 보는 시기에 따라 여러 해석이 가능하기도하며 때에 따라서는 해석 자체가 불가능한 신비의 대상이기도하다. 왜냐하면 그 의미는 존재하지 않고 영원한 흔적으로 산종만을 불러일으키기 때문이다. 햄릿 왕의 유령처럼 지금도 떠다니는 기표이며 무한한 해석의 여지를 남기는 그래서 "남은 것은 침묵"(The rest is silence)(5.2.346)이라는 햄릿의 마지막 말처럼 지금 이 시대에도 사라졌다 나타났다하기를 계속하는 유령이기도하다. 그러면 햄릿을 읽는 몇 가지 방법을 제시하고 떠다니는 기표로써 『햄릿』을 스토리텔링해보기로하자.

셰익스피어 당시의 사람 중에 로버트 그린Robert Greene, 1558-1592은 셰익스피어를 비난한 최초의 비평가이다. 그린은 필Peele, 말로우Marlowe, 로지Lodge 등 당시의 대학을 졸업한 유능한 극작가들에게 임종을 앞두고 경고의 말을 한다. 다른 사람들의 작품을 모방해서 인기를 끄는 셰익스피어를 '우리의 깃털로 장식한 벼락출세한 까마귀'(an upstart crow, beautified with our feathers)라고 비난했다. 그도 그럴 것이 공부를 많이 한 대학출신 극작가들이 호구 해결하기에도 급급한데 반해 셰익스피어는 부와 영광을 누리고 있음을 시기하고 질투하여 노골적으로 비난한 것이다.

그러나 반대한 사람들만 있던 것은 아니다. 프랜시스 미어즈Francis Meres, 1565-1647는 여러 시인들을 논하면서 셰익스피어에 대하여 '유창하고 꿀이 녹아내리는 혀를 가진 셰익스피어'(mellifluous and honeytongued Shakespeare)라고 한껏 치켜세웠다. 벤 존슨Ben Jonson, 1572-1637은 당시의 유명한 극작가이면서도 선배 작가인 셰익스피어를 극찬하며 '그리스어는 말할 것도 없고 라틴어도 모르는'(small Latin, less Greek) 사람이지만 '달콤한 아본 강의 백조! 그대가 우리의 강물에 다시 나타나 템즈 강둑 위를 웅비

하는 것을 본다면 얼마나 장관이겠소'라고 하면서 '그는 한 시대의 사람이 아니라, 모든 시대의 사람'(He was not of an age, but for all time)이라고 규정하고 셰익스피어는 '시대의 영혼이며 무대의 경이'(Soul of the Age, the wonder of the stage)라고 말했다. 또한 달콤하다는 것은 상상력의 결과라면서 밀턴Milton, 1608-1674은 '상상력의 자손인 달콤한 셰익스피어'(sweet Shakespeare, Fancy's child)라고 평하기도 하였다.

1975년에 영국 사람도 아닌 독일의 괴테Gothe는 햄릿에 대하여 『윌렐름 마이스터의 수업시대』에서 특별한 해석을 한다. 괴테의 『햄릿』 1막 5장에서 햄릿이 말하는 "이 세상은 관절이 빠져있다. 저주받은 영혼이여/내가 그것을 바로잡기 위해 태어나다니"(The time is out of joint: O cursed spite,/That ever I was born to set it right)(1.5.189-90)에 대한 논평은 아주 유명한 것인데 그 내용은 다음과 같다.

생각하건대 「햄릿」의 열쇠는 이 한마디에 있습니다. 셰익스피어가 노린 것은 연약한 영혼에 지워 놓은 힘에 벅찬 대사업이라는 점이라는 것이 명백합니다. 전편을 통하여 이런 의미로 쓰여 있어요. 마치 귀여운 꽃이나 심을 값진 화분에 참나무를 심은 거와 같아 뿌리가 퍼지면 화분이 깨어질 수밖에 없지요.

영웅다운 강한 신경을 갖지 못한 순결하고 고귀한, 그리고 지극히 도덕적인 인물이 짊어질 수도 버릴 수도 없는 무거운 짐에 눌리어 파멸하여 가는 것입니다. 그에게는 모든 의무가 신성한 것이지만 이것만은 너무 너무 무거웠던 것입니다. 즉 불가능한 것이 요구되고 있습니다. 물론 그 자체가 불가능한 것이라는 게 아니라 햄릿에게 불가능하단 말입니다. 아무리 기를 써도 나가도 물러서도 자꾸만 생각나고 또 생각나 마침내 자기 목적을 잊어버리고 나서도 다시 쾌활해질 수 없었던 것입니다.

In these words, I imagine, will be found the key to Hamlet's whole procedure. To me it is clear that Shakespeare meant, in the present case. to represent the effects of a great action laid upon a soul unfit for the performance of it. In this view the whole piece seems to me to be composed. There is an oak-tree planted in a costly jar, which should have borne only pleasant flowers in its bosom; the roots expand, the jar is shivered.

A lovely, pure, noble and most moral nature, without the strength of nerve which forms a hero sinks beneath a burden which it cannot bear and must not cast away. All duties are holy for him; the present is to hard. Impossibilities have been required of him; not in themselves impossibilities, but such for him. He winds, and turns, and torments himself; he advances and recoils; is ever put in mind, ever puts himself in mind; at last does all but lose his purpose from his thoughts; yet still without recovering his peace of mind. (Goethe 154)

괴테는 햄릿을 값비싼 도자기 같은 그릇에 비유하여 여기에는 가냘픈 꽃이나 심어져야하는데 커다란 오우크 나무라는 임무가 심어져 그 나무가 자람에 따라 그릇이 깨진 것처럼 햄릿도 파탄하게 되었다는 것이다.

1811년에 찰스 램Charles Lamb은 『햄릿』을 연극으로 보다는 독서를 통해 이해하여야 한다고 주장하였다. 램은 눈으로 보는 연극은 오히려 셰익스피어 작품의 예술적 및 서정적 효과를 손상시킨다고 보았다. 특히 『리어왕』을 무대에 올리는 것은 리어왕의 참된 이해에 오히려 역행하는 것이라고 보았다. 리어왕의 격정은 육체적인 것이 아니고 정신적인 차원의 것이기 때문에 독서와 명상을 통해서 이해되고 감상되어지고 체험되어야지 무대 위의 재현으로는 불가능하다고 보았다. 그는 "무대에서 보는 것은 육체와 육체적 행동이지만, 독서에서 우리가 의식하는 것은 마음과 마음의 작용이다"(93)

라고 말함으로써 독서가 관람보다 훨씬 더 이해를 높이고 감동을 줄 수 있다고 주장했다. 『햄릿』에 있어서도 연기로써는 도저히 표현되지 않는 것이 있으며 몸짓과는 관계가 없는 것이 많이 있다는 것이다. 그래서 『햄릿』은 무대에서가 아니고 독서라는 묵상으로 감상해야 한다고 이렇게 주장한다.

햄릿 자신이 하는 일의 십중팔구는, 말하자면 배우의 연기의 영역 안에 들지 않는, 그 자신과 그의 도덕감 간의 업무요, 그가 궁정의 모퉁이들과 가장 외딴 곳들로 물러가 쏟아내는 그 단독의 고독한 묵상들의 분출이요, 그의 가슴이 분출해내는 독자를 위해서 단어들로 바뀐 묵상들이다. 이런 묵상들을 단어들로 바꾸어놓지 않으면 독자는 주인공의 가슴속에서 무슨 일이 일어나고 있는지 모르고 있게 된다. 이 깊은 슬픔들, 혀가 감히 아무도 듣지 않는 귀먹은 벽이나 방에 내뱉을 수 없는 시끄러운 반추反芻들을 몸짓으로 배우가 도저히 재현할 수는 없다.

Nine parts in ten of what Hamlet does, are transactions between himself and his moral sense, they are the effusions of his solitary musings, which he retires to holes and corners and the most sequestered parts of the palace to put forth; or rather, they are the silent meditations with which his bosom is bursting, reduced to *words* for the sake of the reader, who must else remain ignorant of what is passing there. These profound sorrows, these light-and-noise-abhorring ruminations, which the tongue scarce dares utter to deaf walls and chambers, how can they be represented by a gesticulating actor. (93)

코울리지Coleridge, 1772-1834는 그의 독특한 성격답게 『햄릿』에 대해서도 특이한 의견을 내놓는다. 코울리지는 셰익스피어를 '천신만혼千身萬魂' myriad-minded의 소유자라고 호칭하고 그의 작품세계를 분석했다. 천신만혼

―즉 한 사람 속에 천 개의 몸과 만 개의 정신을 가진 사람이 셰익스피어라고 최고의 찬사를 보냈다. 코울리지는 햄릿을 사색형thinking type으로 규정하여 후세의 사람들이 인간을 동키호테 같은 행동형과 햄릿 같은 사색형으로 구분하는데 결정적 역할을 한다. 그래서 햄릿은 '주저주저하는 사람' hesitating soul의 대명사이며 그렇기 때문에 생각에 골몰하는 사람이며 지성인의 상징이 된다. 햄릿은 현대에 와서는 지성인의 원형原型, prototype으로 제임스 조이스James Joyce가 재해석하고 정신의 아버지 역할을 하게 된다.

해즐릿William Hazlitt은 햄릿의 사색적인 면뿐 아니라 지적인 것에도 관심을 가져야 한다면서 햄릿을 통해 우리 자신을 알아 볼 수 있기 때문에 "햄릿은 사실은 우리 자신이다"(It is *we* who are Hamlet)(96)라고 말한다. 햄릿은 너무 사색적이라 행동을 하지 못한 것이 아니고 악과 선을 구별하며 이것저것을 철저히 따져보는 "철학적 명상의 왕자"(prince of philosophical speculators)(97)라는 점을 이해하여야 한다고 보았다.

여기까지는 역사적으로 훑어 본 『햄릿』에 관련된 단편적 견해들이다. 『햄릿』에 대한 연구는 비평방법 만큼이나 다양하고 복잡하다는 그 자체가 『햄릿』이 떠도는 기표임을 증명한다. 이제 비평방법에 따라 어떻게 『햄릿』이라는 작품이 분석되는가의 주요 쟁점을 밝히고 떠도는 유령이며 흔적만을 남기는 기표로 어떻게 작동하는 지를 살펴보고자한다.

전통적 비평 방법

전통적 연구 방법은 『햄릿』이란 작품을 역사나 전기적인 것과 연관 지어 연구하는 것과 도덕 및 철학적인 것과 연관 지어서 연구하는 상당히 총괄적인 연구 방법이다. 어떤 문학작품도 작가의 사상이나 전기적 사실과 무관할 수 없으며 시대적 배경의 산물임을 부인할 수 없다는 점에서 전통적 연구 방법은 사실은 모든 문학연구의 기본적 방법이다. 엘리엇의 '우리는 시인에게서 시로 우리의 시선을 옮겨야한다'는 발언은 바로 문학 외적인 것에서부터 문학 그 자체의 분석과 연구에 좀 더 관심을 갖고 강조점을 두어야 한다고 보았으나 역시 전통적 방법은 가장 중요한 비평방법 중 하나이다.『햄릿』연구의 전통적 연구 방법은 원문text에 대한 연구, 작품에 나타나는 여러 가지 시대 배경, 무대의 관습, 그 시대의 사상 및 종교적 배경 등을 고려해서 작품을 연구하는 것들을 말한다. 특히 셰익스피어는 자신의 작품을 직접 출판하지 않았다. 그의 작품이 출판된 것은 그가 죽은 해(1616년)로부터 7년 뒤 두 후배 배우들에 의해 1623년에 소위『제1이절판』(*The First Folio*)이 처음으로 세상에 빛을 본다. 그렇기 때문에 원문 연구가 중요한 것은 한 단어의 스펠링이나 커머comma의 위치 또는 어순의 변화 등이 그 문장 전체의 뜻에 상당한 차이점을 가져와 작품해석의 다양성에 영향을 미치기 때문이다.

　『햄릿』에서 논란이 되는 것은 1막 2장 129줄의 "O that this too too solid flesh would melt"로『제1이절판』에는 이처럼 'solid'로 되어 있지만『제1사절판』에는 'sallied'로 되어있고 이 말은 'sullied'의 의미가 있는데 'solid'로 읽으면 밥이나 먹고 잠이나 자는 이 가치 없는 단단한 살을 가진 육체가 용해되어서 없어졌으면 좋겠다는 뜻이다. 그러나 'sullied'로 읽으면 덴마크라는 국가는 찬탈자인 짐승과 같은 숙부가 다스리고 어머니는 근친상간을 한 불길하고 더러운 여자이므로 이런 곳에서 태어난 자신의 더럽혀진 육체가 사라지기를 바라는 것이다. 더군다나 '더럽혀진' 육체는 정신을 오염시키고 병들게 하여 햄릿의 어머니에 대한 혐오감이 오필리어에 대한 혐오감으로 전염되고 또 다시 폴로니어스에게까지 확대됨을 볼 수 있다. 그래서 이 문제는 후에 자기 딸까지 이용해서 정치적 목적을 달성하려는 폴로니어스에게 '자네는 생선장수fishmonger인가?'라고 말하는데 'fishmonger'는 단순한 '생선장수'라는 뜻보다 '뚜쟁이'라는 함축적 의미를 갖고 있어 폴로니어스를 격렬하게 비난하고 있는 것으로 나타난다. 오필리어에게도 'nunnery'나 가라고 말하는데 이는 '수녀원'의 뜻도 있지만 '창녀집'이라는 함축적 의미가 있어 여성에 대한 혐오감과 성적타락을 의중에 두고 하는 말이 된다. 전통적 연구는 이처럼 단어를 그 시대의 의미와 연관 짓는다.

전통적 문학연구에 있어서 이러한 원문연구 못지않게 중요한 것은 역사적인 것과 개인의 전기적 요소들에 대한 고찰이다. 『햄릿』 등 소위 4대 비극작품이 쓰인 시대는 1600년에서 1606년 사이로 보이는데, 이 시기는 셰익스피어를 암울하게 하던 때이다. 1596년에는 셰익스피어의 장남 햄넷 Hamnet이 11살 나이로 죽는다. 그래서 셰익스피어는 슬픔과 의아심에 빠져 있을 때이고 몇 년 뒤인 1603년에는 엘리자베스 여왕까지 서거하여 셰익스피어는 깊은 절망과 죽음에 대한 강박관념에 빠졌을 것으로 보이며 이 시기에 그의 주요한 비극작품들이 쓰인다. 이러한 개인의 전기적 사실과 역사적 사실 등이 『햄릿』 작품에 어떻게 반영되고 투영되어 있는가를 연구하는 것이 전통적 연구 방법 중 하나이기도 하다.

오필리어가 햄릿에게 말하는 다음 대사는 아마도 엘리자베스 여왕의 총애를 받았으나 반역죄로 체포되어 처형을 받은 에섹스Essex 백작의 모습과 비슷하여 역사적 인물을 『햄릿』 속에 투영한 것으로 보는 것이다.

조정의, 군인의, 학자의 안목이며 대변이며 검이요,
아름다운 나라의 기대이며 꽃이었고
품속의 거울이며, 예의범절의 귀감이었을 뿐만 아니라
만조백관이 우러러보던 분이 완전히 실성해버리셨구나

The courtier's, soldier's, scholar's, eye, tongue, sword;
The expectancy and rose of the fair state,
The glass of fashion and the mould of form,
The observed of all observers, quite, quite down! (3.1.145-48)

『햄릿』에서는 왕권 찬탈 문제, 왕위 계승권 문제도 중요한 것인데 이들 또한 엘리자베스 여왕과 관계가 깊은 사회 역사적인 문제이다. 엘리자베스 시대는 종교적으로는 로만 카톨릭에서 개신교로 옮겨가는 시기였었고 신흥 세력들이 정치·경제적으로 등극을 하였으며 외국과의 무역이 활발했고 이곳저곳에서 반란이 일어나던 시기였다. 특히 엘리자베스는 여자였고 45년간이나 여왕의 자리에 있었으니 그 사이에 얼마나 많은 반란과 권력투쟁이 일어났는지 가히 짐작할 수 있다. 셰익스피어가 이런 궁전의 모습에 좀 더 관심을 가져 『햄릿』을 집필하여 어느 정도 엘리자베스에 의한 영국의 왕통을 유지시키려는 의도를 가지고 있었으리라 짐작된다.

왕권 찬탈은 분명한 죄이고 죄에는 벌이 따라야 하기 때문에 클로디어스는 왕으로서의 영광을 누리지 못하고 죽게 만들었고 덴마크에 새로운 질서가 오도록 끝을 맺음으로 영원한 조국 영국은 질서를 가진 국가로 만들고 싶은 잠재적 의식이 셰익스피어의 마음속에 자리하고 있었을 것이다. 그래서 햄릿이 폴로니어스를 죽이고 클로디어스를 죽일 때는 '정의의 실현'이라는 의무감에 사로잡혔지만, 한편 기독교적 영향을 받아 레어티즈를 용서하고 오필리어에게 장례식에서 진정한 애정을 표시하고 호레이쇼에게는 운명을 받아들이고 하늘의 뜻을 수용한다고 말하는 등 편안한 마음으로 죽음을 맞이한 것으로 보는 것 등은 모두 역사적·사상적 배경에서 작품을 해석하는 방법이다. 햄릿은 가장 많은 변화와 번영의 엘리자베스 여왕의 영국에서 자신의 희생을 통해 국가가 새로운 질서 속에서 번영하기를 바랬던 군인으로, 학자로, 정치가로서의 원형을 추구했던 진정한 인간임을 사회 및 역사적 사실과 결부지어 연구하는 것이 전통적 방법이다.

『햄릿』의 전통적 방법 읽기 중에 또 하나는 도덕적 및 철학적 연구를 하는 것이다. 『햄릿』은 복수극이다. 형을 죽여 왕위를 찬탈하고 형수와 사는 사악하고 부도덕한 클로디어스에게 복수해야 할 의무를 가진 햄릿의 모든 생각과 행동은 도덕적인 해명과 철학적 해석을 필요로 한다. 그러면서 자신을 낳아서 길러준 생모인 거트루드에 대한 아들로서의 애정과 고민은 깊은 명상을 요구하는 과제인 것이다. 오죽하면 햄릿이 "이 세상은 관절이 빠져 있다. 저주받은 영혼이여/내가 그것을 바로잡기 위해 태어나다니"(The time is out of joint: O cursed spite,/That ever I was born to set it right) (1.5.189-90)라고 한탄했겠는가. 어쩌면 햄릿은 눈 딱 감고 책이나 읽고 몸이나 건강하게 유지하고 현재의 왕인 클로디어스의 말만 잘 들으며 예, 예하면서 지냈으면 다음 왕위는 따놓은 당상이었을지도 모른다. 더군다나 어머니 거트루드가 왕비로서 자신을 잘 보호해주고 있을 터이니까. 그런데 이런 엄청난 불의와 부도덕함을 폭로하고 복수해 줄 것을 강력히 당부하는 유령의 부탁과 햄릿의 정신은 곧 '불의와 부도덕을 척결하는 양심의 인간이 되느냐?' 또는 '그저 눈 딱 감고 권력이나 승계하느냐?'의 갈림길에서 햄릿의 운명은 양심 쪽으로 기울어진다. '세상을 바로 잡는다'는 것은 도덕적인 삶을 선택하는 것이고 양심의 길을 따라 가는 것이다. 그런데 이 길은 너무 어렵고 고통스러우니까 '저주받은 영혼'이라고 스스로를 판단하는 것이다. 이 외에도 '사느냐 죽느냐 그것이 문제로다'에 대한 도덕적 철학적 해석은 『햄릿』의 진수로 여겨진다. 인간의 여러 문제에 대한 항구적인 질문을 던지는 햄릿은 최고의 철학적 명상가이며 또한 '하늘의 뜻'을 따르려는 희생적인 종교인이기도 하다.

『햄릿』이 문학의 '모나리자의 미소'라는 칭호를 듣는 이유는 무한한 해석이 가능하다는 것이며 시대를 초월하여 읽히고 있다는 뜻이다. 그 해석의 공간은 언제나 열려있으며 국가와 민족을 뛰어 넘어 계속 연구되고 공연되어지며 인구에 회자(膾炙)되는 그 자체가 바로 우리 시대의 도덕과 철학에 대한 질문과 답을 제시하는 텍스트로 언제나 새롭게 읽힐 수 있다는 것이다.

형식주의적 연구

『햄릿』에 대한 형식주의적 연구는 전통적 방법이 작가의 생애와 사회 역사적 방법 및 도덕, 철학 등을 중시하는 것에서부터 떠나 작품 자체의 연구에 중점을 두는 것이다. 문학에서의 형식주의는 문학적 언어와 일상의 언어의 구분을 통하여 언어의 형식, 리듬, 음조, 다양성 등이 주제와 어떤 관계에 있는가 등을 주로 연구한다. 한 작품 속의 개별 단어를 숙지하고 그런 단어, 어귀, 은유, 비유, 이미지, 상징 등이 전체와 어떻게 유기적으로 연결되어 있는가에 관심을 둔다. 이런 부분과 전체 사이의 상호 관계는 이미지와 상징 등에 의해서 더욱 구조적으로 연관이 있음을 탐구한다. 그러나 이런 부분과 전체는 반드시 유기체적 형식을 취한다는 것이 중요하다. 형식이 내용을 포함하고 있지만 형식이 탄탄하지 못하면 내용들은 흩어져 없어지거나 엉뚱한 데로 흘러갈 수 있다. 또한 아무리 형식이 탄탄해도 내용들이 멋과 맛이 없다면 형식은 빈껍데기에 불과하다는 것이다. 좋은 형식 속에 훌륭한 내용이 가능하고 충실한 내용은 멋진 형식을 구축할 수 있다. 이런 형식주의 비평은 후에 신비평으로 이어져 아주 치밀한 언어분석과 구조의 엄격성의 연구로 이어진다. 특히 엘리엇이 주장한 '객관적 상관물'이란 용어는 형식주의가 발전하여 신비평이 되는 과정에 주요한 용어가 되었다. 객관적 상관물은 '언어의 등가물'이 필요함과 '감정과 이성'을 통합하는 문학적 테크닉 또는 장치device의 필요를 강조한다. 어떤 문학작품이 '무엇'을 말하며 그것을 '어떻게' 말하느냐 하는 문학의 본질적 질문을 한다. 여러 가지 운율과 이미지와 상징 그리고 반복되는 패턴 등은 형식주의 비평에서는 아주 중요한 용어들이다. 이러한 '객관적 상관물'에 대한 형식주의적 비평들은 다음에 잘 나타나있다.

> 끈끈이에 붙어있는 내 영혼이여, 빠져나오려고
> 몸부림칠수록 꼼짝달싹 못하겠구나!

> Oh limed soul that struggling to be free
> Art more engaged! (3.3.67-68)

여기서 '끈끈이에 붙어있는'이라는 표현은 구체적인 객관적 상관물의 좋은 예로써 클로디어스의 마음의 상태, 정신의 절망을 아주 잘 표현하여주고 있다. 이러지도 저러지도 못하는 아니 어떻게 해서 빠져 나오려고 몸부림칠수록 오히려 더 깊은 질곡 속에 빠져드는 클로디어스의 모습이 마치 끈끈이에 붙은 파리가 살아나려고 발버둥 칠수록 더 끈끈이에 조여 죽음을 재촉하는 것과 같다는 것이다. 그리고 이러한 클로디어스의 독백은 자신의 형편과 처지에만 국한된 것이 아니고 햄릿에게도 그대로 적용되어 있어 『햄릿』 전체의 구조는 절망과 속박 그리고 부패한 상태 속에 있음을 상징하기도 한다.

전체적 구조와 유기적 관계를 가진 단어나 어귀들은 이곳 저곳에 산재해있다. 1막 1장에서 보초를 서고 교대하면서 돌아가려는 프랜시스코가 "나는 마음속까지 아프다'(I am sick at heart)(1.1.8)라고 할 때 이 '병의 이미저리'(sickness imagery)는 단순한 일회성 발언이 아니라 『햄릿』 전체를 흐르는 정서를 대표하는 이미저리가 되며 "덴마크는 어딘가 썩어있는 국가"

(Something is rotten in the state of Denmark)(1.4.90)이기 때문에 햄릿에게 덴마크는 감옥일 수밖에 없고 햄릿은 "검은 상복"(inky cloak)(1.2.77)을 계속 입고 다녀야만 하는 이유가 된다. 이러한 서로 연관이 되는 단어들은 어둠을 함축하고 있으며 극 전체와 유기체를 이룬다. 그래서 『햄릿』은 어둠과 병과 죽음으로 뒤덮여 있고 이는 또한 "햄릿의 새까만 겉옷은 부친을 애도하는 상복인 동시에, 우울증에 걸려있는 사람의 표시"(Mack 251)가 된다. 이러한 어둠과 병의 이미저리는 또 다른 주제인 복수지연으로 연결된다. 이러한 단어들의 이미저리 연구를 컴퓨터도 없는 시대에 스퍼전Spurgeon이란 비평가는 꼼꼼히 조사하여 1931년에 『셰익스피어의 이미지와 그것이 말하는 것』이란 책을 출판한다. 스퍼전에 의하면 병disease 또는 종기ulcer라는 주도적인 이미지들의 추악함이 전 작품에 퍼져있다고 보았다. 특히 햄릿이 침실에서 거투르드와 설전을 벌일 때 육체적인 병과 더불어 반역하는 병(전 남편을 배반하고 육욕의 노예가 되는 병)이 전체의 구조와 연결되었음을 지적하면서 스퍼전은 부패corruption 및 병sickness의 이미저리가 『햄릿』 안에 많이 있음을 분석하였다.

스퍼전이 이미지 군들을 통계적 숫자로 연구한 것과는 좀 다르게 클리먼Clemen은 1951년에 『셰익스피어 이미저리의 발전』이란 저서를 통해 좀 더 이미지와 주제를 연결시키는 유기적 기능의 중요성이라는 형식주의 비평을 하였다. 클리먼은 "셰익스피어는 이미저리를 통해서 인식을 시각화하고 잘못된 것을 인식한다"(110)라고 하면서 햄릿은 "이 세상 사람이 아닌 철학가이며 꿈꾸는 자"(111)라고 보았다. 클리먼은 특히 이미저리의 '주된 모티브'leitmotif라는 말을 사용하여 "개별적인 단어들의 사용은 극의 중심적 문제의 상징으로 확장된다"(113)라고 풀이하면서 "이미저리와 행동은 끊임없이 서로서로 상대방과 교환하면서 우리로 하여금 '극적 이미저리'라는 용어가

어떻게 새로운 의미를 갖게 해주는가를 보여 준다"(113)라고 분석하였다

개별적 이미지들은 그 자체로써는 커다란 의미가 없고 전체의 구조와 상호연관을 맺을 때 유기적 기능을 수행하여 극 전체의 심벌이 되며 의미의 생성을 가져온다는 것이 『햄릿』의 형식주의적 비평의 방법이다. 개별 이미지들이 모여서 전체적 의미의 상징으로 쓰인 대표적 예는 햄릿의 세상에 대한 역겨움의 표시이다. 햄릿의 부패에 대한 강박 관념은 클로디어스나 거투르드에서 비롯되었지만 이 부패는 세상 모든 것으로 퍼져나간다.

이는 햄릿에게 클로디어스의 불의, 거투르드의 근친상간 뿐 아니라 초등학교 때부터 절친한 친구까지 타락과 부패에 젖어있고 권력이나 이권만 챙기려는 세상이 그야말로 역병처럼 느껴진다는 것이다. 햄릿의 우울증이 상당히 깊어져서 인간의 꼴은 보기도 싫게 된다는 것이다. 이러한 세상과 인생에 대한 부정적이고 염세적인 생각은 일찍이 싹트고 있어 이런 이미지저리가 작품 전체를 뒤덮고 있다고 보는 것이 형식주의적 견해이다.

신화 및 원형적 비평

예술이라는 것이 장소와 시간과 사회적 관례들을 상징적으로 표현하는 수단 중에 하나라고 볼 때 신화는 가장 폭넓은 예술의 형태이다. 신화는 단지 흥미위주의 이야기가 아니라 신과 인간의 이야기, 자연 현상에 대한 오래된 인간의 지혜가 축적된 어떤 기술narrative, 그리고 인간사회의 여러 가지 사회적 계급, 활동, 갖가지 의식에 대한 표현이다. 신화는 어떤 공동사회에서 가장 권위 있는 영원한 신에 대한 이야기이다. 그러므로 모든 권력과 질서와 의식은 신화에 바탕을 둔다.

신화에 공통된 것 중에 하나는 원형原型에 대한 개념이다. 원형은 핵심적인 인간경험의 기본적이고 오래된 반복되는 유형이고, 근본적인 이미지이

며 집단적 무의식의 한 부분이며 무수한 경험에서 비롯된 공통된 어떤 것으로 정의된다. 이렇게 인간생활에서 반복적으로 발생하는 어떤 생활습관이 발전하여 제의가 되며 신화는 다른 말로하면 제의의 언어적 양상이 된다는 면에서 문학과 신화는 제의를 징검다리로 하여 더욱 밀접한 관계를 맺는다. 문학에 대한 유추적 구조가 신화라고 볼 때 신화는 또한 문학과 같이 의식과 무의식에 만족할 만한 조형적 미를 창조하려 한다. 그러나 신화는 "분리, 진입, 귀환이라는 통과의례를 결합하며 생명 및 계절의 주기를 반복한다" (Grebstein 316)는 면에서 특히 문학의 장르와 밀접한 관계를 가진다.

「셰익스피어 비극에 대한 신화 및 제의적 접근」에서 바이징거Weisinger 는 몇 가지 중요한 신화비평의 방법으로 셰익스피어의 작품들을 분석하는 방법을 제시한다. 그는 "나는 신화와 제의적 패턴을 비극의 기본이요 전제라고 생각 한다"(Weisinger 323)라고 하면서 셰익스피어의 모든 작품에는 재생과 화해의 패턴이 있다고 보았다. 리어왕은 자신의 악한 본능을 극복하고 "용서와 참회로써 새로운 질서에 참여"(Weisinger 323)함을 대표적 신화 패턴으로 간주한다. 특히 고대 국동지방의 신화와 제의 패턴을 연구한 그는 왕이 상징적으로 죽지만 재생하거나 부활하는 상징이 있다고 주장한다.

이런 신화 및 제의 패턴은 "탄생, 죽음, 재생의 커다란 싸이클" (Weisinger 325)이며 이것이 비극에 적용된다고 본다. 그래서 비극은 고통을 통해서 무지에서 이해로 가는 과정을 취급하는 것으로 정의한다. 비극적 영웅은 수모와 고통을 통해 "어둠과 악을 빛과 선으로 이기고 국민의 복지와 국가의 안녕"(Weisinger 328-29)을 가져오는 사람이다. 이러한 시각에서 『햄릿』을 분석하면 "햄릿은 개인적 복수로 시작해서 사회적 정의의 추구로 끝난다"(329)는 작품이 된다.

머레이Murray는 「햄릿과 오레스테스」(1914)에서 두 주인공을 비교하여 문학 속에 원형적 공통점이 있음을 지적하고 여름과 겨울 및 생과 죽음의 패턴을 밝혀내서 『햄릿』의 원형적 비평을 하였다. 머레이는 주인공의 아버지들은 살해당했고, 그것은 아들에게 커다란 상처를 입혔다는 것, 주인공들이 어느 정도의 광증을 보인다는 것, 주인공들이 유령이나 장례식과 많이 연결되어 있다는 것 등의 공통점을 찾아냈다. 그러나 머레이는 이 두 작품이 가진 공통점에 대한 원형적 또는 신화적 패턴을 찾아냈으나 그것의 문학적 근거를 일일이 제시하지는 않았다.

퍼거슨Fergusson은 『극장의 개념』(1949)에서 셰익스피어 극이 어떻게 그리스 비극의 제의적 패턴을 따르고 있는지, 그리고 『햄릿』의 신화적 의미가 무엇인지를 제시하였다. 퍼거슨은 『햄릿』과 『오이디푸스 왕』에서 두 주인공의 고통과 희생에 대해 다음과 같이 설명한다.

두 극에 있어서 고통당하는 왕족은 전체 사회질서의 그 근원으로부터의 오염과 연관되어 있다. 두 극은 모두 위험에 빠진 국가의 안녕을 위한 기원으로 시작한다. 두 극에 있어서 개인의, 그리고 사회의 운명은 밀접하게 짜여 있고, 두 극에 있어서 정화와 재생이 성취되기 전에 왕족인 희생자가 겪는 고통이 필수적인 것으로 보인다.

Both plays open with an invocation of the well-being of the endangered body politic. In both, twined; and in both the suffering of the royal victim seems to be necessary before purgation and renewal can be achieved. (118)

햄릿이 처한 상황과 그가 행동하는 것은 신화나 제의에서 반복되는 희생과 고통에 대한 공통된 패턴을 보여준다. 햄릿은 아버지를 죽인 클로디어스에게 복수해야하는 의무를 가지고 있다. 유령이 자신을 죽인 클로디어스를

'뱀'으로 규정하여 아담을 죽음으로 이끌고 카인과 같은 죄를 저질렀음을 폭로한다. 햄릿은 부정과 불의의 국가를 구해내야 할 공적인 의무까지 갖게 된다. 개인적인 복수와 국가를 불의로부터 구해 질서가 있는 상태로 되돌리는 일은 결코 쉬운 일이 아니다. 그는 목숨을 바쳐야하는 희생이 필수적임을 감지한다. 그가 싸워야 할 대상은 더군다나 현재의 왕이다. 햄릿은 또한 성격적으로 우유부단하며 사색적이다. 주위에는 폴로니어스 대신을 필두로 자신을 호시탐탐 노리는 두 명의 초등학교 친구가 있다. 그러나 이런 여러 가지 난관과 고통을 이기고 두 가지 목적을 완성한다. 그런데 그 목적 달성에는 햄릿이 희생당하는 대가를 필요하다. 그 결과 아리스토텔레스가 말하는 정화가 이루어진다.

희생당하는 속죄양이 개인과 국가를 구할 수 있는 유일한 것이며 이 과정에서 주인공은 수많은 고통과 시련을 겪어야한다. 햄릿은 거짓으로 미친 척 하면서 모든 것을 철저히 준비하여 복수의 일념에 빠져 삶을 영위한다. 검은 상복을 입고 유령의 부탁을 가슴에 안고 항상 위험에 직면해 있으면서도 때로는 과격한 행동을 한다. 그러면서도 자신의 행동이 마음에 들지 않아 자조하고 우울함에 빠지기도 한다. 자살을 기도하지만 여의치 않고 세상만사가 더럽고 치사하고 지루함을 토론하면서 그래도 자신의 길을 간다. 복수 지연의 원인은 또 다른 곳에서 설명하겠지만 복수가 지연되는 동안 그가 읊조리는 대사는 인간의 신비, 삶의 의미, 운명 등에 대한 깊은 명상을 표현하고 있다. 깊이 있고 신비하며 포착하기 힘든 햄릿의 탐색은 고대 영웅들이 걸어갔던 고독한 운명의 주인공들과 같다. 그것은 새로운 질서, 재생, 부활을 위해 희생양이 될 수밖에 없다는 것이다. 햄릿이 희생양이 되어 개인적으로는 가문이 요구하는 복수를 이루고 국가는 새롭게 탄생하게 되었다고 보는 것이 신화 및 원형비평의 방법이다

구조주의 비평

　문학에 대한 구조주의적 비평은 언어학자들의 언어관에 기초한 것인데 특히 언어에 있어 기표signifier와 기의signified를 엄격히 구별하고 어떤 기표가 본질적으로 기의를 의미하는 것은 존재하지 않고 어디까지나 어떤 시스템 안에서 작용한다고 본다. 구조주의자들은 과거에 브래들리가 셰익스피어 연구에서 주로 사용했던 "언어의 투명성"(Hawkes 288)을 부정한다. 언어는 투명한 유리가 아니고 우리가 세상을 보는 데 형태와 색상과 모양을 갖도록 지배하는 스테인 글라스라는 것이다. 그러므로 어떤 단어가 하나의 고정되고 불변하는 본질적인 의미를 갖고 있지 않다는 것이다. 혹스는 "개dog가 개를 의미하는 것은 그것이 개라서가 아니고 개가 아니기 때문이다. 왜냐하면 개dog는 신god이나 통나무log가 아니기 때문에 개이다"(289)라고 설명한다. 단어의 의미는 그 단어 자체에 있는 것이 아니고 문단 사이에 언어가 가지고 있는 관계 속에 있다는 것이다. 그러므로 구조주의자들은 기표와 기의는 본질적인 것이 아니고 임의적인 관계라는 것을 주장하고 '변별성'을 강조한다. 그러므로 문학텍스트는 작가가 본질적인 의미를 가진 언어에 의해 형상화된 절대적 캐논canon이 아니고 어떤 시스템에서 구조화된 텍스트라서 '의미화 하는 체계'signifying system를 담고 있다고 보는 것이다.

　햄릿에게는 모든 세상사가 무의미하고 언어에 의한 소통이 불가능함으로 자신의 역할을 '광증'madness이라는 정신적 위장을 통해 행할 수밖에 없다. 왕이란 거대한 세력에 대항해서 싸우는데 연약한 일개 이름뿐인 왕자가 무장할 수 있는 최고의 무기라고 볼 수도 있다. 폴로니어스에게는 사랑 때문에 진짜 미친 것처럼 보이게 하려니까 햄릿의 기표와 기의는 전혀 다르게 작용하게 된다. 그중의 대표적인 것이 햄릿과 폴로니어스의 다음 대화이다.

햄릿: 저기 낙타처럼 보이는 구름이 보이시나요?
폴로니어스: 정말로 낙타 같습니다.
햄릿: 족제비 같기도 한데
폴로니어스: 등이 족제비 같습니다.
햄릿: 아니면 고래 같기도 하고
폴로니어스: 정말 고래 같습니다.

HAMLET. Do you see yonder cloud that's almost in shape of a camel?
LORD POLONIUS. By the mass, and 'tis like a camel, indeed.
HAMLET. Methinks it is like a weasel.
LORD POLONIUS. It is backed like a weasel.
HAMLET. Or like a whale?
LORD POLONIUS. Very like a whale. (3.2.367-72)

미친 척 함으로써 상대방을 안심케 해놓고 자신의 뜻을 펼칠 수 있는 광증은 사실은 상대방의 진실을 더 잘 알기 위한 수단이 된다. 기표적 단어 낙타, 족제비, 고래는 그 자체를 의미하는 것이 아니라 구름처럼 마음대로 변하고 아무 신의도 윤리도 도덕도 없는 폴로니어스를 비난하고 야유하는 말이다. 이런 경우 진실을 모르는 폴로니어스는 정신이 나간 사람, 즉 진짜 미친 사람이고 미친 척 하는 햄릿은 제 정신을 가진 사람이 되는 것이다. 그런 햄릿의 깊은 의도도 모르고 폴로니어스는 "무엇을 읽고 있느냐?"(What do you read my lord)(2.2.191)라고 햄릿에게 말할 때 햄릿은 "단어, 단어, 단어들을"(Words, words, words)(2.2.192)이라고 대답한다. 여기서 햄릿은 폴로니어스가 알 수 있는 기의를 가진 기표의 말을 하는 것이 아니라 얼마든지 다른 뜻으로 해석되는 자유스럽고 유동적인 기의가 되도록 말장난을 하여 자신의 세계를 암시하고 있다. 이와 같이 화자가 말하는 기표와 받아들이는 사람의 기의가 달라 언어의 등가等價는 성립하지 못하고 끊임없는 텍스트의 의미화 작용이 일어나고 있는 것이 햄릿 대사의 특징이라고 보는 것이 구조주의적 비평의 방법이다.

이런 햄릿의 "터무니없고 빙빙 돌리는 말"(wild and whirling words)(1.5.139)은 부정확성, 무의미성, 엉뚱함 등을 가져와 상대방을 어리둥절하게 하고 사태를 정확히 파악하지 못하도록 한다. 햄릿은 '미친 척' 하면서 교묘하게 말장난을 하고 엉뚱한 말을 사용하여 사태를 호도하기도 하고 상대방의 의중을 떠보기도 한다. 그러므로 햄릿은 "자신의 마음속의 비밀을 캐내려고"(pluck out the heart of mystery)(3.2.356)하는 모든 주위 사람들을 당황케 만드는 "어휘와 그 어휘들의 통상적인 의미를 이간시키는 언어"(Ferguson 293)의 의미화 체계를 실천한다.

수수께끼 같은 보초병들의 대화, 초등학교 친구들과의 대화 등은 기의와 기표의 차이를 통한 셰익스피어의 의미화 체계의 또 다른 예들이다. 거투르드와 침실에서 대화할 때 기의와 기표 사이의 차이를 전혀 다르게 해석하는 거투르드의 이해력에 구체적으로 조목조목 기표를 설명하는 햄릿의 안타까운 심정은 마침내 햄릿으로 하여금 '거짓 미친 척 하는 것'이라고 자신의 심정을 토로하게 만든다. 햄릿의 대사에 대한 구조주의적 분석은 개인과 사회와 덴마크 국가라는 거대한 조직 사이의 의미화 작용에도 적응될 수 있다.

정신분석학적인 비평

현대 심리학에 끼친 프로이드Freud의 공헌은 지대하며 그의 영향아래 많은 제자들이 이론을 발전시켜 나간다. 그 중에 중요한 것들이 융의 집단무의식 이론이나 라캉의 이론 등이다. 프로이드는 인간의 마음속에 있는 의식과 무의식 및 잠재의식에 대한 연구와 이들이 인간 행동에 끼치는 영향들을 연구했다. 프로이드는 인간의 정신을 이드Id, 자아Ego, 초자아Super-ego로 구분한다. 이드는 모든 정신 에너지의 원천인 생명력이 있는 곳이다. 그리고 이드는 모든 '쾌락원리'의 근원이며 본능적 욕구의 발원지이다. 이드는 '쾌락원리'의 근원이라서 사회의 관계, 어떤 윤리, 도덕적 자제 등을 고려치 않는다. 이드는 본능적 만족을 추구하기 때문에 방종이나 성욕의 근원이라 할 수 있다.

프로이드는 어린이가 성장함에 따라 어머니를 사랑하는 마음이 아버지와 무의식적으로 성적 경쟁을 하는 것으로 『오이디푸스 왕』을 분석해 소위 '오이디푸스 콤플렉스' 이론을 전개시키고 그 후 문학연구에 많은 영향을 끼친다. 도덕과 윤리를 무시하고 형을 죽이고 형수와 결혼한 클로디어스나 시동생과 재혼한 거투르드는 본능적 충동을 따랐으므로 '쾌락원리'에 지배되는 이드에 해당된다. 유령은 본능에 따른 비도덕적인 클로디어스를 죽이라고 부탁하며 거투르드의 근친상간적 성적 충동을 질타하는 '도덕원리'에 기반을 둔 초자아로 역할을 한다. 한편 햄릿은 '도덕원리'로 작용하는 유령과 '쾌락원리'로 작용하는 클로디어스 사이에서 현실원리로 작용하는 자아로 볼 수 있다.

프로이드의 이론에 따르면 모든 아들은 아버지를 죽이고 어머니와 결혼하고 싶은 욕망이 있는데 이것이 무의식 속에 잠재해 있다가 여러 가지 모양으로 표출된다는 것이다. 햄릿이 클로디어스에게 복수를 하지 못하는 것은 '자신이 아버지를 죽이고 어머니와 결혼하고 싶은 잠재의식을 대신 행하여 주었기' 때문에 자신과 클로디어스가 동일시되어 "클로디어스를 죽이는 것은 자신을 죽이는 일과 같음"(Selden, 1988 83)으로 불가능하다는 것이다.

햄릿의 의식과 무의식 속에는 또한 돌아가신 아버지의 모습과 현재의 왕 클로디어스에 대한 애정과 증오가 함께하고 있어서 이러한 '애증병존'ambivalence은 도덕원리를 따르려는 돌아가신 왕과 '쾌락원리'를 따르는 현재의 왕 사이에서 갈등하는 햄릿의 정신 상태에 영향을 미친다. 햄릿이 추구하는 것이 돌아가신 아버지뿐이라면 복수도 쉬울 것이고 행동도 통일성이 있겠지만 햄릿 자신이 '오이디푸스 컴플렉스'를 실천에 옮긴 '자신과 동일시'되는 클로디어스도 무시할 수 없는 처지가 두 세계를 완전히 분리하지 못하게 한다. '오이디푸스 컴플렉스'에 의한 클로디어스의 영향 때문에 햄릿은 이상화된 돌아가신 아버지와, 어머니와 현재 같이 살고 있는 현실적인 아버지인 클로디어스 사이의 무의식적 관점이 햄릿의 행동과 언어를 애매하게 만든다는 것이다.

또 하나는 어머니와 결혼하고 싶은 욕망이 억압되어 있다가 표면으로 올라오나 실천에 옮길 수 없는 자체 모순 때문에 어떤 행동을 하려는 햄릿의 능력을 붕괴시킨다는 것이다. 어떤 특별한 욕망이 실현되지 못하고 무의식 속에 잠재해 있어서 '광증'으로 나타나고 이 광증은 "불신, 의심, 무관심, 절망, 또는 외모 상 격렬한 것이나 즐거운 것"(Selden, 1988 84)으로 나타나기도 하고 야유나 거짓 웃음으로 나타난다. 이런 감정을 표현하는 언어는 애매하거나 이중성을 갖게 된다. 이런 것이 다 그의 무의식의 표현이어서 다양한 해석을 갖게 한다. 특히 농담이나 말장난, 또는 애매한 말은 모두 무의식의 표현으로 전통이나 정상적인 시민 사회의 제한 등의 검열을 벗어나 일시적으로 자연스럽게 떠돌아다니는 자유스런 행위이다. 이런 무의식의 언어들이 어떻게 표출되어 심리적 상태를 나타내주는가 하는 것은 다음 대사에 잘 반영되어 있다.

햄릿. 좋은 생각―처녀의 다리 사이에 눕는 것이지요.

오필리어. 무슨 말씀을 왕자님!

햄릿. 아무 것도 아니야.

HAMLET. That's a fair thought to lie between maids' legs.

OPHELIA. What is, my lord?

HAMLET. Nothing. (3.2.105-07)

여기서 '아무것도 아닌 것'nothing은 '남성적인 것의 결핍'lack of the male thing
을 의미하거나 또는 여자의 다리 사이에 놓여 있는 '0'을 의미한다고 보는
데, 이는 클로디어스가 햄릿에게 폴로니어스의 시체는 어디에 있느냐는 질
문에 "시체는 왕과 함께 있으나, 왕은 시체와 함께 있지 않습니다./왕은 물
건이니까"(The body is with the king, but the king is not with the
body./The king is a thing)(4.2.24-25)라는 말과 연관이 있다. 다시 말하면
클로디어스는 거투르드를 지배하는 남근의 일종인 'a thing'을 가지고 있는
데 이것을 햄릿이 어떻게든 거세해서 'nothing'으로 만들고자 하는 무의식
의 표현인 것이다.

　　햄릿의 말장난은 무의식의 표현이며 그의 애매한 말들의 근저에는 '오
이디푸스 컴플렉스'의 트라우마가 잠재해 있음을 알 수 있다. 햄릿의 여성
혐오도 오이디푸스 컴플렉스에서부터 온 것이다. 햄릿에게 아버지의 복수
못지않게 심각한 문제는 성공한 어머니의 재혼이다. 성적 욕망의 대상이었
던 어머니가 근친상간에 의한 추잡한 성적 대상이어서 그야말로 '잡초만 무
성한 정원'임을 생각할 때 햄릿의 어머니에 대한 증오와 혐오감은 커지고
침실 장면에서 이 혐오감은 절정에 달한다. 햄릿에게 '쾌락원리'인 이드에
따라 전 남편도 아들도 도덕도 윤리도 버리고 오로지 성욕의 노예가 된 어

머니에 대한 증오는 클 수밖에 없다. 그런데 이 증오는 가질 수 없는 것에 대한 갈망의 역설적 상태이다. 그러니까 증오와 갈망은 동전의 앞뒷면과 같다. 갈망하기 때문에 증오하고, 증오하는 원인은 갈망 때문인 것이다. 갈망하고 동경하는 어머니가 성욕의 노예가 된 것에 대한 증오는 깊은 혐오감이 되어 햄릿은 어머니 거투르드 뿐만 아니라 오필리어까지 혐오하게 된다. 거투르드의 성적 타락으로 인한 여자에 대한 햄릿의 잘못된 무의식적 환상은 오필리어에게 전염되어 "왜 그대는 죄 많은 인간을 낳고 싶어 하는가?"(Why wouldst thou be a breeder of sinners)(3.1.119)라고 말한다. 성적타락으로 인한 거투르드에 대한 햄릿의 무의식적 인식은 오필리어도 똑같은 여성의 몸으로 보기 때문에 전체 여성에 대한 증오와 혐오로 확대 된다. 이처럼 『햄릿』에 대한 정신분석학적인 비평은 복수문제, 언어문제, 여성문제의 전반에 대한 새로운 해석의 길을 열어 놓았다.

여권주의 비평

여권주의 비평의 기본 시각은 인류의 역사가 남성 위주로 되고 여성은 종속적이었다는 것을 밝히고 여성과 남성을 동등하게 취급하려는 것이다. 여권주의자들에게 인간의 문명은 가부장적이요 남성 중심적으로 보인다. 그 결과 남성은 능동적이고 지배적이고 창조적인 반면에 여성은 수동적이요 감정적이고 인습적이라는 인식이 인간의 마음에 자리 잡고 있다는 것이다. 그 결과 세상은 남성 중심적이고 여성들은 주변적이며 종속적인 것으로 취급되어져 왔다. 그래서 여권주의자들은 여성의 사회적 지위를 향상시켜 남성과 대등한 위치로 여성을 끌어올리려 했다.

초기 단계의 여권주의 비평은 주로 왜곡된 여성의 이미지를 연구하여 가부장제도의 편견을 비판하는 데 주력 했는데, 그 선구적 비평가는 두진베르Dusinberre이다. 그녀는 특히 셰익스피어의 희극 속에 주도적으로 활약하는 여주인공들을 부각시켜 가부장제도를 공격하고 여성의 위치를 들어 올리는 데 상당한 공헌을 한 것으로 본다. 특히 『베니스의 상인』에서는 "포샤가 법률가로서의 총명과 여배우로서의 재능"(156)을 잘 담당했다고 보았다. 두진베르는 여성의 정치적 해방보다는 가부장제도의 틀 속에 갇힌 여성이 아닌 적극적이고 활발한 여성을 부각시켜 셰익스피어 작품 속의 여성의 새로운 면을 부각시켰다. 여권주의는 사회의 발전과 더불어 더욱 발전하여 여성의 지위를 높이는데 장애물이 되는 '여성의 타자화'를 공격하고 남성 위주의 정치, 사회적 이데올로기의 잘못을 타파하는 쪽으로 진행된다.

『햄릿』에서 여권주의적 비평은 주로 오필리어와 거투르드에 대한 해석이지만 두 여성 때문에 나타나는 햄릿의 태도를 분석하는 주요 수단이 되기도 한다. 오필리어는 순종적인 여자로 나타나 있고 오빠 레어티즈의 말을 들어야하고 아버지 폴로니어스의 명령을 그대로 지킨다. 레어티즈는 햄릿의 오필리어에 대한 사랑을 "청춘의 유행이며 장난감"(A fashion, and a toy in blood)(1.3.6)이기 때문에 나이가 들면 '장난감'처럼 버림받게 된다고 말한다. 여기서 레어티즈가 보는 여성관은 남자의 한 때의 심심풀이이고 장난감이라는 것으로 여성은 남성의 부속물에 불가하다는 전통적인 가부장제도의 표현이다. 폴로니어스는 오필리어를 불러서 햄릿이 어떻게 사랑을 고백했는지를 묻는다. 오필리어는 아버지가 질문하는 대로 햄릿과의 사이에 있었던 상당히 은밀한 것까지도 말한다. 손목을 잡은 것이며 가슴을 풀어헤치고 얼굴을 뚫어지게 쳐다보는 등의 행위는 폴로니어스가 보기에는 완전히 "사랑에 미친것"(ecstasy of love)(2.1.101)으로 보일 수밖에 없다.

폴로니어스가 오필리어에게 어떤 행위를 했느냐니까 오필리어는 망설임도 없이 "아버지가 명령한대로 편지를 돌려주고 저에게 접근하는 것을 거절했어요."(but as you did command, I did repel his letters, and denied/ His access to me)(2.1.106-7)라고 대답하여 순종하는 여성의 전형적 모습을 보인다. 커튼 뒤에서 오필리어와 햄릿의 만남을 엿보는 장면은 폴로니어스의 정치적 의도는 비록 빗나가지만 오필리어는 "숨어 있는 두 남자에 의해 완전히 조종되는 모습"(Jardine 72)을 보여 가부장제도의 희생물이 된다.

폴로니어스는 불란서 파리에서 공부하는 레어티즈를 감시하라고 레이날도에게 돈을 주면서 심부름을 보낸다. 레어티즈는 오필리어에게는 엄격하게 정조를 지킬 것을 주장했는데 정작 본인은 오필리어의 말처럼 쾌락을 즐기고 마음대로 행동할 수 있음을 보여주어, 남자는 여성에 비해 여러모로 자기중심적이며 여성을 변두리인 '타자'로 취급하고 있음을 보여준다. 햄릿이 오필리어에게 '수녀원'으로 가기나 하라고 한 것 역시 여자를 타자로 몰아 변두리로 보내는 남성 위주 사회의 모습을 보여준다. 햄릿은 여성들이 화장하고 모양내는 것에 대해 "신께서 내려주신 얼굴에 분칠을 해서 전혀 딴 판으로 만들어놓는다"(God hath given you one face and you make yourselves another)(3.1.137-8)고 비난하기도 하고 심지어 여자들이 결혼하여 자녀를 낳는 것을 "죄인을 낳는 알"(a breeder of sinners)(3.1.119)로 치부한다. 이것은 아름다움과 생산이라는 여성의 중요한 두 기능을 완전히 무시하고 비난하는 여성 혐오의 전형적 표현이라 할 수 있다. 여권주의적 비평은 햄릿과 거투르드 사이의 관계를 밝히는 데 더욱 더 초점이 놓여진다. 여권주의자들은 햄릿이 숙부의 아버지 살해와 왕관 탈취보다도 거투르드의 타락한 근친상간이라는 성적본능에 더 민감한 반응을 보인다고 본다. "약한 자여 그대 이름은 여자로다."(frailty, thy name is woman)(1.2.146)에서 나타난 바와 같이 여자의 믿을 수 없는 마음과 흔들리는 마음은 욕정의 노예로 전락할 수밖에 없는 것을 여자의 속성으로 보고 이를 햄릿은 개탄하고 있다. 어머니를 차지하고 싶은 '오이디푸스 컴플렉스'가 햄릿 마음속에 억압되어 잠재해 있다가(이때는 소유의 갈망으로 숨어 있다) 클로디어스의 추악한 잠자리에서 성욕의 노예로 전락한 거투르드 때문에 극도의 혐오감으로 발전하고 이 혐오감은 오필리어에게까지 전염된다. 특히 여성의 약한 마음, 흔들리는 마음의 연장선상에 있는 것이 매춘부라는 단어로 요약된다.

『햄릿』에서 남성적 원리는 죽이는 능력을 말하며 이것은 용감무쌍, 육체적 용기, 확실성, 권위, 합법성 등과 연결되어 있고 생산의 능력을 갖춘 것으로 기술되는 여성적 원리는 두 개로 나누어진다. 법에서 제외된 여성적 원리는 여성을 '어둠, 혼동, 육체, 불길함, 마술, 무엇보다 성적인 것'과 연관되어 있는 것으로, 법의 테두리 안에 있는 여성적 원리는 '감정, 자비, 신적인 것'과 연관되어 있는 것으로 본다. 그래서 "여성은 성지나 여신과 같은 존재이거나 아니면 매춘부나 개새끼 같은 존재"(French 75)라는 것인데 햄릿은 여성적 원리의 두 세계 사이의 갈등 속에 있기 때문에 인생에 대한 확실성이 없어 행동과 말에도 불확실성이 계속된다는 것이 여권주의자들의 주장이다. 여권주의자들은 햄릿과 여성과의 관계에서 『햄릿』을 해석하는데 그 골자는 햄릿의 말과 행동은 여성 혐오에서 나오는 것이며 여성의 두 가지 양상이 햄릿을 불확실성 속에 머물게 하여 그런 행동을 하게 만들었다는 것이다.

마르크스주의 비평

마르크스주의자들은 인류의 정신사에서 두 가지 중요한 명제를 주장한다. 하나는 인간의 의식과 존재에 관한 것이며, 다른 하나는 정신과 물질에 관한 것이다. 서구 문화가 기독교를 중심한 정신문화라면 마르크스주의는 물질의 중요성을 강조하여 사회주의 혁명의 이념적 초석이 된다. 마르크스주의자들은 인간의 의식이 인간의 존재를 결정하는 것이 아니라, 정반대로 인간의 사회적 존재가 의식을 결정한다고 주장하며 의식보다는 사회적 존재가 더 중요함을 역설한다. 문학에 대한 형식주의자들의 지나친 문학 자체의 연구라는 틀을 마르크스주의자들이 문학 외에 정치, 경제, 사회, 제도 등으로 확대시킨 것은 커다란 공헌이다. 문학작품이 어떻게 계층, 인종, 성의 문제 등을 억압과 해방이라는 측면에서 취급될 수 있는가를 밝혀 인간의 의식 세계를 넓혀준 공헌도 있다.

크리거Kriger는 『셰익스피어 희극의 마르크스주의적 연구』(1979)에서 포샤나 허미아, 또는 로잘린드 같은 셰익스피어 희극의 여주인공들이 가부장제도와 권위주의적 사회 속에서 어떻게 변증법적 단계를 거쳐 "1차 세계를 초월하는 2차 세계"(Kriger 7)에 진입하는가를 분석하여 마르크스주의적 비평을 하였다. 마르크스주의는 기존의 사회를 변화시켜 새로운 사회의 창조라는 목표를 가지고 있는데 이런 점에 셰익스피어의 문학적 의의가 있다고 보았다.

스미르노프Smirnov도 『셰익스피어: 마르크스주의적 해석』(1934)에서 어떻게 셰익스피어가 마르크스주의적으로 해석될 수 있는가를 설명했다. 스미르노프는 셰익스피어가 계속해서 작품 속에서 봉건적이고 가부장적인 제도에 대해 공격적, 혁명적 항의를 표시했다는 것이다. 스미르노프는 셰익스피어가 종교나 봉건적 전통의 권위를 그대로 유지하는 것보다 인간의 자유의

지, 양심 또는 자신과 세계에 대한 책임을 강조했다고 보았다. 또한 세상과 인생 및 현실에 대하여 과학적 태도를 가지고 있어서 모든 현상에 대해 사회적, 심리적 방법으로 설명하려 했으며 마지막으로 셰익스피어는 비관주의보다는 낙관주의를 선호하였다고 보면서 『햄릿』의 경우도 포틴브라스가 덴마크의 다음 왕이 된다는 유언을 했는데 이는 낙관주의적 태도를 가지고 변증법적인 방법으로 새로운 왕이 탄생하도록 했다는 것이다.

거투르드는 전 남편이 죽자마자 클로디어스인 현재의 왕과 결혼하여 햄릿의 여성 혐오의 대상이 되고 근친상간에 의한 성욕의 범법자로 인식되지만 마르크스주의적 관점에서 보면 남편이 죽었기 때문에 궁전에서 폐출될 위기에서 다시 권력을 잡고 왕비의 위치를 유지하는 민첩성을 나타내 준다. 클로디어스와 공모하여 전 남편을 죽였는지는 알 수 없지만 권력의 이동시기에 의식이 존재를 좌우하는 것이 아니라 존재가 의식을 좌우한다는 마르크스주의의 신조를 따라 거투르드는 목숨을 부지하고 왕비의 자리를 유지했다는 것이다.

햄릿도 복수과정에서 마르크스주의적 관점을 보여준다. 유령으로부터 덴마크의 현실에 대해 알게 되었지만 햄릿은 섣불리 동요하지 않고 광증이라는 가면을 쓰고 현실에서 좀 떨어져 용의주도하게 자신의 길을 간다. 그리고 클로디어스가 정말 전 왕의 살해범인가를 알기 위해 연극을 이용하는 치밀함을 보인다. 이 과정에서 미친척하며 오필리어의 무릎을 베고 연극을 관람하나 클로디어스의 심증을 정확히 알아 보기위해 호레이쇼까지 동원한다. 복수를 하기위하여 조정의 상황, 클로디어스의 마음속, 그리고 친구의 의견 등을 종합하여 대처하는 방법은 전형적인 마르크스주의적 태도라는 것이다. 배에 실려 영국으로 가던 중 왕의 칙서(자신을 죽이라는)를 두 친구를 죽이라는 내용으로 바꿔치는 햄릿의 행동, 그리고 다시 궁전으로 들어오는 햄릿은 최대한으로 주위환경을 자신의 목적을 달성하기 위한 방법으로 이용한다. 승산이 별로 없지만 레어티즈와의 칼싸움에 당당하게 임하는 햄릿의 자세는 도덕이요 의무요 운명이지만, 마르크스주의적 관점에서 보면 칼싸움이라는 사회적 상황이 복수라는 본질을 좌우하도록 선택하는 행위이다.

마르크스주의적 관점에서 보면 왜 햄릿이 클로디어스에게 복수하는데 시간이 걸렸으며, 클로디어스는 어떻게 찬탈해서 얻은 왕위를 지키려 했는가를 기존의 방법과는 다른 차원에서 접근해 볼 수 있다. 전쟁의 위험이 있고 온 국민이 전 왕의 죽음으로 슬픔에 빠져있어 잘못하면 국가가 위기에 빠질 수 있어서 클로디어스는 "지난날에는 과인의 형수였던 현 왕비를 상무의 기개가 넘치는 이 나라를 함께 다스릴 반려자로 삼게 되었으니"(Therefore our sometime sister, now our queen, The imperial jointress to this warlike state, Have we)(1.2.8-9)라고 말한다. 이는 찬탈의 행위는 뒤에 숨겨둔 채 사회적, 국가적 책임을 다하기 위해 형수와 결혼함으로 개인의 사회적 지위 향상과 동시에 국가의 안녕을 꽤하고 국가를 잘 다스리겠다는 것으로, 마르크스주의적 관점에서 보면 그 목표를 잘 수행하고 있는 것이다. 왕위를 빼앗긴 햄릿이 위협이 되므로 클로디어스는 심리적 접근을 해 조카인 햄릿에게 "나의 조카인 동시에 아들이기도 한 햄릿아"(But now, my cousin Hamlet, and my son,)(1.2.64)라고 하여 마음이 넓으며 미래에 왕권을 물려줄 것을 암시하는 발언을 한다. 이렇게 겉으로는 국가의 안녕을 유지하고 햄릿을 아들로 생각한다고 하면서 속으로는 햄릿의 두 친구를 보내 염탐해오도록 한다. 햄릿이 폴로니어스를 죽여 조정에 대 혼란이 오고 의심해오던 대로 클로디어스 자신에게 커다란 위험이 되었을 때에도, 클로디어스는 "사리를 판단해서가 아니라 눈으로 판단하는 정신 빠진 대중들의 사랑을 받고 있어서"(He's loved of the distracted multitude, who like not in their judgment, but their eyes;)(4.3.4-5) 햄릿을 함부로 죽이지 못하고 영국으로 보내서 죽음을 맞이하도록 계략을 쓴다.

마르크스주의적 관점에서 보면 클로디어스는 자신은 숨기고 조정과 국가와 자신에게 위험이 되는 햄릿을 제3의 인물이 살해토록 하는 변증법적 방법을 채택하고 있는데 이는 나중에 구사일생으로 바다로부터 살아 돌아온 햄릿을 레어티즈와 칼싸움하도록 상황을 만들어 내는 장면에서도 그대로 나타난다. 클로디어스는 본인에게 돌아올 비난과 위험을 교묘히 감추고 제3자가 햄릿을 죽이도록 하여 자신의 명분은 살리고 적대자를 죽이려는 계략을 쓰지만 성공하지는 못한다.

벨지Belsey는 『햄릿』에서 개인이 복수하는 것은 과도한 정의심의 발로라고 본다. 왜냐하면 성경에 "내 사랑하는 자들아 너희가 친히 원수를 갚지 말고 진노하심에 맡기라 기록되었으되 원수 갚는 것이 내게 있으니 내가 갚으리라"(로마서 12: 19)라는 말처럼 복수는 신의 영역인데 인간 개인이 복수하는 것은 도덕의 문제가 아니라 정치적인 문제라는 것이다. 그러므로 도덕적으로 『햄릿』을 접근하면 "복수는 정의가 아니며"(Belsey 154) 복수지연은 당연한 것이므로 마르크스주의적 관점으로 볼 때만이 "윤리적이고 정치적인 위치로부터 사회적이고 정치적인 약점이 완화"(158)되는 비극작품이 된다고 보았다. 이런 의미에서 『햄릿』을 도덕적이나 윤리적인 면에서의 복수극으로 보아서는 안 되고 국가가 바로서는 사회적 변화의 측면에서 보아야한다는 것이다. 햄릿의 복수가 개인적인 것이 아니고 사회와 국가를 변화시키는 요소라는 점을 강조하는 것이 마르크스주의 비평의 핵심이라 할 수 있다.

신역사주의적 비평

　　신역사주의 비평도 어떤 문학텍스트의 의미가 역사적, 사회적 컨텍스트와 관련이 있다는 역사주의 비평과 마찬가지다. 문제는 역사주의는 문학텍스트가 역사적, 사회적 사실의 반영이며 그런 텍스트는 안정된 세계이며 그 자체가 통일과 질서를 가지고 있다고 보아 문학은 역사적 실재를 반영한다고 본다. 역사가와 문학 비평가는 그렇기 때문에 역사적 사실을 객관적으로 진술할 수 있다고 본다. 반면에 신역사주의는 이러한 역사주의와 반대 입장을 보인다. 신역사주의는 역사주의가 주장하는 단일한 정치적 비전 같은 획일적 접근 방식을 근본적으로 반대한다. 역사에 대한 관점에서 역사주의와 신역사주의는 차이를 보이는데 "역사는 과거의 사건이냐 아니면 과거의 사건을 이야기하는 것이냐"(Selden, 1993 188)라는 질문에 집약된다. 신역사주의자들은 과거의 사건으로써의 역사가 아니라 어떤 이념이나 제도에 따라 이야기될 수 있는 것이 역사라고 본다. 특히 알튀세는 '인간경험'이란 사회적 제도나 이데올로기의 담화에 의해 형성되고 특징 지워지는 것이 역사라고 주장한다. 특히 몬트로즈Montrose는 글쓰기와 역사의 상호작용을 중요시 하여 '텍스트의 역사성과 역사의 텍스트성'the historicity of texts and the textuality of history을 주장한다. 텍스트의 역사성이란 어떠한 문학작품도 시간과 공간을 초월하여 역사나 문화와 독립하여 존재하지 못하고 늘 역사성을 가진다는 것이며, 역사의 텍스트성이란 문화와 역사의 해석자는 텍스트에 나타난 흔적들을 통해서만 역사에 접근할 수 있다는 것이다. 이렇게 볼 때 문학텍스트는 사회 및 역사 그리고 문화의 담론이라는 그물망 안에서만 그 의미가 형성된다고 보는 것이다.

　　신역사주의는 그렇기 때문에 문학텍스트가 지배계층의 담론을 강화하는 쪽으로 그 내용을 포함하는 것에 관심을 가진다. 그래서 신역사주의는 지배담론에 반대되는 야만성과 타자를 봉쇄하려한다. 야만성이나 타자를 봉쇄하여 지배 권력을 강화하는 쪽에 기울어지면 신역사주의적이고 '타자'에 중점을 두고 '전복의 가능성'을 강조하면 문화유물론에 가깝게 된다. 신역사주의와 문화유물론은 문학텍스트를 컨텍스트와의 연관성에서 취급하는 공통점이 있지만 목적하는 바는 서로 다르다.

　테넌하우스Tennenhouse는 「『햄릿』에서의 권력」이라는 논문에서 신역사주의에 입각해서 햄릿의 행위와 클로디어스의 방어를 권력에 대한 정치적 아이디어의 관점에서 설명한다. 그의 요지는 햄릿과 클로디어스 두 사람은 권력의 행사에 있어 실패한다고 주장한다. 중세 봉건 시대에 권력의 획득은 혈통에 의해서든지 아니면 힘에 의해서인데 햄릿은 혈통은 있으나 힘이 부족했고, 클로디어스는 힘은 있으나 혈통이 없어 각각 실패자가 되었다고 보는 것이다. 햄릿이 권력을 얻을 수 있는 것은 돌아가신 선왕의 아들이며 또 클로디어스가 말한 대로 '정신 빠진 대중들의 사랑을 받기' 때문이지만 그에게는 권력을 획득할 만한 타고난 행동하는 능력이 부족하고 늘 생각만 하는 정신적 상태에 머문다. 클로디어스는 거투르드와 결혼하여 권위를 얻는다. 부계혈통으로 볼 때 클로디어스는 햄릿보다 못하지만, 여왕의 남편이요 햄릿의 숙부가 되어 모계혈통으로 보면 더 권한이 있는 남성의 위치를 차지한다. 하여튼 클로디어스는 위치를 확보한 셈이다. 테넌하우스에 의하면 셰익스피어는 힘을 사용하든, 혈통이든 간에 서로 반대되는 권력을 향한 두 주장이 『햄릿』에 설정되어 있다고 보았다. 그러나 둘 다 권력의 행사에는 실패했다는 것이다. 혈통이 있는 햄릿은 힘을 사용할 능력의 결여로, 힘을 가진 클로디어스는 혈통의 정당성 결여로 권력 행사에는 실패했다고 테넌하우스는 해석한다. 그렇기 때문에 셰익스피어는 클로디어스가 형을 살해하고 권력을 유지하려는 것이나 햄릿이 클로디어스를 정죄하려고 복수하려는 것이나 똑같이 실패한 것으로 본다.

이 두 가지 폭력이라는 행위는 그 주민들 위에 귀족체제의 절대 권력을 확립하기 위한 것이라기보다 왕권체제를 공격했다고 보는 것이 신역사주의의 관점이다. 단지 포틴브라스만이 권력을 행사할 수 있는 능력과 혈통을 통한 정당성을 갖추고 있어서 권력을 가질 수 있다고 테넌하우스는 설명한다. 이렇게 권력과의 관계에서 『햄릿』을 분석한 테넌하우스는 권력을 향한 잡다한 세력이 이해관계에 따라 대립하고 투쟁하는 텍스트로 『햄릿』을 보았고 극장은 엘리자베스 시대의 그런 사회 및 정치의 투쟁장소로 가장 적합하다고 해석하였다.

이런 관점에서 코돈Coddon도 "정치가 작동하는 형태가 극장"(376)이라고 보았다. 예술과 사회는 서로 분리해서는 이해할 수 없는데 그 이유는 한 문화의 이데올로기가 재현되고 강화되어지는 서로 다른 형태이기 때문이라는 것이다. 그러면서 역사적인 사건이라 할 수 있는 에식스Essex 백작의 '광증'과 햄릿의 '광증'의 유사성을 가지고 『햄릿』 세계를 신역사주의적으로 조명한다.

에섹스 백작은 처형 전의 고상한 연설을 통해 죄를 고백하고 자신을 죽음으로 몰고 간 권위를 인정했지만 이 연설은 극장의 이데올로기적 기능을 수행한 것으로 볼 수 있다. 에섹스는 고상한 연설에서 자신과 모든 사람들을 용서해 달라고 간구하면서 특히 엘리자베스 여왕과 국가와 교회를 축복해줄 것과 귀족들과 높은 위치의 사람들에게 축복해 줄 것을 기도하고 자신은 엘리자베스 여왕에게 폭력을 의미하지 않았다고 주장한다. 그러나 이것을 시련으로 생각하고 벌을 달게 받겠으며 세상이 자신을 용서해 줄 것을 바란다고 하였다. 『햄릿』의 신역사주의적 비평을 요약해보면, 에섹스 백작이 미쳐서 이성을 잃고 엘리자베스 여왕에게 반란을 일으켰다는 죄로 죽지만 이를 통해 자신의 주체성을 되찾고 영국의 왕권을 재확인한 것처럼 햄릿의 미친 듯한 행위는 클로디어스를 죽이고 자신도 죽지만 결국 덴마크 국가와 사회에 새로운 질서와 안녕을 회복시키는 왕권강화의 행동으로 보는 것이다.

문화유물론적 비평

문화유물론은 지금까지 세계를 주도해 온 세력에 대해 반감을 가지고 있어서 "지배이데올로기에 대항하는 역사"(Selden, 1993 191)를 문학텍스트로부터 끌어내려한다. 한 시대정신에 대한 틸야드Tillyard 식의 단일정신 보다는 윌리엄즈Williams가 주장하는 문화에 대한 좀 더 다이내믹한 모델을 중요시하면서 특히 르네상스 사회에서의 '전복적'이고 '변두리적' 요소에 관심을 가진다. 문화유물론자들은 문학텍스트의 의미는 보편타당한 기준에 의해 전적으로 고정된 것으로 보지 않고 언제나 놀이 중이며 특별한 전유가 된다고 보았다. 특히 벨지Belsey 같은 비평가는 "변화, 문화적 차이, 진리의 상대성에 대한 전망을 채택하는 새로운 역사"(Selden, 1993 192)를 주장하며 대안적 지식을 생산하는 데 우선권을 주어야 한다고 설명한다.

이러한 새로운 역사를 문학텍스트에서 찾아내려는 노력은 윌리엄즈에게서 좀 더 구체화된다. 그는 예술을 문화적 실천과 생산양식의 수단으로 보고 예술의 사회적, 경제적 및 정치적 조건과의 관계성을 관심의 대상으로 삼는다. 그래서 윌리엄즈는 "문화를 지배적인 것, 잔여적인 것, 새로 떠오르는 것"(Selden, 1993 191)으로 구분하여 지배문화에 대항하여 잔여문화의 가능성이나 새로 떠오르는 문화의 저항성을 중요하게 여긴다. 신역사주의가 봉쇄를 강조한다면 문화유물론의 저항 또는 전복성은 '카니발'carnival에 대한 관심을 가져온다. 바흐찐Bakhtin은 언어의 특성을 '이어성'heteroglossia과

'카니발화'carnivalization라고 보면서 문화유물론의 지평을 문학텍스트 속에 적용한다. 이어성은 언어의 단일화를 거부하며 언어의 중심언어와 원심언어가 언제나 충돌함을 주시하여 원심언어에 해당하는 언어의 비공식적 목소리를 중요하게 생각한다. 카니발을 지배세력이 아닌 민중에 의해 이루어진 문화로 보고 카니발 문화가 공식적인 구조 속에 편입될 수 있도록 하는 것이 카니발의 기능이라고 주장한다. 신역사주의는 카니발이 조롱하고 비판하는 권력의 정당성을 확인시켜주는 방식 안에서만 허용되고, 통제된다고 보는 반면에 문화유물론은 지배 권력에 저항하고 그래서 지배문화를 전복하여 민중문화의 승리라는 카니발화를 실현시키려한다.

브리스톨Bristol은 "『햄릿』은 셰익스피어가 카니발의 극적기교의 기초를 사용한 대표적 연극"(350)이라고 전제하고 클로디어스를 '잘못된 지배자'로 보고 얼마나 그로테스크하게 카니발을 이용하는가와 무덤 파는 자들의 말을 카니발화의 현상으로 보고 이 극을 분석한다. 물론 『햄릿』이 비극이라 이 속에는 죽음과 공포가 있지만 재미있는 장면도 많이 있다고 본다. 햄릿과 클로디어스가 적대적인 상태에서 대치하지만 이들의 언어는 상대방을 제압하기위한 수단으로 간주한다. 클로디어스가 "전통적인 거룩함, 민속적 지혜, 축제적 방일이라는 가면을 쓰고 자신의 공격성을 감추기 위한 방법으로 대중적이고 카니발적인 태도"(Bristol 350)를 채택한다고 보는 것이다. 햄릿의 '거짓 미친 척 하는 것'도 카니발적 가장이나 자기위장에 해당된다는 것이다. 그렇지만 햄릿은 클로디어스보다는 좀 더 대중적 축제 모습을 가지며 특히 웃음의 힘을 잘 이용한다는 것이 차이점이라고 보는 것이다. 이런 카니발적 요소는 무덤 파는 자들의 장면에서 잘 나타나는데 공식적 문화, 지리 정치적 갈등, 왕의 계략의 세계를 왕관을 벗기듯 벗기고 있다고 보는 것이다. 클로디어스가 자신의 왕위 축하를 위해 밤마다 연회를 베푸는 소동은 그로

테스크하여 햄릿이 지적한 대로 "지키는 것보다 없애는 것"(more honoured in the breach than the observance)(1.4.16)이 좋다는 말은 결국 클로디어스의 통치체제가 부당하며 잘못된 것이라는 점을 내포하고 있다. 또한 클로디어스는 자신의 결혼식에 대해 "결혼식 중에 장송곡이라 할까, 장례식 중에 축가라고나 할까"(With mirth in funeral and with dirge in marriage)(1.2.12)라는 말을 사용하는데 이는 왕권이라는 지배세력이 중심을 갖지 못하고 이것도 저것도 아닌 것에 대한 그로테스크한 표현이며, 이로 인한 클로디어스의 전유는 자기 자신의 의심스런 권위를 합법화하려는 어리석은 시도여서 오히려 잘못된 지도자의 모습을 보였지 참다운 대중문화의 챔피언은 되지 못한다는 것이다. 적어도 카니발화가 의도하는 것은 대중문화의 그로테스크한 면이 지배세력을 꼬집고 공격하여 전복성을 유도해야 하는데 클로디어스는 실패했다는 것이다.

햄릿의 카니발적 요소는 오필리어가 극중극을 보기 전에 이 연극에 대해 "이것은 무엇을 의미하나요?, 왕자님"(What means this lord?)(3.2.122)이라고 한 질문에 "저것으로 말하자면 남모르는 비행, 그저 장난이지"(Marry this is *miching mallecho*, it means mischief)(3.2.123)라고 대답한 대화에 잘 나타나 있다. 순진한 오필리어는 연극 자체가 무엇을 의미하는지에 골몰하지만 햄릿은 카니발 이론에서 주장하는 언어의 다성성을 사용해 조롱을 하면서 여러 가지 상황을 그려보고 있는 것이다. 그 뜻이 애매한 'Marry'라는 단어는 장광설의 시작인지, 연극을 시작하려는 동사인지, 아니면 무언극을 염두에 두고 어머니의 재혼에 대해 말을 꺼내려는 것인지 도무지 알 수 없게 만든다. 이런 카니발적인 요소를 통해 지금까지 통용되었던 것과는 정 반대의 언어사용을 통해 일상성과 관습을 타파하려한다.

『햄릿』은 우리가 살고 있는 세상을 어떻게 인식하고 대응할 것인가를 도와주어 주변이 중심부에 들어오도록 해준다는 것이 문화유물론자들의 주장이다. 그러므로 문화유물론자들은 중심적 이데올로기를 없애려고 중심부보다 주변의 카니발화에 더 많은 애정과 중요성을 갖게 된다. 햄릿은 무언극을 '곤자고의 살인'이라는 연극으로 만들고 이것을 '쥐덫'으로 사용해 클로디어스의 '양심을 낚아채는 도구'로 삼아서 전복의 계기를 만들고 전복성을 실현시킨다고 보는 것이 문화유물론자들이 목표하는 것이다.

결 론: 해체주의는 떠다니는 기표를 중시

구조주의가 질서나 의미를 중시한다면 해체주의는 무질서에 동조하고 명백한 의미를 거부한다. 그렇기 때문에 중심원리 즉 존재, 핵심, 본질, 진리, 목적, 의식 등을 거부하고 구조주의에서 말하는 육체/영혼, 선/악, 의식/무의식 등 소위 이항대립을 부정한다. 해체주의자들은 "모든 텍스트는 열려진 결말을 가진 구조물이며, 기호와 의미화는 임의적인 관계"(Guerin 255)일 뿐이라고 주장한다.

데리다Derrida의 『문법학』(Of Grammatology)은 성서의 '태초에 말씀이 있었다'에 기초하여 '로고스'Logos를 중시해서 말과 글의 차이를 말한다. 그래서 글은 작가의 현존이 필요 없지만 말은 항상 순간적인 현존을 내포한다는 것이다. 데리다는 언어의 초월적 의미를 부정하고 언어의 무한한 생명력을 얻기 위해 '차연'differance이라는 용어를 사용한다. 그러므로 "언어는 확정적인 의미의 고정적 집합체라기보다 '차이놀이'의 끝없는 연쇄"(Guerin 257)라는 특성을 가진다고 보는 것이다. 모든 문학텍스트는 열려진 결말을 가진 구조물이며 기호와 의미화는 임의적인 관계일 뿐이라서 문학 작품 속의 언어는 끊임없는 자유 활동을 하는 떠다니는 기표라는 것이다. 그 결과 서구의 권위, 언어 중심적 기록, 불변의 의미나 가치는 있을 수 없다는 결론에 다다른다. 텍스트의 뒤집기, 공격, 훼손과 끊임없는 거부가 일어나 문학의 비신비화가 일어나고 문학이 그동안 누려온 특권은 거부되고 따라서 문학 속에는 절대 진리도 없으며 권력체계는 훼손되어진다고 본다. 데리다는 '있음은 없음으로 증명되고 없음은 있음으로 증명'되는 역설적 논리를 주장한다. 데리다의 핵심적 주장 가운데 하나는 "현전으로서의 부재"(absence of presence)(Derrida, 1974 xvii)이다. 해체주의자들은 그래서 "『햄릿』에 명확한 기준이 없기 때문에, 객관적 가치판단이 불가능하다"(Margolies 45-46)고 보는 것이다. 이런 해체적 사고는 햄릿이 오필리어에게 하는 다음 말에 잘 나타나 있다.

> 나로, 말하자면 몹시 오만하고, 복수심이 강하고, 야심에 들떠있을 뿐 아니라, 내 등에는 내가 생각해 보았거나, 그 모습을 상상해 보았거나, 또는 그 실행기회만 엿보았던 것보다도 더 많은 되를 젊어지고 있소. 무엇 때문에 나 같은 미물이 천지간을 기어 다녀야 한단 말이오? 우리는 너나 할 것 없이 모두가 악당, 아무도 믿지 마시오.

> I am very proud, revengeful, ambitious, with more offences at my beck than I have thoughts to put them in, imagination to give them shape, or time to act them in. What should such fellows as I do crawling between earth and heaven? We are arrant knave all, believe none of us. (3.1.122-26)

중심이 없는 말은 "사느냐, 죽느냐 그것이 문제로다"(To be or not to be, that is the question)(3.1.56)에도 나타나 있는데 이는 이것도 저것도 아닌 해체주의의적 표현이다. 콜더우드Calderwood는 극중극을 이용해 클로디어스의 마음을 읽어보려는 의도가 자기 반영적인 메타드라마metadrama가 된다고 보았다. 그러면서 햄릿이 끊임없이 추구하는 부정을 통한 질문을 통해 텍스트의 최종적이고 고정된 의미가 없음을 해체주의적으로 분석한다. 콜더우드는 "여기에 존재하지 않는 것은 그것이 무엇이든지 다른 어떤 곳에 반드시 존재 한다"(1992 70)라는 말을 버크Burke로부터 인용하여 유령에 대해서 설명한다. 그래서 거투르드 침실에서 유령이 햄릿에게 말할 때 햄릿은 유령을 보고 있는데 거투르드에게는 보이지지 않는 것 같으니까 "아무것도 보지 못하십니까?"(Do you see nothing there?)(3.4.131)라고 할 때 거투르드는 "전혀 아무것도, 실재하는 것은 다 보이는데"(Nothing at all, yet all that is I see)(3.4.131)라고 대답하는 장면에 대해서 콜더우드는 "만약 유령이 거투르드를 위하여 거기에 존재하지 않는다면, 그렇다면 다른 것이 그것이 존재하지 않는 공간을 차지하고 있다"(1992 70)라고 말함으로써 부정을 통한 언어의 위력을 피력한다. 이것이 곧 개념적인 부재의 언어적 현존이라는 것이다. 살아 있음은 죽음 속에서 다시 발견될 수 있다고 보면서 콜더우드는 "존재하지 않는 것이 필연적으로 존재하는 것에 수반된다"('Not to be' inevitably entails 'To Be')(73)라는 언어의 패러독스를 사용하는 시인이 셰익스피어라고 보았다. 그래서 "이것이 아닌 것이 그럼에도 불구하고 이것이다"(Not This But Nevertheless This)(73)라는 모순이 성립하는 것이다. 침실에 나타난 유령에 대한 상반된 반응을 통해 거투르드에게는 악들을 제거하는 계기로 삼게 하고 햄릿 자신에게는 선을 행하려 했으나 악으로 가득 찬 자신을 되돌아보는 시점으로 설정했다는 것이 콜더우드의 설명이다.

가버Garber는 『햄릿』을 해체주의자들이 주장하는 '결정할 수 없음' undecidability의 관점에서 설명하면서 유령은 '가려진 남근'veiled phallus으로써 끝없는 기표로 작용한다고 보았다. 유령을 통해 햄릿은 어떤 구체적인 결정적 목표를 향해 가고 있는 것이 아니라 "떠다니는 기표로써 검은 상복이

애도의 표시이며, 부정의 표시이고, 부재의 표시이며, 욕망과 욕망의 억압 사이의 차이점을 말하는 불가능한 욕망의 표시"(Garber 305)로 존재한다는 것이다. 유령은 '그것'_{ll}으로 불릴 때도 있는데 이것은 질문되어야 할 추측의 공간이어서 작품이 진행됨에 따라 햄릿이 '아버지, 덴마크의 왕' 중에서 어느 것을 결정해야할 대상이기도 하다. 유령에 의해 끊임없이 '기억하라'를 가슴에 안고 있어야 할 운명이 햄릿이기 때문에 "『햄릿』은 기억과 잊음에 압도적으로 관여된 연극"(Garber 310)일 수밖에 없다. 유령은 떠다니는 기표로써 햄릿에게 계속 부정적 해체를 통해 새로운 것을 찾도록 하는 무한한 기의를 작동시킨다.

■ 인용문헌

Belsey, Catherine. "Revenge in Hamlet." *Hamlet*. New Casebooks. Ed. Martin Coyle. Palgrave, 1992. 154-59.

Bristol, Michael D. "Funeral Bak'd-Meats: Carnival and the Carnivalesque in *Hamlet.*" *Hamlet. Case Studies in Comtemporary Criticism*. Ed. Susanne L. Wofford. New York: St. Martin's Press, 1994. 338-67.

Calderwood, James L. "Verbal Presence: Conceptual Absence." *Hamlet. New Casebooks*. Ed. Martin Coyle. Palgrave, 1992. 68-79.

_____. "Hamlet's Readiness." *Shakespeare Quarterly* 35.3 (1984): 267-73.

Clemen, Wolfgang. *The Development of Shakespeare's Imagery*. Second ed. London: Methuen, 1977.

Coddon, Karin S. "'Such Strange desygns': Madness, Subjectivity, and Treason in *Hamlet* and Elizabethan Culture." *Shakespeare's Tragedies*. Ed. Susan Zimmerman. Macmillan, 1998.

Derrida, Jacques. *Of Grammatology*. Trans. Gayatri Spivak. Baltimore: The Johns Hopkins UP, 1974.

Dusinberre, Juliet. *Shakespeare and the Nature of Women*. 2nd ed. New York: Barnes & Noble, 1996.

Fergusson, Francis. *The Idea of a Theater*. Princeton, New Jersey: Princeton UP, 1972.

French, Marilyn. "Chaste Constancy in *Hamlet.*" *Hamlet: New Casebooks*. Ed. Martin Coyle. Palgnave, 1972. 96-112.

Garber, Marjorie. "Hamlet: Giving Up the Ghost." *Hamlet Casebook Studies in Comtemporary Criticism*. Ed. Susanne L, Wofford. New York: St. Martin's Press, 1994. 297-331.

Goethe, Johann Wolfgang von. "Wilhelm Meister's Apprenticeship." *Shakespearean Criticism*. Ed. Mark Scott. Vol. 1. Detroit: Gale Research, 1984. 91-92.

Grebstein, S. N. ed. *Perspectives in Contemporary Criticism*. New York: Harper and Row, 1983.

Guerin, Wilfred L. *et al*. *A Handbook of Critical Approaches to Literature*. The 3rd ed. Oxford: Oxford UP, 1991.

Hawkes, Terence. "Shakespeare and new Critical Approach." *The Cambridge Companion to Shakespeare Studies*. Ed. Stanley Wells. Cambridge: Cambridge UP, 1991.

Hazlitt, William. "Hamlet in his characters of Shakespeare's plays." *Shakespearean Criticism*. Ed. Mark Scott. Vol. 1. Detroit: Gale Research, 1984. 96-97.

Jardine, Lisa. *Still Harping on Daughters*. Sussex: The Harvester Press, 1983.

Krieger, Elliot. *A Marxist Study of Shakespeare's Comedies*. Macmillan, 1979.

Lamb, Charles. "On the Tragedies of Shakespeare Considered with Reference to Their Fitness for Stage Representation." *Shakespearean Criticism*. Ed. Mark Scott. Vol. 1. Detroit: Gale Research, 1984. 93-94.

Mack, Maynard. "The World of *Hamlet*." *Hamlet. A Case Book*. Ed. John Jump. Macmillan, 1968.

Margolies, David. *Monsters of the Deep*. New York: Manchester UP, 1992.

Selden, Raman. "Psychoanalysis and Hamlet." *Critical Essays on Hamlet*. Ed. Linda Cookson and Bryan. London: Longman, 1988. 81-98.

Selden, Raman and Peter Widdowson. *A Reader's Guide to Contemporary Theory*. The 3rd ed. Sussex: The Harvest Press, 1993.

Shakespeare, William. *The Riverside Shakespeare*. Ed. G. B. Evans. Boston: Houghton Muffin, 1974.

Spurgeon, C. F. E. *Shakespeare's Imagery and What It Tells Us*. Cambridge: Cambridge UP, 1971.

Weisinger, Herbert. "The Myth and ritual approach to Shakespearean Tragedy." *Contemporary Criticism*. Ed. S. N. Grebstein. New York: Harper and Row, 1983. 322-36.

사랑과
우정 사이

서론

사랑과 우정은 함께 갈 수 있는가? 이 문제처럼 어려운 것도 미묘한 것도 별로 없으리라. 한 남자가 한 여자와 친한 우정을 가지고 있었는데 그 여자가 다른 남자와 결혼하여 산다면 그래도 그 우정이 계속될 수 있을까? 두 남자 친구가 아주 가까웠는데 한 여자를 동시에 사랑하게 되었다면, 이 두 남자들 간의 우정은 어떻게 될까? 문학 작품에서 남자와 여자 사이의 우정을 다룬 것은 크게 관심을 끌지 못한듯하나 한 여자를 놓고 두 남자 간의 우정 문제 혹은 두 남자 사이의 결투 같은 것을 취급하는 것은 종종 있어 왔다. 셰익스피어의『베로나의 두 신사』(*The Two Gentlemen of Verona*)는 한 여자를 놓고 두 남자 친구가 벌이는 사랑싸움에 관한 이야기이다. 반면에 『베니스의 상인』은 한 여자의 사랑을 성취하기 위해 두 남자 친구의 깊은 우정을 취급하는 이야기이다. 『베로나의 두 신사』에서 발렌타인Valentine과 프로티우스Proteus는 실비어Silvia를 사이에 두고 치열한 싸움이 벌어지고 배반이 일어나지만 극의 마지막에는 용서와 화해로 우정과 애정이 회복되는 것을 보여준다. 『베니스의 상인』은 바싸니오Bassanio의 포샤Portia에 대한 사랑을 위해 안토니오Antonio가 목숨까지를 잃을 뻔한 깊은 우정을 보여주는 이야기이다. 발렌타인과 프로티우스의 우정은 프로티우스의 배반 때문에 아슬아슬한 위기가 있었지만 발렌타인의 넓은 아량과 용서 때문에 유지되었다. 바싸니오와 안토니오의 우정은 두 당사자가 아닌 샤일록Shylock의 잔인한 계략 때문에 위기에 처했지만 포샤의 지략으로 회복된다. 이러한 우정과 사랑 사이의 갈등은『한 여름 밤의 꿈』에서 절정을 이룬다. 허미아Hermia를 두고 두 명의 절친한 친구인 라이센더Lysander와 디메트리어스Demetrius는 완전한 연적의 사이가 되어 숲 속으로 들어가 치열한 경쟁을 하기도 하고 마음이 변한 후에는(물론 이것은 사랑의 미약에 의한 어쩔 수 없는 것이지만)

헬레나Helena를 두고 칼싸움까지 하려 하여 남자 사이의 우정이 사랑 때문에 심각한 위기를 맞기도 한다. 그러나 셰익스피어의 희극들에서는 이러한 남자들 사이의 우정이 사랑 때문에 잠시 깨어지는 것은 "이성을 잃고 저차원의 감정에 있는 상태"(MacCary 145)의 과정이어서 사랑과 우정 사이에 위기는 심각했지만 결국 잘 해결되어 우정과 사랑이 오히려 보상을 받는 것으로 결론 맺어진다.

발렌타인과 프로티우스의 우정과 애정의 관계부터 살펴보자. 본Jack A. Vaughn은 『베로나의 두 신사』의 주제를 "낭만적 사랑과 갈등에 있는 우정"(38)이라고 하였는데 이는 두 남자의 굳은 우정이 사랑 때문에 문제에 봉착함을 의미한다. 그리고 이 작품에서 네 명의 연인을 중심으로 사랑이 시작되어→시련을 겪으나→마침내 사랑의 성취인 결혼에 이르게 되고 이러한 과정에서 발렌타인과 프로티우스의 우정도 통과의례를 겪어 완전한 성숙에 이르게 된다. 그리고 이러한 주인공들의 사랑의 행위가 발생하는 장소가 베로나Verona 도시에서 시작하여 밀란Milan 숲 속에서 치유되어 다시 도시로 귀환하는 구조도 확인할 수 있다.

이러한 사랑의 과정에 있어 줄리어Julia가 남자로 변장disguise하여 애인 프로티우스의 심부름꾼이 됨으로서 앞으로 셰익스피어 극들에 나타나는 변장을 통해 문제를 해결하는 로잘린드Rosalind나 봐이올라Viola 같은 여주인공의 모델이 된다. 스피드Speed나 론스Launce라는 광대적 인물이 등장하여 궁정사랑을 비판하고 상전들을 조롱함으로써 기존의 질서를 해체하는 기능도 수행한다.

젊은 두 남자 발렌타인과 프로티우스에게 있어 사랑과 우정은 어느 것을 위해 다른 어느 것도 버릴 수 없는 소중한 것이다. 그런데 그런 사랑과 우정은 평탄하게 잘 진행되지 못한다. 사랑은 중간에 상대방이 바뀌는 배반의 쓰라린 경로를 밟아야하며 우정도 중간에 산산이 부서지는 시련에 봉착하게 된다. 그런데 이런 우정과 명예가 결국은 사랑의 대 주제 속에서 잘 해결된다는 점이다. 사랑 때문에 우정과 명예에 일대 타격을 입게 되었지만 그 결과는 회복으로 끝난다. 사랑의 시련은 우정과 명예의 시련이고, 사랑의 승리는 동시에 우정과 명예를 회복시켜준다. 사랑을 주축으로 극이 진행되어지며 사랑의 진행에 따라 모든 등장인물들의 진퇴가 결정되어 진다. 사랑의 문답풀이는 모든 문제의 문답풀이가 된다. 그래서 파이어러스Peter G. Phialas는 사랑에 대한 세 가지 태도를 극화한 것이 이 작품이라고 다음과 같이 본다.

> 셰익스피어는 낭만희극에서 세 가지 태도를 극화한다. 사랑과 그 대상의 이상화, 사랑의 사실적이고 실질적 개념, 그리고 사랑의 즉각적 거부나 멸시 등이다.

> In all, Shakespeare dramatizes three such attitudes in his romantic comedies: the idealizing of love and its object, the realistic or matter-of-fact concept of it, and the outright rejection or disdain of love. (56)

그러면서 파이어러스는 발렌타인이 사랑을 조롱하다가 그 희생이 되었으나 오히려 더 참다운 사랑을 알고 인식하게 되었다고 보면서 비극에는 치명적 결함harmatia이 있는 것처럼 희극에도 "희극적 결함"(comic harmatia)(57)이 있다고 지적한다.

우정의 파괴

젊은 연인들은 극의 초반부에서는 인생과 사랑을 제대로 파악하지 못하고 스스로의 감정에만 빠져있다. 그래서 그들의 특징은 성급함, 무모함, 자기도취 등으로 규정된다. 더 큰 인생의 목적을 향해 밀란으로 가는 친구 발렌타인을 전송하면서 프로티우스는 자기의 심정을 이렇게 토로한다.

> 그는 명예를 좇아가고, 난 사랑을 좇는구나.
> 그는 친구들을 더 빛내주기 위해서 친구들을 떠나고
> 난 사랑을 위해서 나 자신도 친구도 버리는 거지 뭔가
> 줄리어여, 그대는 날 딴사람으로 만들었어.
> 학문을 등지고 시간을 낭비하고 좋은 충고를 거역하고
> 세상을 무시하고 지혜는 망상으로 약해지고,
> 이 시름 저 시름에 가슴이 답답하구나.

> He after honor hunts, I after love:
> He leaves his friends to dignify them more;
> I [leave] myself, my friends, and all, for love.
> Thou, Julia, thou hast metamorphos'd me,
> Made me neglect my studies, lose my time,
> War with good counsel, set the world at nought;
> Made wit with musing weak, heart sick with thought. (1.1.63-69)

사랑에 완전히 빠져있는 프로티우스에게는 사랑 밖에 아무것도 가치나 의미가 있는 것이 없다. 프로티우스의 심정은 『당신 좋으실 대로』의 로잘린드가 말하는 것처럼 "사랑은 단순히 미치는 것"(love is merely a madness)(3.2.420)의 상태일 수밖에 없다. 이러한 프로티우스의 상황은 발렌타인의

그것과는 아주 예리한 대조를 이룬다. 청운의 큰 뜻을 품고 밀란으로 떠나는 발렌타인의 생각은 다음과 같다.

프로티우스, 날 설득하는 건 이제 그만둬.
집안에만 죽치고 있는 사람이야 우물 안 개구리지 뭘 알겠나.
자네가 사랑의 사슬에 묶여 애인의
아름다운 눈길에 꼼짝 못하고 있으니, 그렇지 않다면야 함께 세상 풍물을
구경하고 싶다구.
제 나라에 틀어박혀 무위소일하고
청춘을 허송세월하는 것보다 몇 배 나을 거야
그러나 자넨 이왕지사 사랑에 빠져 있으니
열매를 맺도록 하고, 나도 사랑을 하게 된다면
역시 자네와 같았으면 해.

Cease to persuade, my loving Proteus:
Homekeeping youth have ever homely wits.
Were't not affection chains thy tender days
To the sweet glances of thy honored love,
I rather would entreat thy company
To see the wonders of the world abroad
Than (living dully sluggardiz'd at home)
Wear out thy youth with shapeless idleness.
But since thou lovest, love still, and thrive therein,
Even as I would, when I to love begin. (1.1.1-10)

자기의 친구는 큰 뜻을 품고 넓은 세상으로 도전의 인생을 시작하는데 프로티우스는 이곳에서 사랑의 포로로 남아있어야 한다. 프로티우스는 희랍 신화의 신 이름처럼 변모를 많이 한다. 사랑 때문에 친구와도 멀어 지고 자

신은 그 사랑의 열병을 앓아야한다. 이러한 마음의 변화는 사랑 때문이라서 "사랑은 변화의 주동자"(Barber 109)로 작용한다. 사랑에 장님이 된 프로티우스는 공부를 하거나 장래를 계획하는 일보다는 사랑에 빠져드는 것이 최고의 일이 된다. 이렇게 프로티우스는 사랑에 빠져 있는데 그의 아버지 안토니오Antonio는 아들의 마음을 전혀 알아주지 못하고 갑자기 프로티우스를 밀란으로 보낼 생각을 한다. 발렌타인은 외국에 가서 문물을 읽히고 꿈을 키우는데 자기 아들만 허송세월 한다고 판단한 안토니오는 판티노Panthino의 충고를 듣고서는 프로티우스를 서둘러 밀란으로 보내겠다고 선언한다.

> 내 의지는 그의 소망과 거의 같다.
> 아닌 밤중에 홍두깨 내미는 격이지만 이상하게 생각하진 마라.
> 내가 이미 마음먹은 것인즉 결론은 난 것이다
> 네가 당분간 공작님한테로 가서 발렌타인과 함께 지내도록 할 생각이다.
> 그가 일가에서 받는 만큼의 생활비를 나도 네게 보내 주겠다.
> 내일 떠날 준비를 해라─핑계는 필요 없다. 이 애비가 결심을 굳혔으니까.

> I am resolv'd that thou shalt spend some time
> With Valentinus in the Emperor's court;
> What maintenance he from his friends receives,
> Like exhibition thou shalt have from me.
> To-morrow be in readiness to go─
> Excuse it not, for I am peremptory. (1.3.66-71)

이런 충격적인 아버지의 명령이 떨어졌을 때 프로티우스는 마침 줄리어Julia의 열렬한 연애편지를 읽고 있었다. 청천벽력 같은 아버지의 결정 앞에서 프로티우스는 자기의 처지를 다음과 같이 비유하고 있다.

오, 사랑의 봄은 4월의
날씨와도 같이 변덕이 심해서
태양이 아름답게 비치다가도 갑자기 먹구름이
몰려와 온통 하늘을 휘저어버리고 마는구나.

O, how this spring of love resembleth
The uncertain glory of an April day,
Which now shows all the beauty of the sun,
And by and by a cloud takes all away. (1.3.84-87)

이렇게 사랑에 빠져있는 두 청춘남녀가 아무 문제없이 사랑을 진행하고 순
조롭게 결혼에 이르는 것이 아니고 심각한 난관에 봉착하는 것이 셰익스피
어 낭만희극의 전형적 구조이다. 프로티우스의 경우에도 사랑의 방해자는
기성집단의 대표인 아버지가 된다. 프로티우스는 사랑하는 줄리어와 반지를
하나씩 교환해서 끼고는 어쩔 수 없이 밀란으로 떠날 수밖에 없다. 사랑이
순조롭게 진행되지 못하고 좌절되는 순간이다. 로미오와 줄리엣의 사랑이
두 가문 간의 적대감이었고, 허미아와 라이센더의 사랑은 아버지의 반대였
고, 오필리어와 햄릿의 사랑은 햄릿의 숭고한 의무였듯이 모든 사랑에는 이
런 방해물이 존재하게 마련이다. 그러나 통과의례의 관점에서 보면 헤어짐
은 보다 깊은 사랑을 위한 중간단계라서 "사랑의 경험에는 헤어짐은 근본적
경험"(Berry 47)이 된다. 단지 희극에서는 다시 만남이 있다면 비극에서는
다시 만나지 못하는 죽음이 있다는 차이가 있다.

애인과 쓰라리게 헤어지는 것만이 문제가 되는 것이 아니라 프로티우
스는 밀란에 와서는 자기 자신과도 헤어진 상태라고 할 수 있다. 왜냐하면
밀란에 와서 프로티우스는 실비어를 보자마자 갑자기 마음이 변한다. 그래
서 줄리어에 대한 사랑을 배반하고 절친한 친구 발렌타인에 대한 우정이 일

시에 녹아 없어지기 때문이다. 프로티우스의 심정은 다음 대사에 잘 나타나 있다.

줄리어를 버린다. 아냐 이건 맹세를 어기는 게 되지?
아름다운 실비어를 사랑한다. 아냐 이것도 맹세를 어기는 게 되지?
친구를 배반하다니, 이것도 맹세를 갈기갈기 찢어버리는 거지.
처음에 맹세를 시킨 그 힘이, 이제 와선 삼중으로 맹세를 깨게 한단 말이다.
맹세를 시킨 것도 사랑인데, 이젠 사랑이 맹세를 깨뜨리라고 하는군.
오, 달콤한 말로 유혹하는 사랑의 신이여,
만일 네가 나에게 죄를 범하게 했다면
유혹의 주제가 된 나에게
그걸 변명할 방법도 가르쳐 줘야 할 게 아닌가?

To leave my Julia, shall I be forsworn;
To love fair Silvia, shall I be forsworn;
To wrong my friend, I shall be much forsworn;
And even that power which gave me first my oath
Provokes me to this threefold perjury;
Love bade me swear and Love bids me forswear.
O sweet-suggesting Love, if thou hast sinned,
Teach me, thy tempted subject, to excuse it! (2.1.1-8)

프로티우스는 주관이 있는 인격적 존재가 아니라 나타나는 애정의 대상에 의해 이리저리 흔들리는 줏대 없는 무가치한 처지에까지 나락한다. 더욱더 나쁜 것은 실비어의 사랑을 얻기 위해 발렌타인을 음모하는 배반을 저질러 발렌타인은 밀란에서 쫓겨나는 신세가 된다. 그리고 실비어에게는 줄리어가 죽었다고 다음과 같이 "사랑하는 그대여 내가 한때는 여인을 사랑했으나 그 여자는 죽었소"(I grant, sweet love, that I did love a lady;/But she is dead.)(4.2.105-06)라고 거짓말까지 한다. 이렇게 프로티우스는 사랑을 배반하고 우정을 저버리는 파렴치한 행위를 하여 비열한 인간으로 전락하지만 통과의례의 관점에서 보면 이러한 과정은 어쩔 수 없는 인생의 중간 단계가 된다.

　다른 사람들에게 충실하자니 자신에게는 위선이 되고, 자신에게 충실하지니 다른 사람들을 배반케 되는 프로티우스의 심정은 안타깝기도 하다. 그러나 이런 배반과 불충실이 통과의례에서는 바로 참다운 자신을 찾는 역설적 과정이기 때문에 "프로티우스의 배반행위는 자신을 찾는 탐색"(Berry 77)이라고 볼 수가 있는 것이다. 얻기 위해서는 잃어야 한다는 역설의 입장에서 보면 프로티우스의 인생항로는 비난을 받아야 할 것이지만 반드시 경험해야할 통과의례의 한 기간인 것이다. 성숙한 인생으로 가는 길이 순조롭지 못하고 쓰라리고 괴로운 비싼 대가를 치러야한다는 의미에서 프로티우스는 우리의 동정을 받을 만하며 그를 통해 인생에 대한 우리의 인식을 넓혀준다고 하겠다.

　실비어에 대한 사랑에 빠져있는 프로티우스는 그 사랑을 성취시키려고 비열하고 사악한 방법을 사용한다. 밀란의 영주가 자기 딸 실비어와 투리오Thurio를 결혼시키려는 것을 알게 된 발렌타인은 밤중에 몰래 줄사다리를 타고 탈출할 계획을 세우고 이를 실행하려한다. 이러한 위기에 직면한 발렌타인의 처지를 알게 된 프로티우스는 친구를 돕기는커녕 그 사실을 공작에게 밀고하여 오히려 발렌타인과 실비어를 갈라놓고 자신의 사랑을 성취하려는 사악함에 빠진다. 그래서 이밴스Betrand Evans는 "프로티우스, 샤일록, 돈 존 Don John, 안젤로Angelo를 같은 종류의 무뢰한villainy"(79)으로 취급한다.

　그러나 낭만희극에서는 이런 부류의 인물들이 작품 말까지 사악하게 남아있지 않고 개심한다는 점이 중요하다. 낭만희극에서 이 악한 자들을 회개시킴으로써 작품 전체에 화해와 용서의 조화로운 세계를 창조하고 있는 것이 특징이다. 프로티우스가 애인 줄리어를 버리고 친구 발렌타인을 배반하면서까지 실비어의 애정을 쟁취하려는 과정은 충동적이며 때로는 억압적이기도 하다. 작품 말에서 프로티우스는 실비어와 남장한 줄리어를 산적 떼들에게서 구해주고는 다시 한 번 실비어에게 구애하지만 실비어의 마음은 요지부동이다. 프로티우스는 애정을 힘으로 성취하겠다고 이렇게까지 주장한다.

> 그래요, 점잖은 말로 사랑을 간절히 애걸해도
> 부드럽게 대해 주시지 않는 군요
> 정 그렇다면 할 수 없죠. 기사답게 칼끝으로 구혼할 수밖에요.
> 사랑의 본성에는 어긋나지만 할 수 없죠. 폭력을 써서요.

> Nay, if the gentle spirit of moving words
> Can no way change you to a milder form,
> I'll woo you like a soldier, at arm's end,
> And love you 'gainst the nature of love—force ye. (5.4.55-58)

참으로 형편없는 인생항로를 걸어온 프로티우스지만 발렌타인의 갑작스런 넓은 아량과 용서, 그리고 줄리어의 참된 사랑 앞에서, 프로티우스는 자기 자신의 모습을 직시하고 참다운 자기 인식에 이르게 된다. 그러므로 프로티우스의 인생의 중간과정은 비난 받기에 마땅하고, 참된 사랑과 헛된 욕망을 구별치 못하고 친구를 배반하는 악한의 부류에 속했었지만 마지막에는 진실된 사랑을 다시 찾고 참된 우정을 회복하여 조화와 화해의 새로운 세계에 통합된다. 그래서 프로티우스가 줄리어의 사랑을 다시 얻게 되는 것을 브라운John Russell Brown은 "줄리어의 내적 아름다움과 일관된 사랑을 인식한 것"(104)으로 풀이한다. 그리고 겉모습이 아름다운 실비어에 대한 잘못된 사랑을 포기하고 원래의 애인이었던 줄리어에게로 돌아온 프로티우스에 대해 갓샤크W. L. Godshalk도 "프로티우스는 마침내 사랑이 아름다운 여성에 대한 추상이 아니고 영원한 약속을 지키는 것"(529)이라고 평가한다.

줄리어의 프로티우스에 대한 사랑은 시종 충실성constancy으로 일관되어 있어서 때로는 너무 인위적인 인물 설정이라는 지적도 있지만, 내적 아름다움과 변치 않는 애정, 애정의 고난을 잘 극복하는 태도 등이 돋보이는 인물이다. 특히 변장을 하고 애인의 심부름꾼이 되는 역할은 극적 효과를 충분히 발휘시킨다. 순진하고 진실한 마음을 가진 것과 반지 사건을 잘 선용한 점 등 때문에 "이 연극에서 자신의 성격을 가장 잘 수행한 인물"(Leggatt 33)로 인정받는다. 줄리어의 가장 중요한 점은 그녀가 사랑의 고난과 역경을 잘 견디어 마침내 프로티우스와 결혼하게 되는 것이다. 이러한 통과의례를 거치는 과정에 있어 줄리어는 충실성과 인내심을 끝까지 잘 유지한다. 줄리어의 사랑의 과정을 살펴봄으로써 통과의례적 기능이 어떠한가를 전개하여 보자. 줄리어는 여러 구애자 가운데 프로티우스를 별다른 이유 없이 사랑하게 된다. 셰익스피어 낭만희극에서는 커다란 이유 없이 젊은이들이 사랑의 불길에 휩싸이면 곧바로 맹목적 사랑에 깊이 빠진다. 줄리어는 하녀 루세타Lucetta와 프로티우스에 대해 이야기하다가 루세타가 전해주는 편지를 필요 없다고 말한다. 필요 없으니 찢어버려도 괜찮을 것이라고 생각한 루세타는 내심 줄리어의 속마음을 알아보려고 편지를 찢어 바다에 버린다. 아무 일도 아닌 것처럼 루세타를 방에서 내보낸 뒤 줄리어는 찢겨 버려진 편지를 맞추어 보면서 "가련한 상처 입은 이름: 내 가슴이, 하나의 침상이 되기를/ 그대의 상처가 완전히 치유된 뒤에 머무를"(Poor wounded name: My bosom, as a bed/ Shall lodge thee till thy wound be throughly heal'd) (1.2.111-12)이라고 외치면서 애태워한다. 자기 마음이 어느 사이에 프로티우스에 대한 깊은 애정으로 꽉 차 있음을 실감한다. 그러나 그러한 줄리어의 순진하고도 열렬한 사랑이 채 무르익기도 전에 프로티우스는 아버지의 강요로 밀란으로 떠나게 되어 난감한 처지에 놓인다. 줄리어에게 프로티우스는 "그의 말은 언약이요, 그의 맹세는 신탁과 같으며/그의 사랑은 신실하고 그의 생각은 측량할 수 없음으로"(His words are bonds, his oaths are oracles,/His love sincere, his thoughts immaculate)(2.7.75-76)라고 말할 정도의 존재임으로 이런저런 고민 끝에 그녀는 변장을 하고 프로티우스를 찾아 밀란으로 떠나는 결심을 한다.

사랑은 결코 순조롭게 진행되지 못하고 반드시 시련에 봉착됨을 볼 수 있다. 줄리어가 프로티우스를 사랑할 때 이것저것을 다 생각해보고 상당한 시간적 여유를 가지고 한 것이 아니었다. 이유 없이 번개처럼 사랑은 시작되었다. 이런 현상은 셰익스피어 낭만희극의 특징이다. 어느 날 갑자기 사랑이 찾아오고 또 어느 날 갑자기 자기 뜻과는 상관없이 사랑의 장애물이 나타난다. 그러나 그 장애물은 사랑을 성취시키지 못하게 할 정도로 크고 무거운 것은 아니다. 사랑의 과정에 있어 장애물이 커서 두 남녀가 사랑을 포기하거나 죽음에 이르게 되면 비극의 세계이다. 줄리엣은 열렬한 사랑을 했지만 서로가 원수 집안이라는 장애물 때문에 죽음에 이르게 되었다. 그러나 셰익스피어 낭만희극에서는 어떠한 장애물도 극복되며 오히려 사랑을 공고히 하고 귀하게 만드는 중간조치가 된다. 통과의례에서 반드시 거쳐야 할 단계이며, 이 단계를 거쳐야 성숙해 질 수 있는 통과의 관문인 것이다. 이렇게 통과해야 할 단계로써의 장애물의 의미에 대하여 이밴스Gareth Lloyd Evans는 다음과 같이 설명한다.

셰익스피어에 있어 진실한 사랑의 핵심은 그것이 낭만적이고, 충실하고 결혼의 질서 속에서 궁극적으로 유효하고 성취적인 것이라는 점이다. 그러나 사랑은 방해물이나 실질성과 활동성의 작용 없이는 성취되지 못한다.

For Shakespeare the essence of true love is that it is romantic, faithful and finds ultimate validation and fulfillment in the order of marriage, but it cannot achieve its fullness without the existence of obstacles and the operations of practicality and activity. (53)

사랑을 제대로 펼쳐보지도 못하고 헤어져야 했던 줄리어는 세바스찬 Sebastian이라는 남자로 변장하여 애인 프로티우스가 있는 밀란에 도착한다. 우울 속에 빠져있는 줄리어에게 여관주인은 투리오가 연주시키는 악사들의 음악을 듣게 하여 기분 전환하도록 권유한다. 실비어의 아름다움이 노래로 처리되어있는 이 장면은 "가장 기술적인 세라나데"(Muir, 1979 34)이기도 하다. 그러나 슬픔에 빠져있는 줄리어에게는 아름다운 소야곡이 아니고 괴로움을 증가시킬 뿐이다. 그녀에게는 오직 프로티우스가 어떤 상태에 있는지가 큰 관심이다. 여관주인에 의하면 프로티우스는 실비어에게 열렬히 구애하고 있다. 그리고 이어서 프로티우스가 실비어에게 구애하는 장면을 직접 엿보게 된다. 연극대사에서는 방백aside으로 처리되어 있는 줄리어의 절망과 비탄한 심정은 극적 효과를 배가시킨다.

줄리어는 마침내 남장을 하고서 프로티우스의 심부름꾼page이 되어 실비어에게 반지를 선물로 전달해 주어야 한다. 그런데 그 반지는 프로티우스와 줄리어가 베로나Verona에서 헤어질 때에 사랑의 징표로 영원히 간직하자고 서로 다짐했었던 바로 그 반지이다. 그 반지를 가지고 실비어에게 프로티우스의 선물이라고 전달해 주어야하는 자신의 처지를 줄리어는 이렇게 표현한다.

이런 심부름을 할 여자들이 누가 있담?
아, 불쌍한 프로티우스, 당신은
양을 지키라고 여우를 고용한 셈.
그래, 난 바보야, 날 혐오하는 사람을 동정하다니!
그이는 그녀를 사랑하기 때문에 날 경멸하는 거야
난 그이를 사랑하기 때문에 그이를 동정하는 거고
이 반지는 그이와 작별할 때 잊지 말라고 내가 준 반지인데. 그런데 지금
난 불행한 심부름꾼이 되어 있고!
내가 가지고 싶지도 않은 것을 얻으러 가고,
내가 주고 싶지도 않은 물건을 전하러 가고,
욕지거리를 퍼붓고 싶은 그이를
성실한 사람이라고 칭찬해줘야 하다니
난 그이의 성실한 연인이 될 수 있을망정
성실한 심부름꾼은 될 수 없어.
나 자신에게 배신자가 된다면 모르지만
어쨌든 난 그이를 위해 그 여자에게 간청해 보겠어.
그러나 아주 냉정하게 해야지.
하느님도 아시겠지만 정말 이 일을 성공시키고 싶지 않은걸……

How many women would do such a message?
Alas, poor Proteus, thou hast entertain'd
A fox to be the shepherd of thy lambs.
Alas, poor fool, why do I pity him
That with his very heart despiseth me?
Because he loves her, he despiseth me;
Because I love him, I must pity him.
This ring I gave him when he parted from me,
To bind him to remember my good will;
And now am I, unhappy messenger,

To plead for that which I would not obtain,
To carry that which I would have refused,
To praise his faith which I would have dispraised.
I am my master's true-confirmed love;
But cannot be true servant to my master,
Unless I prove false traitor to myself.
Yet will I woo for him, but yet so coldly
As, heaven it knows, I would not have him speed. (4.4.90-107)

줄리어는 사랑하는 애인 때문에 자존심도 버리고 끓어오르는 분노의 감정도 삭히면서 실비어를 만나 프로티우스의 입장을 설명하면서 반지를 전달하려 한다. 실비어는 프로티우스를 잘 알고 있기 때문에 반지를 받을 리가 없다. 실비어는 오히려 세바스찬으로 변장하고 있는 줄리어에게 프로티우스는 줄리어라는 애인이 있었다면서 세바스찬에게 줄리어에 대해서 질문을 한다. 실비어에게 줄리어의 형편을 자세하게 설명해야 하는 세바스찬은 바로 줄리어 자신이다. 자신의 신분을 감추고 자신을 설명해야하는 기막힌 상황설정은 극의 효과를 더욱더 높인다. 실비어가 받지 않아서 반지는 주지 못하고 대신 실비어의 초상화를 받아 프로티우스에게 전달해야 할 줄리어는 자신의 비참한 상황을 사랑의 신이 어리석기 때문이라고 생각하며 약간의 질투심을 갖고 이렇게 신세타령을 한다.

정말 어리석은 사랑의 신은 눈이 멀었나 봐.
자아, 그림자인 내가 그림자인 너를 들고 가는 거다.
넌 내 연적이지. 아아, 아무 감각도 없는 이 그림이 존경 받고,
키스를 받고, 사랑을 받고, 그리고 찬미를 받을 건가.
그러나 만약 프로티우스 님의 우상 숭배에 분별이 있다면

이것 대신 제 실체가 우상이 될 거야
난 실비어 아가씨를 위해서 이 그림이나마 소중히 다루어야지.
아가씨가 내게 친절히 해주었으니까 말이야
그렇지 않았더라면 조브 신의 이름으로 보지도 못하는 너의 눈을 쥐어뜯었
을 거야. 우리 주인이 사랑에 정나미가 떨어지게 하기 위해서지만.

If this fond Love were not a blinded god?
Come, shadow, come, and take this shadow up,
For 'tis thy rival. O thou senseless form,
Thou shalt be worship'd, kiss'd, lov'd, and ador'd;
And, were there sense in his idolatry,
My substance should be statue in thy stead.
I'll use thee kindly for thy mistress' sake
That us'd me so; or else, by Jove I vow,
I should have scratch'd out your unseeing eyes,
To make my master out of love with thee. (4.4.196-205)

줄리어는 남장을 하고 프로티우스의 심부름꾼으로 있는 동안 사무적인
것 이외에는 아무 말도 프로티우스에게 하지 못한다. 실비어에게 일방적으
로 사랑의 고백을 하는 소리를 듣거나 아니면 투리오와 이야기하는 동안 방
백으로 심정을 호소할 뿐이다. 프로티우스에게 정식으로 본인의 심정을 말
할 때는 극이 다 끝나는 순간이다. 반지 때문에 자기 정체를 밝힐 수밖에 없
는 줄리어는 프로티우스에게 그간의 처지를 이렇게 설명한다.

아 프로티우스님, 이 옷을 보고 얼굴빛이라도 붉히세요
사랑 때문에 변장을 한 것이 수치가 된다면
했다는 걸 부끄럽게 생각하세요!

하지만 예도로 봐서
남자가 변심한 것에 비하면
여자가 변장한다는 건 그리 흠이 안 돼요.

O Proteus, let this habit make thee blush!
Be thou ashamed that I have took upon me
Such an immodest raimentif shame live
In a disguise of love!
It is the lesser blot, modesty finds,
Women to change their shapes than men their minds. (5.4.104-09)

프로티우스는 그제야 정신을 차리고 "실비어의 얼굴이 무엇인가를 살펴본 즉/줄리어는 절조의 눈으로 보면 더 신선함이 보이는 데"(What is in Silvia's face, but I may spy/More fresh in Julia's with a constant eye?) (5.4.114-15)라고 고백하므로 줄리어의 변함없는 충실한 사랑은 인정을 받게 된다. 줄리어의 사랑의 과정을 보면 자기 입장을 충분히 설명하거나 로잘린드나 봐이올라에게서 볼 수 있는 재치 같은 것은 거의 없다. 그저 프로티우스만을 사랑하는 일관된 마음뿐이다. 그러나 줄리어는 프로티우스와 발렌타인 사이에서 충분히 자기 역을 수행했다. 이러한 줄리어의 전반적 역할은 "다른 사람들이 깨닫지 못하는 어리석음과 남자들의 잘못을 잘 치유하는 중간적 위치"(Nevo 67)에 있다. 그러나 줄리어는 셰익스피어 낭만희극의 주요한 수법중 하나인 "잃음으로써 얻음을 가져오는 역설paradox의 대표적 인물"(Carroll 112)로 평가되어지며 사랑의 배반과 수모를 끝까지 인내한 결과 참다운 사랑의 성취를 이룩한 여인이다. 발렌타인과 실비어의 사랑의 과정도 사랑의 시작→시련→다시 찾아지는 사랑으로 표시되어진다. 줄리어가 순진하고 충실성으로 일관했다면 실비어는 신분에 걸맞게 고급스럽고 앞

뒤 사정을 잘 알며 자기의 주장을 관철시키는 좀 더 성숙된 여인의 모습을 보여준다.

발렌타인은 고향 베로나를 떠나 밀란으로 출발하면서 프로티우스에게 연애나 하라면서 자기는 새로운 도시에서 많은 것을 배워 청운의 뜻을 펼치 겠다고 장담한다. 그러면서 사랑에 빠지는 것의 덧없음과 무용성을 이야기 한다. 연애는 바보짓이라서 자기는 현명한 길을 택하여 먼 길을 떠난다고 자신 있게 말한다. 그러던 발렌타인은 밀란에서 영주의 딸 실비어를 만나 첫눈에 반한다. 프로티우스에게 바보처럼 사랑에 빠졌다고 비난하던 발렌타인 자신이 이제는 그 사랑에 빠지게 된 것이다. 그래서 발렌타인은 스피드와 이렇게 대화를 나눈다.

스피드: 도련님의 바보스러움과 그 아가씨의 지지리 못생긴 꼴이 보인다 이 말씀이죠. 프로티우스 도련님은 사랑에 빠져서 바지 끈 매는 걸 잊었지만, 도련님도 사랑에 푹 빠져서 바지 껴입는 것도 잊고 있습죠.
발렌타인: 그럼 필경 너도 사랑에 빠진 것이로구나—어제 아침에 내 구두 닦는 걸 잊었으니 말이다.
스피드: 그렇습니다, 도련님. 저는 제 침대와 사랑을 하고 있습니다요. 도련님께서 제 사랑을 나무라시니 저도 도련님의 사랑을 비꼴 수밖에요.
발렌타인: 네가 뭐래도 내 사랑은 확고부동해.
스피드: 확고부동하게 얼어붙었으면 좋겠네요, 사랑도 못하게스리.
발렌타인: 어젯밤에 아가씨가 자기 애인에게 보낼 편지를 대필해 달라고 내게 부탁하더라.
스피드: 그래 써 주셨습니까?
발렌타인: 으응.

SPEED. Your own present folly and her passing deformity:

 for he, being in love, could not see to garter his

 hose, and you, being in love, cannot see to put on your hose.

VALENTINE. Belike, boy, then, you are in love; for last

 morning you could not see to wipe my shoes.

SPEED. True, sir; I was in love with my bed: I thank you,

 you swinged me for my love, which makes me the

 bolder to chide you for yours.

VALENTINE. In conclusion, I stand affected to her.

SPEED. I would you were set, so your affection would cease.

VALENTINE. Last night she enjoined me to write some lines to

 one she loves.

SPEED. And have you?

VALENTINE. I have. (2.1.65-77)

발렌타인은 밀란에서 실비어를 보자 완전히 사랑의 포로가 되어 자신의 처지를 이렇게 말한다.

그랬지, 프로티우스. 그러나 이젠 나도 인생관이 변했어.

사랑을 멸시해 온 것을 몹시 후회하고 있다네.

사랑의 신의 벌을 받아 드높고 의연한 사고에

빠져서 그 어려운 단식을 한다, 회한의 신음을 한다,

밤마다 눈물을 흘린다, 날마다 가슴 아픈 한숨을 쉰다, 그렇게 하고 있어.

그건 내가 사랑을 멸시했기 때문에 그 보복으로 노예가 된 나의 눈에서 잠을 쫓아버리고 뜬눈으로 가슴에 맺힌 슬픔을 지켜보게 하기 때문이야. 오, 프로티우스, 사랑의 신이야말로 절대군주라네. 나는 이 군주에게 무릎을 꿇고 말았어. 사랑의 신이 주는 형벌에 비길 만큼 괴로운 것도 없고, 그 군주에게 봉사하는 것처럼 기쁜 일도 이 세상에 없지. 이젠 사랑의 얘기가 아니

면 듣기도 싫고, 사랑이란 말을 들으면 아침도, 점심 저녁도 잘 먹고 잠도
잘 잔다 이 말이야.

Ay, Proteus, but that life is altered now:
I have done penance for contemning Love,
Whose high imperious thoughts have punished me
With bitter fasts, with penitential groans,
With nightly tears, and daily heart-sore sighs,
For in revenge of my contempt of love,
Love hath chas'd sleep from my enthralled eyes,
And made them watchers of mine own heart's sorrow.
O gentle Proteus, Love's a mighty lord,
And hath so humbled me as I confess
There is no woe to his correction,
Nor to his service no such joy on earth: (2.4.128-39)

이것뿐만 아니라 밀란의 영주인 실비어의 아버지가 투리오라는 부자와 실비
어를 결혼시키려 하기 때문에 발렌타인은 창문을 통해 도망칠 계획까지 짜
놓고 있음을 프로티우스에게 말한다. 그러나 간교한 프로티우스는 이 사실
을 영주에게 밀고함으로 발렌타인은 이제 영주에게서 추방명령을 받게 된
다. 목숨을 살리자니 떠나야 하고, 떠난다는 것은 실비어를 버리는 것이라서
역시 생명에서 떠나는 것임을 이렇게 토로한다.

살아서 고통을 받느니 차라리 죽는 편이 낫다. 죽는 것은 나 자신으로부터
추방되는 것. 그리고 실비어는 나 자신이 아닌가! 그러니까 실비어에게서
추방되는 것은 나 자신이 나에게서 추방되는 것이다… 아! 그렇다면 이 추
방은 바로 죽음이 아닌가. 실비어를 볼 수 없다면 빛이 있다고 할 수 있겠

는가? 실비어가 옆에 있지 않는다면 기쁨이 있다고 할 수 있겠는가?
…

낮에 실비어를 보지 못한다면 쳐다볼 해님이 없는 것과 같다.
여기에 지체하고 있다가는 죽음을 면할 수 없겠지.
그렇다고 해서 도망을 간다면 그것도 바로 생명을 떠나는 것이 아닌가.

And why not death, rather than living torment?
To die is to be banish'd from myself,
And Sivlia is myself: banish'd from her
Is self from self, a deadly banishment.
What light is light, if Sivia be not seen?
What joy is joy, if Sivia be not by?
…

I fly not death, to fly his deadly doom:
Tarry I here, I but attend on death,
But fly I hence, I fly away from life. (3.1.169-87)

발렌타인은 어쩔 수 없이 밀란 영주와 실비어를 떠나 정처 없이 길을 가다가 산적들에게 잡힌다. 산적들이 여러 가지를 조사해보아 발렌타인이 훌륭한 사람이라는 것을 알고 그들의 우두머리가 되어 달라고 소원한다. 발렌타인은 산적들에게 여자들이나 불쌍한 나그네들에게 나쁜 짓을 하지 않는다는 조건으로 숲 속에서 그들과 생활하기로 결심한다.

우정의 회복

이렇게 어처구니없이 발렌타인이 추방당하자 프로티우스는 실비어에게 접근하여 구애할 수 있는 절호의 기회를 얻는다. 하지만 발렌타인이 없음에도 불구하고 실비어의 생각은 변치 않는다. 영주는 프로티우스를 시켜 실비어를 설득하도록 부탁한다. 그러나 교활한 프로티우스는 친구를 배반한 것과 마찬가지로 이번에는 영주를 배반하여 실비어를 설득시켜 투리오와 결합하도록 하는 것이 아니고 그런 실비어를 자기 애인으로 삼으려 한다. 프로티우스의 속마음을 잘 아는 실비어는 설득 당하기는커녕 프로티우스를 이렇게 비난한다.

> 곧바로 집에 돌아가서 당장 돌아가서 당신 애인에게 사과하세요.
> 나는(이 창백한 밤의 여왕, 달님을 두고 맹세하죠)
> 결코 당신의 소원을 들어 줄 순 없어요.
> 당신의 그 불량한 구혼을 경멸해요.
> 뿐만 아니라 당신하고 이렇게 얘기를 나누는 것만으로도
> 내 양심에 가책을 받을 지경이에요.

> Return, return, and make thy love amends.
> For me (by this pale queen of night I swear),
> I am so far from granting thy request,
> That I despise thee for thy wrongful suit,
> And by and by intend to chide myself
> Even for this time I spend in talking to thee. (4.2.99-104)

이러한 실비어의 특징은 "어머니적인 것이며 남성 애인의 빛이며 생명이고 그림자 같은 육체적인 것의 필수적 존재"(MacCary 100)라고 설명된

다. 실비어는 에그라머Eglamur와 함께 발렌타인을 찾아 도망치다가 산적들에게 붙잡히는 신세가 된다. 실비어를 찾아 헤매던 프로티우스는 실비어가 산적들에게 끌려가는 것을 가로 막으며 당신을 구하는 데는 생명을 아끼지 않겠다고 의기양양해 한다. 숲 뒤에서는 이런 광경을 발렌타인이 물론 지켜보고 있다. 실비어는 프로티우스에 의해 목숨을 구하는 것은 오히려 발렌타인으로부터 멀어지는 것이기 때문에 불행하다고 하면서 끝까지 줄리어라는 첫 사랑의 애인만을 생각하라고 하면서 애인과 친구를 배반하는 비열한 인간이라고 비난한다. 그러나 프로티우스는 사랑으로 불가능하면 폭력을 써서라도 욕망을 채우겠다고 실비어에게 덤벼든다. 이 순간 발렌타인이 나타나 프로티우스를 맹렬히 공격하면서 "가장 정확한 시간이군/모든 원수들 가운데 가장 사악한 친구"(O time most accurst!/'Mongst all foes that a friend should be the worst!)(5.471-72)라고 선언한다. 어쩔 수 없는 궁지에 몰린 프로티우스는 간단히 용서를 구한다. 발렌타인은 더 이상의 설명이나 주저 없이 다음과 같이 말한다.

> 그렇다면 됐어.
> 다시 한 번 자네를 성실한 친구로 맞이하겠다.
> 뼈아프게 후회한 것을 용서치 않는 사람은 하늘과 땅의 섭리를 배반하는 것이 되지. 하늘과 땅은 사람의 회개를 따뜻이 맞아주니 말이다.
> 참회는 영원한 신의 분노를 진정시킬 수 있다지.
> 그럼 나의 우정이 진실하고 솔직함을 보여 주기 위해 실비어에 대한 나의 사랑을 자네에게 바치겠네.

> Then I am paid;
> And once again I do receive thee honest.
> Who by repentance is not satisfied

Is nor of Heaven nor earth, for these are pleas'd;
By penitence th' Eternal's wrath's appeas'd:
And, that my love may appear plain and free,
All that was mine in Silvia I give thee. (5.4.78-84)

우정을 배반하고 자기 애인을 빼앗아 가려는 프로티우스에게 친구로서
의 용서는 말할 것도 없이 실비어까지 포기하겠다고 말한다. 이 부분은 상식
적으로 도저히 이해가 되지 않고 프로티우스의 개심改心을 가져오기 위한 급
작스러운 반전reversal으로 여실성이 결여되어 작품의 가치를 떨어뜨리는 흠
점으로 지적되어왔다. 그래서 1992년의 공연을 눈여겨 본 메이슨Pamela
Mason은 실비어의 느린 행동에 강조점을 두어 이 작품의 주제를 부각시키는
공연 효과를 보여주었다고 실비어, 프로티우스, 발렌타인의 관계를 다음과
같이 분석한다.

실비어는 프로티우스를 용서하고 발렌타인이 친구와 화해하도록 길을 열어
주었다. 그녀의 행동은 실비어의 너그러움을 확인해주고 두 남자 사이에
있는 소유물의 개념으로써의 실비어를 제거시켜주었다.

She forgave him and she paved the way for Valantine to be reconciled
to his friend. The action confirmed the magnanimity of Silvia and
removed any notion of Silvia as possession to be passed between the
men. (185)

이와 같은 극적 처리를 합리화하기 위해 뮤어Kenneth Muir는 "발렌타인
의 행동은 부조리하며 셰익스피어는 우리로 하여금 부조리를 생각하도록 하
려는 것이 목적"(31)이라고 보았는데, 사랑이 원래 맹목적이고 불합리한 것

이기 때문에 발렌타인도 불합리하게 행동하도록 하여 우리들에게 인간 행동의 어떤 면을 보이는 셈이다. 그러나 셰익스피어 희극세계의 특징 면에서 본다면 당연한 결론이다. 왜냐하면 중간단계에 어떠한 문제점들이 있었던 간에 결말에서는 문제가 해결되어야 하기 때문이다. 이것은 희극세계의 질서 회복으로 볼 수도 있고 과거의 잘못과 오해가 풀리고 새로운 세계로의 진입으로 볼 수도 있다. 작품의 마지막에 영주가 나타나 모든 것을 용서하고 발렌타인과 실비어가 결혼하도록 허락하는 것은 "결혼의 축제를 두 배로 즐겁게 하고 그들의 성격의 변화와 정서적 변화"(Champion 33)까지를 포함한 커다란 사면과 같은 행위가 된다.

발렌타인이 배반한 친구 프로티우스를 용서함으로 궁극적으로 우정을 되찾고, 실비어를 포기함으로 다시 얻게 되는 역설은 통과의례에서 "파괴된 후에 다시 창조되는 것이 정체성"(Berry 49)의 의미를 가진다. 그런데 이와 같이 문제가 복잡하였지만 용서, 화해로써 행복한 결말에 이르는 데 셰익스피어는 '숲'이라는 특별한 장소를 극적 장치로 설정했다. 이 작품의 극적 구조를 분리separation에서 조정mediation을 거쳐 귀환return으로 분석한 스나이더 Denton J. Snider는 "목가적 숲에서 4 연인들을 만나게 하고 발렌타인을 영국 국민들의 전설적인 영웅인 로빈 훗Robin Hood과 연결시킨 것은 도시의 권위가 없는 전혀 새로운 세계의 제시"(450)라고 하면서 이런 연극을 조정적 연극the Mediated drama이라고 이름 붙이기도 한다. 이 숲이야말로 기존 사회의 제도나 잘못을 치유하는 장소이며 셰익스피어가 다른 작품에서도 많이 사용하는 수법인데, 애정과 우정이 회복되는 중요한 장소라서 "도시가 추방한 것에 대한 자연 속의 적합한 피난처이며 사랑과 우정이 회복되는 이상향의 선구자"(Dandy 493)적 역할을 한다.

이러한 '숲'이라는 장소는 우정과 애정을 회복시키는 셰익스피어의 전형적 무대이다. 숲이 도시의 제도, 인습, 인위적인 것을 타파하는 장소로 쓰였다면 론스와 스피드는 이 작품에서 기성 연애의 모순, 기성 습관이나 인습을 타파하는 대표적 인물이며, 이들을 통해 셰익스피어는 4명의 연인들의 통과의례적 행동의 추이과정에 연극적 재미와 의미를 배가시키는 수법을 사용하고 있다.

발렌타인의 하인인 스피드는 학문을 연구하고 청운의 꿈을 실현시키는 데 진력해야 할 주인이 프로티우스처럼 사랑에 빠져 있는 것이 너무 안타깝고 기가 막혀, 주인을 '혼자 걷고, 한숨짓고, 울고, 금식하고, 멍하니 쳐다보는' 등의 언어를 쓰면서 비꼰다. 그러면서 발렌타인에게 "만약 그녀를 사랑한다면 그녀를 결코 볼 수 없다"(If you love her, you cannot see her)(2.1.72)라고 말함으로써 광대의 전형적 기능을 수행한다. 사랑의 멍에에 씌워지면 사람을 제대로 볼 수가 없는 것을 강조하는 것이다. 그러한 주인 발렌타인이 사랑과 사람을 충분히 파악하도록 조언하는데 그 방법이 조소적일 때도 있고 비꼴 때도 있다. 그리고 상전인 발렌타인의 세계를 궁정이라고 볼 때 그런 높은 지위에 있는 사람들의 사랑을 현실성 없는 좀 허황된 것으로 보고 "사랑이란 카멜리온은 사랑을 먹고살지만/전 음식을 먹고 사는 사람이니까 식사를 하고 싶군요."(Though the chameleon, love can feed on the air/I am one that am nourished by my victuals and would fain have meat)(2.1.172-5)라고 공격하기도 한다. 그러나 스피드의 기능은 어디까지나 발렌타인을 곤궁에 빠뜨리거나 무시하는 것이 아니고 세상을 더 잘 보도록 하는 것이다. 이런 의미에서 참피온Champion은 "스피드는 그의 상전들이 사랑에 홀려있어 보지 못하고 그래서 인식하지 못하는 것을 분명하게 볼 수 있는 존재"(35)의 역할을 한다고 분석한다.

스피드가 좀 어려운 언어를 쓰고 고답적인 반면에 론스는 "단순하면서도 유쾌한 광대적 기질을 가지고 있기 때문에 자연적인 면"(Vaughn 43)이 있다. 론스는 그가 데리고 다니는 개Crab와 함께 희극적 효과를 아주 잘 나타내준다. 프로티우스가 아버지의 명령 때문에 할 수 없이 줄리어와 생이별을 하며 밀란으로 떠나야 하는 절박한 심정이라서 모두 울고 있는데도 크랩은 돌덩이 같다. 론스의 심정을 크랩에게 전가시킨 다음 대목은 광대적 인물의 전형적 기능이라 할 수 있다.

그런데 내 크랩이라는 요 개새끼는 천하에 시건방진 놈이라구. 내 어머니는 울고, 아버지는 한숨만 쉬고, 누이동생은 흐느끼고, 하녀는 울부짖고, 고양이도 두 앞발을 비비 꼬며, 집안이 온통 야단법석인데, 요놈은 얼마나 매정한지 눈물 한 방울 흘리지 않는다니까. 이놈은 돌덩이야, 자갈이야, 인정머리 없기가 개만도 못한 놈이야.

I think Crab my dog be the sourest-natur'd dog that lives: my mother weeping, my father wailing, my sister crying, our maid howling, our cat wringing her hands, and all our house in a great perplexity, yet this not this-hearted can shed one tear. He is a stone, a very quibble stone, and has no more pity in human than a dog. (2.3.5-11)

이 대사의 심층적 의미는 조그마한 사랑에 울고불고 하면서 야단법석을 떠는 인간들의 경박함을 비웃는 것이며 동시에 지나고 나면 아무 것도 아닌 것이 인생사라는 것을 목석같은 개의 심정으로 대변한 것이라 하겠다. 이런 의미에서 "론스는 주인의 어리석음을 폭로시키고 두 젊은 신사의 과도한 낭만적 자세에 대한 우스꽝스런 풍자"(Barber 14)가 된다.

대단히 허황되고 변덕이 심한 발렌타인과 프로티우스의 사랑의 진행과정에 스피드, 론스 및 루세타 같은 광대들이 등장하여 부수적 플롯을 이룬다. 이들은 주인들과는 상반되는 말과 행동을 함으로써 관객이나 독자에게 두 세계의 면모를 여실히 느낄 수 있도록 해준다. 한 쪽이 환상적이요 추상적이라면 다른 쪽은 구체적이며 현실적이다. 한 쪽이 진지하고 절실하다면 다른 쪽은 가볍고 순수하고 토속적이다. 이런 요소가 잘 융합하여 극적 효과를 나타냈기 때문에 이 하인들의 광대적 요소가 "플롯의 완전한 양상" (Champion 38)을 이룬 셈이다. 이 하인들의 광대적 기능은 극의 재미를 배가시켰을 뿐만 아니라 환상과 어리석음에 빠져 있는 발렌타인과 프로티우스를 진정한 사랑과 우정에 이르도록 인식전환 하는데 중요한 역할을 하였다.

결론

이상에서 살펴본 것처럼 4명의 연인들에게 애정은 처음부터 순조롭게 전개되어져 나가는 것이 아니라 시련을 받은 후에야 성숙한 단계에 이르는 통과의례를 거친다. 발렌타인과 프로티우스 사이의 우정도 배반의 쓰라린 통과의례를 거침으로 더욱 공고한 우정으로 회복되어진다. 이러한 통과의례의 단계에 있어 숲이라는 무대는 언제나 기존의 제도, 인습, 율법 등을 뛰어넘어 치유하는 회복의 장소로 제공되어졌다. 그리고 기존의 모든 것들은 하인들의 광대적 요소의 공격과 비판을 통해 더욱 확실한 자기 위치를 확인하게 된다.

4명의 연인들이 사랑의 시련을 겪은 후에야 비로소 사랑을 얻을 수 있었던 과정에는 모두 잃음을 통해서만이 얻음에 다다른다는 역설의 논리가 있다. 프로티우스는 줄리어를 버리고 실비어에게 미치게 되었다. 그런 프로티우스의 사랑의 과정은 참으로 변덕스러운 것이지만 줄리어를 잃음으로써 다시 줄리어의 진정한 애정을 찾을 수 있었던 것이다. 발렌타인도 그 전후 논리는 매우 희박하지만 실비어를 프로티우스에게 넘겨준다고 포기함으로써 오히려 실비어를 다시 얻게 되는 역설의 논리를 증명시켜준다.

발렌타인과 프로티우스 사이의 우정도 서로 목숨을 노리는 결투라는 극한 상황과 같은 시련을 통해서 참다운 우정으로 회복되어진다. 그런데 이렇게 혹독한 시련을 겪어 성숙에 이르는 4명의 연인들의 통과의례적 과정의 중간단계에 변모는 중요한 의미가 있다. 어느 젊은이도 변모의 과정 없이는 성숙에 이르지 못한다. 시련이 많으면 많을수록 변모도 깊어지는 것이지만 셰익스피어의 초기 희극에서는 시련과는 다소 별 관계없이 변모가 이루어진다. 이것은 조화의 세계, 행복한 결말을 가져오기 위해서는 어쩔 수 없는 조치이며 희극세계에 어울리는 극적 장치device라 하겠다.

시련이 많은 자에게는 깊은 변모가 있고, 시련이 적은 자에게는 얕은 변모가 이루어진다면 희극정신과는 거리가 먼 것이다. 충분한 사랑의 대가를 치른 줄리어도 참사랑을 얻지만, 비난받아 마땅한 프로티우스도 사랑을 다시 얻게 되어 통과의례를 거친 자는 그 깊이의 심도에 관계없이 행복한 결말에 이르게 된다. 위치의 반전reversal도 변모에 크게 작용하며 극적 효과를 극대화시키는 기능이 있다. 발렌타인은 사랑에만 빠져있던 프로티우스를 불쌍히 여기고 자기는 대의와 공명을 위해 밀란으로 간다고 큰 소리쳤지만, 막상 밀란에서 실비어를 보는 순간 프로티우스보다 더 깊은 사랑의 노예가 되어 그 위치가 완전히 반전된다. 사랑의 포로가 되었던 프로티우스에게 충고하며 으스대던 발렌타인이 이제는 사랑에 대해서 조언을 들어야 하는 딱한 처지가 된 것이다. 이러한 반전적 변모는 통과의례적 과정을 더욱 실감나게 해준다. 이런 의미에서 브라이언트J. A. Bryant는 변모의 극적 의미를 이렇게 언급한다.

셰익스피어는 근본적인 변화의 선언에 초점을 맞춘다. 변화는 변모이며(이 극에서 두 번 나타나는 용어의 변이형이며), 이 현상은 피조물이 다른 것을 이기기 위해 자신의 생명을 포기하는 현상이고 청춘이 성숙하고 봄의 상태가 안정된 여름으로 가는 현상이다.

Shakespeare focuses on more fundamental manifestation of change: metamorphosis (to use a variant of the term which occurs twice in this play), the phenomenon whereby creatures surrender one life as a means of advancing to another, turning their youth into maturity, spring into stable summer. (36)

이렇게 4명의 연인들은 통과의례를 거침으로 잃었던 우정을 다시 회복하고 배반했던 애인들을 다시 찾아서 결혼을 하게 되어 새로운 질서의 회복을 갖게 된다. 한바탕 뒤바뀜의 소란을 겪은 후에 원상으로 회복되어지는 희극적 운동의 전개과정에서 숲이라는 치유적 장소가 설정되었고, 광대적 인물들이 4명의 연인들의 우정과 사랑의 전개과정에 흥미와 웃음을 제공하여 복합적 희극효과를 가져온 것이다.

■ 인용문헌

Barber, C. L. & Richard P. Wheeler. *The Whole Journey: Shakespeare's Power of Development*. California: U of California P, 1986.

Berry, Edward. *Shakespeare's Comic Rites*. Cambridge: Cambridge UP, 1984.

Brown, John Russell. *Shakespeare & His Comedies*. London: Methuen, 1957.

Bryant, J. A. Jr. *Shakespeare & the Uses of Comedy*. Kentucky: The UP of Kentucky, 1986.

Carroll, William C. *The Metamorphoses of Shakespearean Comedy*. Princeton: Princeton UP, 1985.

Champion, Larry. *The Evolution of Shakespeare's Comedy*. Massachusetts: HUP, 1970.

Evans, Gareth Llyd. *The Upstart Crow*. London: J. M. Dent & Sons, 1982.

Leggatt, Alexander. *Shakespeare's Comedy of Love*. London: Methuen, 1973.

Godshalk, MacCary, W. Thomas *Friends and Lovers: The Phenomenology of Desire in Shakespearean Comedy*. New York: Columbia UP, 1985.

Mason, Pamela. ed. *Shakespeare: Early Comedies*. London: The Macmillan, 1995.

Muir, Kenneth. *Shakespeare's Comic Sequence*. New York: Harper & Row, 1979.

Nevo, Ruth. *Comic Transformations in Shakespeare*. London: Methuen, 1980.

Phials, P. G. *Shakespeare's Romantic Comedies*. Chapel Hill: The U of North Carolina P, 1966.

Shakespeare, William. *The Riverside Shakespeare*. Ed. G. B. Evans. Boston: Houghton Muffin, 1974.

Vaughn, J. A. *Shakespeare's Comedies*. New York: Frederick Ungar, 1980.

등대로 가는
길을 찾아

서론

캄캄하고 망망한 바다를 항해하는 배에게 등대는 목표이고 희망이며 배의 모든 것이라 할 수 있다. 우리 인생의 바다에도 등대가 있다면 얼마나 좋을까? 이런 생각을 해서 일까? 울프Virginia Woolf의 소설『등대로』(To the Lighthouse)는 제목 자체가 상당한 호기심을 불러일으킨다. 일찍이 영국의 소설가 스티븐슨R. L Stevenson은『지킬 박사와 하이드 씨』(Dr. Jekell and Mr. Hyde, 1886)를 썼는데 이 작품 속에서 그는 인간의 양면성─선과 악─의 모습을 아주 심도 있게 묘사하였다. 낮에는 가장 선하고 고귀하여 만민이 우러러보는 성자 같은 지킬 박사가 밤이 되면 가장 악하고 흉하며 방탕한 생활을 하는 악마로 변한다는 이 소설은 인간은 누구나 다 두 측면을 가진 존재라는 것을 말해 주고 있다. 확실히 인간생활 속에는 이 양면성이 존재한다. 인간은 선과 악, 미와 추, 정신과 육체의 두 세계를 넘나드는 본질적으로 이중성을 가진 존재이다. 그러나 이와 같은 인간에 대한 분류는 상당히 추상적이라서 구체적 모습을 알기에는 부족한 점이 있다.

20세기에 이르러 특히 소설분야에 있어서 이런 외부적이고 추상적인 것에 반기를 들고 좀 더 구체적이고 사실적으로 인간성의 본질을 파헤치기 시작한 작가가 바로 울프라고 볼 수 있다. 그녀는 외부적인 관찰에 반발을 느꼈을 뿐만 아니라 외부적인 것은 진실이 아니라고 주장하고 내부적인 것만이 진리하고 생각하고 시선을 안으로 돌려서 인간생활의 내면을 깊이 추구하였다. 내면생활과 정신생활에 역점을 두고 그 길만을 추구하자니 자연히 전통적인 방법으로 소설을 쓸 수도 없었다. 이런 내면생활을 묘사하는 데는 새로운 소설기법이 필요했는데 데이치즈David Daiches는 울프의 이런 소설기법을 다음과 같이 설명한다.

Of course, most ordinary people went on living their lives in accordance with the traditional morality and conventions of their fathers. It was only the sensitive *avant garde* who responded to this new feeling in the air and who believed, with Virginia Woolf, that they could no longer take it for granted that their impressions held good for others. (5)

여기서 중요한 것은 이런 '아방가르드' *avant garde*는 무엇보다도 의식에 대해 새로운 관심을 두었다는 사실이다. 울프는 인생자체도 구체적인 것이 아니고 의식의 반투명한 봉투이며 달무리 진 희미한 안개라고 보았다. 그러므로 이러한 인생을 표현하자면 자연히 의식의 흐름stream-of-consciousness이라는 수법, 시적 산문, 회상 등이 사용되어질 수밖에 없었다. 물론 구체적이고 뚜렷한 겉모습이 아닌 은밀한 내면세계를 암시적으로 표현하자니 그 문장들이 난해하고 애매할 수밖에 없다. 어디까지가 현실이고 어디부터가 회상인지 알 수 없으며, 과거와 현재, 그리고 미래와 현재가 교묘히 교차되기도 한다. 그녀의 소설이 정신 및 의식에 중점을 두고 있어서 포스터E. M. Forster가 지적하는 "스토리story가 없는 지루한 것"(33)이라는 인상을 벗어날 수 없지만 시적산문과 상징 및 비유적인 표현들은 탁월하여 읽으면 읽을수록 감동을 주고 마음 깊이 전해오는 의미를 느끼게 한다.

울프가 특별히 『등대로』에서 대조시킨 것은 외부적 선과 악이 아니고 내부적인 두개의 세계이다. 하나는 램지Mr. Ramsay가 대표하는 이성의 세계이고 다른 하나는 램지 부인Mrs. Ramsay이 대표하는 직관의 세계이다. 이를 켈리Alice Van Buren Kelley는 "사실과 비전의 대조"(1)라고 보았다. 켈리가 울프는 비전을 통해 인생을 보여주려고 했다는 견해와는 달리 베넷John Bennette은 성별에 기초를 두고 남성성과 여성성의 비교가 이 소설의 특징이라고 이렇게 설명한다.

There is that earlier scene in which a fuller light is shed on the
personality of Mr. Ramsay and on the clash, contrast and combination
between his masculine sense of fact and her feminine sense of human
needs. (62)

외부적으로 단순히 보면 남성과 여성이지만 이 두 인물이 세상을 보는 시선,
인생에 대해서 느끼는 감정, 인생에 대한 평가는 현저한 차이점을 이룬다.
이런 의미에서 여기서는 『등대로』에 있어서의 두 세계, 즉 램지가 대표하는
이성의 세계와 램지 부인이 대표하는 직관의 세계를 대조 분석하고 이 두
세계는 어떠한 관계에 있는가를 살펴보겠다. 그리고 이와 같은 두 세계를 표
현함에 있어 시적산문, 의식의 흐름 수법, 상징성 같은 기교들이 어떻게 사
용되어 졌는가를 밝히려한다.

여행의 시작

『등대로』의 스토리는 매우 간단하여 전율을 느끼게 하는 특별한 사건
같은 것은 없고 주로 램지 부인의 명상, 상상, 회상이 주류를 이룬다. 이와
대조적으로 램지의 생활은 램지 부인의 세계에 대한 대조로써 평형을 이루
는 것으로 처리된다. 스토리가 별로 없는 대신에 주요 인물들의 의식 속에
전개되는 세계는 상징과 시적산문으로 표현되어지는 것이 특징이다.

Mr. Ramsay rather sheepishly prodded his son's bare legs once more,
and them, as if he had her leave for it, with a movement which oddly
reminded his wife of the great sea lion at the zoo tumbling backwards
after swallowing his fish and walloping off so that the water in the
tanks washes from side to side, he dived into the evening air which

already thinner was taking the substance from leaves and hedges but, as if in return, restoring to roses and pinks a lustre which they had not had by day. (38-39)

이 문장들을 보면 한 편의 시를 읽는듯하게 독자의 마음을 끌어들이며 서정적 표현이 한 폭의 그림을 보는듯하게 만든다. 그래서 스토리가 별로 없어 유감이라고 전제한 포스터도 이 작품의 가치를 다음과 같이 언급했다.

To the Lighthouse is, however, a much greater achievement, partly because the chief characters in it, Mr and Mrs Ramsay are so interesting. They hold us, we think of them away from their surroundings, and yet they are in accord with those surroundings, with the poetic scheme. To the Lighthouse is in these movements. It has been called a novel in sonata form, and certainly the slow central section, conveying the passing of time, does demand a musical analogy. (17)

음악성이 풍부하고 주요한 상징들이 적절히 짜여 안개 속에서 신비하게 감추어진 보물이 나타나는 듯한 표현들이 이 소설의 세계라고 할 수 있다. 소설의 서두부터 두 세계는 뚜렷이 나타난다. 아들 제임스James가 방에 앉아 내일 등대로 갈 수 있느냐고 어머니에게 묻는다. 어머니는 "그럼, 내일 날씨가 좋으면 말야"(Yes, of course, if it's fine tomorrow)(5)라고 하는데 반해서 아버지는 "날씨가 나쁠 걸"(it won't be fine)(6)이라는 한마디 말로 제임스의 희망을 완전히 꺾어 놓는다. 여기서부터 대립된 두 세계는 정면충돌을 하게 된다. 램지 부인은 열심히 가위질을 하는 아들의 얼굴에서, 장래에 판사석에 앉아 있는 혹은 국사를 논하는 대견스런 모습을 그려보지만, 램지는 장래는 말할 것도 없이 현재의 아들에 모습에도 관심이 없다. 이렇게 관심이나 애정 같은 것도 없이 희망만 꺾어 놓는 아버지에게 아들 제임스는 손도 끼나 부지깽이 혹은 어떤 도구가 있으면 가슴을 찔러 죽이고 싶다고 분노를 늘 가슴 속에 품는다. 나중에 램지는 "누군가가 실수를 저질렀다"(Someone had blundered)(22)를 외치며 이곳저곳을 뛰어다닐 정도로 부정적이다. 램지 부인이 긍정적이고 희망적이며 상징적이라면, 램지는 부정적이고 절망적이며 구체적이다. 램지는 철학자이여서 모든 것을 머리로 따져보는 사실적이며 논리적이고 타협을 모르는 사람이다. 램지의 말벗이 되는 사람은 트랜슬리Charles Transley인데 그 역시 무신자이며 철학을 좋아한다. 그러니까 자연히 부정적일 수밖에 없다. 아버지의 말 때문에 시무룩한 상태에 있는 순간에 "내일 등대로 도착할 수는 없을 것이요"(There will be no landing at the lighthouse tomorrow)(9)라고 말하는 트랜슬리는 불난 집에 부채질을 하는 격이다.

램지가 철학자이니까 독서에 몰두하는 것은 당연하지만, 이 독서는 차디찬 지식만을 추구하는 것이어서 칼날 같고 다른 사람의 허점만을 노리는 것이다. 그러니 그런 독서란 결국, 자기중심, 자기자만에 빠지게 하는 올무가 되고 만다. 램지의 그런 쌀쌀맞고 메마른 성격은 식초처럼 시고 자기 자랑에 빠진 사람 같다는 말로 설명되어지기도 한다. 이런 사람이 다른 사람에게서 소외당하고 따돌림을 당하며 융화하지 못하는 것은 필연적이다. 트랜슬리는 램지와 같은 세계에 속하는 사람이기 때문에 램즈가의 자녀들에게 따돌림을 당하게 되는 것이다. 이 자녀들이 아버지에 대해서 느끼는 감정을 우회적으로 표현한 트랜슬리에 대한 다음 묘사는 부정적이고 자기중심적인 사람에 대한 특징을 잘 설명해 주고 있다.

But it was not that they minded, the children said. It was not his face; it was not his manners. It was him—his point of view. When they talked about something interesting, people, music, history, anything, even said it was a fine evening so why not sit out of doors, then what they complained of about Charles Tansley was that until he had turned the whole thing round and made it somehow reflect himself and disparage them, put them all on edge somehow with his acid way of peeling the flesh and blood off everything, he was not satisfied. (10)

자기의 입장만 생각하고 다른 사람을 비난하는 이런 부류의 사람에 대해서 볼저Thomas A. Volger는 "램지는 언제나 사물의 어려운 측면만을 보려고 한다"(17)라고 평가한다. 그러니까 램지는 진리와 사실과 질서를 냉철히 추구하는 감정이 없는 기계와 같다고 볼 수 있다.

The factual world is also the world of the intellect that perceives the isolation of men and objects and attempts to find order, using only the tools of objective reason. (Kelley 4)

이러한 사람은 자연히 완고한 성격을 갖게 마련이며 다른 사람의 고심이나 걱정을 알아줄 리 만무하다. 그러면서도 자기만이 최고라고 믿고 자기만이 거룩하고 고고한 생활을 한다고 주장한다. 철학을 해서 두 부부와 8자녀가 살아간다는 것은 정말로 힘겨운 일이다. 식량을 준비하는 일, 옷을 해 입히는 일, 집을 보수하는 일 등등, 생활을 꾸려나가는 일이 눈물겹기만 하다. 그러나 남편은 이런 세상일에는 오불관언이다.

He (Ramsay) is petty, selfish, vain, egotistical; he is spoilt; he is a tyrant; he wears Mrs Ramsay to death; but he has what you (she addressed Mr Bankes) have not; a fiery unworldliness; he knows nothing about trifles. (29-30)

세상의 지저분한 일, 사소한 일, 귀찮은 일에는 등을 돌린다. 그것이 자녀의 문제이건, 아내의 문제이건 상관없다. 자기의 이성적, 사변적, 철학적 세계가 아닌 것에는 관여치 않는다. 이것이 자기중심적인 이성세계에 속한 사람의 특성이다. 램지의 모습은 다음과 같이 묘사된다.

Indeed he (Ramsay) seemed to her sometimes made differently from other people, born blind, deaf, and dumb, to the ordinary things, but to the extraordinary things, with an eye like an eagle's. His understanding often astonished her. (81)

여기서 깊이 생각해야하는 것은 이 이기적이고, 부정적이고, 논리만 찾으며 철학적 사고 속에 빠져 있는 램지를 울프가 일방적으로 나쁜 것으로만 몰아 붙이지 않았다는 점이다. 분명히 이해할 수 없고 답답하고 고집불통이고 자기중심적인 독재자 같은 남편이지만 램지 부인은 그 남편에게서 놀라운 철학적 사고, 논리성, 이성의 위대함을 발견했던 것이다. 인간의 완성이라는 차원에서 볼 때 램지는 여러 부정적인 요소에도 불구하고 이성이라는 인생의 한 쪽을 대표하는 자가 된 것이다. 그는 줄기찬 철학적 사고의 과정을 따라 진리에 도달하려고 한다. 때로는 결혼생활 자체가 시간의 낭비라고 생각하면서 정신력을 집중시켜 인류의 이정표를 향해 경주한다. 이 부분은 소설 속에서 상징적으로 표현된다.

It was a splendid mind. For if thought is like the keyboard of a piano, divided into so many notes, or like the alphabet is ranged in twenty-six letters all in order, then his splendid mind had no sort of difficulty in running over those letters one by one, firmly and accurately, until it had reached, say, the letter Q. He reached Q. Very few people in the whole of England ever reached Q··· He dug his heels in at Q. Q he was sure of··· he was a failure—that R was beyond him. He would never reach R. On to R, once more. R- (39-40)

차디찬 논리를 가지고 진리에 도달하려는 이 끈질긴 노력! 그러나 램지는 끝내 Z에 다다르지 못한다. Q에서 딱 멈추게 된다. 왜 그랬을까. 이성은 인간의 한 부분은 될 수는 있어도 모든 것이 될 수는 없는 것이다. 그는 스스로를 실패자라고 생각하고 끊임없는 동정심을 요구한다. 동정심은 단순한 감정에서만 가능한 것이 아니고 깊은 직관의 세계가 필요하다는 것이 울프의 문학적 진리이다. 그러므로 램지 부인은 남편이 자기중심에 빠져서 이 세상 것이 아닌 것에 침거하고 있을 때 그를 증오하거나 배신치 않고 오히려 이성의 위대함에 탄복한다. 그녀는 남편을 "이 세상에서 그녀가 그를 존경하는 것만큼 존경하는 사람은 아무도 없다"(There was nobody whom she reverened as she reverened him)(38)라고까지 말한다. 여기서 대단히 중요한 사실을 발견케 된다. 즉 부정적이고 이기적이며 따지기만 좋아하고 고집에 사로잡혀 있는 램지의 세계는 긍정적이고 이타적이며 모든 것을 감싸주는 램지 부인의 세계와 서로 대립의 관계에 있지만 결코 서로 배타적인 것이 아니고 평행적이라는 것이다. 그러니까 완전한 인간생활을 위해 두 세계는 공존해야 한다는 것이다.

이제부터는 직관의 세계를 대표하는 램지 부인의 세계를 살펴보자. 그녀는 모든 문제를 논리적으로 따져보는 것이 아니라 감정이나 직관으로 이해하려 한다. 램지 부인이 "나는 인간 감정에 푹 적셔진 스폰지에 불과하다고 종종 느낀다"(She often felt she was nothing but a sponge sopped full of human emotions)(38)라고 표현한 것은 그래서 당연하다 하겠다. 직관의 세계에 속한다는 것은 상상력이 풍부하고 감수성이 예민하고 모든 것을 감싸며 풍요로운 모성적 특성으로 에워싸여져 있다는 말이 된다. 램지 부인은 등대에 도착했을 때 등대지기 아들에게 줄 스타킹stocking을 계속 뜨고 있다. 이 스타킹을 뜬다는 사실은 이기심, 분쟁, 편견, 아집 등으로 서로 소외되어져 있는 인간들의 관계를 연결시킨다는 '하나 되는 상징'인 것이다.

> Strife, divisions, difference of opinion; prejudices twisted into the very fibre of being, Oh that they should begin so early, Mrs Ramsay deplored. (11)

이렇게 서로 융합되지 못하고 고립되어 있는 사람과 사람 사이를 연결시키는 데는 이성이나 논리의 힘으로는 되지 않고 감정의 힘, 단순성의 힘이 필요했던 것이다. 그래서 단순성이 중요하다고 볼 수 있다.

> But supposing she has never experienced anything of the sort herself, she yet knows everything even without experience. The simplicity and genuineness of her being unfailingly light upon the truth of things, and, falsely, perhaps, delight, ease, sustain. (Auerbach 75)

남성들의 세계는 논리적이고 철학적이어서 복잡한 추리작용을 통해서 진리에 도달하려하지만 여성들의 세계는 단순하여 직관을 통해 직접 진리의 핵심을 파악한다. 진리는 단순하다는 평범한 말을 실감케 한다. 소설에서 이런 예를 찾아보자.

Her simplicity fathomed what clever people falsified. Her singleness of mind made her drop plumb like a stone, alight exact as a bird, gave her, naturally, this swoop and fall of the spirit upon truth which delighted, eased, sustained-falsely perhaps. (34)

여성의 단순성을 통하여 진리를 파악한다는 울프의 감수성은 극도로 세련된 것이다. 하기야 그녀는 일생동안 학자나 예술가들 사이에서 생활한 유복한 여자였으니까 그런 결과를 가질 수밖에 없었을 것이다. 그러니까 유복한 삶은 예민한 감수성을 가져오고 그 결과 인간의 심리상태를 묘사함에 있어 새로운 수법을 필요로 했던 것은 자연스러웠던 것이다. 이를 아브람즈M. H. Abrams는 다음과 같이 설명한다.

She was comfortably off, she had leisure to cultivate her sensibility, she wrote because she wanted to, she rebelled against what she called the "materialism" of such novelist as Arnold Bennet and John Galsworthy, and sought a more delicate rendering of those aspects of consciousness in which she felt that the truth of human experience really lay. (1597)

여기서 우리는 단순성은 예민성을 가져오고 예민성은 직관을 가져온다는 것을 인정하지 않을 수 없다. 이것저것을 칼날처럼 따지지 않고도 진리를 파악하는 힘, 이것은 여성만이 가질 수 있는 본능이요 혜안이며 직관이라 할 수 있다. 울프는 남성의 정확한 철학적이고 논리적인 지식과 여성의 단순한 직관적 지식을 동시에 인정했다. 시간을 알아보는 램지와 램지 부인의 인식과정에 대한 셰이퍼J. O. Schaefer의 다음 설명은 적절하다.

Mr and Mrs Ramsay's attitude toward time further illustrate this difference between the masculine and feminine consciousness. When Mrs Ramsay wants to know if it is to evening. When Mr Ramsay wants to know if it is getting late. he flicks upon his watch and sees it is only just past seven. He has accurate, theoretical knowledge; she has vague, immediate knowledge. The thing exists for her, the mental constructs for him. (75)

이러한 여성의 단순성에 의한 진리 추구는 램지가 소설을 읽는데 비해 램지 부인은 소넷을 읽는 모습으로 소설 속에 구체적으로 표현되어져 있다.

She read, and so reading she was ascending, she felt, on to the top, on to the summit. How satisfying! How restful! all the odds and ends of the day stuck to this magnet; her mind felt swept, felt clean. And then there it was, suddenly entire shaped in her hands, beautiful and reasonable, clear and complete, the essence sucked out of life and held rounded here—the sonnet, (139)

램지 부인은 소넷을 읽는 속에서 안식과 만족과 가치를 느끼며 뿌듯한 심정을 체득하며 또 바로 그것이 진리파악이라고 생각한다. 울프의 이런 방법을 신비한 추구라고 본 험프리Robert Humphrey는 "울프에게 있어 모든 것은 통찰력의 문제이다. 상징적 가치는 정의내릴 수 없고 오직 감각으로만 알 수 있다"(101-02)라고 파악한다. 램지 부인이 소넷을 통해 생의 안식처에 들어선 것처럼 램지도(비록 초반기에는 부정적이고 이기적이며 고립되어 있었으나) 소설들을 읽음으로써 그의 안식처를 마련했다는 점이 흥미롭다. 그레거 Ian Gregor는 "램지는 소설책을 덮는 순간 새로워진 힘과 믿음으로 마음이 꽉 차게 되었다"(573)라고 했는데 이는 결국 램지도 논리적이고 이성적인 세계 속에서 램지 부인이 소넷에서 얻은 것과 같은 생명감을 소설 읽기를 통해 얻었다는 말이 된다.

여성의 직감

램지 부인은 사실상 『등대로』의 핵심적 인물인데 그녀를 통해서 우리는 직관의 세계가 이성의 세계와 공존해야 된다는 것을 알았다. 문제가 되는 것은 이 두 세계 중 울프는 직관의 세계, 즉 램지 부인을 램지보다 더 포괄적이고 중요한 인물로 그렸다는 점이다. 앞에서도 언급한 것처럼 램지 부인은 뜨개질을 할 뿐만 아니라 편지를 많이 쓰는데 이 편지 역시 멀리 떨어져 있는 사람들을 연결해 주는 '하나 되는 상징'인 것이다. 또 그녀는 많은 사람들과 끊임없이 이야기를 하고 폴Paul과 민타Minta를 결혼시키며 브리스코 Lily Briscoe와 뱅키즈William Bankes를 중매하려 한다. 이 결혼은 남성과 여성이 '하나 되는 상징'일 뿐만 아니라 직관과 이성이 '하나 되는 상징'이기도 하다. 램지 부인은 자주 푸른 쇼울green shoal을 걸치고 다니는데 이 푸른 쇼울은 아이들 방에 있는 멧돼지 머리를 덮는 보자기로도 사용되는데 이런 경우는 아이들의 불행과 재난을 막아주는 역할을 하게 된다. 또 마돈나와 아기 예수의 그림 테로 쓰이기도 한다. 어떠한 경우이든 푸른 쇼울은 인류의 마음을 감싸주는 램지 부인의 감정의 넓은 세계 그 자체의 상징인 것이다.

이 소설에서 중요한 부분 중에 한 곳은 서로 마음이 잘 통하지 않는 많은 사람들을 램지 부인이 저녁식사에 초대하는 장면이다. 식탁에 쭉 몰려 앉은 사람들에게 음식을 전달해 주면서 그녀 특유의 단순성에 의한 직관으로 생의 본질을 파악한다.

There is coherence in things, a stability; something, she meant, is immune from change, and shines out (she glanced at the window with its ripple of reflected lights) in the face of the flowing, the feeling, the spectral, like a ruby; so that again tonight she had the feeling she had had once today already, of peace, of rest: of such moment, She thought, the thing is made that remains for ever after. (121)

울프가 느낀 인생은 고통이요 가난이며 죽음이었다. 잘못하면 찢겨지고 망가뜨려지며 물거품과 같은 것이 인생이었다. 이런 변화무쌍하고 확언할 수 없고 서로서로 단절된 세계에서 일치감과 안정성을 발견하는 것이야 말로 혜안이 아닐 수 없다. 이런 면에서 '영원과 순간이 공존한다'는 울프의 인생관을 분명히 읽을 수 있다.

램지 부인의 세계는 램지의 세계와 배타적인 관계에 있지 않고 평행적으로 공존하다가 결국은 포괄의 관계로 발전한다고 볼 수 있다. 비록 제1부 창가The Window 편에서 램지 부인은 육체적으로는 죽었으나 정신적으로는 살아서 계속 작용한다. 첫째는 브리스코 속에 살아있고 둘째는 딸 캠Cam 속에 살아 있다. 그래서 램지 부인의 생각이 완전성wholeness을 이루게 된다.

램지 부인이 모든 사람들과 함께 등대로 가려고하는 것은 모든 사람을 다 완성으로 인도하려는 뜻이었는데 그녀가 죽음으로써 그 실제적 꿈은 깨어진 셈이다. 그러나 브리스코의 회상 속에 남아서 현실 이상의 작용을 한다. 브리스코는 사람들이 찾아오지 않아 황폐해져가는 별장에서 만약 그때 램지 부인이 있다면 주위엔 새로운 생기가 돌고 화합의 놀라운 바람이 불 것이라고 생각하면서 램지 부인을 몹시 그리워한다. 이 소설이 '의식의 흐름' 수법을 썼으니까 사실 램지 부인이 실제 죽었다는 자체는 무의미하다. 왜냐하면 '의식의 흐름' 수법의 소설에서는 현재, 과거, 미래가 '기계적 시간'clock time에 의해 존재하지 않고 '심리적 시간'psychological time에 의해 존재하기 때문이다. 이 말은 램지 부인이 죽어서 이제는 브리스코의 회상 속에 살아 있지만 실제로 살아있는 것 이상의 작용을 한다는 풀이가 된다. 살아생전에 모든 사람을 완전히 화합시키지 못한 램지 부인이 브리스코의 회상 속에서 모든 사람들을 화합시키고 있기 때문이다. 다시 한 번 생의 의미를 발견하는 순간이 브리스코의 애타는 듯한 심정으로 잘 표현되어져 있다.

Mrs Ramsay bringing them together; Mrs Ramsay saying "Life stand still here"; Mrs Ramsay making of the moment something permanent (as in another sphere Lily herself tried to make of the moment something permanent)—this was of the nature of a revelation. In the midst of chaos there was shape: this eternal passing and flowing (She looked at the clouds going and the leaves shaking) was struck into stability. Life stand still here, Mrs Ramsay said. "Mrs Ramsay!" she repeated; she owed this revelation to her. (183)

그러니까 램지 부인의 등대로의 여행은 모든 사람들을 화합시키려는 꿈이며 이것이 곧 인생의 의미인 셈이다. 램지 부인은 죽었지만 브리스코의 회상 속에서 완성된 셈이다. 이를 드루Elizabeth Drew는 다음과 같이 말했다.

We believe in the moments of heightened consciousness which seem to transcend time, and accept, again in a general way, the analogy with the "wholeness, harmony, and radiance" of a work of art. (101)

다음은 딸 캠 속에 살아있는 램지 부인의 모습을 보자. 아들 제임스는 처음부터 아버지에 대해 분노를 품고 있다. 그렇지만 아버지가 독재적으로 등대로 가는 배에 타라니 어쩔 수 없다. 캠이 배의 중간에 앉고 한쪽 끝에서 램지는 책을 읽고 있으며 다른 쪽 끝에서 제임스는 노를 젓고 있다. 한 폭의 그림 같은 이 장면에서 캠은 과거에 어머니가 아들과 아버지 사이에서 화해시키려던 그 임무를 띠게 된다. 캠은 제임스와 끝까지 이기적이고 독재적인 아버지에게 반항하기로 약속했으나 끊임없이 동정심을 요구하는 아버지의 심정에 마침내 애정을 보내게 된다. 캠은 다음과 같이 말한다.

> She could think of nothing to say like that, fierce and loyal to the compact, yet passing on to her father, unsuspected by James, a private token of the love she felt for him. (192)

아버지와 아들 간의 금이 간 사이는 연결되어 소위 부자화합이 이루어진다. 여성의 세계와 남성의 세계만이 화합하는 것이 아니고 이렇게 아들 제임스가 아버지와 화합하므로 전체적인 화해가 이루어지는데 지금까지 아버지에 대해서 분노만을 품어왔던 제임스가 노를 젓다 말고 아버지를 보고 "대머리가 된 상태에서 모든 것에 다 노출되어 바람이 그 위를 스치는데, 그는 늙어보였다"(He sat there bareheaded with the wind blowing his hair about, extraordinary exposed to everything. He looked very old.)(230)라고 말한다. 아버지의 노쇠함 속에서 다시 말하면 세월의 흐름 앞에서 인생이 어쩔 수 없다는 것을 인식하고 아버지에 대한 분노는 사라지기 시작한다. 그러다가 애써서 노를 저어 등대에 배가 도착했을 때 아버지로부터 잘 했다는 칭찬을 받고 그 동안의 분노는 말끔히 씻어지는데 캠은 그 상황을 다음과 같이 느끼고 있다.

"Well done!" James had steered them like a born sailor. There! Cam thought, addressing herself silently to James. You're got it at last. For she knew that this was what James had been wanting··· His father had praised him. (234)

얼마나 오랫동안 기다리고 기다리던 말이었던가. 계속해서 자기의 기를 꺾어 놓고 희망을 묵살시키고 부정적인 말만 하시던 아버지가 칭찬을 하다니, 아버지로부터 칭찬을 받는 순간 그 동안의 모든 악감정과 분노는 깨끗이 사라지고 완전한 부자지간의 화해가 이루어지는데, 이와 동시에 그동안 그림 때문에 고심하던 브리스코도 그림을 완성하고 "나도 나의 비전을 가졌다"(I have had my vision)(234)라고 외친다.

결론

지금까지 살펴본 것처럼 이 작품 속에서 울프는 주요한 두 세계—이성의 세계와 직관의 세계를 주로 램지와 램지 부인을 통해서 표현하였다. 램지와 계열을 같이 하는 인물은 트랜슬리였고 램지 부인과 계열을 같이하는 인물은 브리스코와 캠이었다. 이성의 세계를 대표하는 램지는 부정적이었고 직관의 세계를 대표하는 램지 부인은 긍정적이었다. 램지는 철학적이었고 램지 부인은 감정적이었다. 램지가 칼날 같은 이성으로 사물을 관찰하는 데 비해 램지 부인은 여성 특유의 단순성으로써 사물의 핵심을 꿰뚫어 보았다. 램지가 이기적이라면 램지 부인은 이타적이고 램지가 불모의 세계 속에 있다면 램지 부인은 풍요함과 생명력의 세계에 속해 있다. 램지 부인이 남편의 이기심과 편협성을 묵인하고 받아주어 남편의 그런 성향을 부추겼다는 책임도 있지만 그보다는 남편을 품는 더 큰 모성적 마음이 있다는 것은 남성 문화보다 여성문화가 더 보편적이고 크다는 것을 보여준다. 이런 의미에서 울프는 "의미의 생산을 가져오는 문화적인 능력"(Culler 117)이 있음을 보여준다.

그러나 중요한 것은 울프가 이 두 세계를 서로 배치되는 것으로 보지 않고 평행적 관계를 이루다가 결국은 포괄적 상태로 화합하는 것으로 보았다는 점이다. 두 세계가 공존하고 서로 보충하여 전체를 이룬다는 것을 셰이퍼J. O. Schaefer는 다음과 같이 설명했다.

> She (Mrs. Ramsay) is, therefore, a guardian of human aspiration, preparing and preserving an atmosphere in which nothing is irrevocable everything is possible.... Mr. Ramsay offers protection against the overwhelming force of these dangers. The masculine and feminine points of view enrich, support, contrast each other. (75)

결국 이렇게 상호보완의 경로를 통해 화합과 일치의 길에 이르는 것인데, 등대로의 여행 자체가 그런 인생의 여정을 상징하는 것이다. 이렇게 이성의 세계와 직관의 세계만이 화합하는 것이 아니고 제임스와 램지를 통해 어른의 세계와 어린이의 세계 사이에도 화해가 이루어진다. 이런 램지 부인의 포괄적인 인생관은 "상징적 윤곽"(Holmesland 91)으로 작용하여 삶을 좀 더 멀리 물러서서 제대로 보는 『등대로』 향해 가는 구조를 가진다. 브리스코가 비전을 얻음으로써 깨어지기 쉽고 종잡을 수 없으며 변화무쌍한 인생에서 고달픈 삶과 그 삶의 의미 사이에도 화해가 이루어진다. 이런 경우의 화해란 삶의 의미 및 가치를 인식한다는 뜻이 될 것이다. 쉬나이더D. J. Schneider는 다음과 같이 비전을 설명한다.

Life might round and whole; instead, it is fragmented, cut into bits and pieces. Personality might be a crystal globe; but the globe shatters, one is split up into a thousand shards, only in a vision, in an artifice of eternity, is there completeness. (119)

우리의 인생은 덧없고 시간은 빨리 흘러간다. 이렇게 바다의 파도처럼 복잡하고 변화무쌍한 인생에서 등대—그것이 몰개성이건, 진리이건, 꿈이던 간에—로의 고달픈 여행을 하는데 두 나침판으로 이성과 직관을 제시하고 그 중에서 직관을 통해 혜안을 얻어야 한다는 것을 울프는 주장한다.

■ 인용문헌

Abrams, M. H. *et al*. *The Norton Anthology of English Literature.* 2 Vols. New York: Norton, 1968.

Auerbach, Erich. "The Brown Stocking." *Virginia Woolf: A Collection of Critical Essays.* Ed. Claire Sprague. N.J.: Prentice-Hall, 1971. 70-89.

Bennet, John. *Virginia Woolf: Her Art as a Novelist.* Cambridge: Cambridge UP, 1975.

Culler, Jonathan. *Structuralist Poetic.* New York: Cornell UP, 1975.

Daiches, David. *The Novel and the Modern World.* Chicago: U of Chicago P, 1960.

Drew, Elizabeth. "*To the Lighthouse.*" *Twentieth Century Interpretations of To the Lighthouse.* Ed. Thomas A. Volger. N.J.: Prentice-Hall, 1970. 98-121.

Forster, E. M. *The Aspects of the Novel.* Penguin Books, 1971.

_____. "Virginia Woolf." *Virginia Woolf: A Collection of Critical Essays.* Ed. Claire Sprague. N.J.: Prentice-Hall, 1971. 14-25.

Gregor, Ian. "Voices: Reading Virginia Woolf." *The Sewanee Review.* Vol. LXXX. No. 4. Fall, 1980. 564-89.

Holmesland, Oddvar. *Form as Compensation for Life.* Columbia: Camden House, 1998.

Humphrey, Robert. *Stream of Consciousness in the Modern Novel.* Berkeley: U of California P, 1972.

Kelley, Alice Van Buren, *The Novels of Virginia Woolf: Fact and Vision.* Chicago: U of Chicago P, 1973.

Schaefer, J. O. "Mr. and Mrs. Ramsay." *Critics on Virginia Woolf.* Ed. J. E. M. Latham. London: George Allen and Unwin, 1970. 68-85.

Schneider, D. J. *Symbolism: The Manichean Vision.* London: U of Nebraska P, 1975.

Sprague, Claire. ed. *Virginia Woolf: A Collection of Critical Essays.* N.J.: Prentice-Hall, 1971.

Volger, Thomas A. ed. *Twentieth Century Interpretation of To the Lighthouse.* N.J.: Prentice-Hall, 1970.

Woolf, Virginia. *To the Lighthouse.* Penguin Books, 1970.

예술가로
성장케 하는
여인들

서론

현대소설의 특징들은 현대사회나 현대인들의 문제만큼이나 복잡하고 다양하다. 현대의 수많은 소설가들 중에서 네 명을 골라 집중적으로 분석한 데이치즈David Daiches는 이런 현대 소설의 3가지 특성으로 시간과 의식에 대한 새로운 관점, 그리고 이를 표현하기 위해 고안한 새로운 수법 등을 지적하면서 그들은 "윤리와 심리에 대한 새로운 사상과 사회적이고 경제적인 여러 다른 문제들"(5)에 관심이 있다고 하였다. 소위 의식의 흐름 수법의 소설가인 콘래드Joseph Conrad나 조이스James Joyce 또는 울프Virginia Woolf와 함께 로런스D. H. Lawrence를 같은 차원에서 취급하였다. 데이치즈는 로런스의 『아들들과 연인들』(Sons and Lovers)을 인간관계 가운데 가장 특수한 것이라 할 수 있는 어머니의 너무 소유적인 사랑이라는 주도적인 주제와 현대문명의 딜레마라는 문제를 탐구한 우수한 작품으로 본다.

로런스는 특이한 인간의 문제, 그것도 주로 어머니와 아들, 혹은 남자와 그의 주변 여인들과의 관계를 성과의 연관 속에서 깊이 취급하였기 때문에 때로는 그의 문학이 순수하냐 외설이냐는 문제로 재판 대에 오르기까지 하였다. 그의 문학에 대한 비평가들의 평가도 다양해서 한 때 그는 엘리엇T. S. Eliot에 의해 "성적 불건전성"(sexual morbidity)(Leavis 23)을 다룬 보잘 것 없는 작가로 혹평을 받은 것으로 알려져 있다. 그러나 리비스F. R. Leavis에 의해 그 진가가 발휘되기 시작했다. 리비스는 『위대한 전통』(The Great Tradition)에서 로런스가 영국 소설의 연속성을 가진 중요한 작가라고 추켜올리며 『아들들과 연인들』을 "놀라운 특별한 천재의 작품이 분명하다"(19)라고 규정했다. 이 소설은 로런스의 대표작은 될 수 없으나 앞으로의 그의 문학세계를 이해하는 데 기초가 되며, 특히 그의 여인관을 볼 수 있는 필수적 작품이다. 머리J. Middleton Murry도 로런스를 추켜올린 대표적 비평가 가운데 한 사람으로 이 천재에게는 병적인 증후가 있다고 보면서 그것은 어린 시절의 환경 때문이라고 이렇게 논평했다.

Further, his childhood and adolescence were passed in a place where the discrepancy and conflict between the new industrial order and the old agricultural order were nakedly visible: in a mining village of ugly company-built terrace-houses erupted in the midst of a lovely surrounding landscape. From this crudith, by instinct, he took refuge in the natural beauty of a small farm and its household; with all the strength of her indomitable will, strove to extricate herself and him from submersion in the feckless animal existence of his father. (514)

로런스는 분명히 과도한 애정을 가진 어머니와 그 아들의 특수한 관계를 생생하게 묘사했는데 그의 천재성은 "특수한 경험을 일반화하는데 성공"(Murry 517)한 작가라는 데 있다. 물론 대개의 작가들은 그들의 경험을 토대로 작품을 구상하지만 로런스에게 있어 자신의 경험은 작품의 핵심이 된다는 점이 특이하다. 어린 시절부터 청년기의 경험을 거의 그대로 작품화한 『아들들과 연인들』의 경우 이런 전기적인 요소와 작품의 내용이 거의 일치한다. 작품에 등장하는 미리엄Miriam은 로런스의 첫 애인 체임버즈Jessie Chambers를 형상화한 것이다. 이러한 로런스의 소설 속 인물과 실재인물 및 어머니와의 관계를 케이진Alfred Kazin은 이렇게 진단하고 있다.

With the greatest possible vividness it shows Paul Morel engulfed in relationships—with the mother he loves all too sufficiently, with the"spiritual" Miriam and Clara, Neither of whom he can love whole-heartedly-relationships that are difficult and painful, and that

Lawrence leaves arrested in their pain and conflict. (606-07)

남편으로부터 사랑을 얻지 못한 어머니가 그 사랑을 쏟는 대상으로 아들을 택하여, 아들을 아들 겸 애인으로 생각하는 그런 상황을 다룬다고 하여 유디스타Yudhishtar는 "이 소설은 아들과 어머니에 관한 것: 특히 아들들과 연인들의 관계"(88)라고 보면서 모렐 부인Mrs. Morel과 아들 폴Paul의 관계는 오이디푸스 콤플렉스Oedipus complex의 문제로 보면 가장 적합하다고 설명한다. 아닌 게 아니라 이 소설 전체를 프로이드의 심리학 방법에 의해 조명한 커트너A. B. Kuttner는 어머니와 아들의 관계를 "어머니와 아들은 하나다. 남편은 완전히 지워지고 다만 경쟁자로 존재한다"(73)라고 본다. 그래서 커트너는 심리학자의 이론과 그 실례의 본보기로 이 소설을 들면서 "소설가가 한 일은 과학자가 이론을 공식으로 만든 것과 같다"(73)라고까지 지적하였다. 그러나 이렇게 이 소설을 취급할 때는 쇼러Mark Schorer가 제기한 다음과 같은 문제점이 발생한다.

The novel has two themes: the cripping effects of a mother's love on the emotional development of her son; and the 'split' between kinds of love, physical and spiritual, which the son develops, the kinds represented by two young women, Clara and Miriam. The two themes should, of course, work together, the second being, actually, the result of the first: this 'split' is the 'cripping.' ··· The discrepancy suggests that the book may reveal certain confusions between intention and performance. (108-09)

프로이드적으로 접근할 때 이 소설은 주제와 그를 표현하는 기교에 있어 실패하였다는 이야기이다. 확실히 남편의 사랑을 받지 못한 어머니가 아들을 왜곡되게 사랑하고, 그런 어머니의 영향 속에 있는 아들이 다른 여자를 온전히 사랑하지 못한다는 일그러진 효과로만 본다면 이 소설의 의미는 보잘 것 없는 것이 될 것이다. 그래서 여기에서는 물론 어머니와 아들, 그리고 아들의 두 연인들에 대한 프로이드적 관계도 살펴보지만 이 소설의 의미를 비버Marice Beebe가 주장하는 예술가적 주제The artist theme와 겐트Dorothy Van Ghent가 제안한 생명의 힘life force의 측면에서 고찰하고 로런스의 다음 소설과의 연관관계 혹은 그의 문학의 기초 요소의 제시라는 관점에서 다루고자 한다.

폴과 모렐 부인

그러면 작품을 토대로 하여 어떠한 유전적, 환경적 요인들이 폴이라는 한 소년의 성장에 정신적 갈등으로 전개되는가를 훑어보자. 이 소설은 크게 두 부분으로 나누어 볼 수 있는데 I부는 모렐 부부의 결혼생활과 폴의 젊은 시절을, II부는 폴이 육체적으로는 성장했지만 미리엄이나 클라라Clara와 같은 다른 여성과 완전한 사랑을 이루지 못한다는 내용으로 압축될 수 있다. 23살 때 크리스마스 파티에서 코파드Gertrude Coppard라는 처녀의 눈에 모렐Walter Morel이라는 청년은 다음과 같이 표현된다.

When she was twenty-three years old, she met, at a Christmas party, a young man from the Erewash Valley. Morel was then twenty-seven years old. He was well set-up, erect and very smart. He had wavy black hair that shone again, and a vigorous black beard that had never been shaved. His cheeks were ruddy, and his red, moist mouth was noticeable because he laughed soften and so heartily. He had that rare thing, an rich, ringing laugh. Gertrude Coppard had watched him, fascinated. He was so full of colour and animation, his voice ran so easily into comic grotesque. he was so ready and so pleasant with everybody. Her own father had a rich fund of humour, but it was satiric. This man's was different: soft, non-intellectual, warm, a kind of gamboling. (9)

또한 모렐은 코파드라는 처녀에게서 다음과 같은 인상을 받은 것으로 묘사된다.

She herself was opposite. She had a curious, receptive mind which found much pleasure and amusement in listening to other folk. She was clever in leading folk to talk. She loved ideas, and was considered very intellectual. What she liked most with some educated man. This she did not often enjoy. So she always had people tell her about themselves, finding her pleasure so. (9)

코파드는 독실한 청교도 신앙인이고, 마음이 고결하고 엄격했다. 감수성이 아주 예민하며 예술을 사랑하는 지적인 여자였다. 모렐은 타오르는 불꽃같은 열정을 가지고 촛불 같은 빛을 가진 코파드에게 한 순간에 감정이 꽂혀 전적으로 결혼을 하게 된다. 이들의 결혼 생활 3개월은 완전한 행복perfect happy이었고 6개월은 대단한 행복very happy으로 되어 있다. 그들의 결혼 생활도 우리 보통사람과 비슷하다. 결혼할 때는 평생 행복할 것으로 생각하나 그 시효가 6개월임은 동서고금 누구에게나 마찬가지인 모양이다. 모렐 부부의 결혼생활은 서서히 금이 가고 이런 부모의 불행한 결혼 생활은 폴의 운명을 결정짓게 한다. 그도 그럴 것이 모렐은 무식쟁이인데다가 육체적이고 폭력적이었다. 시커먼 탄광에서 하루 종일을 보내고 저녁에는 술을 먹고 행패를 부리는 것이 점점 습관화 되었다. 모렐 부인은 남편의 지급되지 않은 가구 대금 청구서를 남편 호주머니에서 발견하고는 자기가 속은 것에 대단한 분개를 느끼고 그 여자 특유의 청교도적 본능으로써 남편을 책임과 의무를 다하는 도덕적이고 종교적인 사람으로 만들려고 하는 기막힌 장면이 나온다. 물론 모렐 부인의 그런 생각은 대단히 좋은 것이지만, 그것은 오히려 남편의 성격을 비뚤어지게 하는 직접적 원인이 된다. 성격적으로 모렐 부인은 섬세하고 지적인데 반하여 남편은 거칠고 조야했다. 그런 상황인데 모렐 부인이 자꾸 도덕적으로 강요하니까 모렐은 방어적으로 회피하려고 자연히 늦게 귀가하게 되고 술의 양은 점점 늘어나 술주정꾼이 된다. 아버지가 술을 먹고 돌아와 고함을 치고, 어머니를 구타하는 장면들을 보고 어린 폴은 아버지에 대한 공포감과 저주감이 커지고 본능적으로 어머니를 보호하려는 생각과 어머니에 대한 동정심이 점점 커진다. 아무런 애정도 없고 도저히 서로 융합되기 어려운 부부사이에 태어난 아들 폴에 대해서 아버지가 느끼는 감정은 다음과 같다.

After he had sat with arms on the table—he resented the fact that Mrs. Bower put on cloth on for him, and gave him a little plate, instead of a full-sized dinner-plate—he began to eat. The fact that his wife was ill. that he had wanted his dinner; he wanted to sit with his arms living on the board; he did not like having Mrs. Bower about. The girl was too small to pleas him. (32)

이런 부부의 갈등에 대해서 홉스바움Philip Hobsbaum은 성격과 자라 온 환경의 차이에서 온 것으로 보고 다음과 같이 지적한다.

The miner, Morel, is illiterate, no match for his wife in self-consciousness and articulacy. She is a former pupil-teacher with aspirations towards the middle classes. The story is biased heavily in her direction. Nevertheless, the miner is a portrait of some complexity, and over and over again intimations of his former attractiveness and latent kindliness come through almost in spite of the author. But what for the most part is shown to us is a conflict between and wife. terrible in its concentration and expenditure of energy. (46-47)

이렇듯 남편으로부터 애정을 느끼지 못하는 모렐 부인은 자연히 애정이 자식들에게로 쏠리게 된다. 모렐 부인의 애정은 장남 윌리엄William에게 강하게 작용한다. 윌리엄은 공부도 잘하고 운동도 잘하는 활기에 찬 학생이었다. 성장하여 런던에 가서 직장생활을 하게 되어 사랑하는 아들을 떠나 보내야하는 모렐 부인의 심정은 고통 그것이었다. 그러나 더 큰 문제는 이윽고 다가왔다. 윌리엄이 런던에서 웨스턴 양Miss Western과 사랑에 빠지게 된 것이다. 윌리엄은 웨스턴 양과의 사랑을 어머니와의 사랑과 비교하면서 사랑에 빠져 있는 자기의 심정을 어머니에게 토로한다. 윌리엄은 어머니와 연인 사이에서 극심한 고민을 하게 되고 몸은 수척해지기 시작한다. 어느 날의 전보는 윌리엄이 아프다는 것이었고 그 다음의 전보는 "윌리엄이 어제 죽음. 아버지는 돈을 가지고 올 것"(William died last night. Let father come, bring money)(136)이었다. 윌리엄의 죽음은 모렐 부인에게 대단한 충격이어서, 그녀는 절망에 빠지고 인생에 아무런 의의를 찾지 못한다. 그 얼마 후 폴마저 병에 걸리게 되자 모렐 부인은 온 정성을 다해 폴의 병간호를 한다. 이 장면은 독자의 마음을 사로잡기에 충분할 정도로 헌신적이다. 이제 모렐 부인의 전 생애는 온전히 폴에 의해 좌우된다. 성격적으로도 형 윌리엄과 폴은 상당히 차이가 있다. 형이 건강하고 활달하다면 폴은 연약하고 여성적이다. 어머니와 윌리엄과의 관계, 어머니와 폴과의 관계를 살가도Gamini Salgado는 다음과 같이 세밀하게 분석하고 있다.

It seems fair to suggest that while Mrs Morel chooses William as an ally because he happened to be the right age at he time she decided to exclude her husband from her level. And correspondingly there is less resistance in Paul to the choice, less of his father to counteract to mother's pressure. He is small and frail, girlish and not athletic, artistic and introverted rather than energetic and outgoing like his brother. He is eager to do domestic jobs associated with the mother, such as baking bread, and (despite burning it on one occasion) evidently quite competent at them. And unlike William he is from the beginning 'so conscious of what other people felt, particularly his mother.' (102)

어머니와 폴의 관계는 단순한 모자지간은 결코 아니다. 폴은 술주정꾼이며 난폭한 아버지에게서 어머니를 도와주어야겠다는 강렬한 보호본능과 동정심이 깊어갔고, 어머니의 입장에서는 남편에게서 받지 못한 애정을 병적일 정도로 아들 폴에게 쏟아 붓는다. 어머니와 아들의 애정은 겉으로 보기에는 별 문제가 없는 것처럼 진행되었지만 폴이 나이가 들어 미리엄이라는 여자를 사랑하면서 심각한 문제점에 봉착하게 된다. 폴은 자기의 모든 행동—심지어는 애인과의 대화 내용—을 어머니에게 이야기해야 했다. 마침내 미리엄과의 사랑을 고백할 때 어머니는 초조감과 충격을 깊이 느끼게 된다. 아들의 미리엄에 대한 사랑의 고백을 듣고 어머니는 "미리엄은 남자에게서 하나도 남지 않을 때까지 혼을 빨아낼 사람이다"(She is one of those who will want to suck a man soul out till he has none of his own left)(160)라고 말하기도하고 "그 여자는 아들을 나로부터 데려가는데 날뛰는 정말로 날뛰는 여자"(She exults—she exults as she carries him off from me)(191)라고 말할 정도로 병적이다. 그래서 유디스터는 모렐 부인이 폴을 통해서 자기의 생을 영위하고 있는 한, 아들이 자기의 사랑을 실현시킬 가능성이 없다고 이렇게 설명한다.

> When Paul is late in coming home any particular day she frets and gets angry. "She is one of those," she broods about Miriam, "who will want to suck a man's soul out till he has none of his own left… She will never let[Paul] become a man; she never will." Mrs Morel is not jealous of Mrs Morel's development. She, of course, wishes him the best in life. Ironically, however, what she says of Miriam's influence on her son — that in trying to absorb all of him she would never let him be a man on his own fact — is equally true of her own relationship with him. (95-96)

이렇듯 폴에게 있어 어머니는 생의 전부였다. 어느 정도 폴의 인생이 어머니의 왜곡된 사랑의 포로 인가를 소설에서 직접 인용하면 다음과 같다.

> "Paul's admiration of his mother knows no bounds: her pressure is always absorbing." (213)

> "It was as if the pivot and pole of his life, from which he could not escape, was his mother." (222)

이토록 철저하게 어머니의 과도한 사랑의 줄에 얽매어 있지만 폴도 자기의 생각과 주장을 가진 인격적 존재이므로 여기서 그냥 시들 수는 없었다. 폴의 사랑의 대상에 변화가 오는 것에 우리의 주의를 기울여야 한다는 것이 커트너A. B. Kuttner의 주장이다.

We shall now trace the attempts on his part to emancipate himself from his mother by centering his affections upon some other woman. (74)

폴은 어머니의 과도한 애정의 포로 상태에서 조금씩 벗어나 미리엄이라는 여자에게 애정을 갖게 되고 이것은 어머니와의 갈등과 동시에 자신의 마음의 갈등과 변화를 가져오게 한다.

폴과 미리엄

폴은 어머니의 극진한 사랑을 받고, 폴 자신도 모든 문제를 어머니의 품안에서 해결하는 미성숙한 청년이었지만 육체적 성장과 더불어 마음이 조금씩 어머니라는 폐쇄적 울타리를 벗어나기 시작한다. 이러할 즈음 만나게 되는 여자가 미리엄이다. 미리엄이 폴과 가까워지는 것은 처음부터 순수하고 이상적인 것이었다. 폴이 미리엄의 집에 갔을 때 그녀의 인상은 "미리엄은 부끄러움과 초라함으로 홍조를 띠고 있다"(Miriam was crimson with shame and misery)(127)라고 할 정도로 앳되고 청순한 모습이었다. 미리엄은 폴에게서 불어를 배우게 되어 그들은 점점 가까워지고 시나 그림에 대한 많은 대화들을 나눈다. 윌리 농장Willy Farm을 배경으로 한 드넓은 자연을 마음껏 뛰어다니면서 사랑을 하게 된다. 그러나 그들의 사랑은 청순과 고결로만 일관된 추상적인 사랑이었다. 이들의 사랑은 소설에서 이렇게 전개된다.

He would not have it that were lovers. The intimacy between them had been kept so abstract, such a matter of the soul, all thought and weary struggle into consciousness, that he saw it only as a platonic friendship. He stoutly denied there was anything else between them. Miriam was silent. Or else she very quietly agreed. He was a fool who did not know what was happening to himself. By tacit agreement they ignored the remarks and insinuations of there acquaintances.

"We aren't lovers, we are friends," he said to her. "we know it. Let them talk. What does it matter what they say."

Sometimes as they were walking together, she slipped her arm timidly into his. But he always resented it, and she knew it, it caused a violent conflict in him. With Miriam he was always on the high plane of abstraction, when his natural fire of love was transmitted into the fine stream of thought. She would have it so. If he were jolly and, as she put it, flippant, she waited till he was wrestling with his own soul, frowning, passionate in his desire for understanding. And in this passion for understanding her soul lay close to his: she had him all to herself. But he must be made abstract first. (172-73)

이렇게 너무 추상적이고 정신적인 사랑은 그들의 최초의 키스마저도 어렵게 만든다. 폴의 순결한 성격과 소심한 태도의 묘사는 폴의 갈등을 잘 대변해 주고 있다.

He did not know himself what was the matter. He was naturally so young, and their intimacy was so abstract, he did not know he wanted to crush her on to his breast to ease the ache there. He was afraid of her. The fact that he might want her as a man wants a woman had in him been suppressed into a shame. When she shrank in her convulsed, coiled torture from the thought of such a thing, he had winced to the depth of his soul. And now this "purity" prevented even their first love-kiss. It was as if she could scarcely stand the shock of physical love. even a passionate kiss, and then he was too shrinking and sensitive to give it. (178-79)

이와 같은 폴과 미리엄 사이의 처음의 정신적 사랑이 너무 추상적이게 된 이유를 유디스타는 다음과 같이 보고 있다.

Paul's relationship with Miriamis complicated by a number of factors. It is not only he who is held by his mother when he meets Miriam: she, too, is by no means free from the possessive influence of her mother, Mrs. Leivers, whose children had been born"almost leaving her out of count" and whom she could not let go "because she never had possessed them." Both Paul and Miriam are bound in by their virginity; Both, initially, live on a high plane of abstraction, circumscribed by their ideas of "purity" and spiritually. In all that happens between them it is not easy to say which of the two is to blame more. (99)

이렇게 육체적 결합이 없는 정신적 사랑이라는 추상성은 두 사람을 오히려 더 불안하게 만든다. 어머니의 사랑의 포로가 된 것이 절대적인 영향이지만 아직 폴은 자기 자신을 어떻게 이끌고 가야 할지 모르는, 방황하는 청년기여서 정신적 갈등을 여실하게 보여준다. 폴은 집요한 정신적 사랑 속에 있으면서도 한편 미리엄과 헤어져야겠다는 말을 여러 번 하게 된다. 그렇다고 용감하게 딱 헤어지지도 못한다. 이렇게 망설이고 고민하는 갈등 속에서 폴은 이러지도 저러지도 못하는 애매한 태도에 빠진다. 폴은 육체적 결합에 의한 사랑은 지속될 수 없다는 것을, 다시 말해 그들의 사랑이 성공할 수 없다는 것을 알면서도 그들은 또 관계를 지속해 나간다. 그러므로 폴은 미리엄이 자기 예술에 상상력을 가져 올 사람으로만 생각하는 것이다. 소설에서 이들의 관계와 상상력의 문제는 다음과 같이 제시되어 있다.

She looked up at him, with her dark eyes one flame of love. He laughed uncomfortably. Then he began to talk about the design. There was for him the most intense pleasure in talking about his work to Miriam. All his passion, all his wild blood, went into this intercourse with her, when he talked and conceived his work. She brought forth to him his imaginations. She did not understand, any more than a woman understands when she conceives a child in her womb. But this was life for her and for him. (202)

미리엄의 실재 인물이었던 체임버는 자신의 자서전에서 폴과의 관계를 다음과 같이 기술함으로써 이들의 관계가 로런스의 개인적 경험과 유사함을 다음과 같이 말한다.

We had no uproarious charades that Christmas, the spirit was lacking. One evening of the holiday Lawrence and my mother were talking about the historic landmarks of Mottingham, and Lawrence, glancing at me, said we would make up a party some day and discover what remained of old Nottingham.
He wrote to me almost every week from Croydon, about himself and his writing and school, just as he had been in the habit of talking. In one letter he said: 'You-the anvil on which I have hammered myself out … (152)

이렇게 이들의 관계가 정신적인 면에서 맴돌고 있을 때 미리엄은 폴에게 클라라라는 여인을 소개해 준다. 미리엄의 마음속에서 폴은 높은 차원의 욕망과 낮은 차원의 욕망이 있는데 자기와의 관계는 높은 차원의 것이고 클라라라는 유부녀와의 관계는 낮은 차원의 욕망에 속한다고 생각한다. 오히려 클라라와 육체적 접촉을 통해 낮은 욕망을 충족시키면 자기와의 높은 욕망이 더욱 잘 진척되리라고 믿고 있는 것이다. 폴은 지리멸렬한 미리엄과의 관계에서 일단 돌출구를 마련한 셈이다. 클라라와 가까워지면서 폴은 미리엄과의 사랑을 진척시킨다. 클라라는 폴에게 미리엄과 육체적 관계를 맺어보라고 충고한다. 그리고 폴은 마침내 미리엄과 육체적 관계를 맺게 된다. 그러나 미리엄과 육체적 관계를 맺은 후 이들의 사랑은 더욱 공고하게 되지 못하고 오히려 정반대의 결과를 초래하게 된다. 추상성과 순결성에서 맴돌던 이들의 사랑의 관계를 완성시키기 위해서 육체적 관계를 맺게 되나 미리엄은 폴이 원하는 강렬한 욕망과 비개성적인 열정을 느끼지 못하고 오히려 그녀와 자기 자신에 대한 책임의식과 사랑의 의무 같은 압박을 느끼게 된다. 또한 미리엄도 온전한 사랑의 희열을 느끼는 대신에 정신적 사랑을 위해 육체를 그저 희생한다고 생각한다.

He never forgot seeing her as she say on the bed, when he was unfastening his collar. First he saw only her beauty, and was blind with it. She had the most beautiful body he had ever imagined. He stood unable to move or speak, looking at her, his face half-smiling with wonder. And then he wanted her, but as he went forward to her, her hands lifted in a little pleading movement, and he looked at her face, and stopped. Her big brown eyes were watching him, still and resigned an she lay as if she had loving; she lay as if she had given herself up to sacrifice: there was her body for him; but he look at the back of her eyes, like a creature awaiting immolation, arrested him, and all his blood fell back. (289-90)

이러한 미리엄에게서 폴이 완전한 사랑을 얻을 수 없는 것은 자명해진다. 로런스 문학에 있어 완전한 사랑은 육체와 정신이 절묘한 조화를 이룬 상태인데, 폴과 미리엄의 사랑은 그런 평형관계를 이룰 수 없는 것이었다. 폴과 미리엄은 처음에 추상적이고 정신적인 사랑을 했지만 나중에 육체적 관계를 맺음으로 완성된 사랑의 단계에 돌입하려 했으나, 폴의 경우에 있어서는 어머니에게 영혼을 넘겨 준 입장이었고 미리엄의 경우엔 정신을 위해 육체를 희생시킨다는 생각이었기 때문에 조화를 이루지 못하고 실패로 끝났다고 볼 수 있다. 펄린Faith Pullin은 폴이 어머니가 죽은 후에도 미리엄과의 사랑을 완성시키지 못한 이유를 다음과 같이 두 가지 요인에 있다고 지적한다.

> Paul's final failure with Miriam—he can't take her even after his mother's death—is the last scene of the novel. Throughout, this fatal inability to come to terms with Miriam as a person, has been the indicator of Paul's immaturity and narcissism. (71)

폴은 미리엄과의 온전한 사랑을 이루지 못하고 클라라를 만나서 새로운 사랑을 시도해 본다.

폴과 클라라

미리엄과의 사이에 많은 갈등과 번민이 있을 때 폴은 클라라라는 유부녀를 만난다. 클라라는 미리엄과는 대조적으로 대단히 직선적이고 충동적이며 육감적 특징을 가지고 있다. 제일 처음 소설에 등장하는 클라라는 다음과 같은 모습이다.

> "I think I've seen him before," replied Mrs. Dawes indifferently, as she shook hands with him. She had scornful grey eyes, a skin like white

honey, and a full mouth, with a slightly lifted lip that did not know whether it was raised in scorn of all men or out of eagerness to be kissed, but which believed the former. She carried her head back, as if she had drawn away in contempt, perhaps from men also. She wore a large, dowdy hat of black beaver, and a sort of slightly affected simple dress that made her look rather sack like. (184-85)

이런 클라라에게 폴은 마치 햇빛이 비치는 곳에 모든 것이 모여지듯이 빨려 들어가기 시작한다. 기차 안에서 사람들이 쳐다보고 있는데도 키스하고픈 충동이 강렬하게 일어나기도 한다. 클라라의 육감적 모습은 다음과 같다.

He grew warm at the thought of Clara, he battled with her, he knew the curves of her breast and shoulders as if they had been moulded inside him; and yet he did not positively desire her. He would have denied it for ever. (276)

클라라와 폴이 육체적으로 쉽사리 접촉하게 되는 것은 클라라가 남편과 헤어져 있었고 폴은 수줍고 나이 어린 상태였음으로 클라라가 적극적으로 그들의 관계를 이끌어 갔기 때문이다. 로런스 문학에서 자연의 배경은 매우 의미가 깊은데 이들의 육체적 결합은 대자연 속에서 열정적으로 다음과 같이 이루어진다.

"Stop a minute," he said, and, digging his heels sideways into the steep bank of red clay, he began nimbly to mount. He looked across at every tree-foot. At last he found what he wanted. Two beech-trees side by side on the hill held a little level on the upper face between their roots.

It was littered with damp leaves, but it would do. The fishermen were perhaps sufficiently out of sight. He threw down his down his rainproof and waved to her to come.

She toiled to his side. Arriving there, she looked at him heavily, dumbly, and laid her head on his shoulder. He held her fast as he looked round. They were safe enough from all but the small, lonely cows over the river. He sunk his mouth on her throat, where he felt her heavy pulse beat under his lips. Everything was perfectly still. There was nothing in the afternoon but themselves. (310-11)

그러나 이들의 사랑은 육체적으로만 열렬히 끌리는 것이지 육체에 동반되어 져야 할 깊은 정신적 사랑은 없다. 그래서 살가도는 이들의 육체적 사랑을 이렇게 진단한다.

In comparison with the strength and intensity with which the Miriam — Paul relationship is depicted, that between Paul and Clara is meagre and superficial and has a good deal of wish fulfillment only just below the surface. Here it would seem that Lawrence the novelist and his hero are at one, for neither seems to be especially interested in the feminism which is evidently an important element in Clara's outlook. (104)

이들의 육체적 관계가 깊어짐에 따라 클라라는 폴에게서 육체만 요구하는 것이 아니라 정신마저 요구한다. 어머니와의 다음 대화는 폴이 클라라를 온 전히 사랑할 수 없음을 시사해 준다.

"Yes," he said. "You know, I think there must be something the matter with me, that I can't love. When she's there, as a rule, I do love her.

Sometimes, when I see her just as the woman, I love her, mother; but then, when she talks and criticises, I often don't listen to her."

"Yet she's as much sense as Miriam."

"Perhaps and I love her better than Miriam. But why don't they hold me?"

The last question was almost a lamentation. His mother turned away her face, sat looking across the room, very quiet, grave, with something of renunciation.

"But you wouldn't want to marry Clara?" she said.

"No; at first perhaps I would. But why—why don't I want to marry her or anybody? I feel sometimes as if I wronged my women, mother." (350)

그러니까 밤에 육체적 정열을 불태우는 관계로써의 사랑이지 진정한 의미의 사랑이 될 수 없음은 다음의 인용에서 볼 수 있듯이 낮 시간과의 대조 속에 잘 표현되어 있다.

The feeling that things were going in a circle made him mad.

Clara was, indeed, passionately in love with him, and he with her, as far as passion went. In the daytime he forgot her a good deal. She was working in the same building, but he was not aware of it. He was busy, and her existence was of no matter to him. But all the time she was in her Spiral room she had a sense that he was upstairs, a physical sense of his person in the same building. Every second she expected him to come through the door, and when he came it was a shock to her. But he was often short and off hand with her. He gave her his directions in an official manner, keeping her at bay. With what wits she had left she listened to him. She dared not misunderstand or fail to remember, but it was a cruelty to her. (351)

하여튼 폴과 클라라와의 사랑은 육체적 관계가 정신적인 것보다 훨씬 커다란 비중을 차지하고 있어서 육감적 사랑으로 규정할 수밖에 없다. 폴은 어느 여자에게도 완전한 사랑을 얻을 수 없음을 다음과 같이 고백한다.

He knew that she was dreary every evening she did not see him, so he gave her a good deal of his time. The days were often a misery to her, but the evenings and the night's were usually a bliss to them both. Then they were silent. For hours they sat together, or walked together in the dark, and talked only a few, almost meaningless words. But he had her hand in his, and her bosom left its warmth in his chest, making him feel whole. (351)

여기서 우리는 예술가로 성장하려는 로런스의 분신인 폴이 두 여인과의 사랑과, 마침내는 어머니의 왜곡된 사랑에서도 탈출하려는 강한 의지를 감지해 낼 수 있다.

결론

폴이 두 여자와의 사랑을 완성시키지 못함은 전적으로 어머니의 왜곡된 사랑이라 하여 "폴은 부모의 복합적 사랑에 의해 안내되어지는 것이 아니고 노예로 갇혀있다"(Kuttner 89)라고 규정된다. 그러면서도 로런스는 깊고 어두운 영혼의 투쟁에서 "예술의 표현으로 스스로를 치유하는 모습"(Kuttner 94)을 보여주고 있다. 이러한 폴의 두 여인과의 사랑의 실패를 단순한 실패로 보지 않고 이런 과정을 겪어서 "예술가로 성장할 수 있는 디딤

돌로 보자는 것"(Beebe 181)이 로런스 문학을 더 잘 이해하는 방법이 된다. 그래서 폴이 관습의 세계에서 출발하여 결과적으로 모든 것이 사라지고 "위험하게 홀로 서 있게 되는 지점에서 점차적으로 향하는 영웅적 행로"(Taylor 380)를 모색하는 것으로 여겨진다. 클라라와의 육체적 접촉을 통해서 오히려 폴은 더 이상 그녀가 필요 없다는 것을 인식하는 성숙을 이룬 것으로 볼 수 있다. 이토록 폴은 예술가로 성장하여야하기 때문에 그의 여인과의 관계는 예술가가 되기 위한 창조의 다리 역할이 되는 것이다. 이렇게 폴의 여인들과의 관계를 예술가가 되기 위한 중간 단계 혹은 철을 강하게 다듬는 보루anvil라고 볼 때 로런스의 부인이 된 프리다Frieda의 "남자는 두 번 태어난다. 한 번은 어머니에게서 두 번째는 그가 사랑하는 여인에게서"(490)라는 말은 적절한 지적이다. 여자에 의해 다시 태어나서 어떻게 완성된 사랑과 삶을 이루어 가는가의 문제는 그의 다음 작품들 『무지개』(The Rainbow), 『사랑하는 여인들』(Women in Love), 『채터리 부인의 사랑』(Lady Chatterley's Love) 등에서 좀 더 구체적으로 제시된다. 로런스 문학의 중심 주제인 '성과 인생'의 문제가 배태된 것이 바로 『아들들과 연인들』이라는 데 이 작품의 가장 큰 문학적 의의가 있다 하겠다.

이와 같이 이 작품이 예술가로 성장하는 점에 주제가 있다고 취급할 때, 겐트의 견해는 새로운 조명을 던져준다. 그는 이 작품 속에 로런스의 모든 예술의 핵심이 되는 '생명의 힘'이 있다고 보면서 "자연의 피조물이 나타내주는 리듬이 보여주는 깊은 생명의 힘을 단순히 개념적으로가 아니라 감각적으로 느끼는 것이 중요하다"(Ghent 537)라고 주장한다. 이런 입장에서 접근하면 술 취한 남편에게 얻어맞고 달빛 속에서 밤늦게까지 피신해 있다가 남편 방에 들어와 술 취한 남편을 깨우고 부부의 경험을 하려 할 때 모렐 부인의 얼굴은 백합의 노란 가루로 얼룩져 있다. 이 장면은 매우 상징적이다. 다시 말해서 자연과의 접촉을 통해서 생명의 힘을, 혹은 단절된 부부의 관계를 다시 결합하려는 뜻으로 읽을 수 있다. 그러한 자연을 생명의 원천이라고 볼 때 일반적으로 소극적으로만 취급되어졌던 모렐 부인은 오히려 중심적 생명리듬의 이미지가 되는 핵심적 인물이 된다는 것이 겐트의 견해이다.

> The image associated with Morel is that of the coalpits, where he descends daily from which he ascent, like a sexual rhythm, or like the rhythm of sleep and awaking of death and life. True, the work in the coal pits reverses the natural use of the hours of light and dark and is an economic distortion of that rhythm in nature-and Morel and the other colliers bear the spiritual of modern men, in its complexity and injuriousness. Nevertheless, the work at the pits is still symbolic of the greater rhythm governing life and obedience to which is salvation. (530)

생명리듬의 입장에서 보면 인간과 자연, 밝음과 어두움이 모두 생명체로 연결되어 있음을 깨달을 수 있다. 이렇게 볼 때 마지막 장면에서 모렐 부인이 죽는 것은 폴에게는 새로운 생명을 가져오는 상징이 된다는 의미 있는 해석도 가능해진다.

이 작품 속에 깊은 생명의 힘이라는 숨은 뜻을 찾는 데 주안점을 둔다면, 그런 주제를 가장 강력하게 상징하는 이미지는 말할 것도 없이 꽃이 된다. 스필카Mark Spilka는 "『아들들과 연인들』에 있어 꽃은 가장 중요한 생명의 힘으로 작용 한다"(551)라고 하면서 주인공들과 꽃과의 관계로써 작품을 분석하고 있다. 폴의 완전한 삶의 성장—그것은 바로 예술가로서의 성장을 의미하는데—은 여인들과의 관계를 통해서 새롭게 태어나며 원숙해진다고 볼 수 있다. 폴을 중심으로 어머니인 모렐 부인과 두 여인인 미리엄과 클라라라는 세 여인들은 궁극적으로 폴을 완전히 지배하지 못했다. 이러한 것은 로런스의 단편 소설 「사라지기를 원했던 여자」("The Woman Who Wanted to Disappear")에서 "망가진 그 여자는 그녀의 인생에서 이때보다 더 비참한 적이 없었다. 그리고 그 남자는 아무 말도 하지 않았다"(Herbert 255)라고 기술한 것처럼 여자와의 관계에서 어느 정도 자신의 위치를 인식한 것으로 풀이된다. 로런스에게 여자들은 예술가로 성장하는 중간 단계였고 후에 그의 문학을 완성시키는 귀중한 기초의 역할을 담당한 셈이다. 『아들들과 연인들』은 하나의 작품으로 성공적이라는 것보다는 로런스 문학 전체의 근저가 된다는 것이 중요하다. 특히 여인과의 관계가 문학으로 승화되는 과정이 문학의 핵심 요소로써 작용하여 그 후의 로런스의 전체적 문학세계를 배태시켰다는 관점에서 의미가 있다고 하겠다.

■ 인용문헌

Beebe, M. "The Artist Theme." *Sons and Lovers*. Ed. Gamini Salgado. London: Macmillan, 1979. 175-88.

Chambers, Jessie. *D. H. Lawrence: A Personal Record*. Cambridge: Cambridge UP, 1980.

Daiches, David. *The Novel and the Modern World*. Chicago: U of Chicago P, 1960. 5.

Ghent, D. V. "On Sons and Lovers." *Sons and Lovers. Text, Background, and Criticism*. Ed. Julian Moynahan. Penguin Books, 1968. 527-46.

Herbert, Michael and *et al*. ed. *The Virgin and The Gipsy and Other Stories*. Cambridge: Cambridge UP, 2005.

Hobsbaum, Philip. *A Reader's Guide to D. H. Lawrence*. London: Thames and Hudson, 1981.

Kazin, Alfred. "Sons, Lovers and Mothers." *Sons and Lovers. Text, Background, and Criticism*. Ed. Julian Moynahan. Penguin Books, 1968. 597-610.

Kuttner, A. B. "A Freudian Appreciation." *Sons and Lovers*. Ed. Gamini Salgado. Macmillan, 1979.

Lawrence, D. H. *Sons and Lovers*. Penguin Books, 1979.

Leavis, F. R. *D. H. Lawrence: Novelist*. Penguin Books, 1981.

Moynahan, Julian. ed. *Sons and Lovers. Text, Background, and Criticism*. Penguin Books, 1968.

Murry, J. Middleton. "Genius and A Syndrome." *Sons and Lovers. Text, Background, and Criticism*. Ed. Julian Moynahan. Penguin Books, 1968. 501-17.

Pullin, Faith. "Lawrence's Treatment of Women in *Sons and Lovers*." *Lawrence and Women*. Ed. Anne Smith. New York: Barnes & Noble, 1978. 49-74.

Ravagli, Frieda Lawrence. "As I Look Back." *Sons and Lovers. Text, Background, and Criticism*. Ed. Julian Moynahan. Penguin Books, 1968. 486-90.

Taylor, John A. "The Greatness in Sons and Lovers." *Modern Philosophy* 71

(1974): 380-87.

Salgado, Gamini. *A Preface to Lawrence.* New York: Longman, 1982.

Schorer, Mark. "Technnique As Discovery." *Sons and Lovers.* Ed. Gamini Salgado. London: Macmillan, 1979. 108-28.

Smith, Anne. Ed. *Lawrence and Women.* Barnes & Noble, 1978.

Spilka, Mark. "How to Pick Flowers." *Sons and Lovers. Text, Background, and Criticism.* Ed. Julian Moynahan. Penguin Books, 1968. 547-59.

Yudhishtar. *Conflict in the Novels of D. H. Lawrence.* New York: Barnes & Novel, 1969.

죽음의
키스를 하는
살로매

서론

『살로매』(*Salome*)는 와일드Oscar Wilde의 여러 작품 중에서 특히 외설에 의한 검열의 문제, 성서의 풀어쓰기, 무대 연기의 참혹성 등 많은 문제점을 제기한 작품이다. 형을 죽이고 형수와 함께 사는 헤롯Herod은 자신의 죄를 덮으려 안간힘을 쓴다. 헤롯에게는 인생 자체가 악의 고통이라 할 수 있다. 『햄릿』(*Hamlet*)에서 클로디어스Claudius는 형을 독살하고 형수와 사는 천인 공로할 죄를 저질렀기 때문에 불안과 고통 속에서 살다가 죽음을 맞이한다. 이토록 문학의 주제 중에는 근친상간이라는 죄와 그 죄의 결과를 다루는 것들이 있다. 『살로매』에서 헤롯의 욕망은 형을 죽이고 형수와 사는 것으로 그치지 않고 의붓딸인 살로매를 욕정으로 취하려는 저속한 인간의 욕망을 보여준다. 그런가하면 사회의 멸시를 받는 살로매는 요카난Jokanaan에 대한 상식을 뛰어 넘는 강렬한 사랑을 보여준다. 살로매의 요카난에 대한 무조건적이고 병적인 사랑은 요카난의 죽은 입술에 키스하는 죽음의 키스인데 이를 통해 와일드는 죽음이 단순한 죽음이 아니라 새로운 삶의 완성이라는 아이러니한 역설의 논리와 새로운 예술관을 보여준다.

영국에서는 무대에서 성경의 인물을 묘사한다는 구실 하에 『살로매』의 공연을 금지하였다. 이러한 검열체제에 대하여 와일드는 "나는 영국인이 아니다; 나는 아일랜드인이다. 그러니 전혀 별개의 문제이다"(I am not English; I'm Irish—which is quite another thing)(Worth 52)라고 일축하여 일찍이 예술가적 기질을 보여주기도 하였다. 그는 영국의 저차원적인 예술 문화를 비판하면서 "검열은 명백히 무대를 모든 예술의 가장 낮은 수준으로 여기는 것이다. 그리고 연기를 저속한 행위로 보는 것이다"(Censorship apparently regards the stage as the lowest of all the arts, and looks on acting as a vulgar thing)(Mikhail 187)라고 맹렬히 비난했다.

『살로매』를 쓴 와일드의 동기는 인간의 양면성과 각자의 개성을 말살하는 법률과 관습, 그리고 도덕에 반기를 들고 자유스럽고 개성적인 예술세계를 표현해보고자 하는 데 있었다. 와일드의 초기 작품에 나오는 주인공들은 대부분 여성인물들로서 가부장적 남성 사회에 도전하는 해체주의자들이었다. 그리고 주위 사람들에게 문화적 변화를 충격적 방법으로 촉구하려는 사람들이었다. 『살로매』는 여성에 대한 억압과 이것이 사회 문화적 제약 속에서 어떻게 진행되는지에 대하여 보다 극단적이고 잔인한 태도를 보여주는 작품이다. 와일드는 남녀 간의 로맨스를 말하기 위하여 단순하게 개인적인 이야기를 보여주는 방법은 이제 끝났다고 생각하고 그 대신에 예술가는 자유를 위한 열정을 보여주는 것에 새로운 관심을 가져야 한다고 주장하였다. 그는 좁은 편견 속에 각자의 개성을 속박하는 낡은 부대 속에 새롭고 자유로운 예술세계를 담기는 불가능하다고 보았는데, 이런 경향을 포어맨J. B. Foreman은 다음과 같이 지적하였다.

The Greek reached that critical point is the history of every civilized nation, when the spiritual ideas of the people can no longer be satisfied by the lower, material conceptions of their inspired writers, and when men find it impossible to pour the new wine of free thought into the old bottle of a narrow and a trammelling creed. (1106)

『살로매』에서 남성인물들은 여성을 지배하면서도 그들의 권력이 거세 당할까봐 두려워하는 이중적이고 모순된 태도를 보여준다. 비평가 엘만 Richard Ellmann에 의하면 여주인공 살로매에 대한 와일드의 관심은 1891년 10월 파리에 있었을 당시로 거슬러 올라간다. 와일드의 관심은 모에르 Gustave Moear의 회화 속에 나타난 살로매였다. 와일드의 예술적 상상력과 창조력은 이러한 출처들과 다른 자료들에 대한 지식으로 결합되어졌다. 살로매는 일반화된 남성 권위체제를 전복하는 인물로서 묘사된다. 성서에서 살로매는 성적인 모티브는 지니지 않고 다만 헤로디아Heroidas의 지시에 따라 침례 요한의 머리를 얻기 위해 단순히 춤을 추는 자로 존재한다. 엘만은 와일드가 성경 속에서 헤로디아가 시키는 대로 행동하는 살로매에게 불만을 갖고 있었다고 다음과 같이 말한다.

> He (Wilde) complained of the docility of the Biblical Salome which simply obeys Herodias and, once she receives the head, conveys it to her mother. (344)

와일드는 살로매를 심미주의 관점에서 새로 조명하여 성서의 내용을 변형시켜 악으로만 보였던 살로매의 관능미를 새로운 각도로 부각시켰다. 이것은 영혼만이 숭고하고 감각적인 것은 저속하다고 하는 일반 사람들의 이분법적 통념을 깨고, 악이나 관능미도 예술세계에서는 그 자체의 의미가 있다고 보는 새로운 예술관의 반영인 것이다. 그는 『도리언 그레이의 초상』(The Picture of Dorian Gray)에서 헨리 경Lord Henry의 대사를 통하여 "감각을 통하여 영혼을 치유하고 영혼을 통하여 감각을 치유한다"(To cure the soul by means of the senses, and the senses by means of the soul!)(CW 140)[3]라는 주장을 한다. 와일드는 예술과 종교 영역을 분리하여 심미주의 세계를 구현시키는데 있어서 성서의 살로매라는 인물이 적합함을 간파하였던 것이다. 와일드는 친구 모아 에디More Adey에게 보낸 편지에서 사업과 예술에 관하여 다음과 같이 자신의 입장을 설명하였다.

---

3) Vyvyan Holland. The Complete Works of Oscar Wild. (New York: Harper), 1989. 이후 Salome의 페이지 수만 표시함.

Business matters, such as the present, of course upset me, and make me weal in mind and body, with the hysteria of shattered nerves, sleepiness, and the anguish in which I walk; but Art is different, There one makes one's world. It is with shadows that one weeps and laughs, A mirror will give back to one's sorrow. But Art is not a mirror, but a crystal. It creates its own shapes and forms. (Hart-Davis 415)

와일드는 예술이 사물과 사상을 반영해주는 단순한 거울의 역할이 아니라 그 이상의 아름다운 크리스탈이 되어야 한다고 강조한다. 그러한 예술의 효과는 예술 자체의 형태와 형식을 창조해낼 때만이 가능하다고 주장한다. 와일드는 카릴로Enrique Gomez Carilo와 함께 파리에서 『살로매』 공연을 보고 그 것이 자신의 인생에 얼마나 다양하고 환상적인 동기와 충동을 주었는가를 고백하고 "살로매는 미의 여사제의 강림"(Mikhail 138)이라고까지 말했다.

살로매와 헤롯 그리고 요카난

『살로매』는 축제가 한창 벌어지고 있는 장면 가운데 그리스도의 탄생이 임박하고 있을 시점에서 시작된다. 헤롯왕은 형을 죽이고 자신의 형수였던 헤로디아를 아내로 맞이하고 그녀의 딸인 살로매까지도 육욕의 대상으로 여긴다. 막이 열리면 젊은 시리아인과 헤로디아의 종이 궁전 근처의 헤롯왕의 형을 가둬 두었던 지하 우물 옆에 서서 달을 응시한다. 시리아인은 살로매를 공주에 비유하고 있다. 살로매에게 연모의 정을 품고 있는 시리아인은 그녀의 아름다움에 도취되어 신비로운 이미지로 그녀를 표현한다.

달은 생성과 발전 및 쇠퇴라는 이미저리를 가지고 있으며 '처녀/딸 혹은 여자/어머니' 등의 상징을 가진다. 살로매에게 연정을 품고 있는 시리아인은 달을 노란 베일에 싸인 어린 공주에 비유하면서 그녀의 말이 은빛과 같으며 처녀의 상징이라고 생각한다. 이와 반대로 종은 무덤 속에서 나온 여자 같다고 말한다. 그들은 다음과 같이 아주 상반된 견해를 가지고 있다.

The Young Syrian: How beautiful is the Princess Salome to-night!
The Page of Herodias: Look at the moon! How strange the moon seems!
She is like a woman rising from a tomb. She is like a little princess who wears a yellow veil, and whose feet are of silver. She is like a princess who has little white doves for feet. You would fancy she was dancing.
The Page of Herodias: She is like a woman who is dead. She moves very slowly. (*CW* 552)

시리아인과 종의 달에 대한 응시는 문화적인 배경에 따라 전혀 다른 모습으로 묘사된다. 살로매는 처음에 요카난을 향한 그녀의 욕망이 드러나기 전까지는 순수하고 결백한 공주로 등장한다. 과도하고 복잡한 성격을 지니고 있는 살로매를 잘 이해하려면 '왜곡된 역동성'perverse dynamic의 개념을 알아야한다고 프라이스Jody Price는 이렇게 설명한다.

The perverse dynamic challenges not by collapsing order but through a recording less tolerable, more disturbing than chaos, Its difference is never the absolutely unfamiliar, but the reordering of the already known, a disclosure of a radical interconnectedness which is the social, but which present culture can rarely afford to acknowledge and must instead disavow. (155-56)

살로매가 궁전 밖으로 나왔을 때 "나는 머물지 않을 테야. 나는 머물러 있을 수 없어"(I will not stay. I cannot stay)(*CW* 555)라고 외치는 소리는 헤롯
왕의 권위와 지배를 거부하고 해체하려는 의지의 표현이다. 살로매는 자신
을 속박하는 강요된 의무감에서 빠져나오고 있다. 와일드는 "의무감이란 인
간이 자기 자신에게 사용해야 하는 것이다"(the duty that one owes to
one's self)(*CW* 29)라고 말하는데 이런 사상이 이 작품에 반영된 것으로 볼
수 있다.

살로매가 궁정 밖에서만 자유로움을 만끽할 수 있음을 "여기 공기는
얼마나 달콤한가! 나는 여기에서 숨을 쉴 수 있어"(How sweet the air is
here! I can breath here!)(*CW* 555)라는 대사에서 찾아볼 수 있다. 살로매는
자신의 처녀성을 달이라는 고결한 이미지에 비유하는 대사 속에서 자기탐닉
적인 태도를 보여준다.

> Salome: How good to see the moon. She is like a little piece of money,
> you would think she was a little silver flower. The moon is cold and
> chaste. I am sure she is a virgin, she has a virgin's beauty. Yes, she
> is a virgin. She has never defiled herself. She has never abandoned
> herself to men, like the other goddesses. (*CW* 555)

살로매는 달을 여신들과 같은 이미지로 칭찬하면서 자신을 또한 그렇게 정
의내리고자 한다. 그녀의 대사는 수줍어하는 어린 처녀의 태도라기보다는
남성들의 가부장적인 권력을 포기시키는 독백으로 볼 수 있다. 헤롯의 명령
에 거역하는 그녀의 도발적인 자율의지는 남성의 지배적인 힘에 반대하는
것이며 예언자 요카난의 소리를 듣고 직접 만나보고자 하는 장면에서 더욱
명백하게 나타난다. 살로매의 요구에 군인은 헤롯왕과 헤로디아의 부정을
고발하고 있는 요카난을 데리고 오게 되면 사태가 심각하게 전개될 것임을

알고 만류한다. 살로매는 자신을 흠모하고 있는 시리아인을 설득시켜서 요카난을 데리고 오게 한다. 비평가 워쓰Katharine Worth는 "그녀가 요카난을 보고 첫눈에 줄리엣이 로미오에게 반한 것처럼 반하고 있다"(59)고 말한다. 다음에서 알 수 있듯이 요카난은 살로매에게는 새로운 세계이며 성적 호기심을 자극하는 대상인 것이다.

> Salome: How wasted he is! He is like a thin ivory statue. He is like an image of silver. I am sure he is chaste as the moon is. He is like a moonbeam, like a shaft of silver. His flesh must be cool like ivory. I would look closer at him. (*CW* 558)

살로매는 요카난의 모습이 가냘픈 상아 조각 같으며 하얀 달처럼 순결하다고 표현함으로써 자신의 상상적 심미안을 보여준다. 그녀의 눈에는 요카난의 아름다움이 다윗David의 조각상 같은 예술작품으로 나타난다. 이와 반대로 요카난은 폐쇄적인 성性에 대한 고정관념을 가지고 있으므로 살로매에게 타락한 바빌론의 딸이라며 악담을 퍼붓는다. 그는 살로매가 자신에게 열정에 찬 말을 할 때 "누구인지 알 수 없다. 알고 싶지도 않다"(I know not who she is. I do not wish to know who she is)(*CW* 558)라며 단지 여성 혐오증을 가지고 철저히 경계한다. 그는 살로매가 방탕한 헤로디아의 딸이라는 것을 알고 다음과 같이 강력하게 거부한다.

> Jokanaan: Who is this woman who is looking at me? I will not have her look at me. Wherefore doth she look at me with her golden eyes, under her gilded eyelids? I know not who she is. I do not wish to know who she is. Bid her begone. It is not to her that I would speak.
> Salome: I am Salome, daughter of Herodias, Princess of Judaea.

Jokanaan: Back! Daughter of Babylon! Come not near the chosen of the Lord. Thy mother hath filled the earth with the wine of her iniquities, and the cry of her sins hath come up to the ears of God. (*CW* 558)

요카난은 편협한 사고 속에 빠져있어 다른 사람들의 의견에 대하여 들으려고 하지 않는다. 살로매의 솔직한 자기표현은 기존 남녀관의 상식을 완전히 깨뜨리는 것이다. 이것은 청교도적 위선과 위엄에 갇혀 자기표현과 자기주장을 하지 못하는 사람들을 경악하게 하는 태도이다. 살로매는 요카난의 몸이 세상 어느 것과도 비교할 수 없을 정도로 달처럼 하얗다며 다음과 같이 표현한다.

Salome: ··· The body is white like the snows that lie on the mountains, like the snows that lie on the mountains of Judaea, and come down into the valleys, The roses in the garden of the Queen of Arabia are not so white as thy body. Neither the roses in the garden of the Queen of Arabia, nor the feet of the dawn when they light on the leaves, nor the breast of the moon when she lies on the breath of the sea··· There is nothing in the world so white as thy body. Let me touch thy body. (*CW* 559)

비평가 커류크Ewa Kuryuk는 살로매의 권위에 도전적이면서도 자신의 아름다움에 도취하는 자세에 대하여 "자신의 이중성과 이것의 반영"(53)이라고 말한다. 요카난에게 나타나는 자기 차단적이고 폐쇄적인 표현은 와일드의 다른 작품에도 묘사된다. 살로매는 요카난이 자신을 바빌론의 딸과 같은 악한 존재로 치부해 버리자 악의 이미지를 상징하는 그의 검은 머리카락에 호기심을 돌린다. 그녀는 예언자의 몸에서 검은 포도송이 같고 달이 사라진 캄캄한 밤보다 더 검은 '머리카락'에 관심을 보인다.

> Salome: Thy body is hideous, It is like the body of a leper. It is like
> a plastered wall where vipers have crawled; like a plastered wall
> where the scorpions have made their nest. It is like a whitened
> sepulchre full of loathsome things… It is of thy hair I am enamoured,
> Jokanaan. Thy hair is like clusters of grapes, like the clusters of black
> grapes that hang from the vine-trees of Edom in the land of the
> Edomites. Thy hair is like the cedars of Lebanon, like the great
> cedars of Lebanon that give their shade to the lions and to the
> robbers who would hide her face, when the stars are afraid, are not
> so black. The silence that dwells in the forest is not so black. There
> is nothing in the world so black as thy hair,… Let me touch thy hair.
> (*CW* 559)

달의 이미지가 흰색에서 검은색으로 변하는 것은 살로매의 심리변화를 상징
해준다. 살로매는 요카난에게 심한 욕설로 거절당하자 오히려 더욱 강한 집
착을 보인다. 이러한 그녀의 욕망에 대한 집착은 집요한 것이다. 그러나 그
녀가 자신의 악을 감추지 않고 드러냄으로써 내면의 정화작용을 이루고 있
다. 살로매의 관심이 검은 머리카락의 이미지에서 '붉은 입술'로 이동함을
다음과 같은 대사에서 알 수 있다.

> Salome: Thy hair is horrible. It is covered with mire and dust. It is like
> a crown of thorns which they have placed on thy forehead… It is thy
> mouth that I desire, Jokanaan, thy mouth is like a band of scarlet on
> a tower of ivory. It is like a pomegranate cut with a knife of ivory.
> The pomegranate-flowers that blossom in the garden of Tyre, and are

redder than roses, are not so red.⋯ It is like the vermilion that the Moabites find in the mines of Moab, the vermilion that the kings take from them. It is like the bow of the King of the Persians, that is painted with vermilion, and is tipped with coral. There is nothing in the world so red as thy mouth⋯ Let me kiss thy mouth. (*CW* 559)

살로매에게 나타나는 악의 모습은 더욱더 붉은 색으로 바뀌면서 그녀의 잔인성과 욕망을 감각적으로 나타내준다. 그녀는 상아의 칼날로 자른 붉은 석류도 요카난의 입술보다는 더 붉지 못하다고 강한 열정과 집착을 표현한다. 그녀의 순수한 모습은 정욕의 모습으로 변해감에 따라 선한 모습에서 악한 모습으로 변모된다. 와일드는 '인간은 일관성이 없을 때 가장 자신에게 진실하다'라고 말한 적이 있는데 이는 선만을 고집하는 청교도인들을 역설적으로 공격하는 말이다. 와일드는 개인의 감정을 솔직하게 표현하고 있는 살로매를 통하여 개성을 중시하는 방법을 보여주고 있다. 와일드는 『도리언 그레이의 초상』 속에서 헨리 경을 통하여 실제적인 아름다움을 경험하는 감각의 고양은 진정한 예술을 창조하는 데 필수적이며 진정한 예술이 삶의 전부라고 말하였다. 그는 자연 그 자체는 투박하며 심미적 매력을 상실하고 있다고 보고 인공적인 면을 부각시키고자 하였다. 감각적이고 관능적인 아름다움까지 포함하고 있는 심미주의적 예술세계는 선과 악의 이분법으로 규정할 수 없는 차원이 다른 세계라고 보는 것이다. 헨리 경은 도리언에게 심미주의의 쾌락원칙을 다음과 같이 말한다.

Live! Live the wonderful life that is in you! Let nothing be lost upon you. Be always searching for new sensations. Be afraid of nothing⋯ A new Hedonism─that is what our century wants. (*CW* 23)

요카난과 살로매가 맞설 때, 요카난의 여성거부는 내면의 성적본능을 철저히 감추고 성적 집착을 방어하고자 하는 태세라고 볼 수 있다. 그가 정말 여성에 대하여 도덕적이고 사회적인 구속에서 벗어나 자유로움을 느끼고 있었다면, 살로매를 단지 악의 존재로만 치부해 버리지 않았을 것이다. 요카난이 살로매가 자신에 대하여 집착하는 원인을 깊이 통찰하고 이해하고자 했다면 엄청난 비극을 자초하지 않았을 것이다.

시리아인은 마음속으로 그녀를 사랑하고 있었지만, 살로매가 요카난에게 기존의 개념으로써는 도저히 상상할 수조차 없는 격정적인 애정표현을 하자 실의에 빠져있다. 요카난은 "나는 궁정에서 죽음의 천사가 날개 치는 소리를 듣는다"(I had heard in the palace the beating of the wings of the angel of death)(*CW* 560)라고 하며 앞날에 자신과 시리아인의 죽음을 감지하고 있다. 요카난은 살로매의 열정적 애정 표현을 세 번씩이나 거절한다. 시리아인은 살로매의 과도한 성적 표현을 차마 더 이상 볼 수 없어서 자신의 칼로 자살한다. 시리아인이 살로매와 요카난의 한 가운데 쓰러져 죽는 것은 상당한 상징성이 있다. 이것은 앞으로 두 남녀 간에 발생할 운명과 장애적인 요소를 암시해주는 것이다. 살로매와 요카난이 서로 험담하고 있는 중에 헤롯과 헤로디아가 등장한다. 헤롯은 달의 이미지를 '여자/어머니'로써 표현하며 다음과 같이 살로매에 대해 말한다.

Herod: The moon has a strange look to-night. Has she not a strange look? She is like a mad woman who is seeking everywhere for lovers. She is like a mad woman who is seeking everywhere for lovers. She is naked too. She is quite naked. The clouds are seeking to clothe her nakedness, but she will not, let them. She shows herself naked in the sky. She reels through the clouds like a drunken woman… I am sure she is looking for lovers. Does she not reel like a drunken woman? She is like a mad woman, is she not? (*CW* 561)

헤롯은 달을 보며 아무 것도 걸치지 않은 채 욕정에 사무쳐 남자를 찾아 헤매는 여자의 관능적인 모습을 본다. 이것은 요카난에 대한 살로매의 욕정과 살로매에 대한 헤롯 자신의 욕정을 간접적으로 나타낸 것이라고 할 수 있다. 살로매도 헤롯의 눈빛에서 자신을 향한 강렬한 애욕을 품고 있다는 것을 느끼고 있었다. 그녀는 헤롯의 애욕에 찬 모습을 보고 "어째서 영주는 그렇게 부들부들 떨면서 두더지 같은 눈빛으로 나를 보는 것일까?"(Why does the Tetratch look at me all the while his mole's eyes under his shaking eyelids.)(*CW* 553)라고 외치고 있다. 헤롯은 살로매에게 자신과 함께 음식을 먹을 것과 옆에 앉으라고 종용하지만 그녀는 결코 듣지 않는다.

이 극 속에서 살로매가 중심인물이 아니지만 중심인물로 간주될 수 있는 것은 극 중의 인물들이 그녀를 달의 이미지로 언급하며 상징적으로 대변하고 있기 때문이다. 달은 헤롯에게 살로매의 모습을 상기시켜주면서 그의 절제되지 않은 탐욕을 반영하고 있지만, 한편으로는 여성의 욕정에 대한 남성의 두려움을 반영한다. 헤롯은 그러한 달의 모습을 가리켜 '외설'이라고 일컫지만 여자에게 정숙을 주장하면서 동시에 여성의 성적 관능을 보고자 하는 자기 자신의 아이러니한 위선을 동시에 나타낸다.

와일드는 헤롯의 모습을 통하여 그 당시 청교도인의 위선을 풍자하면서 인간의 양면적인 모습을 인정할 것을 지적한다. 헤롯은 세상에 구세주가 와서 문둥병자와 맹인을 고쳐주는 것은 좋지만, 죽은 자를 소생 시키는 일은 용서할 수 없다고 말한다. 왜냐하면 그가 죽인 형이 살아나게 된다면 빚어지게 될 엄청난 재난을 두려워하고 있었기 때문이다. 비평가 퀠Norbert Kohl은 모순된 사회의 권위체제를 부정하고 있는 와일드의 진정한 의미는 단순한 사회 개혁에 있는 것이 아니라고 한다. 퀠은 와일드가 자유로운 예술세계를 이해하고 인정해줄 수 있는 사회를 바라고 있었다고 다음과 같이 주장한다.

> He lacked the involvement necessary to plead for social reform. As a conservatively liberal aesthete, it suited him both politically and artistically to adopt the lofty detachment of the observer poking fun at the weaknesses and deficiencies of social man and his institutions, ridiculing the rigidity of social conventions without ever actually departing from them… This extraordinary mixture of Victorian orthodoxy and anti-Victorian provocation, theatrical cliche and verbal originality, is typical of an author who in his writings as in his life remained consistently a conformist rebel. (251-54)

와일드는 그 당시의 청교도 사회의 거센 반발을 잘 알고 있었기 때문에 사회개혁을 하려면 많은 희생이 요구됨을 깨닫고 있었다. 그가 사회 개혁 운동가로 나서고 있지는 않았지만 예술세계를 지향하고자 하는 이상적인 환상은 항상 마음속에 자리 잡고 있었다. 와일드는 자신의 본능적 갈구와 사회적인 위엄과 도덕 사이에서 혼란을 겪고 있는 헤롯과 같은 인물을 통하여 권위체제를 앞세워 인간의 사고를 한 가지 형식으로 몰아놓는 일관주의를 폭로하고 있다. 와일드는 적극적으로 사회개혁 운동을 전개해 나가지는 않았지만, 그의 개인주의 사상은 종교와 도덕, 과학으로부터 예술자체의 자유를 실현하고자 했다. 와일드는 1894년 인터뷰에서 예술인으로서의 자신의 입장을 다음과 같이 밝히고 있다.

> We are all of us more or less Socialists now-a-days… I think I am rather more than a Socialist. I am something of an Anarchist, I believe;

but, of course, the dynamite policy is very absurd indeed. (Eltis 15)

와일드가 그 당시 영국의 사회체제 속에서 그 자신을 무정부주의자라고 선언하고 있는 것은 그 자체가 대담한 행동이었다. 그는 자유스런 예술세계를 표현할 수 있는 무정부주의를 꿈꾸며 이상적인 예술세계를 갈구하였다. 헤롯의 이중 인격적인 모순은 한편으로는 여성의 현모양처와 같은 겸손을 주장하면서도, 또 다른 한편으로는 살로매가 일곱 베일을 벗으며 춤추는 모습을 보기를 갈망하는 데에서 나타난다. 그가 자기를 분명하게 인식하지 못하고 겪는 혼란은 왕국을 조화롭게 다스리지 못하는 이유 중의 하나로써 양면적인 인간본성에 대한 이해 부족에서 오는 것이다. 시리아인이 죽을 때 헤롯은 요카난이 앞서 예언하였듯이 어떠한 권력을 쥐고 있든지 간에 새의 날개치는 듯한 죽음의 메아리가 자신을 파멸할 것이라는 예고를 깨닫지 못한다.

헤로디아는 헤롯이 의붓딸 살로매의 아름다움에 사로잡혀 있자 그를 꾸짖으며 원망한다. 헤로디아가 남편 헤롯에게 "당신은 보아서는 안 돼요" (You must not look)(*CW* 566)라고 반복하여 말하는 대사는 그녀의 잠재된 질투심을 드러내는 것이다. 헤로디아는 가부장제도의 권력에 대하여 잘 알고 있었기 때문에, 그녀의 딸을 향한 헤롯의 탐욕에 대하여 비난할 수 없다. 헤로디아는 헤롯이 자신을 희생시켰듯이 그녀의 딸도 희생시키고자 하는 의도를 직관적으로 깨닫고 있다. 헤롯에 대한 살로매의 도전은 개성적이고 적극적인 대신에 헤로디아는 소극적이어서 불만과 질투 섞인 의미를 전달하는 언어에만 그치고 있을 뿐이다. 헤로디아의 생활은 단지 생존을 위한 삶으로써 권력에 순응하는 것이다. 살로매가 요카난을 향하여 가진 분명한 자기 확신은 헤롯이 요카난의 머리를 요구하는 집요함과 같다. 이 극에서 사용되고 있는 반복 기법은 극의 파국을 암시해 주는 동시에 미적 효과를 극대화 시켜준다. 살로매에게 시선을 한 번도 떨구지 않고 주시하고 있던 헤롯이 그녀에게 다음과 같이 명령한다.

> Herod: Dance for me, Salome
> Herodias: I will not have her dance.
> Salome: I have no desire to dance, Tetrarch
> Herod: Salome, daughter of Herodias, dance for me.
> Herodias: Let her alone.
> Herod: I command thee to dance, Salome.
> Salome: I will not dance, Tetrarch. (*CW* 567)

살로매의 아름다움은 헤롯의 권력보다도 달의 여신Diana과 같은 놀라운 마력을 발휘하고 있다. 살로매가 요카난에게 거듭 키스를 해달라고 했던 것과는 달리, 헤롯은 그녀에게 자신을 위하여 춤을 추어 달라고 거듭하여 요구한다. 헤로디아는 요카난이 자신과 헤롯왕의 부정을 계속해서 비난하자 원망과 불평을 늘어놓는다. 헤롯은 아내 헤로디아에게 다음과 같이 말한다.

> Herod: It is not of me that he speaks. He speaks never against me. It is of the King of Cappadocia that he speaks; the King of Cappadocia, who is mine enemy. It is he who shall be eaten of worms. It is not I. Never has he spoken word against me, this prophet, save that I sinned in taking to wife the wife of my brother. It may be he is right. For, of a truth, you are sterile. (*CW* 567)

헤롯은 죄로 인하여 느끼는 불안과 두려움을 살로매의 춤을 통하여 해소하고자 한다. 그는 시리아인의 죽음으로 핏빛으로 얼룩진 바닥을 보며 더욱 더

불길한 징조를 느끼고 우울감에 젖어 있다. 헤롯은 살로매가 일곱 베일에 가려진 관능적인 춤을 추어준다면 "네가 원하는 것은 영토의 절반이라도 주겠다"(Ask of me the half of my kingdom, and I will give it you)(CW 570)라고 한다. 살로매는 일곱 '베일'을 벗고 관능적 춤을 춘다. 베일에 가려 희미하게 보이는 상태를 벗어나 욕망추구의 대상이나 자아를 직접적으로 분명히 보여주는 행위이다. 그러나 이것은 허구적 상상계적 자아가 분출하는 것인데 동시에 그로 인해 상징계로써의 현실 세계에서 기존의 도덕과 억압의 한계에 직면하는 일이기도 하다. 이러한 살로매의 복합적 춤을 보고 헤롯은 절대적인 왕의 권위를 내걸고 약속한다. 헤롯은 "내 목숨을, 내 왕관을 걸고, 신을 두고 맹세한다."(By my life, by my crown, by my gods)(CW 568)라고 말한다. 헤롯은 자신의 형을 죽이고 형수를 아내로 취한 자신의 죄에 대한 번민을 관능적인 춤으로써 대신하고자 하는 것이다. 그가 자기 양심의 가책으로 고통당하고 있음은 다음 대사에 잘 나타나 있다.

> Herod: Even to the half of my kingdom. Thou wilt be passing fair as a queen, Salome, if it please thee to ask for the half of my kingdom. Will she not be fair as a queen? Ah! it is cold here! There is an icy wind, and I hear… Nay, but it is not cold, it is hot. I am choking. Pour water on my hands. Give me show to eat. Loosen my mantle. Nay, but leave it. It is my garland that hurts me, my garland of roses… You must not find symbols in everything you see. It makes life impossible. It were better to say that stains of blood are as lovely as rose petals. (568)

헤롯이 "보이는 것의 모든 상징을 알아내려고 할 필요는 없어"(You must not find symbols in everything you see)(CW 568)라고 하는 말은 와일드

의 형식을 중시하는 예술 사상을 반영한다. 헤롯의 태도는 와일드의 '감각만이 영혼을 치유할 수 있듯이 영혼만이 감각을 치유할 수 있다'라는 예술사상이 반영된 것이다. 살로매는 예술을 상징하고 있는 '댄스'dance라는 육체의 움직임을 통하여 남자가 지배하는 왕국의 절반까지 얻을 수 있게 된다. 살로매는 절대성이 붕괴된 무nothingness의 상태에서 자신의 개성을 계발하고자 한다.

살로매는 독자적인 개성을 발휘함으로써 예술의 상징적인 인물이 되고 있으며 세계를 자신의 것으로 만들고 있다. 살로매가 신비를 상징하는 일곱 베일에 감춰진 얼굴과 맨발로 매혹적인 춤을 춘다는 것은 육체적인 의미보다는 그녀의 생각이나 본질을 드러내는 정신의 폭로이다. 와일드의 단편 「어부와 그의 영혼」("The Fisherman and His Soul") 속에서 베일에 감춰진 얼굴과 벗은 발을 하고 있는 소녀가 어부에게 그의 영혼으로 돌아오라고 유혹하는 것과 비슷하게 살로매가 베일을 벗고 춤을 춘다. 이런 행위는 와일드가 예술가의 첫 의무인 자기표현과 자기노출을 통해서 예술적 활동을 하는 것이고 이를 적절한 이미지로 표현한 것이다. 이 작품 속에서 살로매만이 개성적인 표현으로 내적 변형과 자기폭로를 하고 있다. 헤롯은 살로매의 관능적인 춤을 보고 다음과 같이 감탄한다.

> Herod: Ah! Wonderful! Wonderful! You see that she has danced for me, your daughter. Come near, Salome, come near, that I may give you your reward. Ah! I pay the dancers well. I will pay thee royally. I will give thee whatsoever thy soul desireth, What wouldst thou have? Speak. (*CW* 570)

헤롯은 살로매가 춤을 다 추고 나자 자신의 절대적인 왕의 권위에 대하여

"내 말에는 모두 복종한다. 내말은 곧 황제의 말이다"(I am the slave of my word, and my word is the word of a king)(570)라며 그녀에게 소원이 무엇이냐고 묻는다. 살로매는 분명한 어조로 은쟁반 위에 '요카난의 머리'를 원한다고 대답한다. 헤롯은 살로매에게 어머니 헤로디아의 말을 들어선 안 된다고 타이른다. 그러자 살로매는 다음과 같이 반박하며 자신의 의지임을 밝힌다.

> Salome: I do not heed my mother. It is for mine own pleasure that I ask the head of Jokanaan in a silver charger. You have sworn, Herod. Forget not that you have sworn an oath. (*CW* 570)

헤롯은 금욕주의자 요카난과 자신의 개성을 표현하는 살로매 사이에서 정신적인 추구와 관능적인 욕구 사이에 마음의 동요를 느낀다. 헤롯은 살로매가 끔찍스럽게도 요카난의 머리를 요구할 때 씁쓸한 자기 양심의 가책을 느끼게 된다. 헤롯은 요카난이 죽게 되면 누군가 화를 당한다는 예언에 대하여 자신을 지칭하는 것이라고 생각하고 다음과 같이 살로매에게 제안하며 반대한다.

> Herod: This is a terrible thing, an awful thing to ask of me. Surely, I think you are jesting. The head of a man that is cut from his body is ill to look upon, is it not? It is not meet that the eyes of a virgin should look upon, is it not? It is not meet that the eyes of a virgin should look upon such a thing··· Hearken to me. I have an emerald, a great round emerald, which Caesar's minion sent me. If you look through this emerald you can see things which happen at a great distance. Caesar himself carries such an emerald whin he goes to the

circus, But my emerald is larger. I know well that it is larger. It is
the largest emerald in the whole world. You would like that, would
you not? Ask it of me and I will give it you. (*CW* 571)

헤롯은 살로매의 요구가 믿어지지 않는 듯이, 그녀에게 자신이 가장 아끼는
에메랄드를 주겠다고 하며 타협하고자 한다. 그러나 살로매의 분명한 자기
인식에서 비롯된 대답은 변할 수 없다. 헤로디아를 차지한 헤롯은 살로매에
게 눈길을 던짐으로써 자신의 죄악을 더욱 깊이 물들인다. 그의 말은 예언자
요카난을 희생의 담보물로 만드는 결과를 가져온다. 살로매가 변함없이 요
카난의 머리를 달라고 하자 헤롯도 연이어 공작과 희귀한 보석들을 주겠다
며 회유시키지만 그녀는 요지부동이다. 헤롯은 뒤늦게 자아 인식을 하고 잘
못을 후회하지만 이미 때는 늦은 것이다.

　헤롯이 제안하는 보석들은 살로매가 보기에는 허영심과 사치를 자랑하
는 그 당시 위선적인 사람들에게나 적용되는 통속적인 전시물에 지나지 않
는다. 헤롯은 살로매의 분명한 뜻을 꺾으려 하지만 그녀의 가부장적인 권력
에 정식으로 도전하는 태도를 바꿀 수는 없다. 아무리 권력이 막대하다고 하
여도 그것이 모든 문제를 해결할 수 있는 것은 아니다. 살로매는 헤롯이 요
카난의 머리 대신에 보석들을 제안하여 그녀의 욕망을 진압하려고 하자 분
노한다. 헤롯의 특권적인 힘을 발휘하고 있었던 언어는 은쟁반에 요카난의
머리를 요구하는 살로매의 의지가 확고해짐에 따라 힘을 잃어버린다. 살로
매는 지배적인 이데올로기와 같은 문화적인 억압을 거부한다. 그녀는 개성
실현을 삶의 최고 목적으로 생각하여 변모하고 진화하는 미학의 자세를 보
여준다. 살로매가 헤롯에게 약속한 것을 이행하라고 거듭 재촉하자 그는 체
면과 위신 때문에 요카난을 살해하라는 명령을 내린다. 와일드는 예술에서
‘언어’의 중요성에 대하여 예수의 예를 들어 설명하고 있다. 그는 예수를 최

고의 예술가로 보았는데 그 이유는 예수가 붓이나 펜으로 표현하는 예술보다 언어에 의한 예술을 최고의 예술형태로 보았기 때문이다.

와일드는 하나의 지배문화에 대한 죽음이 살로매의 욕망도 수용해줄 수 있는 새로운 문화로 발전되어져야 한다는 주제를 이끌어 내었다. 그는 권력이 예술세계까지 점령하여 모든 것을 장악하는 가부장적인 권력문화에 대하여 반대하고 예술지상주의를 표방하였다. 살로매는 그 당시 감히 드러낼 수 없었던 '성을 위한 성'sex for sex's sake이라는 욕구를 춤이라는 개성적인 표현으로 완성시킴으로써 예술의 혁신과 권력문화에 대한 도전을 감행한다. 살로매의 일곱 베일에 싸인 관능적인 춤은 그녀를 주체적인 존재로 만들면서 개인적 자각에 이르게 하는 가장 적절한 표현방식이 된다. 이것은 또한 가장 자유스런 예술적 표현 양식이 되기도 한다. 살로매는 다음과 같은 표현으로 잔인성의 극치를 나타낸다.

Salome: Strike, strike, Naaman, strike, I tell you⋯ No, I hear nothing. There is a silence, a terrible silence. Ah! something has fallen upon the ground. I heard something has fall. It was the sword of the headsman. He is afraid, this slave. He has dropped his sword. He dares not kill him. He is a coward, this slave! Let soldiers be sent. (573)

마침내 참수하는 이가 헤롯의 명령을 받고 요카난의 머리를 은쟁반 위에 가지고 나온다. 살로매는 헤롯과 논박하던 자세에서 자신의 감정과 맞서며 요카난을 향한 일종의 애가elegy를 표현한다. 살로매는 뼈저린 고통을 자기감정으로 승화시킴으로써 사랑의 극단적인 가치를 실현한다. 그녀는 요카난의 잘려진 머리를 보며 다음과 같이 외친다.

Salome: Ah! thou wouldst not suffer me to kiss thy mouth, Jokanaan. Well! I will kiss it now. I will bite it with my teeth as one bites a ripe fruit. Yes, I will kiss thy mouth, Jokanaan⋯ But wherefore dost thou not look at me, Jokanaan! Thine eyes that were so terrible, so full of rage and scorn, are shut now⋯ Wherefore dost thou not look at me? Art thou afraid of me, Jokanaan, that thou wilt not look at me ⋯ ? And thy tongue, that was like a red snake darting poison, it moves no more⋯ Thou didst reject me. Thou didst speak evil words against me. Thou didst treat me as a harlot, as a wanton, me, Salome, daughter of Herodias, Princess of Judaea!⋯ thy head belongs to me. (*CW* 573-74)

살로매는 요카난이 자신을 결코 보려고 하지 않았다고 그의 편협한 자세를 지적하며 자신을 진정 보았다면 사랑했을 것이라고 확언한다. 그녀는 사랑의 신비로움은 죽음의 신비로움과 같은 것이라는 깊은 자아인식을 한다. 이는 라캉이 말하는 실재계에 속한 것으로 '삶과 죽음'이 하나가 되는 죽음의 키스인 것이다. 요카난의 머리는 거세당한 여성의 희생물로써 단순하게 나타나는 것이 아니라, 살로매의 관능적이고 솔직한 자기표현을 통하여 나타난 예술의 승리를 암시하고 있는 것이다. 살로매는 인간의 본능적 욕구를 감추고 있는 요카난의 금욕적인 생활에 맞서서 자신의 성적 욕망을 오히려 강조하며 다른 사람들 앞에 솔직하게 표현한다. 헤롯이 살로매의 행동에 대하여 아주 끔찍한 죄악이라고 말하자 헤로디아는 오히려 딸의 행동이 옳았다고 말한다. 헤로디아도 살로매의 영향을 받고 변화되어가고 있음을 다음과 같이 알 수 있다.

I was a virgin, and thou didst take my virginity from me. I was chaste, and thou didst fill my veins with fire⋯ Ah! wherefore didst thou not look at me, Jokanaan? If thou hadst looked at me thou hadst loved me. Well I know that thou wouldst hace loved me, and the mystery of love is greater than the mystery of death. Love only should one consider. Herod: She is monstrous, thy daughter, she is altogether monstrous. In truth, what has done is a great crime, I am sure that it was a crime against an unknown God.
Heridias: I approve of what my daughter has done. And I will stay here now. (*CW* 574)

살로매는 요카난의 아름다움에 목말랐으며 이러한 갈증은 달콤한 술이나 과일로도 해소될 수 없다고 말한다. 살로매는 요카난의 머리를 끌어안고 그녀의 분노와 허영을 조롱 섞인 어조로 자신이 승리하였다고 말한다. 이러한 무섭고 잔인한 장면은 일종의 카타르시스를 가져온다. 그래서 이러한 장면은 다음과 같은 해석이 가능하다.

Through the imagery of the past recreating the Jokanaan who might have loved her. White, red and black remain, but only as emblems of beauty; all the dark, perverted side has disappeared. Salome; Thy body was a garden full of doves and of silver lilies ⋯ there was nothing in the world so black as thy hair⋯ In the whole world there was nothing so red as thy mouth. (Worth 69)

헤롯은 헤로디아가 딸의 행동이 옳았다는 말을 하자 그는 단지 자신에게 닥칠 위험을 두려워하여 모든 빛을 차단해버리라고 명령하고 궁전 안으로 들어간다. 이것은 헤롯의 정신이 차단되어짐을 상징하는 것으로써, 그는 아직도 혼란과 분열 속에 머물러 있으면서 자신과의 진실한 대면을 포기해 버리는 행위인 것이다. 헤롯은 자신이 빚어낸 끔찍한 공포 속에서 모든 사물들에 대하여 '바라보기'looking 하던 자세를 포기해 버린다. 그는 결국 다음과 같이 비명을 지른다.

> Herod(rising): Ah! There speaks the incestuous wife! Come! I will not stay here. Come, I tell thee. Surely some terrible thing will befall. Manasseth, Issachar, Ozias, put out the torches. I will not look at things, I will not suffer things to look at me, Put out the torches! Hide the moon! Hide the stars! Let us hide ourselves in our place, Herodias. I begin to get afraid. (*CW* 574)

무대는 빛이 사라지고 구름이 달마저 가려버리자 암흑만이 감돌고 있다. 이러한 컴컴한 정적 속에서 살로매의 외침만이 울려 퍼진다. 살로매의 긴 독백은 아주 씁쓸한 아이러니를 불러일으킨다. 그녀가 요카난과 입을 맞추고 있는 모습은 다음과 같이 가장 악하고 추하면서도 가장 아름답고 신비스런 순간임을 알 수 있다.

> The Voice of Salome: Ah, I have kissed thy mouth, There was a bitter taste on thy lips, Was it the taste of blood⋯? But perchance it is the taste of love⋯ They say that love hath a bitter taste⋯ But what of that? I have kissed thy mouth, Jokanaan. (*CW* 575)

막이 내리기 전 살로매의 대사는 와일드의 심미주의 사상을 가장 극적으로 보여주는 장면이다. 와일드는 예술가적 입장에서 잔인성이라는 악의 이미지로써 그 당시의 통념화된 예술적 개념을 깨뜨린다. 살로매는 가장 원하였던 요카난의 입술에 죽음의 키스를 하였을 때 쓸쓸한 피 맛을 느낀다. 그녀는 이러한 피 맛이야 말로 어쩌면 진정한 사랑의 깊고 독한 맛이라고 말한다. 이런 의미에서 살로매는 사랑은 가장 쓰라린 것과 가장 달콤한 것의 만남이라 할 수 있다. 이것은 곧 라캉이 주장하는 실재계에서의 삶과 죽음이 동일한 것이라는 사상과 같은 것이다. 와일드는 비극적 절정에서 느끼는 희열을 머릿속에 번뜩이는 천국이라고 말하면서 암흑 속에 비쳐드는 한 줄기 광선과 흡사하다고 하였다. 그러한 고도의 예술적 비극성을 살로매는 죽음의 키스를 통해 보여준다.

결론

헤롯은 혼란과 두려움으로 일종의 정신분열 증세를 일으키고 있는 반면에 살로매는 일관된 주체만을 고집하지 않고 개성적 표현으로 요카난에 대한 사랑을 자기 것으로 유기화 시키는 가운데 성장하고 변화한다. 살로매에게서 비인간적이며 야만스런 성적 타락상만을 보는 것은 조야한 감식안을 나타낼 뿐이다. 살로매는 요카난을 희생시킨 파괴자이면서 동시에 그 사랑을 쟁취한 인물이다. 살로매는 권력과 도덕이나 물질을 앞세우는 청교도 사회에서 자연스런 본능이 억제당하고 외면당하는 것에 잔인할 정도로 저항하기 때문에 "예술은 도덕을 가르치는 것이 아니라 오로지 아름다움만을 천명하는 것"(Calloway 19)을 실현시킨 인물이며 동시에 그런 사회의 희생자이기도하다.

극의 마지막 부분에서 "한 줄기 달빛이 살로매에게 비춘다"(A moonbeam falls on Saolme, covering her with light.)(*CW* 575)라는 표현이 있는 것은 살로매의 개성 추구적 삶이 가장 아름다움 것임을 상징한다. 그녀가 독특한 개성추구로 자신의 미적 인생을 완성하고 있음을 말해준다.

와일드는 살로매라는 인물을 통하여 분명한 자아인식을 통한 예술적인 사랑의 의미를 깨닫는 과정을 보여주고 있다. 와일드는 자연 그 자체는 투박하여 심미적 매력을 상실하고 있다고 보고 인공적인 면을 가미할 것을 주장하였다. 감각적이고 관능적인 아름다움까지 포함하고 있는 심미주의적 예술세계는 사회를 지배하는 선과 악으로 규정된 판에 박힌 세계가 아닌 다른 차원의 새로운 예술세계인 것이다.

와일드는 살로매를 통하여 그 자신의 예술적 사상에 있어 출발점이 되고 있는 개인주의를 표현하였다. 빅토리아 시대의 엄격한 도덕적 규율 속에서는 인간의 본능적 감정과 욕구가 배제 당하였으며, 선만을 주장하였던 사회 분위기에서 자신의 내부적 감정을 감히 드러내놓고 표현할 수 없었다. 이러한 시대에 살로매라는 인물은 자신의 심정을 과감하게 노출시킬 수 있는 개성주의적 예술가였다. 살로매는 헤롯을 둘러싼 무대 앞에서 그 누구도 모방할 수 없는 자신만의 화려한 춤을 보임으로써 그녀의 개성을 충분히 발휘하고 있다. 이러한 그녀의 모습은 그 당시 영국 관객들에게 그들의 감추어진 내면을 보여주는 거울의 역할도 하고 있다.

와일드는 예술세계에서는 감각적이고 관능적인 악한 이미지도 예술의 범주에 있다고 주장하였다. 살로매의 쾌락적인 탐닉에 대한 집착은 비극적 종말을 맞고 있지만, 이것도 선악을 초월한 예술자체만의 세계에서 그녀가 자초한 예술적인 죽음이라는 것이다. 예술세계 속에서 그녀가 욕정으로 인하여 정도를 넘게 되는 죄의 모습은 청교도적 가치관에서 말하는 악의 모습이 아니라 단지 '감각의 문제'라는 것이다. 그의 입장에서 예술은 자연이나 인생의 모방이 아니라 인간의 사고나 삶을 변화시키는 주체적인 행동이었다.

『살로매』가 "피와 잔혹성, 이상함과 병듦으로 이루어진 공격적이고 거절하는"(Beckon 133) 특징을 가진다고 지적되지만 살로매의 관능적이고 감각적인 춤과 잔인할 정도의 죽음의 키스도 새로운 예술세계를 보여주는 것이다. 와일드는 그녀에게 나타난 미의 상징을 통하여 그 당시 사람들이 선악이라는 도덕과 종교의 이름으로 모든 것을 저울질하는 이분법적 사고개념을 초월하여 예술의 새로운 면모를 전해주고자 하였다. 요카난이 가지고 있는 단일하고 편협한 종교적 세계보다 모든 것을 흡수하는 다양한 예술세계를 우위에 두고자 하였다. 와일드는 살로매를 악의 화신이면서 동시에 관능적인 미의 상징적 인물로 묘사했다. 살로매라는 인물은 일상생활에서 선악으로 단순히 판단할 대상이 아니라, 독특한 개성을 가지고 있는 자기의 의지를 관철시킨 예술적 인물로 보아야 한다. 예술은 도덕과 종교라는 판단의 기준에서 탈피하여 그 자체의 고유영역을 확보해야 한다는 것을 나타내준다. 와일드는 예술과 도덕의 완전한 분리를 주장하면서 사회의 억압적인 속박과 규범을 거부하고 다양한 형태 속에 나타나는 자유로운 개성에 의한 예술을 중시하였는데 그런 것 중의 하나가 살로매의 죽음의 키스로 형상화 된 것이다.

■ 인용문헌

Beckon, Karl. ed. *Oscar Wilde: The Critical Heritage.* London: Rutledge, 1970.

Calloway, Stephen & David Colvin. *The Exquisite Life of Oscar Wilde.* New York: Barnes, 1998.

Ellmann, Richard. *Oscar Wilde.* New York: Knof, 1988.

Eltis, Sos. *Revising Wilde: Society and Subversion in the Plays of Oscar Wilde.* Oxford: Oxford UP, 1996.

Foreman, J. B. ed. *Complete Works of Oscar Wilde.* London: Collins, 1997.

Hart-Davis, Rupert. ed. *The Letters of Oscar Wilde.* New York: Harcourt, 1985.

Holland, Vyvyan. *The Complete Works of Oscar Wild.* New York: Harper, 1989.

Kohl, Norbert. *Oscar Wilde: The Works of a Conformist Rebel.* Cambridge: Cambridge UP, 1989.

Kuryluk, Ewa. "Woman in the Moon." *Denver Quarterly* 24 (1990): 49-56.

Mikhail, E. H. *Oscar Wilde: Interviews and Recollections.* 2 Vols. New York: Harper, 1979.

Nassour, Christopher. *Into the Demon Universe: A Literary Exploration of Oscar Wilde.* London: Yale UP, 1974.

Price, Jody. "A Map With Utopia." *Oscar Wilde's Theory for Social Transformation.* New York: Peter Lang, 1996. 150-67.

Worth, Katharine. *Oscar Wilde.* London: Macmillan, 1983.

개츠비의 꿈은
과연
위대한가?

서론

미국문학사에 있어서 20년대는 특이한 의미를 갖는다. 미국은 1차 세계대전에 참전하면서 경제적인 면과 정신적인 면에서 커다란 변화를 맞이하게 된다. 소위 이 시대를 재즈 시대Jazz Age라 하는데 이때의 경제적 발전은 무한했던 모양인데 여기에 대해 호톤Rod. W. Horton은 이렇게 설명한다.

During the twenties, as we have printed out, the feeling had established itself that American economy had at last reached its stride and that from now on our future well-being was guaranteed through an ever-accelerating spiral of production and consumption. (322-23)

여기서 알 수 있는 바처럼 호경기의 시대가 오고 복지의 문턱에 이르러 풍요한 물질의 세계가 시작되었지만 대전에 참가했던 젊은이들은 전쟁이 바로 살육이요, 중상이며, 인류문화의 파괴요, 기성가치의 상실이라는 것을 절감했다. 경제적으로는 말할 수 없는 풍요를 누리고 있었지만 가치와 도덕과 이상을 잃었으니 정신적 지주가 있을 리가 없었다. 그러니 그들이 걷는 길은 당연히 물질적 향락 속에 빠지는 것 밖에 없었다. 이런 시대상을 잘 표현해 준 작품이 아마 피처랄드F. Scott Fitzgerald의 『위대한 개츠비』(*The Great Gatsby*)일 것이다. 이 소설은 미국인의 마음속에 깊이 뿌리내린 '미국인의 꿈'American dream이 재즈 시대라는 특수한 여건 속에서 어떻게 작용하는가를 보여준 작품이라 하겠다. 그래서 랄레이John Henry Raleigh는 "개츠비는 부패한 미국인의 꿈과 미국 역사의 아이러니를 대표한다"(99)라고 평가한다. 초창기 미국인들은 분명히 이 신대륙에다 지상의 낙원을 건설하려고 했던 것이다. 시초의 미국인의 꿈은 물질적 번영과 정신적 이상이 별개가 아닌 종합적인 것이었다고 스필러R. E. Spiller는 이렇게 말한다.

Perhaps in the beginning of American civilization can be found a clue
to the incongruous mixture of naive idealism and crude materialism that
produced in later years a literature of beauty, irony, affirmation, and
despair. (5)

미국인의 가슴 속에는 현세적인 것과 미래적인 것, 물질적인 것과 정신적인
것이 공존하고 있었다는 것이다. 그러나 이러한 미국인의 꿈이 20년대에 와
서는 공존하지 못하여 이상주의는 타락하고 향락만을 추구하는 물질주의의
위력 앞에서 깨어지고 말았다는 것이다. 이러한 미국인의 꿈에 대해 뷰울리
M. Bewley는 다음과 같이 설명한다.

The American dream, stretched between a golden past and a golden
future, is always betrayed by a desolate present —a moment of fruit and
discarded favors and crushed flowers. (136)

확실히 개츠비는 이주민의 가슴 속에 불타오르고 있었던 꿈을 20세기에 계
승 실현시키려는 인물이다. 그런 그의 고귀하고 순수한 꿈은 동부세계, 즉
20세기의 저속하고 타락한 향락적 물질주의 세계에 의하여 무참히 짓밟혀
진다. 그러나 개츠비가 가진 꿈은 꼭 외부세력인 타락한 물질주의에 의해서
깨어진 것이라고만 할 수는 없다. 그의 꿈 자체가 마음속에만 품은 환영이요
낭만적인 자기 비전으로 있던 것은 아니었을까.
　　이런 의미에서 여기서는 개츠비가 가진 꿈을 낭만적 비전romantic vision
으로 보고, 특히 피처랄드가 키츠John Keats의 영향을 많이 받은 바, 그 영향

이 이 소설의 배경과 사상 면에 어떻게 스며들었으며 그런 세계를 묘사함에 있어 흰색의 이미저리나 황폐의 이미저리 등이 얼마나 상징적으로 적절히 구사되었는가를 고찰해 보고자 한다.

꿈과 좌절

개츠비는 장교시절에 청순하고 아름다운 데이지Daisy를 사랑하게 된다. 그러나 개츠비가 외국으로 떠나게 되자 그 공백 기간에 데이지는 돈 많은 톰 부캐넌Tom Buchanan과 결혼한다. 돈 때문에 빼앗기게 된 5년 전의 애인을 다시 찾아 찬란한 순간의 아름다운 사랑을 다시 가져보려는 이 이야기는 로맨스romance의 전형적인 형태인데 로맨스의 주인공에 대해 피테트E. C. Pettet 는 다음처럼 설명한다.

To the romance writer, on the other hand, love was a sublime and momentous experience, perhaps the most important of all human experiences, by it a man was transfigured; to its cult he might, without absurdity, dedicate his whole thing. (13)

정말 개츠비는 사랑을 찾아 자기의 모든 것을 걸었던 것이다. 5년 전의 사랑을 찾는 과정으로 나타난 개츠비의 꿈은 무엇인가? 그것은 순수와 도덕과 믿음과 이상과 아름다움이다. 그런 추상적인 세계가 구체화 된 것이 데이지라는 여성이다. 개츠비가 추구하는 모든 꿈의 실체로서의 데이지는 이상적이고 순수한 것이다. 이상적인 꿈을 간직한 데이지의 모습을 소설에서 직접 찾아보자.

Under the dripping bare lilac-trees a large open was coming up the drive. It stopped. Daisy's face tipped sideways beneath a three-cornered lavender hat, looked out at me with a bright ecstatic smile··· the exhilerating ripple of her voice was a wild tonic in the rain. (65)

이렇게 개츠비가 꿈처럼 그리워하는 데이지는 흰 라일락 꽃 같고 물결 같으며 맑고 환한 웃음을 지닌 신비한 여성인 것이다. 그런데 이런 꿈, 즉 데이지를 다시 차지하려는 순수의 추구라는 이상이 피처랄드의 세계 속에 어떻게 왔는가. 피처랄드는 윌슨Edmund Wilson이 편집한 『붕괴』(The Grack-Up)에서 고백하기를 자신은 영국 낭만주의 시인인 키츠를 좋아했으며 특히 키츠의 시 중에서 「그리스 항아리에 부치는 노래」("Ode on a Grecian Urn"), 「나이팅게일에 부치는 노래」("Ode on a Nightingale"), 및 「성 아그네스의 이브」("The Eve of St. Agnes") 등의 시를 암송할 정도라고 했다. 그러니까 피처랄드가 쓴 자서전적 소설인 『위대한 개츠비』 속에 그런 낭만적 요소가 깊이 스며들었다고 볼 수 있다. 개츠비가 옛 애인을 다시 차지하려는 그 모든 꿈이 깨어지고 마는 것을 단순히 물질주의 앞에 이상주의가 굴복당하는 사실로만 보지 말고, 피처랄드가 키츠적 미의식에 사로잡혀 있었으니까 그가 창출해 낸 개츠비란 인물이 가진 꿈도 필연적으로 실현될 수 없는, 실현되어서는 안 되는 낭만적 비전이 아닐까? 이런 의미에서 키츠의 시가 이 소설의 주제에 어떻게 스며들어 있는가를 살펴보고자 한다. 키츠의 미의식이 피처랄드가 창안해 낸 개츠비의 낭만적 비전과 어떤 공통점이 있는가를 밝히고 또 그런 세계를 여실히 표현하기 위한 이미저리들을 추출하되 특히 물질주의를 상징하는 이미저리와 이상주의를 상징하는 이미저리가 어떻게 혼효적으로 작품의 효과를 나타내는가도 설명하려 한다.

이 소설은 해설자인 닉Nick이 주인공들에 대해 설명하는 식으로 전개된다. 소설의 앞부분에 다음과 같은 설명이 나온다.

> I looked outdoors for a minute, and it's very romantic outdoors. There's a bird on the lawn that I think must be a nightingale come over on the Cunard or White Star Line. He's singing away. (14)

이 배경은 분명히 키츠의 「나이팅게일에 부치는 노래」에서 온 것이다. 특히 'Where there was no light save what the gleaming floor bounced in from the hall'는 키츠의 시 'There is no light, save what from heaven is with the breeze blown'를 그대로 끌어다 쓴 것이라고 볼 수 있다. 개츠비가 과거의 찬란했던 사랑의 순간을 되찾으려는 생각은 다음 키츠의 시와 관련이 깊다.

> But for one moment in the tedious hours,
> That he might gaze and worship all unseen,
> Perhance speak, kneel, touch, kiss-in sooth
> such things have seen.[4]

데이지가 톰과 결혼생활을 하고 있는데 겉으로 보기에는 물질이 풍요하고 화려한 생활을 하니 행복한 것처럼 보이지만 그녀의 내부 깊숙이에는 슬픔이 도사리고 있으며 물질과 향락 세계의 번지르르한 속물주의 밖에 없다. 그래서 데이지는 "나는 행복으로 마비되어 있다"(I'm p-paralyzed with happiness)(8)라고 하는데 이것은 단순히 물질적 풍요와 향락 속에서 생활하니까 더없이 행복하다고 할 수 있으나 더 깊이 분석해 보면 '마비됐다'는

---

4) John Keats의 시 "The Eve of St. Agnes" 9편 7-10 lines.

뜻은 데이지가 가진 순수함과 이상이나 꿈이 물질주의에 마비되었다는 뜻일 수도 있다. 의미심장한 이 구절은 키츠의 "그대의 행복 속에 묻혀 너무 행복한"(But being too happy in thine happiness)[5)]의 변형으로 볼 수 있다.

낭만적 배경은 소설 이곳저곳에서 많이 찾아볼 수 있다. 데이지가 웃는 것을 '꽃이 피어난다, 또는 빛난다' 등으로 표현하였는데 대표적 단어들은 'garnished, glistening, spiced, candied, lucent, silken' 등이다. 키츠의 미의식이 가장 깊이 이 소설 속에 융해된 부분은 아무래도 개츠비와 데이지가 재회하는 장면일 것이다. I장에서 닉이 톰 부부의 집에서부터 돌아와 부둣가를 보니 개츠비가 이상한 포즈를 취하고 있고 그 배후에 녹색의 빛green light 이 비추고 있었는데 그 빛은 다시 V장에서 구체적 모습을 드러낸다. 개츠비는 데이지를 천신만고 끝에 만나서 "당신은 부두 저 끝에서 밤새도록 비추는 녹색 빛으로 언제나 존재해왔어요."(You always have a green light that burns all night at the end of your dock)(14)라고 고백한다. 그토록 찾아 헤매던 꿈이 데이지고 그 환상은 녹색의 빛으로 개츠비 가슴 속에 늘 존재해 오고 있었다. 그 꿈의 실체를 이제 만나고 수중에 넣게 된 것이다. 이 순간을 맞이하기까지의 개츠비의 노력은 키츠의 시의 과정과도 같은 것인데 키츠의 시를 사이몬즈Arthur Symons 이렇게 분석한다.

> The poetry of Keats is an aspiration towards happiness, towards the deliciousness of life, towards the restfulness of beauty, towards the delightful sharpness of sensations not too sharp to be painful. (303)

행복과 희열과 미를 찾는 것이 키츠의 시 창작과정이라면 개츠비의 인생은 데이지를 만나기 위해 돈을 악착같이 벌어야하는 험난함 과정이다. 그러나

---

5) John Keats의 시 "Ode to a Nightingale"의 6 line.

그런 목표점에 도달한 것이 무슨 의미를 가져다주는가. 개츠비는 데이지를 만나 5년 전의 찬란한 순간을 맞이하면서 이런 심정에 빠지게 된다.

> Daisy put her arm through his abruptly, but he seemed absorbed in what he had just said. Possibly it had occurred to him that the colossal significance of that light had now vanished forever. (71)

이것은 무엇을 의미하는가. 개츠비가 바라고 바라던, 그래서 녹색의 빛으로 상징적으로 존재해 오던 구체적인 데이지를 포옹하게 되었다. 그러나 그 미를 실제로 소유하는 순간 그 아름다움은 의미를 잃는 것이 된다. 원하고 얻으려고 발버둥 칠 때는 그것이 유일한 목적이었지만 획득하는 순간 그것은 죽음과 같이 환영이 되고 마는 것이라고 아브람즈는 키츠의 시를 통해 이렇게 설명한다.

> Under the rich sensuous surface we find Keat's characteristic presentation of all experience as a tangle of inseparable but irreconcilable opposites. He finds melancholy in delight, and pleasure in pain; he feels the highest intensity of love as an approximation to death. (345-46)

목표와 그의 달성은 이율배반적이다. 5년 전의 애인을 만나고 손을 잡고 포옹을 하고 정다운 이야기를 하고 그러면 꿈이 실현된 것이 아닌가. 그러나 개츠비는 그 순간에 녹색의 빛, 즉 꿈이 사라짐을 느끼는 것이다. 그러면 녹색의 빛을 분석해 보자. 개츠비는 데이지를 다시 차지하기 위해서 막대한 돈을 벌어서 밤마다 파티를 열고 자기 자신을 신비한 인물로 부각시켜 놓고 기회만을 노리고 있다. 이런 꿈을 찾으려는 굳은 신념 속에 있는 동안 녹색의 빛은 개츠비의 세계를 이끌어가는 꿈이요 목표이다. 그것은 순수하고, 찬란하며, 숭고하기까지 한 것이다. 그러한 녹색의 빛의 구체화된 모습이 데이지이다. 그런데 천신만고 끝에 만난 지금의 데이지는 옛날의 청순하고 아름다운 이상적인 신비의 여인이 아니다. 이제는 세상의 물질주의에 젖어있는 평범하고 타락한 여자이다. 이런 상황에서 개츠비의 심중은 복합적일 수밖에 없다. 개츠비가 실제로 만난 여인도, 그가 추구해 오던 그 꿈 자체도 실현될 수 없는 아니 실현되어져서는 안 되는 키츠적인 것이다. 이런 것을 매컬Dan McCall은 다음과 같이 설명한다.

> Ere is also the sense in Gatsby that to obtain beauty is to lose it. No present pleasure, realized and consumed, can fulfill the yearning for the "orgiastic future." In this autobiographical first novel Fitzgerald wrote of his hero, "it was always the becoming he dreamed of, never the being." (528)

꿈은 실현되어져서는 안 되고 실현되어가는 추구의 대상일 때만 진정한 의미가 있는 것이다. 그래서 버남Tom Burnam도 "케러웨이가 말하는 주제의 포인트는 개츠비-데이지의 정서적 관계의 공허함과 모든 것이 연관이 있다"(107)라고 말한다. 그러니까 개츠비가 가진 꿈은 실현되어 질 수 없고 실현되어서는 안 되는 꿈 자체로 있어야하는 낭만적 비전인 것이다. 소설 속에서 닉은 다음과 같이 그런 개츠비의 심정을 전해준다.

> Almost five years! There must have been moments even that afternoon when Daisy tumbled short of his dreams—not through her own fault, but because of the colossal vitality of his illusion. It had gone beyond her, beyond everything. (73)

그러니까 이 소설은 이미 V장에서 개츠비의 꿈이 깨어진 것이다. 후에 그가 윌슨Wilson에게 사살되어지는 것은 커다란 의미가 없는 것이다. 이런 개츠비의 꿈은 낭만적 비전이었고 이런 주제를 적절히 표현하기 위해 낭만적 배경과 이미저리 등이 풍부히 사용되어진 것이다. 개츠비의 꿈이나 순수한 데이지를 나타낼 때는 하얀 이미저리가 쓰이고 물질주의를 나타낼 때는 번쩍이는 이미저리가 쓰인다.

먼저 하얀 이미저리를 살펴보자. 개츠비의 꿈이 좌절되기 전까지 혹은 개츠비의 꿈의 실체로써 데이지가 등장하는 곳에는 언제나 하얀 이미저리가 있다. 개츠비가 웨스트 에그West Egg에서 커다란 저택을 짓고 사는데 여기엔 대리석으로 된 수영장이 있고 40에이커나 되는 커다란 정원이 있다. 파티에 나타날 때마다 개츠비는 흰 옷을 입고 나오며, 그의 집에는 흰 요트도 있어 하얀 이미저리는 개츠비의 순수한 꿈을 상징하고 있는 것이다.

그렇다고 데이지를 이 작품에서 완전히 물질주의에 속한 자라고 볼 수는 없다. 데이지의 마음속에는 원래 이상주의에 속하는 순수와 낭만 및 꿈이 있었다. 이것이 톰과 결혼하면서 변질된 것이다. 그렇기 때문에 데이지에게 있어서는 이상주의를 상징하는 하얀 이미저리와 물질주의를 상징하는 힘의 이미저리 또는 부유의 이미저리가 함께 섞여있다. 데이지는 비록 이스트에 그의 큰 저택에서 물질주의를 대표하는 톰과 같이 살지만 아직 그녀의 가슴 속엔 개츠비가 추구하는 꿈이 존재하고 있으니까 그 저택도 흰색일 수밖에 없다. 만약 톰과 같이 산다고 해서 집의 색깔마저 흰색이 아니라면 그녀는 완전히 물질주의에 함몰된 모습으로 그려졌을 것이다. 데이지는 개츠비의 꿈의 실체이기 때문에 그러는 동안엔 끊임없이 하얀 이미저리가 그녀 주위에는 존재한다. 그녀의 정원엔 나이팅게일 새가 울고 그녀는 흰 옷을 입고 등장한다. 걷는 모습도 파도 같으며 나풀거리는 풀잎 같다. 그녀의 목소리는 낮고 애상적이며 음악적이다. 데이지의 청순한 소녀 시절을 지낸 루이즈빌 Louisville에서는 차도 흰색이었다. 이토록 풍부히 쓰인 하얀 이미저리는 이상주의를 상징하며 동시에 개츠비의 낭만적 비전을 효과적으로 나타내기 위한 문학적 장치인 것이다.

물질주의를 나타내는 대표적 인물은 톰이다. 우선 그의 육체적 특징부터 살펴보자. 톰은 대학시절에 축구선구였으며 건강한 신체의 소유자이고 거만한 태도를 보인다. 빛나고 오만한 두 눈과 항상 아버지처럼 군림하는 자세는 바로 타락한 물질주의와 그 세력을 상징하는 힘의 이미저리 또는 부유의 이미저리로 다음과 같이 나타난다.

> Not even the effeminate swank of his riding clothes could hide the enormous power of that body—he seemed to fill those glistening boots until he strained the top lacing, and you could see a great pack of muscle shifting when his shoulder moved under his thin coat. It was a body capable of enormous leverage—a cruel body. (7)

이와 같이 톰은 지렛대 같은 잔인한 육체의 소유자로 묘사되는데 이는 무자비하고 한없이 번지르르한 속물근성의 물질주의를 나타내는 힘의 이미저리이다. 그런 남편을 데이지는 거대하고 괴상하고 잔인한 육체의 소유자로 보고 있다. 이런 물질주의의 위력이 어떻게 이상주의에 속하는 데이지나 개츠비의 꿈을 정복해 나가는가 하는 것은 톰의 정부인 윌슨 부인의 묘사를 통해 나타난다.

> Mrs. Wilson had changed her costume… cream-colored chiffon, which gave out a continual rustle as she swept about the room. With the

influence of the dress her personality had also undergone a change. The intense vitality that had been so remarkable in the garage was converted into impressive hauteur. Her laughter, her gestures, her assertions became more violently affected moment by moment, and as she expanded her room grew smaller around her, until she seemed to be revolving on a noisy, creaking pivot through the smoky air. (24)

여기서 보는 것처럼 순수의 이미지들은 없어지고 그 자리에 현란한 색이나 거만함이 있고 밝은 세상이 아닌 담배 연기 속 같은 어지러운 세계가 나타난다. 힘의 이미저리에 속하는 용어들은 '거만한, 번쩍거리는, 육감적인, 거대한' 등의 형용사로 표현되는데, 아이러니한 것은 순수한 세계에 속했던 개츠비 자신도 돈 때문에 빼앗긴 애인을 찾기 위한 방법에 있어서는 물질주의적이거나 힘의 이미저리를 사용한다는 점이다. 개츠비가 데이지 앞에 수 십종류가 넘는 셔츠를 보여준다든지, 현란한 파티를 밤마다 연다든지, 고급 승용차를 타고 다닌다든지 하는 것은 모두 다 톰의 물질주의와 같은 것들이다. 그러나 개츠비는 소유물 자체를 자랑한 것이 아니고 자신도 데이지를 소유할 만한 가치가 있으며, 정신적 목적을 달성하기위해 물질주의를 이용하는 것이 다를 뿐이다.

여기서 생각하고 넘어가야 할 것은 데이지의 변화이다. 데이지는 이상주의 혹은 순수함에 속했지만 결국 물질주의에 동화되었다. 그녀는 양자택일 사이에서 우왕좌왕하고 슬퍼하고 괴로워했다. 소위 이 이중성은 소설 곳곳에서 찾아 볼 수 있는 이미저리를 통해 잘 나타나있다. 닉이 처음 방문했을 때 데이지와 베이커가 앉아 있는 모습은 다음과 같다.

The only completely stationary object in the room was an enormous couch on which two young women were buoyed up as though upon an anchored ballon. (8)

이는 육중한 톰이라는 소파의 물질주의 위에 부표처럼 떠 있는 데이지의 모습으로 물질주의의 쇠사슬에 묶여있으면서도 이상을 갈구하는 이중성을 보여주는 것이다. 이런 이미지는 데이지의 얼굴에 떠오르는 홍조가 시시각각으로 변한다든가 목소리가 수시로 애상적으로 변하는 등의 모습 속에 잘 스며들어 있다고 할 수 있다. 특히 톰과 개츠비가 데이지를 중간에 놓고 서로 말다툼을 하는 장면에서 이러한 이중성은 최고봉에 이른다. 개츠비가 톰에게 데이지가 진정 사랑한 것은 자기이고 돈 때문에 어쩔 수 없이 톰과 결혼한 것이라고 주장하니까 데이지는 다음과 같이 자신에 대해 말한다.

"Oh, you want too much!" She cried to Gatsby, "I love you now—isn't that enough? I can't help what's past." She began to sob helplessly. "I love him once—but I loved you too. (101)

두 남자 사이에서 이렇게도 저렇게도 할 수 없는 데이지의 심정, 그것은 모순이며 이율배반이다. 가슴 속에는 순수와 이상 혹은 꿈이 아직도 꿈틀거리고 있으나 현실은 톰의 물질주의 쇠사슬에 묶여있다. 현재는 돈 많은 톰의 부인이며 그래서 향락과 물질의 풍부 속에 살고 있지만 마음속에는 순수와 청춘의 꿈이 살아 있다. 자기 자신에 대한 정확한 정의를 내릴 수 없으니 데이지를 단순히 저속한 사람이나 부패한 사람으로 볼 수 없기 때문에 그녀를 톰의 물질주의에 마비된 희생제물이며 동시에 개츠비의 낭만적 비전에 의해 순수와 꿈이 좌절된 이중의 피해자로 볼 수도 있다. 그래서 퍼슨L. S. Person

이 "데이지는 사실 희생당한 여자이다. 처음에는 톰의 잔인한 힘에 희생당했고 다음에는 개츠비의 그녀에 대한 점점 심해지는 비인간적 비전의 희생물"(250)이라고 설명한 것은 데이지의 어쩔 수 없는 이중성을 잘 지적한 말이다.

하여튼 데이지가 톰의 물질주의에 물들어 있을 때는 힘이나 풍부의 이미저리로 묘사되고 이상주의에 있을 때는 하얀 이미저리가 적당히 혼효적으로 쓰여 졌다. 크레버Karl Kroeber가 "이 소설의 주제는 동사의 애매성을 탐구하는 것으로 간결하게 아주 잘 설명 된다"(107)라고 했는데 여기서 동사verb 대신에 이미저리로 바꾸어 보면 데이지의 심정을 더 잘 파악할 수 있다.

이제는 황폐 이미저리를 살펴보자. 톰으로 대표되는 물질주의의 세계는 결국 꿈이 없고 정신적 지주가 없었던 재즈 시대의 반영이므로 황폐한 용어들로 설명될 수밖에 없다. 이런 황폐 이미저리는 닉이 '서부를 우주의 너덜거리는 끝이라든가 모든 시내가 황폐하다'라고 표현하는 데 잘 나타나 있다. 이는 물질주의의 공허한 세계의 상징이 된다. 톰이 물질은 풍부하나 정신적으로 뿌리를 내리지 못하고 있으므로 '떠돌아다니는, 번쩍거리는' 등의 용어에 잘 나타나 있다. 톰이 윌슨 부인의 코를 때려 코피가 욕실을 가득히 채우는 장면이 나오는데, 이는 결국 물질주의가 인간을 황폐하게 한다는 것의 상징적 이미저리이다. 이 밖에 '재의 계곡'이 그들의 활동무대 중간에 놓여있다든지 그 위를 에클버그T. J. Eckleburg의 눈이 늘 지켜보고 있는 등의 내용들은 주인공들의 정신적 부패와 멸망을 상징하는 이미지들이다. 그래서 다이슨A. E. Dyson은 이를 "머틀과 윌슨이 사는 죽음의 계곡은 혼동의 시대 속에 살고 있는 인간 상황을 상징한다"(113)라고 말했는데 이는 곧 물질과 향락으로 감염된 세계의 무질서를 상징한다.

그토록 육감적이고 향락적이었던 윌슨 부인은 교묘하게도 개츠비와 함께 타고 가던 데이지의 차에 치여 죽는다. 개츠비 역시 윌슨에 의해 무참히 그의 수영장에서 사살되어진다. 동부—그토록 분주하고 번쩍거렸으며 향락이 난무하던 도시는 갑자기 정적이 휩쓸고 허무만이 남는다. 타락한 물질주의와 향락주의 결말은 예기한 바와 같다. 닉만이 쓸쓸히 짐을 챙기면서 새로운 세계이며 동경의 대상이었던 동부가 왜 그렇게 되어야만 했던가를 되새겨 보면서 모든 주인공들이 동부에서 표류drift하거나 꿈과 현실사이에서 표류하고 말았다는 반추를 하며 소설은 끝난다.

결론

이상에서 살펴본 것처럼 피처랄드는 이 소설을 통해 재즈 시대라는 시대상을 가장 잘 반영했고, 특히 미국인의 가슴 속에 면면히 흐르는 '미국인의 꿈'이 개츠비의 꿈이라는 구체적 주제를 통해 20세기에 와서 어떻게 변모되었는가를 상징적으로 표현했다. 개츠비가 순수한 이상주의자이지만 데이지를 다시 차지하려는 과정에서 물질주의적 수단을 쓴 것은 역시 미국인의 가슴 속에는 물질주의와 이상주의가 데이지의 생각처럼 공존하고 있다는 것을 시사하기도 한다. 미즈너Arthur Mizener는 다음과 같이 개츠비의 꿈을 설명한다.

With the establishment of this dramatically balanced view of the rich in *The Great Gatsby* he had found his theme and its fable, for wealth was Fitzgerald's central symbol; around it he eventually built a mythology which enabled him to take imaginative possession of American life. (9)

개츠비가 돈 때문에 빼앗긴 데이지를 다시 차지하려는 과정을 통해 피처랄드는 미국인 생활 전체를 물질주의와 관련짓고 있다. 개츠비의 꿈이 타락한 향락주의와 물질주의에 의해 여지없이 깨어지고 만다는 것은 외부세력에 의한 꿈의 좌절이라는 해석도 있지만 여기서는 개츠비의 꿈을 키츠에게서 물려받은 의식으로 보고 낭만적 비전으로 보았다. 세인C. E. Shain도 "개츠비의 사랑과 돈이 섞여진 꿈과 개츠비의 낭만적 의지와 강철 같은 힘은 이 소설의 필수적 요소"(32)라고 했는데 이는 개츠비의 꿈을 낭만적 비전 추구로 본 것이다. 순수한 청춘의 빼앗긴 사랑을 찾기 위해 강철 같은 힘으로 노력하는 개츠비는 위대하기도하지만 동정의 여지를 남겨 준다. 퍼슨은 개츠비의 꿈이 낭만적 비전의 죽음이라고 이렇게 진단한다.

The novel describes the death of a romantic vision of American and embodies that theme in the accelerated dissociation—the mutual alienation—of men and women before the materialistic values of modern society. (251)

개츠비의 꿈은 미국인이 가진 낭만적 비전이며 그렇기 때문에 일차적으로는 현실의 여러 가지 벽에 부딪혀 실현되어질 수 없고 이차적으로는 키츠적 미의식에서 온 것이니까 실현되어져서도 안 되는 것이다. 왜냐하면 꿈이 실현되어진다는 것은 꿈을 상실한다는 것을 의미하는 이율배반적 논리이기 때문이다. 하여튼 이 소설 속에 나타난 낭만적 비전이 이루어 질 수 없음을 두 가지 측면에서 고찰하였다. 낭만적 비전의 사랑은 고귀하고 순수한 것이지만 이루어질 수 없고 또한 이루어져서는 안 되는 이상적 사랑이며 영원한 추구의 대상이 되는 사랑이라고 규정할 수 있다.

■ 인용문헌

Abrams, M. H. *et al*. *The Norton Anthology of English Literature.* 2 Vols. New
 York: Norton, 1968.

Bewley, Marius. "Scott Fitzgerald's Criticism of America." *F. Scott Fitzgerald: A
 Collection of Critical Essays*. Ed. Arthur Mizener. 125-42.

Burnam, Tom. "The Eyes of Dr. Eckleburg: A Re-examination of *The Great
 Gatsby*." *F. Scott Fitzgerald: A Collection of Critical Essays*. Ed. Arthur
 Mizener. N.J.: Prentice-Hall, 1965. 104-11.

Dyson, A. E. "*The Great Gatsby*: Thirty-six Years After." *F. Scott Fitzgerald: A
 Collection of Critical Essays*. Ed. Arthur Mizener. N.J.: Prentice-Hall, 1965.
 112-24.

Fitzgerald, F. Scott. *The Great Gatsby*. New York: Charles Scribner's, 1953.

Horton, Rod W. and Herbert W. Edwards W. *Backgrounds of American Literary
 Thought*. New York: Appleton Century Crofts, 1952.

Kroeber, Karl. *Styles in Fictional Structure*. New Jersey: Princeton UP, 1971.

McCall, Dan. "Keats and The Great Gatsby." *American Literature*. XLII.4
 (1971): 511-38.

Mizener, Arthur. *F. Scott Fitzgerald: A Collection of Critical Essays*. N.J.:
 Prentice-Hall, 1965.

Person, L. S. "Herstory and Daisy Buchanan." *American Literature* L.2 (1978):
 235-56.

Pettet, E. C. *Shakespeare and the Romance Tradition*. London: Methuen, 1670.

Raleigh, John Henry. "F. Scott Fitzgerald's *The Great Gatsby*." *F. Scott
 Fitzgerald: A Collection of Critical Essays*. Ed. Arthur Mizener. N.J.:
 Prentice-Hall, 1965. 85-102.

Shain, C. E. *F. Scott Fitzgerald*. Minneapolis: U of Minnesota P, 1961.

Spiller, Robert E. *The Cycle of American Literature*. New York: The Free Press,
 1967.

Symons, Arthur. *The Romantic Movement in English Poetry*. New York: Phaeton
 Press, 1969.

드라이저와
자연주의적 예술

서론

　　미국의 독특한 작가 드라이저Theodore Dreiser는 『시스터 캐리』(*Sister Carrie*)라는 소설을 다 쓰고 난 후 '1900년 3월 29일'이라고 표시하였는데 이 날짜는 르한Richard Lehan이 "드라이저는 감상적인 로맨스의 전통을 깨고 새롭고 사실적인 소설을 썼다"(1)라는 말처럼 미국소설문학사에서 중요한 위치를 갖게 된다. 그럴 수밖에 없는 것이 캐리Carrie와 같은 부도덕한 여자가 벌을 받지 않는 점과 출세를 위하여 순결을 파는 여자를 죄악시 하지 않고 있는 그대로 묘사했다는 것은 당시의 미국소설의 전통이라는 관점에서 볼 때 용납되어질 수 없는 엄청난 사건이었기 때문이다. 그러나 드라이저는 『시스터 캐리』를 시발점으로 하여 수많은 작품 속에서 인간이 살아가는 중에 경험할 수밖에 없는 슬픔, 고뇌, 절망, 기쁨, 유혹, 파멸 등을 가장 적나라하게 묘사함으로써 거버Philip L. Gerber의 지적대로 우주 공간 속에서 어쩔 수 없는 인생을 살아가는 인간의 모습을 철저히 탐구한 미국자연주의 소설가의 확고한 위치를 확보한다.

> In the Dreiser world, each life is necessarily a tragedy. One by one, from high to low, the objects of his pity are exposed to our view, trailing their stars of illusion into oblivion: Carrie Hurstwood, Jennie, Cowperwood, Witla, Clyde, Solon Barnes. Man is a tool of the universe, at the mercy of hypnotic, incomprehensible drives for sexual conquest, for esteem, fame, power, money. Each life is a shooting star and, as it burns itself out in the cold. unfriendly atmosphere, Dreiser's sympathy is with it. (175)

이런 의미에서 드라이저의 소설세계를 미국자연주의의 맥락에서 탐구해 보고자 한다. 미국은 짧은 역사 속에서 청교도puritan들의 피나는 노력과 인내와 용기로 신대륙에서 놀라운 대국가를 건설할 영광스러운 출발을 하였다. 종교적 관점의 차이로 박해를 받던 유럽인들이 신앙의 자유를 찾아 미국 신대륙에 도착했을 때 그들의 고생도 이루 형언할 수 없었지만, 한편 광대한 평원과 풍부한 천연자원의 보고 앞에서 개척의 의지는 불타고 있었으며 그들의 이상과 희망을 실현할 부푼 꿈이 있지 않을 수 없었다. 누구든지 노력하면 자기의 목적을 달성할 수 있어서 무한한 자유, 능력위주의 보답, 막대한 부의 축적 등, 그야말로 약속의 땅과 같이 번영일로에 있었던 것이 미국 초창기의 사회 및 사람들의 전체적 분위기였다. 부가 축적되고 도시에로 인구가 집중되고 산업이 발전함에 따라 소위 '미국인의 꿈'은 절정에 이르게 된다. 스필러R. E. Spiller는 이런 '미국인의 꿈'을 다음과 같이 물질적 번영과 정신적 이상주의의 종합적 입장에서 보고 있다.

Perhaps in the beginning of American civilization can be found a clue to the incongruous mixture of naive idealism and crude materialism that produced in later years literature of beauty, irony, affirmation, and despair. (5)

그러나 이런 '미국인의 꿈'은 물질추구, 출세지상주의 등의 잘못된 과정 속으로 빠져들기 시작한다. 이런 현상을 한 개인을 중심으로 잘 탐구한 것이 피처랄드F. S. Fitzgerald의 『위대한 개츠비』(1925)일 것이다. 그러나 『위대한 개츠비』는 소위 미국의 점잖은 전통을 밟고 있지만 드라이저의 『미국인의 비극』(우연히도 출판년도가 『위대한 개츠비』와 똑같은 1925년임)은 철저히 반역적인 새로운 시각에서의 '미국인의 꿈'을 추구하다가 쓰러지는 인간의 모습을 취급한 것이라 하겠다. 사회가 발달하고 외국과의 무역이 성행하고 대자본주가 탄생되는 등 사회, 경제계에 대 변화가 일어나면서 인간과 사회 문제는 사실주의적 경향을 갖게 되고, 이런 사회 속에서 발버둥치는 인간은 생물학적 및 결정론적 사상의 지배를 받지 않을 수 없었다. 특히 드라이저 소설에 영향을 많이 끼친 사상가는 다윈Charles Darwin과 스펜서Herbert Spencer 인데 다윈의『종과 기원』은 그동안의 기독교적 세계관과 인생관을 뿌리 채 흔들어 놓았다. 인간을 하나의 보잘 것 없는 생물로 보도록 한 것이 다윈이 었고 사회의 커다란 메카니즘mechanism 속에 운명적으로 파멸할 수밖에 없는 존재로 인간을 관찰하게 한 것은 스펜서의 영향이었다. 사회현실을 있는 그대로 고발하려는 사실주의적 입장에다가 환경, 유전, 본능에 의해 지배를 받는 것이 인간이라고 볼 때 자연주의 작가는 인간을 완전히 생물학적으로 관찰하게 된다. 스펜서의 영향을 받은 자연주의 작가들의 인간관은 다음에 잘 나타나 있다.

> Man becomes an object to be observed, described and analysed in total neutrality, his behavior can be understood like the workings of a machine, and it is as little subject to moral judgement as the machine because it is similarly determined. (Skrine 20)

드라이저는 이렇게 두 사상가의 영향을 받으면서 졸라Emile Zola적 수법 을 철저히 사용함으로써 미국자연주의 소설의 특징을 형성해 놓았다. 짧은 역사 속에 물질적 풍요와 출세욕을 성취시킬 수 있는 미국사회는 그와 비례 해서 더 많은 부정적 요소들을 갖게 된다. 즉 물질적 풍요는 착취, 부패, 폭 력, 부도덕 등의 부작용을 가져오고 미국의 젊은이들은 물질적 축적 및 출세 에 혈안이 되어 분주하게 '미국인의 꿈'을 쫓다가 진정한 인생의 가치를 상 실하고 하나의 생물처럼 비참하게 전락하게 된다. 드라이저는 특별히『시스터 캐리』에서는 캐리를 중심으로 어떻게 젊은이들이 파멸에 이르는가를 추적하였고 『미국인의 비극』에서는 클라이드Clyde라는 한 청년을 토대로 그가 사회라는 메카니즘에 어떻게 희생되는가를 미국적 상황과 시각에서 취급하고 있다. 여기서는 캐리라는 여자와 클라이드라는 한 남자를 중심으로 하여 미국자연주의 소설의 특징과 드라이저의 소설 속의 인간관과 예술적 의미를 살펴보고자 한다.

미국인의 꿈과 드라이저의 세계

대부분의 미국인들이 그렇듯이 드라이저의 조상들도 독일계로서 이민해 온 신흥 자본주의가를 꿈꾸던 사람들이었다. 아버지 존 폴 드라이저는 성공과 희망 속에서 부푼 꿈을 실현시키려고 노력하였다. 그러나 아버지는 노력한 것만큼 대가를 얻지 못하고 좌절하게 되며 가정을 완전히 수렁에 빠지게 한다. 모직공장이 불에 타 모든 재산을 잃어버리고 그 당시의 상처로 말미암아 여생을 완전히 폐인으로 보낸 것이다. 그러니까 자연적으로 아버지는 엄격한 종교주의자가 되고 그런 아버지에 반발하여 자녀들은 거의가 방탕하게 되고 반종교주의자가 된다. 드라이저의 소설에 등장하는 인물들이 아주 방탕하거나 종교를 부인하게 되는 것은 철저히 소년시절의 가정적 배경과 밀접한 관계를 갖는다. 그러나 어머니 사라는 낙천적이고 사랑이 있는 따뜻한 분이었다. 사람만 아주 좋았을 뿐 활동적인 여성이 아니었기 때문에 집안이 극치의 가난과 수모 속에 있기는 마찬가지였다. 이곳저곳을 전전하면서 거지에 가까운 생존을 계속하는 삶의 경험이 드라이저 문학작품의 밑거름이 된다. 거버Philip L. Gerber는 다음을 드라이저 문학에 끼친 세 가지 요인으로 보고 있다.

The father's stern religiosity, the mother's flowing tenderness, the family's unceasing poverty—this trio of forces worked at shaping the young Dreiser. His recurring apprehension at the approach of winter, a dread he was powerless to shake off even in adulthood and in times of affluence, is evidence enough of the crippling scars left by poverty. To be poor was to be isolated, ignored, helpless. To be destitute in winter was a threat to survival itself. Food, shelter, heat, heavy clothing to cope with biting Midwestern cold: these were the needs. Money, or lack of it, was the key. (27)

이렇게 드라이저의 성장이란 바로 가족의 틀에서 벗어나고, 그토록 처참한 가난을 떨쳐 버리기 위한 투쟁이었다. 16세부터 대도시 시카고에서 식당 종업원, 철물상 점원, 부동산 소개소의 일 등 닥치는 대로 직업전선에서 온갖 경험을 하게 된다. 그런데 그의 세계관 형성에 가장 결정적인 때는 그가 『시카고 데일리 글로브』(*Chicago Daily Globe*) 지의 기자 생활을 할 때이다. 돈만이 인생의 목표요 전부라고 생각하면서 대도시로 뛰어드는 무한한 군상들, 그리고 그들의 거짓과 위선과 타락 등이 드라이저의 눈에는 어떻게 비쳤겠는가, 특히 부정한 수단으로라도 돈을 벌려는 고용주들과 그들의 착취상은 어린 드라이저의 마음속에 짙은 인상을 풍겨주게 된다. 당시의 거의 모든 사람들은 소위 '미국인의 꿈'을 달성하기 위해 광분하고 있었는데 겉모습은 화려하고 부가 축적되어 있는 것 같고 휘황찬란하고 호화스러운 파티가 열리고 고급스런 저택과 승용차들이 즐비하지만, 사실 그 내면은 그와 정반대의 상황들이 발생하고 있었던 것이다.

신문기자로서 드라이저가 관찰하게 된 것은 주로 공장 주변과 빈민가였다. 비참한 공장 노동자들의 아귀다툼, 도시 변두리의 빈민가의 모습, 오물과 각종 쓰레기로 악취 나는 곳에서 생존을 위해 발버둥치는 인간들의 모습, 또 그와는 정반대의 화려하고 사치스런 돈만 아는 부유층, 이러한 극대극의 상황 속에서 드라이저는 빗나간 '미국인의 꿈'의 허상을 쫓는 무리들을 예리하게 관찰하였으며 특별히 그의 관심은 사회현장과 그곳에서의 인간들의 행동양식에 관한 것이었다. 소위 '미국인의 꿈'을 쫓아 분주히 뛰고 뛰는 것이 이들의 생활이었는데, 이렇게 해서 얻은 성공의 뜻이 무엇이며 그 결과가 어떠한 것인가에 대한 세심한 관심이며 기술이 드라이저 소설의 주축을 이룬다. 발작Balzac의 소설은 그러한 여러 사회의 부조리한 현상을 여실하게 묘사하는 기술면에 양향을 끼쳤고 톨스토이Tolstoy의 소설은 드라이저의 정신적 자세에 많은 영향을 끼친 것으로 간주되어 왔다. 물질주의와 일반적 쾌락의 도도한 물결 속에서도 고상한 정신에 대한 신념을 가졌던 드라이저는 인생의 희망에 대한 꿈을 가지고 있었으나 점점 사회와 시대 조류의 거센 물결에 희생당하는 인물들을 볼 수밖에 없었다. 드라이저의 그런 세계를 르한Richard Lehan은 낭만적 딜레마romantic dilemma로 보고 다음과 같이 설명하고 있다.

Out of Dreiser's romantic dilemma came the displaced hero: the man who has a place in the world but cannot find it. He lives in a world where men prey on each other, where strength and subtlety are all important, and where law and justice are often used by selfish men to restrain those who oppose them. He unwittingly aspires to goals that are transient and beyond his grasp. He is never satisfied with his origins — his family or his present position-and struggles for wealth and recognition. (53)

확실히 캐리나 클라이드는 모두 '미국인의 꿈'을 이루기 위해 철저히 노력하는 진취적이고 적극적인 퓨리탄들의 후예였다. 그러나 산업화와 기계화로

병든 사회 속에서 성장하는 동안 그들의 정신도 오염된 것이다. 더 나은 성공을 위하여 드루에Drouet를 헌신짝처럼 버리고 허스트우드Hurstwood를 찾아가는 캐리나, 임신한 로베르타Roberta를 죽여 버리기로 하고 손드라Sondra에게 달려가는 클라이드는 '미국인의 꿈'이라는 허상을 쫓다가 비참해지는 인간의 모습을 묘사한 것인데 이 주인공들 속에서 우리는 드라이저의 가정적 배경과 그의 문학적 체험, 그리고 인생관의 반영을 충분히 엿볼 수 있다. 로런스D. H. Lawrence가 "드라이저나 앤더슨 같은 비극작가들은 인생의 패배를 극화시키는데 그들은 패배의 역할을 사랑한다"(413)라고 한 것처럼 드라이저는 비참했던 가난의 굴레와 온갖 인생의 체험들을 하나의 예술 작품으로 형상화하였다.

욕망과 화학주의chemism

캐리가 처참한 시골생활을 떠나 시카고로 가난한 노동자의 아내인 언니를 찾아간다는 사실 자체가 벌써 '미국인의 꿈'을 이루려는 소녀의 야심이라 할 수 있겠다. 이러한 캐리의 무모하리만치 허황된 행동을 통해서 우리는 벌써 물질적 욕망을 채우려는 심리와 그 욕망을 채우려는 과정 속에서 다분히 환경의 가혹한 지배를 받으리라는 것을 감지할 수 있다. 처음으로 가정을 박차고 나와 도시락을 싸들고 시카고 행 기차를 타려는 캐리의 모습 속에는 순진한 면도 엿볼 수 있지만 다른 한편 무작정 '미국인의 꿈'을 추구하려는 한없는 욕망과 거기에 깃들일 수밖에 없는, 희생당할 수밖에 없는 인간의 숙명을 읽을 수도 있다. 원문에서 직접 이 장면을 살펴보자.

When Caroline Meeber boarded the afternoon train for Chicago, her total outfit consisted of a small trunk, a cheap imitation alligator-skin satchel, a small lunch in a paper box, and a yellow leather snap purse, containing her ticket, a scrap of paper with her sister's address in Van Buren Street, and four dollars in money. It was in August, 1889. She was eighteen years of age, bright, timid, and full of the illusions of ignorance and youth. Whatever touch of regret at parting characterised her thoughts, it was certainly not for advantages now being given up. A gush of tears at her mother's farewell kiss, a touch in her throat when the cars clacked by the flour mill where her father worked by the day, a pathetic sigh as the familiar green environs of the village passed in review, and the threads which bound her so lightly girlhood and home were irretrievably broken. (1)

그렇게 그리워하던 대도시 시카고에서 처음에는 언니의 보잘 것 없는 아파트에서 지겨운 얼마간을 보냈으나 드루에를 만남으로써 새로운 지평이 열리게 되었다. 드루에와의 동거생활을 통해 캐리는 비싸고 좋은 옷을 입게 되었고, 호화로운 식당에서 식사를 즐기며 어느 정도의 세속적 성공을 맛보게 되었다. 그러나 드루에에게서 얻은 물질적 향락은 더 호화스런 사람들의 그것에 비해 별것이 아니라는 생각이 커지게 된다. 이러한 즈음에 드루에의 친구이며 유명한 '피처랄드와 모이스 쌀롱'의 지배인인 허스트우드를 만난다. 성공을 위한 두 번째 절호의 기회를 맞이하게 된 것이다. 그런데 여기서 주목해야 할 것은 드라이저 소설의 주축을 이룬 것이 주로 이런 상황에 처한 등장인물들의 행동양식이다. 욕망을 달성하기 위하여, 물질적 성공이 곧 행복이라고 믿고서 도덕이나 윤리 등을 무시하고 때에 따라서는 형제관계나 혈연관계도 버리는 가련한 인간 군상들의 모습을 볼 수 있는 것이다. 캐리는 도시로 가기 위하여 부모형제를 버렸으며 드루에를 만나서는 그동안 신세를 졌던 언니 집을 쪽지 한 장만 써 놓고 뛰쳐나온 철저한 욕망의 노예였다. 허스트우드가 나타나자 드루에마저 배신했다. 더 나은 성공의 발판이 생겼다고 생각되면 지금까지의 모든 것을 저버릴 수 있는 이런 부류의 인간들의 모습을 허스맨L. E. Hussman은 다음과 같이 분석한다.

> When Drouet introduces Carrie to George Hurstwood, the modish manager of a Chicago bar, mutual dissatisfaction with their lives spurs another relationship unsanctioned by conventional morality. Carrie is attracted by Hurstwood's superior social position compared to Drouet's, to his fine clothes and elegant manner. She has been nursing a growing ambition to become an actress, and Hurstwood has hinted that he can do more than simply encourage her. She has also grown restive because of Drouet's neglect. Hurstwood sees in Carrie a delicious avenue of escape from his shrewish wife and social-climbing children. (21)

서로가 자신의 행복이나 성공에 유리하다고 생각되면 도덕이나 의리나 혈연 관계마저도 저버리는 대표적인 예를 캐리에서 가장 확실하게 볼 수 있는데 이런 태도는 『미국인의 비극』의 클라이드에게서도 그대로 나타난다. 『시스터 캐리』는 캐리라는 여자가 성공을 위하여 드루에를 배신하고 허스트우드에게로 접근하는 과정이며 『미국인의 비극』은 클라이드가 역시 출세를 위하여 로베르타를 버리고 손드라에게로 달려가는 빗나간 '미국인의 꿈'을 쫓는 가련한 인간들의 모습을 추적한 것이라고 볼 수 있다. 캐리처럼 출세를 위해서는 어떠한 것도 가차 없이 버릴 수 있는 태도가 모든 '미국인의 꿈'을 추구하는 빗나간 젊은이들의 특징인데, 캐리의 재산이란 르한Richard Lehan의 말처럼 "캐리가 가진 재산은 하나이고 그것은 그녀의 육체이다"(60). 클라이드 역시 출세를 위해서 임신한 애인 로베르타를 물에 빠져 죽게 하고 도망쳐서 손드라와 결합한다. 그런데 여기서 드라이저가 보여주고자 한 것은 출세를 위해서 주인공들이 분투노력하지만 결국은 그의 자연주의 공식에 들어맞게 되어 있다는 점이다. 환경의 지배에 강하게 좌우된다는 것을 보여주고 있는 것이다. 이 문제는 '미국인의 꿈'을 쫓고 있던 당시의 젊은이들의 정신적 태도와 사회의 일반적 경향의 배경 속에서 찾아보면 더욱 확실히 파악된다. 당시의 인간은 누구나 사회의 경제적 힘에 의하여 좌우되어졌다. 사람들의 성공의 기준은 사람들은 자신의 능력을 가지고 각자의 처지에 따라 각각 다르게 작용을 하였다. 그러나 그런 모든 사람들에게 공통된 것은 아무리 개개인이 어떠한 위치에서 어떠한 방법으로 노력한다손 치더라도, 인간이란 우주의 거대한 힘에 지배되고 있기 때문에 근본적으로는 비극적일 수밖에 없다는 점이다.

인간이란 이 거대한 운명에 따라 때로는 순응하기도 하고 때로는 반발하기도 하는 화학작용의 존재라는 점이다. '미국인의 꿈'이라는 이상을 추구하는 사람들은 때로는 희망과 용기 속에서, 때로는 절망과 비탄 속에서 인생을 살아간다. 그러나 근본적으로는 인간이 생물 진화론 속의 한 생물로 존재하기 때문에 연약할 수밖에 없고, 이 생물은 사회라는 거대한 조직체 속에서 살아가야 하기 때문에 외부적인 힘에 의해 좌우되는 수동적인 존재가 될 수밖에 없다. 캐리, 드루에, 허스트우드 모두 약간씩의 차이는 있으나 물질적 욕구에 오염된 사회의 풍토 속에서 본래의 모습과는 완전히 다른 화학작용을 일으킨다. 성공을 위해서 한 걸음, 한걸음 튼튼히 걸어간다고 생각하고 그렇게 행동했지만 클라이드가 다다른 종착지는 결국 물질추구, 성도덕의 타락, 인간성의 상실이라는 비극적 종말이었다. 이런 드라이저의 '화학주의' chemism 이론은 인간의 존재가 유전적이기 때문에 주위환경에 의해서 인간은 본연의 모습을 잃고 성공과 행복이라는 잘못된 허상을 너무 무리하게 추구하다가 결국 비극적으로 끝난다는 것을 밝혀준 것이라 하겠다. 이런 클라이드의 종말을 필립Jim Philip은 다음과 같이 말한다.

> We note the way in which his desire to rise is thoroughly undermined by a compulsive self-denigration, a fear that the 'nobody' he really is will always betray the 'somebody' he aspires to be. Though he is close physically to the world of his past poverty and desperation exist upon him as a distinguishing brand. The predominant emotions, then are those of resentment, shading to self-pity and apathy. In his actual history Clyde lives out to its bitter end the personal disintegration threatened here. (126)

그러면 작품 『미국인의 비극』의 스토리를 중심으로 하여 미국인의 잘못된 꿈과 케미즘이 어떻게 전개되는 지를 살펴보자. 사업에 실패하고 완전히 기독교에 깊이 빠져서 거리에서 전도하는 부모나 가족들의 초라한 모습은 어린 클라이드에게 일찍부터 심각한 반발심을 불러일으킨다.

> Incidentally by that time the sex lure or appeal had begun to manifest itself and he was already intensely interested and troubled by the beauty of the opposite sex, its attractions for him and his attraction for it. And, naturally and coincidentally, the matter of his clothes and his physical appearance had begun to trouble him not a little-how he looked and how other boys looked. It was painful to him now to think that his clothes were not right; that he was not as handsome as he might be, not as interesting. What a wretched thing it was to be born poor and not to have any one to do anything for you and not to be able to do so very much for yourself! (18)

이러한 소년 클라이드는 성적 유혹에 눈을 뜨게 되고 다른 친구들의 화려한 옷과 튼튼한 육체에 커다란 호기심을 갖게 되며 자기 집의 가난이 얼마나 비참한 것인가를 강하게 느끼기 시작한다. 도시에서 직업을 얻고 싶은 욕망에 사로잡힌 클라이드는 제과점 앞에 '소년을 구함'Boy wanted이라는 표시를 보고 몹시 부러워한다. 거리에서 전도지를 열심히 뿌리면서 부모의 신앙 활동에 전념하던 이스타Esta가 가출하는 것이나 클라이드가 도시로 빠져 나가려는 것이나 모두가 현실 세계의 강한 자극이 육체에 화학작용을 일으킨 것이다. 인생 최초로 클라이드가 도시와 도시 여자들의 화려함에 대해 느끼는 장면을 소설에서 직접 보면 다음과 같다.

> For the first in his life while he busied himself with washing glasses, filling the ice-cream and syrup containers, arranging the lemons and oranges in the trays, he had an almost uninterrupted opportunity of studying these girls at close range. The wonder of them! For the most part, they were so well-dressed and smart-looking-the rings, pins, furs, delightful hats, pretty shoes they wore. And so often he over-heard them discussing such interesting things-parties, dances, dinners, the shows they had seen, the places in or near Kansas City to which they were soon going, the difference between the styles of this year and last, the fascination of certain actors and actresses-principally actors-who were now playing or soon coming to the city And to this day, in his own home he had heard nothing of all this. (28-29)

이러한 충동이 강해지고 마침내 가정을 뛰쳐나와 클라이드는 호텔의 벨 보이라는 근사한 일자리를 얻게 된다. 이 일류호텔에서 클라이드는 멋진 옷을 입고, 비싼 음식을 먹어보면서 소위 부유층의 특권생활이 무엇인가를 느끼기 시작한다. 모든 사람들에게 선망의 대상이 되었고 경이로웠던 세계가 바로 자기 세계가 된 기분이었다. 그러나 교육도 받지 못했고 인생경험이 별로 없는 클라이드에게는 사리를 판단하거나 선악을 구별할 능력이 제대로 없었다. 마음이 약한 클라이드가 거센 물질세계에서 수많은 유혹을 견디어 낸다는 것은 불가능한 일이었고, 일단 이런 세계에 접하게 된다는 것이 벌써 비극을 잉태하고 있는 것이었다. 호텔 생활이란 엄청난 특권층들이 물질적 풍요로움을 즐기는 곳인데 초라한 자기 자신과는 너무 대조적인 것이었다. 클라이드의 도시생활은 애초부터 본인의 의지와는 다른 자연주의적 암영이 짙게 깔려 있었던 것이다. 캔서스 시티Kansas City 생활을 청산하고 클라이드가 시카고에 등장했을 때는 나이도 20이 되었고 인생 경험도 다소 쌓은 본격적인 도시생활이었다. 전혀 알지 못했던 그리피스Samuel Griffiths 삼촌의 후광을 받아 돈과 여자라는 성공을 얻을 수 있는 기회를 갖게 된다. 클라이드와 마찬가지로 돈을 벌어 성공하려는 로베르타라는 여직공과 사랑을 하게 된 것이다. 젊은이들이 본능적 욕구에 빠져 들어가는 모습을 드라이저는 다음과 같이 묘사하고 있다.

There was something very furry and caressing about her voice now. Clyde liked it. There was something heavy and languorous about her body, a kind of ray or electron that intrigued and lured him in spite of himself. He felt that he would like to caress her arm and might if he wished—that he might even put his arm around her waist, and so soon. Yet here he was, a Griffiths, he was shrewd enough to think—a Lycurgus Griffiths—and that was what now made a difference—that made all those girls at this church social seem so much more interested in him and so friendly. Yet in spite of this thought, he did squeeze her arm ever so slightly and without reproach or comment from her. (204-05)

어느 정도 물질적 즐거움을 맛보고 또한 로베르타와의 관계가 깊어져서 임신까지 되었을 때 손드라라는 여자가 클라이드에게 출현한다. 출세를 해야겠고 상류사회에 돌진하고 싶은 욕망에 사로 잡혀있는 클라이드에게 손드라의 모습은 바로 절호의 기회였던 것이다. 클라이드가 맹목적으로 손드라에게 끌려 들어가는 모습은 드라이저 소설 전체에서 절정을 이루는 케미즘 이론장면이라 하겠는데 소설에서 직접 인용해 보자.

But the others—one was Sondra Finchley, so frequently referred to by Bella and her mother—as smart and vain and sweet a girl as Clyde had ever laid his eyes upon—so different to any he had ever known and so superior. She was dressed in a close-fitting tailored suit which followed her form exactly and which was enhanced by a small dark leather hat, pulled fetchingly low over her eyes. A leather belt of the same color encircled her neck. By a leather leash she led a French bull and over one arm carried a most striking coat of black and gray checks—not too pronounced and yet having the effect of a man's modish overcoat. To Clyde's eyes she was the most adorable feminine thing he had seem in all his days. Indeed her effect on him was electric-thrilling-arousing in him a curiously stinging sense of what it was to want and not to have-to wish to win and yet to feel, almost agonizingly that he was destined not even to win a glance from her. It tortured and flustered him. If one moment he had a keen desire to close his eyes and shut her out—at another to look only at her constantly—so truly was he captivated. (219-20)

마치 캐리가 허스트우드가 나타나자 드루에를 배신하는 것처럼 클라이드도 손드라가 나타나자 로베르타를 배신하지 않을 수 없었다. 자기의 처지에 어울리는 로베르타는 손드라가 나타남과 동시에 거추장스러운 거침돌이 된 것이다. 어떻게 하든 로베르타를 없애버리고 상류사회에 돌진하려는 클라이드에게 심각한 번민이 계속되고 충동적으로 인생항로를 꾸려나가는데 후스맨은 클라이드의 심경과 취한 행동 그리고 소설 전개를 다음과 같이 설명하고 있다.

The swirl of society soon captivates Clyde, and he desires only social supremacy and Sondra, though he continues to see Roberta. The tragedy is triggered, however, when Clyde learns that Roberta is pregnant. He searches in vain for a solution to his problem, including attempting several times unsuccessfully to obtain an abortion for her. Gradually the idea of killing her impresses itself upon him until he is unable to fight off the dark thought. He chooses the method of her murder when he chances upon a newspaper account of a successfully plotted drowning of a girl at an isolated lake. ··· Clyde elects not to try to save her, partly for fear her thrashing will drown them both. He swims to shore and makes his escape, but thanks to his bumbling attempts the planning of the crime, he is quickly apprehended. The remainder of the novel is devoted to Clyde's trial and execution. (129-30)

여기서 우리는 드라이저 소설에서 중요한 요소가 되는 우연chance을 지적하지 않을 수 없다. 마음이 연약한 클라이드가 출세를 위해서는 로베르타를 죽이고 싶었지만 그런 행동을 실제로 감행치 못하고 호수에서 배의 전복이라는 우연한 사건을 만들어 우연의 작용을 이용했다는 점이다. 나중에 클라이드의 재판과정에서도 공화당원과 민주당원 사이의 이해 문제 때문에 그의 죄에 대하여 찬성과 반대가 엇갈리는 복잡한 운명적 사회상을 엿볼 수도 있다. 필립Jim Philip도 "절망이 클라이드를 죽음으로 이끈다. 클라이드는 잡히고 심문받고 형이 확정되어 결국 전기의자에서 사형 당한다"(126)라고 지적했는데 클라이드를 통해서 드라이저는 한 인간에게는 그의 의지와는 별개의 사건이 더 중요하게 작용함을 강조하고 있다. 착했던 한 소년이 '미국인의 꿈'이라는 허상을 쫓는 과정에서 돈과 여자라는 성공을 향해 무모하게 돌진하다가 결국은 전기의자에서 사형을 받는 모습을 통해서 우리는 자연주의적 입장에 투철했던 드라이저의 소설 주인공의 전형적 모습을 보게 된다. 르한 Richard Lehan은 이런 우연, 사건, 운명 같은 것과 인생을 연관시켜 다음과 같이 언급하고 있다.

The elements which shaped Clyde—his poverty, ignorance, and inexperience—once again determine his fate. Accident, to this extent, is only a catalyst which arrests and develops the essential self. Accident becomes a part of the inevitable sequence of events: fate cannot be divorced from character, character cannot be divorced from the forces which shape and determine it, and the forces which shape and determine character cannot be divorced from the accidents that often awaken the "dark, primordial, and unregenerate" second self dormant in us all. (165)

이렇게 착했던 한 소년이 어떻게 사회와 환경이라는 거대한 힘에 지배되어 무참하게 짓밟히는가를 자연주의적 입장에서 예술적으로 형상화한 것이 『미국인의 비극』이다. 이런 주제에 알맞게 먼지와 벽의 이미저리가 작품 전체를 주도한다. 이런 인간의 피할 수 없는 벽 앞의 비극을 논한 것이 드라이저의 자연주의적 비극 작품이라고 르한은 또한 이렇게 주장한다.

The emphasis upon dusk and walls is thematically important. The novel opens and closes at dusk: Clyde plots the murder of Roberta at dust: Roberta drowns at dusk; Clyde is arrested at dusk; and at the end of a prison day he receives the letter from Sondra which marks "the last trace of his dream.··· that moment of dusk in the west."

Throughout the novel, the gloomy shadows of inevitability hang over Clyde, his day is over before it even begins, just as he walks throughout the novel between the walls of the city, the walls of the Lycurgus factory. (167)

자연주의 소설의 공식이 그러하듯이 한 선량한 주인공이 환경과 유전의 지배를 받아 본인의 의사와는 별도로 운명적인 비극으로 끝나지만, 여기에는 사회도 커다란 책임이 있는 것이며 인간의 심약한 천성과 거대한 사회의 조직가운데 어느 것이 비극의 더 큰 원인이 되느냐하는 것은 논자에 따라 의견을 달리 할 수도 있다. 그러나 드라이저의 경우에는 아무래도 환경이라는 사회에 의하여 인간이 비극을 맞이할 수밖에 없는 것이며 그러한 인간에 대하여 무한한 동정심을 갖고 소설이라는 예술로 형상화한 것에 소설가로서의 공로가 있다고 보아야 할 것이다.

결론

드라이저의 소설은 전반적으로 그때까지의 미국의 인습, 도덕, 전통 등을 무시하였고 예술적 의식이 없다고 하여 많은 비난을 받아온 것도 사실이나, 자연주의적 입장에서 인간의 모습을 철저하게 묘사하고 그런 인간들에게 따뜻한 이해와 동정을 가진 점이 그의 소설의 불후성이 된다. 케이진 Alfred Kazin은 소설 기교면에서 많은 부족함이 있음에도 불구하고 오늘날까지 드라이저가 사실주의 작가로 읽히고 영향을 주고 있음을 이렇게 지적한다.

> It is Dreiser's compassionate sense of what women themselves are likely to feet that explains why Carrie, who has seemed commonplace to many unsympathetic readers, and whose perverse success in life enraged old-fashioned moralists, figured for Dreiser himself as a true heroine of the modern world. (114)

드라이저가 어쩔 수 없는 인물들을 그리지만 트웨인Mark Twain이나 다른 소설가와는 다르게 정조sentiment를 가지고 소설을 쓴 점이 특징이라고 휘들러 L. A. Fiedler는 다음과 같이 평가한다.

> Dreiser is qualified first of all by his essentially sentimental response to the plight of the oppressed, by what he himself calls-attributing the feeling to one of his characters-an "uncritical upswelling of grief for the weak and the helpless." There is in him none of the detachment and cynicism of Crane, none of the utter blackness and pessimism of Twain; he is as "positive" through his tears as any female scribbler. Even his famous determinism is essentially sentimental at root, amounting effectively to little more than sob of exculpation: (45)

다시 말해서 캐리라는 여자는 무모하리만큼 욕망을 추구하고 비도덕적이지만 최후에 흔들의자에 앉아서 인생을 반추하는 모습 속에는 어느 누구나 인생은 저럴 수 있다는, 드라이저의 동정심과 이해의 표현이라 할 수 있는 것이다. 또한 자연주의 작가가 비난을 받아오는 것 중의 하나가 지성적인 인물을 창조하지 못했다는 것이다. 『시스터 캐리』의 아미스Ames나 『미국인의 비극』의 클라이드에게서는 지성인의 모습을 볼 수 있다. 캐리를 다시 정신적으로 희생시키려는 아미스의 성의 있는 노력은 상당한 인생의 고뇌와 사색을 표현한 것이라 볼 수 있다. 또한 로베르타를 살해하여야겠다고 생각하면서도 즉시 결행을 하지 못하고 깊은 번민에 사로잡히는 클라이드 속에서는 '사느냐, 죽느냐, 그것이 문제로다'라고 외치는 햄릿Hamlet적 고민 같은 것을 충분히 느낄 수 있다.

20세기 소설이나 드라마가 거의 공통적으로 그러하듯이 영웅이나 그들의 삶의 이야기를 그리는 것이 아니라 보잘 것 없는 소시민의 모습을 보여준다. 거대한 매카니즘 속에서 결정론에 따른 무력한 존재인 인간들의 삶의 단면들을 되도록 사실적이고 처참하게 다루는 것이 자연주의 작가들의 의무이고 목표이다. 그러나 드라이저는 그런 비극적 인물을 그리되 인간의 민감한 감수성을 놓치지 않았다. 보잘 것 없는 인물들이지만 민감한 감수성에 따라 무엇인가 남다른 삶을 추구하며 특히 부조리한 사회와 전통적 인습에 대항하는 인생의 투쟁정신을 높이 평가했다. 약자이고 보잘 것 없는 인생들에게 따뜻하고 세심한 동정과 이해심을 보여준 것에 드라이저의 예술적 의미가 있다고 하겠다.

■ 인용문헌

Dreiser, Theodore. *Sister Carrie*. Ed. Donald Pizer. New York: W. W Norton & Company, 1970.

_____. *An American Tragedy*. New York: New American Library, 1964.

Fiedler, L. A. "Dreiser and the Sentimental Novel." *Dreiser*. Ed. John Lydenberg. N.J.: Prentice-Hall, 1971. 38-53.

Gerber, Philip L. *Theodore Dreiser*. New York: Twayne, 1964.

Hussman, L. E. *Dreiser and His Fiction*. Philadelphia: U of Pennslvania P, 1983.

Kaizn, Alfred. *Contemporaries*. New York: Horizon Press, 1982.

Lawrence, D. H. *Selected Literary Criticism*. London: Heineman Educational Books, 1982.

Lehan, Richard. *Theodore Dreiser: His World and His Novels*. Carbondare: Southern Illinois University P, 1969.

Philip, Jim. *American Fiction; New Readings*. Totowa: Barnes & Noble Books, 1983.

Pizer, Lonald. "Late 19th-Century American Naturalism." *Sister Carrie*. Ed. Donald Pizer. New York: W. W Norton, 1970. 567-73.

Skrine, P. & L. R. Ferst. *Naturalism*. London: Methuen, 1971.

Spiller, Robert E. *The Cycle of American Literature*. New York: The Free Press, 1967.

세일즈맨의
인생은
외로워

서론

문학적 형식의 비극이 발전되어온 것을 역사적으로 살펴보면 인간이 근원적으로 비극적이라는 사실을 알 수 있다. 인간 조건이 비극적이기 때문에 비극은 고대로부터 현대에 이르기까지 다양한 문학적 양식으로 표현되어졌다. 인간의 비극적 존재에 대한 해결책은 근원적이고 심각한 철학과 윤리의 과제들이며 궁극적으로는 종교만이 해답을 줄 수 있는 것일지도 모른다. 그러나 문학적으로 인간 조건을 조명해보면 인간은 비참하다는 공통인자를 얻을 수 있다. 그래서 고대에서부터 현대에 이르기까지 문학적 양식으로써 비극은 끊임없이 탐구되었고 그 관점과 강조점도 다양하게 전개되어져 왔다. 비극작가들의 공통된 과제는 코리건Robert W. Corrigan의 "자연 속의 모든 것은 운명적으로 비극적이다"(8)라는 말처럼 인간도 본질적으로 비극적이라는 것이다.

행복을 위해 노력하고, 선을 이루기 위해 투쟁하지만 결국은 비참한 최후를 맞이하는 운명의 주인공들을 취급하는 것이 비극이지만, 우리는 이런 주인공의 비참한 최후와 그 행동의 과정 속에서 깊은 감동을 받고 그 의미를 천착한다. 그래서 야스파스Karl Jaspers는 이런 비극에서 얻을 수 있는 가치를 다음과 같이 보고 있다.

비극적 요소는 존재에 대한 두려운 양상을 보여주는 사건으로서 우리 앞에 모습을 드러내지만 그 존재 역시 여전히 인간이다. 그것은 인간의 속성에 대한 발견되지 않은 배경과 더불어 그것의 함정을 드러낸다. 그러나 역설적으로 비극적 요소와 직면할 때, 인간은 비극으로부터 자기 자신을 자유롭게 한다. 이것이 정화와 속죄를 획득하는 한 방법이다.

The tragic looms before us as an event that shows the terrifying aspects of existence, but an existence that is still human. It reveals its entanglement with the uncharted background of man's humanity. Paradoxically, however, when faces the tragic, he liberates himself from it. This is one way of obtaining purification and redemption. (65)

세계문학의 주류를 이루고 있는 그리스의 비극작가들이나, 셰익스피어나, 현대의 비극작가들 속에 나타나는 주인공들은 한결같이 비참한 인생을 살아가고 최후에는 죽음에 직면하게 된다. 그러나 그런 주인공들의 성격과, 그들이 처한 환경과, 그들의 인생항로는 커다란 차이점이 있다. 자연히 극적 효과 면에 있어서도 여러 견해가 제시될 수밖에 없다. 비슷한 처지에서 유사한 인생항로를 거쳐 죽음에 다다르지만 그 죽음의 양상과 의미는 문학연구가들의 논쟁의 초점이 된다.

오이디퍼스Oedipus의 죽음과 햄릿Hamlet의 죽음은 확실히 구분되어지며, 햄릿의 죽음과 로우먼Willy Lowman의 죽음은 차원이 다르다. 그러나 그들이 처한 환경 속에서의 죽음은 하나의 공통된 의미를 부여하는 문학의 전체성의 일부를 형성하기도 한다. 이런 각 개별 문학 속에 나타나는 현상 너머의 공통된 의미를 밝히려는 것이 문학비평의 임무일 것이다. 햄릿도 죽고 로우먼도 죽지만 그들의 죽음에 전체적이며 공통된 의미를 부여하고자하는 윌리엄스R. Williams는 비극의 모든 주인공들이 죽지만 "그런 구 질서의 죽음은 희생적 죽음이어서 새 질서의 탄생"(43)을 가져온다는 것이다.

『햄릿』이란 작품과 『세일즈맨의 죽음』(Death of a Salesman)은 시대적으로는 약 300년의 차이가 있으나 이 두 작품을 주인공의 성격, 그들이 처한 시대적 상황, 그들의 대응자세를 검토하여 보면 문학이라는 1차 언어체계속의 공통된 코드인 2차 언어체계를 감지할 수 있다. 이글튼Terry Eagleton은 그래서 문학비평을 다음과 같이 정의한다.

문학비평은 일종의 메타비평이 될 수 있다. 즉 그것의 역할은 주로 해설상의 견해를 만들거나 견해를 검토하는 것이 아니라, 우리가 견해를 만들 때 우리가 무엇을 할 예정이고 어떤 코드와 어떤 모델이 적용되는지를 분석하기 위하여, 다시 되돌아가 그러한 견해의 논리를 검토하는 것이다.

Literary criticism can become a kind of metacriticism: its role is not primarily to make interpretative or evaluate statements but to step back and examine the logic of such statements, to analyze what we are up to, what codes and models are applying, when we make them. (1983 154)

이런 의미에서 문학텍스트 속에서 공통적 요소를 찾아 그런 것들을 코드화해볼 때 햄릿의 비극적 과정은 $A^+ \rightarrow A^-$로, 로우먼의 경우는 $A^- \rightarrow A^-$로 도식화 할 수 있다. 또도로프Todorov적 공식은 복잡한 문학현상을 단순화함으로써 기호학에서 말하는 공간해석의 명증성을 보여줄 수 있기 때문이다. 물론 여기서 설정하는 A^+의 세계는 주인공이 처한 높은 위치, 행복한 상태를 의미하며 A^-는 불행한 위치, 혹은 죽음 등 최악의 상태를 의미한다. 물론 이두 작품을 비교하는 데 있어서 단순한 대비의 차원을 벗어나기 위해서 비극의 개념을 고대, 셰익스피어시대, 현대로 대별하여 구분하고 밀러A. Miller 자신의 비극에 대한 견해도 밝혀보려 한다.

여기서 주로 밝히려하는 것은 두 작품에 대한 분석을 통해서 햄릿의 비극과 로우먼의 비극이 차원이 다르다는 것을 밝히려는 것이다. 자신의 성격과 주위환경에 따라 비극의 주인공이 갖는 생각과 행동에는 커다란 차이점이 발견된다.

비극의 원인

인간의 비극의 원인이 어디에 있느냐하는 문제는 결국 인간과 그 밖의 힘―이것을 신이라고 부르든, 운명이라고 부르든 간에―과의 상호관계 중 어느 것에 더 강조점을 두느냐로 귀착되어 진다. 고대비극은 주로 운명의 힘에 인간은 절대적으로 끌려 다닐 수밖에 없다하여 운명비극이라 하고, 셰익스피어의 비극은 운명 못지않게 성격이 중요하여 브래들리A. C. Bradley는 "성격이 운명이다"(7)라고 특징지었다. 그러나 밀러는 현 시대에 와서 비극적 인물은 고대나 셰익스피어시대의 개념으로 파악될 수 없다고 하면서, 평범한 소시민도 위대한 비극의 주인공이 될 수 있다고 하였다. 그리고 그런 자신의 주장을 『세일즈맨의 죽음』을 통해 증명하듯이 보여주고 있다.

그러면 좀 더 자세히 비극개념의 변천을 살펴보자. 아리스토텔레스의 『시학』(Poetics)은 그리스 비극 이론의 결정이라 할 수 있는바 이곳에서 아리스토텔레스는 비극을 이렇게 정의한다.

> 그러니까 비극은 심각하고 완전하며 일정한 크기가 있는 하나의 행동의 모방으로서 그 여러 부분에 따라 여러 형식으로 아름답게 꾸민 언어로 되어 있고 이야기가 아닌 극적 연기의 방식을 취하며 연민과 두려움을 일으켜서 그런 감정들의 카타르시스를 행하는 것이다.

> Tragedy, then, is an imitation of an action that is serious, complete, and of a certain magnitude; in language embellished with each kind of artistic ornament, the several kinds being found in separate parts of the play; in the form of action, not of narrative; through pity and fear affecting the proper purgation of these emotions. (36)

아리스토텔레스는 간명하게 비극의 특징을 위대성magnitude, 연민과 공포, 정화작용purgation or catharsis 등으로 설명했다. 이런 핵심적 용어에 대한 해석학이 곧 비극론의 전개라 하겠다. 그러면서 『시학』 전편에서 비극적 주인공tragic hero의 특징들을 설명했다. 첫째 비극적 주인공은 행복에서 불행으로 떨어져야 한다는 것이다. 그래서 캠벨Joseph Campbell도 "희극이 주인공의 상승 운동이라면 비극은 주인공의 하강 운동을 표현하는 것"(28)이라고 해석하고 있다. 둘째는 비극적 주인공은 완전무결해서는 안 되고 어떤 결점을 가져야 한다는 것이다. 결점 혹은 비극적 결함tragic flaw이 있어야 비극의 씨가 잉태되기 때문이다. 이 비극적 결함은 지적 자만일 수도 있고 어떤 판단의 실수일 수도 있다. 셋째는 주인공의 신분이 고귀한 가문의 일원이어야 한다는 것이다. 그래서 비극의 주인공은 왕이나 귀족 또는 장군의 경우가 대부분이다. 그리고 그런 비극의 주인공은 "자신의 능력 밖의 커다란 세력에 의해 제한되어지는 존재"(Williams 21)이기도 하다.

셰익스피어의 비극은 그리스 비극과 상당한 공통점을 갖는다. 주인공이 왕이거나 귀족이라는 신분의 고귀성을 가지며, 처음에는 모두 행복하고 높은 지위에 있다가 한없이 나락하여 모두 죽음으로 끝나는 하강운동을 갖는다. 주인공의 성격에 있어서도 분명히 비참에 빠질 수밖에 없도록 되어 있어서 많은 셰익스피어 비평가들은 등장인물들의 성격 연구에 많은 세월을 보내 왔고 지금도 주요한 연구 분야가 되고 있다. 그러나 그리스 비극과 셰익스피어 비극의 근본차이는 운명이 비극의 더 큰 원인이냐 성격이 더 큰 원인이냐에 있다고 볼 수밖에 없다. 비극의 주인공이 처하게 된 비극적 재앙이 외부에서 주로 왔다는 것을 강조한 것이 그리스 비극이라면 셰익스피어 비극은 성격에서 발생하는 행동, 또는 행동에서 발생하는 성격에서 재난이 몰아닥쳤다는 점을 강조한다.

이런 성격 연구에 몰두한 브래들리에 의하면 셰익스피어 비극의 주인 공들은 다음과 같은 특징을 갖는다(7-16). 첫째 '성격이 운명이다'라고 할 정도로 성격이 중요하다. 둘째 주인공은 처참할 수도 있고 장엄할 수도 있다. 그러나 비열small하지는 않는다. 셋째 주인공은 강렬화intensification에 의해 다른 사람들보다 특출하다. 이것은 비극적 주인공의 천재성, 거대한 규모의 욕망, 열정, 의지를 의미하는데 결국 뚜렷한 일방성one-sidedness을 갖는다. 브래들리는 이것을 "하나의 흥미, 목적, 열정이나 마음의 습관을 가지고 전체를 포괄하려는 치명적 경향"(a fatal tendency to identify the whole being with one interest, object, passion, or habit of mind)(13)이라고 하였다. 넷째는 비극적 주인공은 소모의 인상impression of waste을 주는 위대성과 여러모로 연결되어 있다. 주인공의 특수한 성격으로 인해 인생을 모두 소모시켜 죽음에 이르게 되는데 그 과정은 강렬하게 독자나 관객에게 깊고 신비한 체험을 갖게 해준다는 것이다.

이와 같은 그리스 비극이나 셰익스피어 비극은 넓은 의미에서 본다면 인간과 인간 혹은 인간과 신의 문제이기 때문에 위대한 인간의 몰락이 큰 관건이지만, 현대에 있어서는 인간과 인간의 문제는 심리적이거나 사회적인 관건이기 때문에 주인공의 신분은 문제가 되지 않는다. 그래서 밀러는 현대 비극의 주인공으로 로우먼 같은 보통사람을 선택한 이유를 분명히 밝히고 있다.

보통사람도 왕들만큼 최고의 의미에서 비극의 주인공일 수 있는 경향이 있음을 나는 믿는다. 비극의 표면에서, 이것은 예를 들면 왕족에 의해 공연된 그러나 비슷한 감정의 상황에서는 누구에게나 적용되는 오이디푸스와 오레스테스 컴플렉스 같은 그러한 고전적 공식화 위에 분석의 기초가 놓이는 현대 심리학의 견지에서 명확해야만 한다.

I believe that the common man is as apt a subject for tragedy in its highest sense as kings were. On the face of it this ought to be obvious in the light of modern psychiatry, which bases its analysis upon classic formulation, such as the Oedipus and Orestes complexes, for instances, which were enacted by royal beings, but which apply to everyone in similar emotional situations. (143)

도대체 어떻게 로우먼 같이 형편없는 인간이 비극적 영웅이 될 수 있겠는가는 그리스나 적어도 셰익스피어 비극에 친숙한 사람에게는 이해되어지기가 어렵다. 로우먼에게서 고귀성이나 위대성을 찾을 수 있으며 햄릿의 영혼의 고뇌 같은 것을 찾을 수 있단 말인가. 그러나 로우먼에게 위대성이나 고귀성을 찾으려고 할 것이 아니라 주어진 상황 속에서 자신의 자유의지로 행동하고 선택하는 과정에서, 고대나 셰익스피어시대와 같은 의미의 깊이 정도는 아니지만, 일종의 갈등과 고뇌를 느끼는 인간에게 관심을 가질 때는 로우먼이 얼마든지 비극적 영웅이 될 수 있다는 것이다. 이 점을 인간의 역사적 측면에서 달스트롬Carl E. W. L. Dahlstrom은 다음과 같이 보고 있다.

과거에 소수의 사람들이 비교적 여유가 있어서 선택권을 행사할 수 있었다는 사실을 기억할 필요가 있다. 많은 사람들은 노예였으며 그들의 삶은 주인에 의해서 구체화되었다. 다른 사람들은 생존과 돈 버는 활동이 첫 번째 임무인 노동자, 기계공, 실업가들이었으며 그들 자신의 삶을 위해 나아갈 수 있는 수단으로서의 선택권을 생각할 기회가 전혀 없었다. 상대적으로 비교적 소수의 사람들만이 여유가 있었으며, 바로 이들이 전통과 신화의 구세대로 상징되었다.

We need but remember that relatively few people in the past were deemed free and hence capable of exercising options. Many human beings were slaves who had their lives shaped for them by their owners. Many others were laborers, mechanics, and businessmen whose preoccupation with survival and money-making activities left them no opportunity to consider options by means of which they could give direction to their own lives. Relatively few men were free, and these were symbolized by the old families of tradition and myth. (75)

자유스럽게 선택하고 행동할 수 있는 어떠한 보통사람도 비극의 주인공이 될 수 있다는 것이 밀러의 지론이다. 그런데 문제는 이러한 보통사람이 현대 사회의 온갖 부조리와 병폐 속에서 온당한 지위를 박탈당했다는 것이다. 그래서 밀러는 비극작가가 할 일은 이런 인간에게 '옳은 위치'를 찾아다 주는 것이라고 보았다. 현대의 비극적 주인공은 주로 심리적 아니면 사회적 원인에 의해 재난 속에 갇히게 되었으니 밀러의 관심은 자연히 사회로 돌려질 수밖에 없고 도덕의 중요성을 강조하지 않을 수 없다. 스타인버그M. W. Steinberg는 밀러의 비극이론의 핵심을 잘 파악해 준다.

비극의 기능은 우리의 사회에 관계있는 진리를 드러내는 것이다. 그것은 인간에게 권리를 개인적 위엄으로 좌절시킨다. 그리고 비극의 계몽이란 이러한 권리를 지지하는 도덕률을 찾는 것이다. 기본적으로 "비극과 보통사람"에서 명확하게 나타난 심미적 상태는 사회 비평가 밀러의 영향을 받았으며 또한 결론지어진다. 그리고 이러한 비극의 정의에 대한 용어들은 수용되기도 하고 제한 받기도 한다.

The function of tragedy is to reveal the truth concerning our society, which frustrates man his right to personal dignity; and the enlightenment of tragedy is the discovery of the moral law that supports this right. Basically the aesthetic position formulated in "Tragedy and the Common

Man" is influenced, perhaps even determined, by Miller the social critic, and while the terms of this definition of tragedy are acceptable, they are also limited. (85)

피상적 관점에서 본다면 로우먼의 비극은 허황된 꿈만 가지고 환상의 노예가 된 한 보잘 것 없는 인간의 이야기이지만 미국이라는 현대의 특수 사회와 현대인의 심리에서 본다면 두 가지의 중요한 쟁점을 부각시킬 수 있다. 하나는 도덕적 사회적 문제고 또 하나는 그리스시대부터 이야기되어온 본질적 문제이다. 로우먼을 세일즈맨으로 관찰하면 도덕, 사회문제에 대한 접근이 가능해지고 로우먼과 비프Biff와의 관계를 주의해 보면 본질적 문제에 가까워질 수 있다.

이제 이러한 문제들을 제기시켜놓고 햄릿의 비극적 상황과 로우먼의 비극적 상황을 검토한 후, 그들의 행동양식과 죽음의 의미 등을 고찰해 보고자 한다.

비극의 과정

햄릿이나 로우먼이 처한 상황은 똑같이 비극적이다. 차이가 있다면 햄릿은 왕자이고 지금의 덴마크와 궁정과 자기 가족에 어떠한 사태가 벌어졌는가를 완전히 알아야하고 어떻게 대처해 나갈 것인가를 결정해야 하는데 비해서, 로우먼은 막연히 많은 돈을 벌어 자식들을 성공시키고 집안을 행복하게 하겠다는 좀 환상적인 생각일 뿐이다. 햄릿의 세계가 심각하고 숨 막히는 긴장감을 불러일으킨다면 로우먼의 세계는 그런 용단과 주도면밀한 계획을 세울 필요조차 없는 광활한 바다 위의 조각배 같은 왜소해진 한 세일즈맨의 소박한 감정을 나타낼 뿐이다.

햄릿이 처한 지금의 상황을 훑어보자. 신과 같은 아버지는 죽고 짐승 같은 숙부가 왕이 되어 나라를 지배하고 있다. 어머니는 하이퍼리온Hyperion 과 같은 남편이 죽은 지 2개월 아니 1개월도 못돼 세이터Satyr와 같은 남편 의 친동생과 결혼하여 산다. 짐승 같은 악인이 왕국과 왕비를 훔쳤으니 신이 짐승에게 굴복당한 상황이다. 그야말로 관절이 빠져있는 세상이요 악이 창 궐하는 세상이다. 그렇다고 자기의 심중을 털어 놓을 만한 상대도 없다. 그 래서 햄릿은 이렇게 독백할 수밖에 없다.

> 너무도 추잡스러운 이 육신, 녹고 녹아
> 한 방울의 이슬로 화해 버렸으면 좋으련만,
> 아니면 하나님께서 자살을 금하는 계율이라도
> 제정하시지 않았더라면 좋았으련만, 아, 하나님! 하나님!
> 세상만사 돌아가는 꼴이 나에게는 하나 같이 권태롭고,
> 진부하고, 무미건조하고, 쓸모없는 것으로 보일 뿐이로구나!
> 더럽다, 더러워. 이야말로 무엇이든 제멋대로 자라 열매 맺는
> 버려진 정원, 대자연 가운데서는 추악하고 더러운 잡초만이
> 판을 치고 있다.

> O, that this too too sallied flesh would melt,
> Thaw, and resolve itself into a dew,
> Or that the Everlasting had not fixed
> His canon' gainst self-slaughter. O God, God,
> How weary, stale, flat, and unprofitable
> Seem to me all the uses of this world!
> Fie on't, ah, fie, 'tis an unweeded garden
> That grows to seed, things rank and gross in nature
> Possess it merely. (1.2.129-37)

이런 상황 속에서 왕자 햄릿은 이 세상 모든 것이 악으로 비쳐지고 인생의
의미는 빛을 잃는다. 거기에다가 그의 사색적인 특징으로 인하여 더욱 우울
증에 빠지고 냉소적으로 변하기도 한다. 원래의 햄릿은 오필리어의 다음 말
과 같이 이상적인 엘리자베스시대의 인간의 표본이었다.

아, 그렇게 고귀하시던 분이 어쩌면 저 꼴이 되었단 말인가!
조신으로서, 무사로서, 학자로서, 안목과 구변과 무술을
갖추고 계셨던 분, 이 나라 이 땅의 희망이요 꽃이었고,
풍속의 거울, 예의범절의 귀감이었을 뿐만 아니라,
만조백관이 우러러보던 분이 완전히 실성해 버리셨구나!
세상의 여인들 가운데서 가장 비참한 처지에 빠진 나,
한 때는 그분의 맹세라는 달콤한 꿀을 맛보기도 했건만,
이제 보니 감미로운 종소리 같던 그 고귀하고 당당하던
이성의 조화는 흐트러져서 시끄러운 잡음만이 요란하고,
꽃다운 젊은 시절의 그 비길 데 없던 그 용모, 그 자태도
광기로 인하여 시들어 버렸구나. 아, 슬프다.
옛 모습을 보았던 이 눈으로 현재의 이 모습을 보다니.

O, what a noble mind is here o'erthrown!
The courtier's, soldier's, scholar's, eye, tongue, sword,
Th' expectancy and rose of the fair state,
The glass of fashion and the mould of form,
Th' observed of all observers, quite quite down!
And I of ladies most deject and wretched,
That sucked the honey of his musicked vows,
Now see that noble and most sovereign reason
Like sweet bells jangled, out of time and harsh;
That unmatched form and feature of blown youth

Blasted with ecstasy. O, woe is me

T' have seen what I have seen, see what I see! (3.1.144-55)

호레이쇼로 대변되는 학자의 학식과, 포틴브라스로 대변되는 군인, 기사의 도를 가졌고, 레어티즈로 대변되는 신사의 품위와 교양을 갖추고 있었다. 그러나 운명적 상황이 그를 변화시켰다. 사랑하는 애인 오필리어가 철천지원수 폴로니어스의 딸이라는 컴플렉스와 자기를 낳아서 지금까지 고이 길러준 어머니가 또한 원수의 가장 가까운 아내라는 현실, 자기의 초등학교 시절 친구가 이제는 원수의 앞잡이라는 복합관계 속에서 햄릿은 두 가지를 잉태하게 된다고 나잇G. Wilson Knight은 이렇게 지적한다.

햄릿과 그의 세계 사이의 이러한 대조는 무척 중요하다. 왜냐하면 그것은 다음에 이어지는 연극들 속에서 다른 형태들로 반복되기 때문이다. 햄릿은 그것들을 초기의 모든 것 속에 포함한다. 그것들은 인간의 삶과 부정의 원리 사이에 있는 논쟁을 반영할 것이다. 그 원리는 내가 다른 곳에서 미움과 악이라고, 상대적으로 부르고 있는 사랑 냉소주의와 죽음의식으로 세분될지도 모른다.

This contrast between Hamlet and his world is of extreme importance, for it is repeated in different forms in the plays to follow. Hamlet contains them all in embryo. They are to reflect the contest between (i) human life, and (ii) the principle of negation. That principle may be subdivided into love-cynicism and death-consciousness, which I elsewhere call 'hate' and 'evil', respectively. (43)

이렇게 사랑에 대한 냉소와 죽음의식에 사로잡힌 햄릿은 결코 이런 환경에서 후퇴하지 않는다. 주도면밀하게 복수의 기회를 노리고 있다. 많은 비평가들에 의하여 햄릿은 나약하고, 우울증에 걸려 실패자의 길을 걸을 수밖에 없다고 지적되었지만 오히려 비참한 환경 속에서 많은 사색과 행동의 다양성을 보여줌으로써 좀 더 폭넓은 인간상을 보여주었다고 보는 것이 더욱 타당하다고 본다. 여기에 비해 로우먼은 그렇지 못하다. 『세일즈맨의 죽음』도 개막 순간부터 죽음의 분위기로 꽉 차있다. 실제적인 죽음은 로우먼이 2만 불의 보험금을 타기 위하여 자동차 사고로 자살의 길을 선택하는 데서 나타나지만, 극의 시종이 죽음의 그림자로 덮여 있다. 햄릿이 조소주의를 갖는 데 반하여 로우먼은 가식의 생활을 한다. 햄릿은 내심을 속이기 위해 거짓 미친척하는 데 반하여 로우먼은 위선의 탈을 쓴다. 이런 햄릿의 행동을 윌슨John Dover Wilson은 다음과 같이 보고 있다.

> 햄릿의 "거짓 미친척하기"와 과업의 관계는, 확실히 아주 천성적이며 명확한 것이다. 그 이외에도 긴급한 유령의 요구, 왕비를 다치지 않게 하면서 일을 실행해야 하는 어려움, 그리고 유령 자체에 관한 당혹감 등이 즉각적으로 행동을 하지 못하게 한다. 즉 햄릿은 신중히 생각할 시간이 필요하다.

> As for the relation of the "antic disposition" to Hamlet's task, that is surely equally natural and obvious. However urgent the command of the Ghost, the difficulty of executing it without injuring the Queen, and the perplexity concerning the Ghost himself, forbid immediate action: Hamlet needs time for consideration. (93)

그러나 로우먼에게는 돈을 벌어야겠다는 목표는 있으나 이 임무를 수행하는 데 필요한 방편은 없다. 그저 빛바랜 가방을 가지고 이리저리 다니며 물건을 파는 것이다. 로우먼에게 가면이 있다면 그것은 단지 손님들에게 물건을 사달라고 의례적으로 행하는, 애써 짓는 억지웃음이라는 가면이다. 실직한 사실을 아내에게 알리기 싫어서 직장에 나가는 척했다가 저녁에는 하루벌이에 해당하는 돈을 친구에게 빌려가지고 돌아오는 자기기만의 생활이 있을 뿐이다. 고귀한 신분의 왕자가 미친 척 할 수밖에 없는 상황이 비참하다면, 아내에게까지도 자기의 내면을 보여줄 수 없는 현대인의 표본인 로우먼은 처절하다고 보아야 할 것이다.

자기의 임무 즉 클로디어스에게 복수를 해야 하는데 햄릿에게는 너무 커다란 현실의 벽이 버티고 있다. 원수는 현재 왕이기 때문에 섣불리 접근할 수가 없다. 삼엄한 경계의 망을 뚫을 수는 없고 무기도 칼밖에 없다. 더군다나 클로디어스는 철저히 자기방어를 하고 있으며 햄릿의 일거수일투족을 감시하고 있다. 그래서 때로는 실의에 잠기기도 하고 자기의 무능과 태만을 후회하여 보기도 한다. 그러나 햄릿은 이 세상과 인간의 고상한 가치세계와 능력을 충분히 알고 있기 때문에 아무리 현실의 벽이 높고 험악하더라도 임무수행의 험난한 길을 걷겠다고 다짐한다. 그러나 로우먼은 물질에 빠져있는 비정한 현대사회와 기계처럼 거인으로 둔갑한 사회에 대항해서 싸우기보다는 절망과 실의에 빠진다. 로우먼과 린다의 대화를 들어보자.

윌리: 제발 창문 좀 열어놓구려!
린다: (꾹 참으며) 여보, 열려 있는데요.
윌리: 저놈의 벽돌과 창문들이 우리를 꼼짝 못하게 누르고 있잖아.
       …
린다: 더 많은 것은 아니네요. 제 생각엔―
윌리: 글쎄, 많다니까! 그것이 이 나라를 망치고 있단 말이야. 인구증가는 주체할 길이 없고, 경쟁은 점점 심해지고 있단 말이요. 저 아파트에서 새어 나오는 썩은 냄새 좀 맡아 보구려. 그리고, 저편에서 나는 냄새도…

Willy: Why don't you open a window in here, for God's sake?

Linda: *with infinte patience*: They're all open, dear.

Willy: The way they boxed us in here. Bricks and windows, windows and bricks.

       …

Linda: I don't think there's more people. I think.

Willy: There's more people! That's what's ruining this country. Population is getting out of control. The competition is maddening! Smell the stink from that apartment house! (17-18)

이런 의미에서 로우먼은 전통적 의미의 위대한 비극적 주인공이 되지는 못한다. 이 비정한 조직사회에서 개인이 아무리 발버둥 쳐 봐도 소용없는 것이다. 그래서 로우먼은 단순한 세일즈맨이 아니고 문자 그대로 로우먼(lowman: 낮은 위치에 있는 사람)이며 현대인의 상징이 된다. 그런데 이런 윌리는 이중의 덫 속에 갇혀 있다. 하나는 사회적인 덫의 희생물이요 또 하나는 심리적인 덫에 걸린 가련한 인생이다. 그래서 개인과 사회와의 관계에서 이 작품을 분석한 빅스비C. W. E. Bigsby는 다음과 같이 언급한다.

오로지 성공만을 가치 있게 여기는 사회에서 인생의 실패로 좌절된 늙어가는 세일즈맨의 이야기를 다루는―『세일즈맨의 죽음』은 미국 연극사에서 가장 강력하고 영향력 있는 연극 중의 하나로 드러났다. 정신적 붕괴에 직면한 한 개인의 혼란과 꿈이 개인의 사회적 가능성에 대한 민족적 신화의 붕괴를 구체화시켰다.

Death of a Salesman―the story of an ageing salesman, baffled by a lifetime of failure in a society which apparently values only success ― has proved one of the most powerful and affecting plays in American theatrical history. The confusions and dreams of a single individual on the verge of psychological collapse were made to embody the collapse of national myths of personal transformation and social possibility. (174)

그렇기 때문에 로우먼은 아메리칸 드림의 희생자가 된다. 밀러가 세일즈맨을 택하게 된 이유는 분명히 미국적 꿈을 성취하기 위한 것이었다. 이런 꿈을 성취하는 것은 용기와 열성을 다하여 기업을 일으키고 돈을 버는 것이다. 그런데 시대의 변천과 더불어 무조건 돈만 벌면 된다는 잘못된 인식이 나타나게 된다. 가치전도가 발생하게 되어 인간이 상품으로 전락하게 되는 "미국사회에 새로운 사회심리학을 탄생"(Clurman 213)시키게 된다.

　　이러한 가치전도의 세계 속에서 세일즈맨은 억지웃음의 가면을 쓰거나 속임수의 방법으로 그때그때를 모면해 보려하나 끝내는 자살로 일생을 마칠 수밖에 없다. 로우먼은 자기의 꿈을 실현치 못하고 사회의 너무 높은 벽에 부딪혀 압박감과 초조감 때문에 정신착란증에 걸렸다고 볼 수도 있다. 물질적 성공과 타인으로부터 인정받아야겠다는 외부적 목적을 추구하다가 철저히 자기기만적 생을 산 소외된 인간의 본보기라고 취급되어질 수도 있다. 로우먼이 처참한 비극적 인생을 살게 된 원인을 사회에 돌릴 수도 있고 개인의 약점에 돌릴 수도 있다. 그것은 햄릿의 패배의 원인이 어디에 있느냐의 문제만큼 복합적이기도 하다. 과연 햄릿의 비극은 비극적 상황 때문에 비롯됐지만 전적으로 외부적인 힘 때문일까? 아니면 전적으로 햄릿의 성격과 성격에서 비롯된 행동 때문일까? 오이디푸스가 비극에 처하게 된 것은 확실히 자기 자신의 의지나 선택과는 전혀 무관한 운명의 힘이었다. 그러나 햄릿 비극의 원인을 온전히 운명의 힘이라 할 외부적 힘이라고만 볼 수는 없다. 적어도 셰익스피어 비극에서는 외부적인 힘과 내적인 것─그것을 성격이라 하든 판단의 실수라 하든─의 상호작용으로 보아야 할 것이다. 로우먼의 경우도 마찬가지다. 로우먼의 비극은 전적으로 사회의 탓으로만 돌릴 수 없는 몇 가지 요소들이 있다. 첫째 로우먼은 실천력이 없다. 실제로 작품 속에 로우먼은 세일즈맨이지만 무엇을 어떻게 파는지에 대해서는 언급이 없다. 가치관과 판단력도 없다. 수학시험에 낙제 했다는 아들의 말을 듣고 왜 그렇게 바보 같으냐고 오히려 아들과 점수를 주지 않은 교사를 비난한다.

비프: 아버지, 수학에 낙제했어요.
윌리: 학기말 시험에 한 건 아니겠지?
비프: 학기말 시험이에요. 학점이 부족해서 졸업 못해요.
윌리: 버너드가 답을 안 가르쳐 주었다는 거냐?
비프: 가르쳐 주었고, 애도 썼지만, 61점 밖에 못 받았어요.
윌리: 그래 4점을 더 안 주겠다는 거야?
비프: 번봄 선생님이 당연히 거절하던걸요. 사정해 봤지만, 4점을 더 줄 수 없대요. 방학 전에 아버지가 말씀 하셔야 돼요. 선생님이 아버지가 어떤 사람인가를 알 것이고, 아버진 아버지 방식대로 말씀하실 것이니까, 선생님이 틀림없이 절 통과시켜 줄 것이에요. 수업 시간이 연습 바로 전 시간이라서, 출석을 잘 못했죠. 선생님께 말씀 좀 해 주실래요? 아버질 좋아할 걸요. 아버진 말씀을 잘 하시잖아요.

Biff: Dad, I flunked math.
Willy: Not for the term?
Biff: The Term. I haven't got enough credits to graduate.
Willy: You mean to say Bernard wouldn't give you the answers?
Biff: He did, he tried, but I only got a sixty-one.
Willy: And they wouldn't give you four points?
Biff: Birnbaum refused absolutely. I begged him, Pop, but he won't give me those points. You gotta talk to him before they close the school. Because if he saw the kind of man you are, and you just talked to him in your way. I'm sure he'd come through for me. The

class came right before practice, see, and I didn't go enough. Would you talk to him? He'd like you, Pop. You know the way you could talk. (117-18)

부정한 수단으로라도 점수를 얻으면 된다는 생각이나 돈만 벌면 된다는 생각은 분명히 잘못된 것이다. 햄릿은 복수를 하기 전에 혹시라도 유령의 부탁이 잘못된 것인지 의심스러워 클로디어스 앞에서 연극을 공연해 확인을 했으며, 절호의 기회였지만 기도하고 있는 클로디어스를 처치할 수는 없었다. 기도하는 사람을 죽이면 복수를 하는 것이 아니라 거꾸로 자기가 지옥에 떨어지고 원수는 천국에 올라갈 것이기 때문이었다. 그래서 풀러A. Howard Fuller는 "로우먼을 열정은 있으나 정직성이 없다"(242)라고 규정지었다. 너무 높은 현실의 벽 앞에서 잘못된 출세관과 인생관으로만 치닫던 로우먼은 비참한 비극적 인물이지만, 그 내심 깊은 곳에는 아들에 대한 비정상적 강박관념에 빠져있다. 부자의 문제는 로우먼이 늘 아버지를 생각하는 것과 아들 비프에 대한 강렬한 의식으로 이 작품의 또 하나의 주제를 형성하고 있다. 그래서 카르슨Neil Carson은 "이 연극의 가장 두드러진 특징은 윌리의 내적 인생을 표현하는 것이며 또한 이 작품의 마지막 평가 이전에 이해되어야 할 점"(48)이라고 말한다.

이렇게 아버지를 자랑하며, 자신도 아들들에게 모범적인 인물이 되어야겠다고 생각하며 돈을 많이 벌어야겠다고 다짐한다. 이 극이 처음에 비프가 자동차를 닦는 것을 회상하는 데서 시작하여 아버지가 아들을 위해 죽는 것으로 끝나는 것은 구조적인 측면에서 부자 주제를 상징하는 것으로 보아야 할 것이다. 아들 비프가 대학에 진학도 못하고, 사업에 별 진척도 없으며 해피는 건달이 되어 여자 뒤만 쫓아다니지만 아들들과의 순수한 애정은 늘 가슴 깊이 도사리고 있었다. 로우먼과 비프 및 린다의 감동 어린 장면은 다음과 같다.

　린다: 비프는 마음속으로 당신을 좋아한다니까요!
　해피: (마음이 깊이 감동되어) 언제고 그랬어요.
　윌리: 비프가! (미친 듯이 쳐다보며) 그놈이 울었어! 나한테 안겨 울었다구!
　　(비프에 대한 사랑에 목이 메어, 소망을 큰 소리로 외친다) 그 놈은 훌륭
　　한 놈이 될 거야!

　Linda: He loves you, Willy!
　Happy, *deeply moved*: Always did, Pop.
　Willy: Oh, Biff! *Staring wildly*: He cried! Cried to me. *He is choking
　　with his love, and now cries out his promise*: That boy─that boy is
　　going to be magnificent! (133)

이 순수한 아버지와 아들의 사랑의 눈물을 통해서 아버지는 아들을, 아들은
아버지를 재발견케 된 것이다. 비프가 겉으로는 아버지를 거역하고 사망을
안겨주었지만 마음속 깊이 아버지를 따르고 아꼈다는 것을 아는 순간 로우
먼은 진실로 죽음을 받아들일 수 있었다. 객관적으로 볼 때 실패자였던 로우
먼의 죽음을 보고 찰리가 외치는 말은 그에 대한 의미 있는 일반적 평가라
고 할 수 있다.

　(해피가 대들며 대답하려는 것을 막고, 비프에게) 자넨 잘 모를 걸세. 자네
　부친을 비난할 사람은 아무도 없네. 자네 부친은 외판원이었다구. 외판원에
　게 인생에서 맨 밑바닥이란 건 있을 수 없어. … 아무도 아버질 비난하는
　사람은 없을 걸세

　(*stopping Happy's movement and reply. To Biff*) No-body dast blame this man. You don't understand: Willy was a salesman. And for a salesman, there is no rock bottom to the life. ··· Nobody dast blame this man. A salesman is got to dream, boy. It comes with the territory. (138)

이런 상황에서 린다도 울부짖으며 이렇게 말한다.

여보, 절 용서해 줘요. 울 수도 없어요. 왜 그런지 모르지만, 울 수도 없어요. 정말 알 수 없어요. 왜 그런 일을 저지르셨어요! 절 좀 도와줘요. 울 수도 없어요. 또 출장 가신 것만 같아요. 돌아오시길 계속 기대하고 있겠어요. 여보, 전 울 수도 없는걸요. 뭣 때문에 그런 일을 저지르셨냐구요! 아무리 생각해 보고, 생각해 봐도 알 수가 없다구요! 오늘로 마지막 집세도 치렀어요. 오늘 말예요. 하지만, 이젠 집에 사람이 없는걸요. (훌쩍거리는 소리에 목이 메인다) 빚도 갚고 홀가분해졌는데. (더욱 훌쩍거리다가 울음을 터뜨린다) 마음 편히 살 수가 있는데. (비프, 천천히 어머니 쪽으로 간다) 이젠 마음 놓고 살 수 있는데.

Forgive me, dear. I can't cry. I don't know what it is, but I can't cry. I don't understand it. Why did you ever do that? Help me, Willy, I can't cry. It seems to me that you're just on another trip. I keep expecting you. Willy, dear, I can't cry Why did you do it? I search and search and I search, and I can't understand it, Willy. I made the last payment on the house today. Today, dear. And there'll be nobody home. A sob rises in her throat. We're free and clear. Sobbing more fully, released: We're free. Biff comes slowly toward her. We're free··· We're free. (139)

린다는 지금까지 힘들게 살아왔지만 이제는 빚도 갚고 좀 안정된 상태에서 가정을 꾸리고 살아보려 하는데 갑자기 남편이 죽음으로 모든 것이 의미를 잃게 된다. 이렇게 죽음을 통해서만 린다는 남편의 의미를 깨닫게 된다.

햄릿도 오필리어에 대하여 한때는 냉소주의에 빠져서 그녀를 비난 하고 창녀집으로 가라고까지 하였으나 장례식에서는 어느 누구보다도 그녀를 사랑했다고 고백하기도 한다. 로우먼의 본 모습이 죽음을 통해 새롭게 비추어지듯이 햄릿도 죽음에 가까워 오면서 의미가 깊어진다. 햄릿의 비극은 외적인 것과 내적인 것의 복합적 의미를 갖는다.

사실 햄릿은 클로디어스의 말대로 조용히 세월만 보내고 있으면 왕이 될 수 있는 지극히 행복할 수 있는 사람이었지만 세상의 썩고 더러운 것을 바로잡아야 할, 브래들리가 말하는 한쪽으로 치우친 성격one-sideness의 비극적 특징을 가진 것이다. 사적인 자신의 안일을 버리고 공적인 공의와 의무를 실현하는 과정은 험난하고 또 결국 죽음으로 끝날 수밖에 없다. 이렇게 공적인 햄릿의 면모를 보면 그는 결코 추상적인 사색가나 몽상가가 아니다. 그는 개인의 문제보다 국가의 안녕과 질서를 위해 투쟁하고 정의를 실현시키다 죽었기 때문에 희생양의 의미가 있다고 보겠다.

> 햄릿이 아무리 우울하고 불확실하게 행동했을지라도 그는 그가 가장 소중히 여기는 가치에 부합하는 방법을 식별하고 어떤 측면에서는 그 자신과 덴마크를 위해서 속죄의 과정을 달성하였다고 우리는 확실히 생각한다.

> We are certainly intended to feel that Hamlet, however darkly and uncertainly he worked, had discerned the way to be obedient to his deepest values, and accomplished some sort of purgatorial progress for himself and Denmark. (Fergusson 132)

햄릿의 죽음이 희생적이며 그 죽음을 통해서 새로운 질서가 탄생되듯이 로우먼의 죽음을 통해 가족에게 새로운 의미가 탄생된다. 세일즈맨으로서의 로우먼은 다 낡아빠진 가방과 스타킹 속의 자아로 형편없었지만, 그렇기 때문에 그의 죽음은 더욱 값진 것이다. 위대하지 못했기 때문에 그의 마지막 결단은 더욱 큰 용기와 인내와 성실성이 요구되는 행위였다. 빅스비는 보험금을 타내기 위한 로우먼의 자살행위에 대하여 이런 의미를 부여하고 있다.

> 비록 어떤 의미에서 이것은 패배의 이야기지만, 그 서정성은 다른 강렬한 가능성을 암시한다. 또한 타락한 꿈의 위협적인 실용주의나 무서운 평범주의를 뛰어 넘는 경험과 육체적 세계나 언어와의 관계가 있음도 암시한다.

> Though in a sense it is a story of defeat, its very lyricism implies the persistence of other possibilities and of a relationship with language, experience and the physical world which goes beyond the terrible banality and threatening pragmatism of a dream tainted at source. (176)

이렇게 로우먼의 죽음을 사회적인 측면에서 비프와 연결시킬 때 이 작품의 해석은 더욱 깊어진다. 왜냐하면 "로우먼은 미국자본주의가 직면한 핵심적인 사회 문제에 대해서 해결책을 제기할 수 있는 도덕적인 인물"(Abbotson 46)이기 때문이다. 햄릿은 사적인 것을 버리고 공적인 것을 위해 싸우고 죽었지만 로우먼은 공적인 면에서는 패배했지만 사적인 면에서는 비프에게 새로운 의미를 준 것이다. 파커Brian Parker는 비극적 경험의 측면에서 로우먼과 비프의 관계를 다음과 같이 설명한다.

> 그러나 새로운 진실이 비프에게 있다. 그리고 "애가"Requiem로 계속되는 윌리의 죽음을 넘어서는 확대된 표현주의적 기법이 그 두 경험을 같이 묶어 준다. 윌리가 나타나지 않는 장면들로 확대된 관점은 끝에서 청중들로 하

여금 비프의 수용을 내가 주장하는 유일하고, 일관성 있는 비극적 경험인 윌리의 불행을 연관시킬 수 있게 해 준다. 비록 그 기법이 『오이디푸스 왕』 (*Oedpus the King*)보다 『에브리맨』(*Everyman*)에 더 가까울지라도, 영웅의 운명과 같이 청중의 확인은 보다 평범한 수법인 도덕적 동정과 칭찬보다는 오히려 무대 기술의 정서적 조작인 감정이입에 의해서 획득되어진다.

But the new truth is there in Biff, and the extension of expressionistic technique beyond Willy's death unbroken into the "Requiem" binds together the two experiences. The extension of the point of view into scenes where Willy does not appear enables the audience at the end to associate Biff's acceptance with Willy's disaster as a single, coherent, and, I would argue, tragic experience; though the technique is closer to Everyman than to Oedipus Rex, and the audience's identification with the hero's fate is secured by empathy-emotional manipulation of stage techniques-rather than the more usual method of moral sympathy and admiration. (109)

그러니까 햄릿은 사적인 것을 희생시키고 공적인 대의를 구현시킨 고귀하고 위대한 비극적 주인공의 투쟁의 과정을 그렸다면, 『세일즈맨의 죽음』은 공적으로는 비참하게 사회에서 버림받았지만 사적으로는 가정에 새로운 의미를 가져온 심리적 과정을 추구한 작품이라 하겠다. 이런 관점에서 볼 때 햄릿의 전 비극적 공식은 $A^+ \rightarrow A^-$로 표시될 수 있고 로우먼의 비극적 생애는 $A^- \rightarrow A^-$로 도식화 할 수 있다. 햄릿은 고귀한 왕자의 신분에서 죽음을 맞이하고 로우먼은 형편없는 세일즈맨에서 죽음을 맞이하기 때문에 햄릿의 죽음이 더 감동적이라고 보는 것은 고전적 문학관의 영향이다. 오히려 현대에서는 보잘 것 없는 소시민의 죽음이 더 가슴에 다가올 수도 있다. 그것은 왕이나 장군 같이 우리와 좀 거리가 있는 사람이 아니라 내 주위에 널려있는 나와 처지가 같은 사람이라는 동질감에서 일 것이다.

결론

이상에서 살펴본 것처럼 비극적 주인공 햄릿과 로우먼의 경우 어떤 비극적 상황에 처하게 되었으며, 그 대처방식은 어떠했고 최후의 죽음의 의미가 무엇인가를 추구해 보았다. 햄릿과 비교해 보았을 때 로우먼은 확실히 성격 면에서 전통적 의미의 비극적 영웅이라고 보기는 어렵다. 그러나 비극의 개념이 영웅뿐만 아니라 보통사람도 충분히 비극의 주인공이 될 수 있다는 점에서 보통의 사람도 영웅이 되고 그들의 죽음 또한 중요한 의미를 갖게 된다고 볼 수 있다. 두 아들들이 아버지의 말을 듣지 않고 형편없다고 몰아붙이자 린다는 "보통사람도 위대한 사람처럼 소진될 수 있다"(A small man can be just as exhausted as a great man)(56)라고 옹호한다. 어쩌면 현 시대가 위대한 사람의 비참함보다 소시민의 비참함을 더욱 절실하게 해주는지도 모르겠다. 로우먼의 죽음은 자본주의의 병폐인 물질주의와 기계적인 사회제도에 대한 소시민인 세일즈맨의 최후의 선택으로 "그의 죽음은 삶의 희생을 통해 실현되는 로우먼의 마지막 꿈"(Campo 140)이기 때문이다. 그런 의미에서 현 시대의 개인에 대한 비극의 원인을 다음과 같이 보고 있는 슈어르즈Alfred Schwarz의 견해는 매우 타당하다.

비극적 개념은, 그렇더라도, 전적으로 결정론적이어서는 안 된다. 비록 순수한 자연주의적 연극이 개인을 심리학적 혹은 생물학적인 힘인 환경과 유전의 희생물로 간주하는 경향이 있다하더라도

The tragic conception need not, however, be fully deterministic, though the purely naturalistic play tends to view the individual as a victim of environmental and hereditary, i.e., psychological or biological, forces. (138)

어느 측면에서 보면 햄릿자신도 거대한 조직사회라 할 수 있는 왕궁과 왕의 절대 권력의 벽에 갇혀 있어 코트가 말하는 "그들은 인생, 죽음 그리고 인생의 운명에 대해 놀라운 것을 말했다. 그들은 서로에게 덫을 놓고 거기에 빠져들었다."(They told amazing things about life, death and human fate, They set traps for each other, and fell into them)(60)일 것이다. 비록 로우먼이 돈만 추구하는 비정한 사회에서 무참하게 죽음을 맞이하지만 그에게서 관객들은 고전비극이 말하는 동정심과 공포를 통한 감동을 충분히 느낄 수 있다. 비록 보잘 것 없는 보통사람들이지만 이들의 인생과 죽음을 통해 그들에게서도 고귀성을 느낄 수 있다고 맥애너니E. G. McAnany는 이렇게 설명한다.

윌리는 분명히 부족한 면이 있다. 그는 아내에게 불성실하고, 자신의 아들과 같이 남을 속이고, 찰리와 같이 마음이 좁고, 질투심이 많다. 그렇지만 아들들에게 그가 할 수 있는 최선의 것을 주기 위해서 노력한 것을 기억해야만 한다. 비록 그 선물이 거의 가치가 없었다는 것을 서서히 깨달았지만. 결국 아버지는 아들의 이익을 위해서 자신의 인생을 희생한다. 만약 이 사람에게 어떤 고귀함이 있다면, 성공의 꿈을 위한 상징인 세일즈맨에서가 아니라, 사랑의 상징인 아버지에게서 사랑이 발견되어져야만 한다.

Willy has patent failures: he is unfaithful to his wife, deceitful with his sons, petty and jealous with Charley. yet one must also recall that Willy has striven to give his sons the best he can, though he gradually comes to realize that the gift was worth very little. Ultimately the father sacrifices his life for his son's benefit. If there is any nobility in this man, it must be found, not in the salesman, the symbol for the dream of success, but in the father, the symbol of love. (20)

비극의 주인공에 있어 가장 중요한 요소라 할 성격의 강렬성intensity과 고귀성nobility의 면에서 볼 때 햄릿은 충분하지만 로우먼은 그렇지 않다고 할 수 있으나, 앞에서 설명한 것처럼 아버지와 아들의 관계에서 살펴보면 두 요소를 충분히 느낄 수 있다. 로우먼은 "자신과 가족의 구원을 통해 죽는 속죄양"(Ahmed 80)으로 남게 된다. 로우먼이 처한 비극적 상황과 이런 상황 속에서 자살의 길을 택할 수밖에 없는 '선택성' 자체가 어쩌면 햄릿보다 더 비극적이라 할 수 있다. 시대에 따라 비극적 주인공에 대한 개념이 변화하지만 독특한 주인공들의 성격과 그들이 처한 환경, 환경에 대응해 나가는 삶의 모습 때문에 그들은 영원히 인류의 가슴 속에 남아 있게 마련이다. 햄릿은 400년 전의 작품 속에 갇혀 있지 않고 이 시대에도 로우먼으로 재생산되어 새로운 시각으로 해석되어 다시 무대에 올려진다. 살기가 각박해질수록 세일즈맨의 인생은 외롭고 힘들지만 로우먼을 통해 다시 한 번 인생과 죽음을 생각해 볼 수 있다는 것이 문학의 힘이 될 것이다.

■ 인용문헌

Abbotson, Susan C. *Student's Companion to Arthur Miller*. Westport: Greenwood, 2000.

Ahmed, Kaniz Khwaja. *Human Image in the Place of Arthur Miller*. New Delhi: Nice Printing, 2000.

Aristotle, *Poetics*. Trans. Gerald F. Else. Michigan: The U of Michigan P, 1970.

Bigsby, C. W. E. *A Critical Introduction to Twentieth-Century American Drama*. Cambridge: Cambridge UP, 1984.

Bradley, A. C. *Shakespearean Tragedy*. Macmillan, 1971.

Campbell, Joseph. *A Face With a Thousand Faces*. Princeton, New Jersey: Princeton UP, 1949.

Campo, Carlos Alehandro. "The Role of Friendship in Arthur Miller: *A Study of Friendship in His Major Dramatic and Non-dramatic Writing*." Diss. New York U, 1994.

Carson, Neil. *Arthur Miller*. London: Macmillan, 1982.

Charlton, H. B. *Shakespearian Tragedy*. Cambridge: Cambridge UP, 1952.

Clemen, Wolfgang. *The Development of Shakespeare's Imagery*. London: Methuen, 1977.

Clurman, Harold. "The Success Dream on the American Stage." *Death of a Salesman*. Ed. Gerald Weales. London: Penguin, 1967.

Corrigan, Robert W. ed. *Comedy: Meaning and Form*. 2nd. ed. New York: Harper & Row Publishers, 1981.

Eagleton, Terry. *Literary Theory: An Introduction*. Oxford: Basil Blackwell, 1983.

_____. *William Shakespeare*. Oxford: Basil Blackwell, 1986.

Fergusson, Francis. *The Idea of A Theater*. Princeton, New Jersey: Princeton UP, 1972.

Fuller, A. Howard. "A Salesman is Everybody." *Death of a Salesman*. Ed. Gerald Weales. London: Penguin, 1967.

Jarspers, Karl. "Basic Characteristics of the Tragic." *Tragedy: Vision and Form*.

Ed. Robert W. Corrigan. New York: Harper & Row, 1981.

Knight, G. Wilson. *The Wheel of Fire*. Methuen, 1983.

Kott, Jan. *Shakespeare Our Contemporary*. Trans. by B. Taborski. London: Methuen, 1960.

Leech, Clifford. *Tragedy*. London: Methuen, 1969.

Martin, Robert A. "Arthur Miller and The Meaning of Tragedy." *Modern Drama* 13.1 (1970): 34-39.

McAnany, E. C. "The Tragic Commitment: Some Notes on Arthur Miller." *Modern Drama* 5.1 (1962): 11-28.

Miller, Arthur. "Tragedy and The Common Man." *Death of a Salesman*. Ed. Gerald Weals. London: Penguin, 1967.

Parker, Brain. "Point of View in Arthur Miller's *Death of a Salesman*." *Arthur Miller*. Ed. Robert W. Corrigan. N.J.: Prentice-Hall, 1969. 95-110.

Schwarz, Alfred. "Toward a Poetic of Modern Realistic Tragedy." *Modern Drama* 9.2 (1966): 136-47.

Shakespeare, William. *Hamlet*. Ed. Cyrus Hoy. New York: W. W. Horton & Company, 1963.

Trowbridge, C. W. "Between Pathos and Tragedy." *Modern Drama* 10.3 (1967): 221-32.

Williams, Raymond. *Modern Tragedy*. Stanford: California: Stanford UP, 1966.

Wilson, John Dover. *What Happens in Hamlet*. Cambridge: Cambridge UP, 1976.

포스트모더니즘과
핀천 소설

서론

　서구문학의 주요한 흐름을 작용⇄반작용의 대립적 운동관계의 입장에서 고찰하여보면 극명한 몇 개의 공식을 추출해낼 수 있다. 고전주의에 대한 반작용내지 반발은 낭만주의를 잉태시켰으며, 낭만주의에 대한 반작용은 사실주의 및 자연주의를 초래하였다. 그리고 사실주의에 대한 반발은 모더니즘modernism을 불러오게 되었다. 1922년 조이스James Joyce의『율리시즈』(Ulysses)가 출현함으로 현대문학은 놀라운 전환점을 갖게 된다. 이는 엘리엇T. S. Eliot의『황무지』(The Waste Land)와 더불어 모더니즘의 선봉적인 두 작품이 된다. 모더니즘은 1차 세계대전 후의 서구의 정신 상황을 표현하는 가장 첨예화된 정신적 표현이었다. 니체, 마르크스, 프로이드, 제임스 프레이저 등의 사상적 영향을 받은 작가들은 종래의 종교, 도덕, 사상, 확실성 등에 의문을 제기하면서 기존의 규범이나 도덕 등을 타파하는 새로운 문학 활동을 전개시켜나갔다. 모더니즘 문학의 가장 큰 특징은 이런 사회로부터 소외된 인간을 그린다는 점과 소위 '의식의 흐름'이라는 수법을 쓰고 '시간'에 대한 새로운 기교를 구사했다는 점일 것이다.

　그러나 이러한 모더니즘도 어느 정도 관례화됨에 따라 새로운 반작용이 발생하게 되어 소위 포스트모더니즘postmodernism이 대두하게 된다. 그라프Gerald Graff에 의하면 "이전의 문학전통과 특징으로부터의 탈출breakthrough로 나타난 현상이 포스트모더니즘"(217)이라는 것이다. 그는 전통예술의 노예정신에서 탈출구를 마련한 것이 포스트모더니즘이라고 주장한다. 최초로 포스트모더니즘이라는 용어가 쓰인 것은 오니스Federico de Onis가 발행한『스페인과 아메리카 시선집』에서인 1934년이었다. 그러나 진정한 의미에서 이 용어가 쓰인 것은 휘들러Leslier Fiedler가 대중예술을 언급한 자리에서와 핫산Ihab Hassan이 '침묵의 문학'을 논하는 자리라고 보아야 할 것이다. 그러나 초기에 post라는 용어는 문학현상에 대한 서술에서가 아니고 사회전반에 대한 진술에서 비롯되었다. 트릴링Lionel Trilling은 1965년에 '문화를 넘어서'라는 저서를 냈고, 1964년 보울링Kenneth Bowling은 포스트휴머니스트 posthumanist라는 용어를 각각 사용했다. 그러니까 철학, 문화, 사회전반의 상황을 설명하는 데 포스트라는 말이 붙게 되고 이런 현상은 곧 1960년 이후의 문학현상을 특징 짓는 일련의 문학운동으로써 포스트모더니즘으로 모습을 갖추게 된다. 제임스William James의 말처럼 모든 새롭고 신기한 것은 처음에는 비난을 받고, 그 다음엔 받아들여지고 후에는 반대자들도 전적으로 환영하고 애용한다는 말을 환기할 필요가 있다하겠다.

포스트모더니즘 자체는 개념정리를 정확히 할 수 없어서 비평가마다 그 시각에 따라 다르게 나타난다. 문학에서는 주로 부조리 문학, 반 소설, 표현주의, 해체주의 등과 맥을 같이한다고 보면 좋겠다. 숄즈Robert Scholes는 『우화 만들기와 메타픽션』(Fabulation and Metafiction)이라는 저서에서 포스트모더니즘을 설명하고 로지David Lodge는 야콥슨의 은유와 환유의 위상학으로 포스트모더니즘을 해명하고 있다. 여기서는 이러한 포스트모더니즘의 일반적 특징을 살펴보고 핀천Thomas Pynchon의 소설 『49호 품목의 경매』(The Crying of Lot 49)에서 포스트모더니즘 문학의 특징이 어떻게 나타나는가를 분석하고자 한다.

포스트모더니즘의 특징

구조주의학파들은 문학운동에 있어서 앞과 뒤의 양상을 전경화 foregrounding와 후경화backgrounding로 설명한다. 즉 낭만주의가 한창 성행할 때, 그 앞 쪽에서 전경화인 사실주의가 점점 다가와서 낭만주의가 있던 자리를 점령하게 된다. 그러면 낭만주의는 후경화가 되어 점점 사라져버린다는 것이다. 그러나 이러한 운동양상에는 뚜렷한 구분점은 없고 한 흐름이 흘러가면 다른 흐름이 서서히 몰려와서 오버랩이 되는 현상인데 이와 같이 문학운동도 오버랩을 지속한다는 것이다. 그러므로 모더니즘과 포스트모더니즘은 서로 오버랩이 되어서 발전하기 때문에 딱 구분하기가 어려워 칼로 물을 베는 것과 같다. 그러므로 이런 문학운동은 과거, 현재, 미래가 서로 침식될 수밖에 없다. 그것은 우리 자신이 모더니즘적이고 또한 포스트모더니즘적이라고 말할 수 있는 것과 같다.

포스트모더니즘은 비연속성을 강조하는데 사실은 연속성과 비연속성, 통시성과 공시성은 서로를 포용하는 네 겹의 상호보완적인 비전을 요구하고 있다. 왜냐하면 연속성의 연장선 상에 비연속성이 있을 수밖에 없기 때문이다. 데이비스G. W. Davis는 이 비연속성을 다음과 같이 보고 있다.

The question of discontinuity and what it represents for language (and hence for culture as a whole, as for poetry, fiction, and drama) clearly has been an essential part of major transformations within contemporary discourse. Allied on many levels with the general movement away from the artistic endeavors associated with "modernism" and toward those of "post-modernism," the problem of discontinuity obviously involves more than sweeping change in the form and style of recent writing. (66)

특별히 핫산은 포스트모더니즘의 골자를 설명하는 방법으로 불확정 indeterminacy과 보편내재성immanence의 결합인 불확정 보편내재성 indetermanence이란 용어를 사용한다. 즉 현대의 모든 현상들은 불확정이라는 용어로밖에 설명할 수 없기 때문에 어떤 의미에서 포스트모더니즘은 불확정성에 대한 해석학이라 할 수 있다.

이런 포스트모더니즘의 특징을 모더니즘과의 대립적 관계에서 살펴보면 다음과 같이 예시할 수 있다. 모더니즘이 주로 목적, 위계질서, 의도, 존재, 은유, 해석, 편집증에 속한다면 포스트모더니즘은 유희, 무질서, 우연, 환유, 반 해석, 정신분열 등으로 설명되어진다. 특별히 포스트모더니즘은 양성, 수사학, 침묵, 돌연변이, 아이러니, 흔적, 보편내재 등에 강조점을 둔다. 특히 인생을 보는 관점이 이전의 사상과는 달라서 현대사회 속의 인간에 대해 매우 회의적이고 측정 불가능한 것으로 보는 것이 포스트모더니즘의 특징 중 하나이다. 역사나 조직체 속에서의 인간의 어처구니없는 모습을 그린다고 하여 브래드베리Malcolm Bradbury는 다음처럼 진단한다.

> Nevelists might then celebrate an unpatterned, resistant awareness to history, system, and code; they might, though, point to something yet bleaker, the entry of system into the very heart of the self, rendering humanism impossible and life absurd. (157)

쿠퍼는 부정적 역사관, 합리적 사고에 대한 회의, 지식의 저속성을 배경으로 하는 환상, 괴기가 있는 우스꽝스런 수법을 쓰는 것이 포스트모더니즘의 특징이라고 지적한다. 또한 "주변부를 강화하며 세계적인 정치 및 경제적 맥락이 이중적 기능에서 다중적 기능으로 이동함을 표현하려 한다"(Penn 153)고 그 깊은 영향에 우려를 표한다. 포스트모더니스트들은 과학용어를 소설에 적용시키는데 토니 태너는 엔트로피 비유를 소설에 쓰는 대표 작가로 메일러, 벨로우, 업다이크, 바스, 바쓸메 등을 취급하고 있다. 포스트모더니즘 소설의 특징을 간단하고 명료하게 설명한 로지David Lodge는 6가지 특징을 다음과 같이 보고 있다.

첫째는 모순contradiction이다. 베켓Samuel Becket의 작품 『이름 붙일 수 없는 것』(*The Unnamable*) 속에는 '너는 가야한다. 나는 갈 수 없다. 나는 가게 될 것이다'라는 대목이 있는데 이런 것이 모순의 대표적 예라하겠다. 그래서 "특히 초기 포스트모더니즘들은 극도의 우연, 카오스, 극도의 플롯이나 지배들 사이의 긴장을 특징으로 하고 있다"(Barth 33)고 설명된다. 그리고 모순의 극치는 양성에 있다. 한 주인공이 그 여자she가 됐다가 그 남자he가 되기도 한다. 있는 것이 없고 없는 것이 있다는 식의 내용도 모순이며, 삶이 죽음이며 죽음이 곧 삶이라고 하는 것도 모순의 대표적 예이다.

둘째는 순열permutation이다. 보저스Jorge Luis Borges의 『갈라지는 길의 정원』(*The Garden of the Forking Paths*)에서는 한 사람과 침입자 사이의 여러 가지 가능한 사건이 순열로 놓여 있다. 즉 주인이 침입자를 죽이는 경우, 침입자가 주인을 죽이는 경우, 혹은 어느 한 사람이 도망치는 경우 등 여러 가지 순열이 나타나는 것이 포스트모더니즘의 특징이다.

셋째는 불연속성discontinuity이다. 소설을 쓰는 행위가 전통적 소설개념에서 보면 흩어진 솔기가 없는 생각들을 논리에 짜 맞추는 것이지만 포스트모더니즘은 이런 논리성, 연속성을 인정하지 않는다. 역사나 사건은 어떤 원리나 논리에 의해 앞뒤가 맞아 떨어져야하는데 포스트모더니즘은 그런 연속성이나 일관된 논리 등을 배제한다.

넷째는 멋대로randomness이다. 이것은 마치 영화나 미술의 콜라주 수법과 같은 것이다. 아무 생각이나 사건들이 멋대로 뜯어 붙여지는 식으로 서술이 이루어진다는 것이다. 어떤 원칙이나 방향이 있는 것이 아니고 제멋대로 사건이 전개되기도 하고 대화의 장면에서도 아무 의미 없이 중얼대거나 흥얼거리는 양상을 갖는다.

다섯째는 과다excess이다. 과도한 유추, 환유, 은유의 수법이어서 핀천의 경우는 로케트와 남근을 유추시킨다. 적절한 표현이 아니라 전혀 유추나 연상을 허락하지 않는 과잉과 과도함이 지나친 경우 등이다.

마지막으로 짧은 회로short circuit를 들 수 있다. 문학작품은 하나의 세계를 환유적으로 표현한 것인데 이것을 해석할 때에 텍스트와 세상, 예술과 인생 사이에는 간격이 있게 마련이다. 그런데 포스트모더니스트들은 독자들에게 충격을 주기 위하여 단락을 사용한다. 단락은 마치 전기스파크 같은 것이어서 사람의 주의를 환기시키거나 방해시키는 역할을 하는데, 그런 효과를 나타내는 것이 단락이다. 이런 효과를 주기 위해 하나 속에 두 가지 유형 즉 허구적인 것과 사실적인 것을 섞는 행위, 혹은 작가를 작품 속의 주인공으로 내세우거나 이야기 속에 또 이야기를 넣는 소위 차이니즈 박스 스타일 Chinese-box style 등도 여기에 속한다고 보고 있다.

숄즈는 "검은 유머black humor가 포스트모더니즘의 가장 특색 있는 점" (164)이라고 보고 여러 포스트모더니즘의 소설가들을 분석하기도 한다. 바스John Barth는 지금까지 문학이 여러 가지 방법으로 어떤 것을 표현했지만 이제는 모두 고갈되었다고 판단하고 특별히 보저스를 위대한 포스트모더니스트로 보고 미궁labyrinth을 제공하는 것이 소설이라고 다음과 같이 말한다.

All, is a place in which, ideally, all the possibilities of choice (of direction, in this case) are embodied, and —barring special dispensation like Theseus's —must be exhausted —before one reaches the heart. Where, mind, the Minotaur waits with two final possibilities: defeat and death, or victory and freedom. (36)

포스트모더니즘 소설가들은 선택의 기로에 선 주인공, 육체와 마음 사이에서 갈등하는 인간, 패배와 승리, 죽음과 자유 같은 모순된 상황에서 어떻게 인생의 길을 가는가 등에 관심을 갖고 이런 과정을 좀 더 사실적으로 그리는 경향이 있다.

『49호 품목의 경매』 분석

이와 같은 여러 가지 특징을 가진 것이 포스트모더니즘 문학이라 할수 있는데 다음은 핀천의 『49호 품목의 경매』를 분석함으로써 포스트모더니즘 문학을 깊게 이해하고자 한다. 핀천은 『49호 품목의 경매』에서 현대미국사회를 예리하게 파헤쳐 비판한다. 소설에 있어 피카레스크picaresque 구성수법이 여러 모양으로 쓰이는데, 이 소설에서도 여러 곳에서 나타난다. 핀천은 여기서 시간순서에 따르는 사건의 전개를 서술적으로 취급하지만 '오이디파의 미사'Odeipa's Mass 과정에서는 피카레스크 수법을 사용한다고 칼Frederick R. Karl은 다음과 같이 지적한다.

> With all his disguises and brilliant management of narrative strategies,
> Pynchon has in park fallen back on picaresque narrative, which allows
> Oedipa to have sequential encounters. (360)

피카레스크 서술 수법을 통한 피어스Pierce의 지정 유언집행자인 오이디파의 철저한 탐색이 이 소설의 진행과정이다. 오이디파는 피어스의 재산을 알아보기 위하여 샌 나르시소San Narciso라는 도시를 샅샅이 뒤져보고 그곳의 신비하고 괴이한 모습을 보며 여러 종류의 사람들을 만나게 된다. 그래서 퍼스R. Pearce는 이 소설에 대해 "오이디파는 피어스의 재산과 서구문명 및 자신의 정체성을 찾는 거친 퍼즐을 찾는 궁극적 희망을 갖고 있다"(630)라고 설명한다. 그러므로 많은 비평가들이 공통적으로 적용시키는 단어는 '탐구, 탐색, 여행' 등의 용어이다. 오이디파의 탐색은 그 이름 자체에도 이미 암시되어 있다. 소포클레스Sopocles의 『오이디푸스 왕』에서의 오이디푸스 왕처럼 오이디파는 1960년대 미국사회를 알아보려는 것이다. 미사Mass는 'mass, bulk, existence, presence' 등의 뜻을 내포하고 있다. 고대 그리스의 오이디 푸스 왕은 조상에 얽힌 비밀을 추구한 것이고 1960년대의 오이디파의 미사 는 현대 대중사회 속의 사람들과 그들의 외침crying의 의미를 탐색하는 것이 라 볼 수 있다.

오이디파의 이 탐색을 진행시키는 과정 속에 핀천은 여러 가지 많은 방법들을 구사하고 있다. 피카레스크적인 서술기법을 통해 많은 사람과 조 직들을 등장시키고 '가능성의 규칙'에 의한 현상의 묘사가 있으며 정보의 문제를 제기하려고 트리스테로Tristero를 만들기도 한다. 희극적 장면과 괴기 한 장면을 도입하기도 하고 과학용어인 엔트로피entropy를 사용하기도 하고 상형문자적 상징hierographic symbol을 사용하는 은유의 마술을 사용하기도 한 다. 칼Frederick A. Karl은 은유를 사용하는 핀천 소설의 특징을 이렇게 설명한 다.

Pynchon is an interpretative novelist, obsessively all is a place in which, ideally, all the possibilities of choice (of direction, in this case) are embodied, and-barring special dispensation like Theseus's must be exhausted before one reaches the heart. Where, mind, the Minotaur waits with two final possibilities: defeat and death, or victory and freedom. (359)

그러면 소설의 줄거리를 따라서 이런 여러 가지 점들이 어떻게 사용되 어지고 그 의미는 무엇인지를 고찰하여보자. 이 소설은 모두 6장으로 구성 되어 있고 각각의 장은 오이디파의 행동이 시간과 장소에 따라 어떻게 진행 되었는지의 기록이라 할 수 있다. 주요한 인물들이 나타나고 주요한 조직체 는 트리스테로, 요요딘Yoyodyne, 피터 핑키드 사회The Peter Pinguid Society 등이며, 약자로 W.A.S.T.E.와 D.T. 그리고 LSD와 같은 것은 상형문자적 상징을 갖는다.

오이디파는 피어스의 지정유언집행자가 되어 피어스의 재산 상태를 알아보려고 샌 나르시소로 가려고 한다. 오이디파의 탐색은 가시적 단서를 통해 그것이 의미하는 바 진실이 무엇인가를 추구해 나가는 과정이다. 모든 단서는 피어스의 유산의 실체를 지향하는 것으로 보이나 그 실체가 무엇인지는 끝까지 드러나지 않는다. 그녀의 탐색 과정에서 우리는 한 단서가 가리킨 진실이 또 하나의 단서가 되어 다른 진실을 가리키며, 그 단서가 또 다른 진실이 되는 과정의 끝없는 반복을 보게 되어 포스트모더니즘의 양상을 알게 된다. 남편 머쵸Mucho는 중고차 매매 일을 하다가 현재는 디스크 재키disk jockey 일을 한다. 아내에 대해서 별 관심이 없는 사람이며 결국은 유아론적 solipsistic인 사람이 되어 마약중독자가 된다. 소설에서 몇 줄을 인용해보자.

> He was a disk jokey who worked further along the Peninsula and suffered regular crises of conscience about his profession. "I don't believe in any of it, Oed." He could usually get out. "I try, I truly can't," way down there, further down perhaps than she could reach, so that such times often brought her near panic. It might have been the sight of her so about to lose control that seemed to bring him back up. (12)

이것을 보면 남편이 어쩔 수 없는 사람이라는 것과 오이디파가 어떤 정신질환에 있다는 것을 암시해준다. '나는 노력한다. 나는 진정으로 할 수가 없다'와 같은 표현들은 포스트모더니즘의 모순과 양면성을 보여주기도 한다. 실제로 현재 오이디파는 힐라리어스 의사Dr. Hilarius의 치료를 받는 정신병 환자이다.

메츠거Metzger는 오이디파가 피어스의 정체를 알기 위해 노력하는 것을 알고 그와 대화를 하고 나중에는 성관계까지 갖는 매우 중요한 인물이다. 옛날에는 영화배우였으나 현재는 볍률가이며 한때 피어스의 사업에 절대적인 영향을 끼쳤던 사람이 메츠거이다. 오이디파는 어느 모텔에서 메츠거와 이야기를 한다. 유선 TV에서는 노래와 춤이 계속 흘러나오고 영화도 비춘다. 그 사이사이에 광고물이 계속 쏟아지는데 그 광고의 대부분이 피어스의 사업에 관한 것들이다. 오이디파와 메츠거의 대화와 TV에 나타난 피어스의 푸른색 눈이 오이디파의 입장을 늘 현실에서 유리시켜 놓는데 이런 것에 대해 슈아브T. H. Schaub는 이렇게 지적한다.

Pierce occasions the association of the TV with God, and this association persists throughout the book for the TV's "greenish eye" becomes the green bubble shades nearly everyone wears, which, like the TV, permit the wearer to be in someone else's living space without making contact. (33)

또한 재미있는 것은 메츠거가 피어스에 대한 사실 하나를 말할 때마다 오이디파는 무엇인가를 벗어야 한다는 게임 장면이다. 소설에서 이 부분은 다음과 같이 묘사되어 있다.

"I know this part," Metzger told her, his eyes squeezed shut, head from the set. "For fifty yards out the sea was red with blood, They don't show that." Oedipa skipped into the bathroom, which happened also to have a walk-in closet, girdle, three pairs of nylons, three brassieres, two pairs stretch slacks, four half-slips, one black sheath, two summer dresses, half dozen A-line skirts, three sweaters, two blouses, quilted wrapper, baby blue peignoir and old Orlon muu-muu. Bracelets then, scatterpins, earrings, a pendant. It all seemed to take hours to put on and she could hardly walk when she was finished. (36)

이 장면은 희극적이기도 하지만 그 저의는 무서운 것이다. 메츠거나 피어스 그리고 상업 광고 등은 결국 샌 나르시소의 무시무시한 공모conspiracy가 된다. 특히 에코라는 모텔의 이름은 샌 나르시소라는 도시명과 연관되어 "핀천이 여기서 나르시서스Narcissus의 이미지를 사용하고 있음"(Newman 70)을 드러낸다. 핀천은 나르시서스의 이미지를 사용함으로 마치 지각이 마비된 나르시서스가 수면에 비친 자신의 모습과 사랑에 빠짐으로써 결국은 사멸하고 말았듯이 "미국 역시 물질적인 풍요에 근거한 자신의 꿈에 스스로 도취되어 마비상태가 되어 버렸다는 것"(Schaub 26)을 시사해준다. 이런 사회는 어떤 방향도 또 아무런 정체성도 없는 세계이다. 그래서 이 부분에서 오이디파 자신도 '모든 것이 음모의 한 부분이다'라고 생각해본다. 그렇다고 그런 것을 확 떨쳐버리지도 못하고 오히려 그 속으로 점점 빠져들어 간다. 왜냐하면 이런 것들을 피한다는 것은 오이디파 자신의 의무―즉 피어스의 재산을 아는 일―를 포기하는 것이 되기 때문이다. 오이디파는 좀 더 샌 나르시소 도시와 피어스의 정체를 알기 위해서 메츠거와 가까워지고 마침내 성 관계까지 맺게 된다. 그러나 그런 관계가 오히려 "더욱 깊은 소외가 되는 아이러니를 가져오는"(Schaub 35) 허망한 사건이 된다. 그렇지만 메츠거와의 대화와 자신이 직접 관찰한 결과 오이디파는 요요딘 회사와 그곳의 트리스테로에 대해서 알게 된다. 우선 요요딘이 어떤 회사인지는 다음에 잘 나타나 있다.

To her left appeared a prolonged scatter of wide, pink buildings, surrounded by miles of fence topped with barbed wire and interrupted now and then by guard towers: soon an entrance whizzed by, two sixty foot missiles on either side and the name yoyodyne lettered conservatively on each cose cone. This was San Narciso's big source of employment, the Galactronies Division of Yoyodyne, Inc., one of the giants of the aerospace industry, Pierce, she happened to know, had owned a large block of shares, had been somehow involved in negotiating an understanding with the county tax assessor to lure Yoyodyne here in the first place. It was part, he explained, of being a founding father. (25-26)

대기권 우주산업체인 요요딘에 가서 트리스테로의 정체를 파악한다. 이 조직체는 1300년에서 1867년 사이의 유럽의 우편배달제도인 '턴과 택시'The Turn and Taxis에 정식으로 반대해서 생긴 지하 의사소통 조직이다. 이들은 W.A.S.T.E.라는 암호로 서로 의사소통을 한다. 이들은 공적인 우편배달을 부인하고 사적인 방법으로 의사소통을 하는 조직이다. 그렇게 함으로써 미국과 그 제도를 부인하는 사람들이라고 볼 수 있다. 그런데 트리스테로의 정체는 명백히 드러나는 것이 아니고 연극을 통해서 오이디파가 짐작하고 추리하는 식으로 전개된다. 스타크John Stark는 트리스테로와 연극과의 관계를 다음과 같이 보고 있다.

The play within the novel, The Courier's Tragedy, occupies another level of reality, since according to this novel's norms it is fictive, a work of art contrasted with the actions that are, again according to this novel's norms, real. Then the pattern begins to take shape. The Tristero lurks in the play's background, though textual problems about an important line obfuscate its meaning and its relation to the main plot. In both the play and the main plot line characters learn about the bones of murdered men lying at the bottom of a lake. (78-79)

W.A.S.T.E.는 'We Await Silent Tristero's Empire'의 약자로써 내심에 품고 있는 것을 상징하는 사설 우편제도이다. 공공 우편제도가 있음에도 불구하고 사설 우편제도가 생긴 이유는 의사소통의 수단이라 할 수 있는 우편제도가 정부에 의해 독점되어 왔으며 개인의 은밀한 사연이 전달되지 못함을 자각한 이들이 존재했기 때문이다. 요요딘 사원들의 경우에서처럼 W.A.S.T.E.는 개인의 주체성과 자율성을 획일적으로 통제하고 말살하는 현대 자본주의 사회에 저항하는 집단이 사용한 우편제도이다. W.A.S.T.E.는 주류문화에 소외당한 사람들이 사용하는 우편제도로, 경직된 사회의 모습을 보여준다. 이 제도 속의 사람들에게는 귀중한 것일지 모르지만 그 제도 밖의 사람들에게는 그야말로 쓰레기이기 때문이다. 이에 대한 다음의 설명은 수긍이 간다.

The answer is Tristero, the mysterious and secret postal system, is delivery and pick-up boxes marked by the anagram W.A.S.T.E., standing for the motto, "We Await Silent Tristero's Empire." To those outside the Tristero, its stations, like its membership. appear only collections of society's waste and refuse, the abandoned matter of a highly efficient and organized technology. (Kolondy 80-81)

소설에는 여러 곳에 걸쳐 트리스테로의 정체를 알아보려는 오이디파의 모습이 있는데 그 중에 한 곳은 다음과 같다.

And spent the rest of the night finding the image of the Tristero post born. In Chinatown, in the dark window of a herbalist, she thought she saw it on a sign among ideographs, But the streetlight was dim. (117)

그런데 오이디파에게는 이 트리스테로가 무엇인지 정확하게 잡혀지지 않는다. 그래서 어쩌면 환상일지도 모른다고 오이디파는 생각한다.

Either Tristero did exist, in its own right, or it was being presumed, perhaps fantasied by Oedipa, so hung upon and interpenetrated with the dead man's estate. Here in San Francisco, away from all tangible assets of that estate, there might still be a chance of getting the whole thing to go away and disintegrate quietly. She had only to drift tonight, at random, and watch nothing happen to be convinced it was purely nervous, a little something for shrink to fix. (109)

더 좋은 사회를 만들고 그 구성원들 사이에 충분한 의사소통이 이루어질 수 있는 제도를 만들어내는 것이 트리스테로인데 사실은 정반대의 현상이 일어났다. 이것이 곧 아이러니한 결과이다. 이 소설 전체가 오이디파가 피어스를 중심으로 하여 주위 모든 것에 대해 정보를 얻으려는 추구라고 볼 때, 트리스테로에 대한 정보도 결국은 정반대의 결과만을 밝혀줄 뿐이다. 그 이유는 트리스테로를 피어스가 장악하고 있기 때문이다. 피어스는 순작용이 아니라 역작용의 인물이라고 스타크John Stark는 다음과 같이 주장한다.

Yearning for a better society, some of the characters want to believe that the Tristero exists. The Tristero, however, may already have been seized by Pierce Inveracity a less than idealistic rebel whose arm is to use them to his own advantage. On the other hand, he also may have acquired enough power to scatter clues about the Tristero in order to tantalize and frustrate dissidents. (109)

물론 원래의 목적대로 트리스테로가 운영된다면 충분히 새로운 인류의 이상적 제도가 되었을 것이다. 그러나 그렇지 못한 것이 현실 속의 모든 제도요 또한 허구 속의 모든 제도라는 점이 핀천 소설의 표방이라 하겠다. 그리고 오히려 더 암흑적인 면이 지배적이기도하다. '맥스웰의 악마'Maxwell's Demon 라는 이름이 이 소설 후반부의 골자를 이루는 이론을 풀어 나가는 것을 보아도 이 점은 충분히 입증되어진다. 이런 제도의 두 가지 가능성 중 악마적인 것이 우세하다고 퍼스R. Pearce는 다음과 같이 분석한다.

When Oedipa encounters the community of silent dropouts, who communicate secretly and independently by subverting the interoffice delivery system of Yoyodyne, we are led to wonder if this is a comic triumph of the underground, or if W.A.S.T.E. is not finally the product of the giant aerospace corporation itself. While one view leads us to a utopia of political, psychological, and sexual anarchism, the other leads us to a frighteningly successful totalitarianism. When we remember that the we are led to see the whole affair as a hoax on the part a man rich enough to buy a cast of thousand—and the threat becomes diabolical. (631-32)

다음에 고려해볼 것은 '피터 핀퀴드 사회'이다. 전후의 불평 불만자들이 세운 또 하나의 조직체인데 그 형성과 목적은 이렇게 기술되어 있다.

The Peter Pinguid Society was named for the commanding officer of the Confederate man-of-war "Disgruntled," who early in 1863 had set sail with the daring plan of bringing a task force around Cape Horn to attack San Francisco and thus open a second front in the War For Southern Independence. Storms and scurvy managed to destroy or discourage every vessel in this armada except the game little "Disgruntled," which showed up off the coast of California about a year later. (49)

이처럼 기성체제나 제도가 강력하면 할수록 어떤 반발이 나타날 수밖에 없다는 것이 핀천이 생각하는 역사의 흐름이다. '피터 핀퀴드 사회'도 기존의 산업적 자본주의에 반대하기 위하여 시작했으나 그 궁극의 목적이 자유인지 아니면 독재인지는 이 소설 속에 명확히 밝혀져 있지 않다. 그것은 마치 모든 이 소설 속의 은유적 상징들이 확실치 않은 것과 맥을 같이한다. 이런 은유를 소설 속에서 몇 군데를 살펴보자. 오이디파가 메츠거와 한참 대화를 나누는데 메츠거가 느닷없이 오이디파에게 뒤를 돌아보라고 한다. 각종 외설적인 표시들이 있는 화장실 벽의 낙서 속에서 오이디파는 무어라고 말할 수 없는 장면만을 포착한다. 여기에 대한 구체적 설명이 없기 때문에 몇 개의 은유가 있을 뿐이다. 이 소설 속에 나오는 구체적인 문자나 형상뿐 아니라 샌 나르시소라는 도시나 피어스라는 사람이나 메츠거와 오이디파의 행동이나 대화도 모두 하나의 종합적인 은유라 볼 수 있고 그 은유는 결국 미국에 대한 진단이고 이것은 결국 서구 문명 전체에 대한 은유가 된다. 이 문제는 엔트로피와 연관 지어 그 의미를 찾아보기로 하고 이런 은유의 효과를 나타내기 위하여 핀천이 구사한 몇 가지 수법들을 밝혀보자.

그 첫째가 인과법칙에 의한 사건전개나 문제발생이 아니라 우연의 규칙이라는 점이다. 왜 하필이면 리처드는 리즈의 옆 좌석에 앉게 되고 같은 호텔에서 만나게 되는가, 거기에는 어떤 인과가 있는 것이 아니고 우연에 의한 사건의 전개만 있을 뿐이다. 이런 것이 포스트모더니즘 소설의 공통된 특징임은 재론할 여지가 없다. 오이디파는 깔깔 웃으며 걷다가 우연히 깡통을 차게 되는데 이 장면이 이 소설에서는 우연이 어떻게 작용하는지를 잘 설명해준다.

> The can, hissing malignantly, bounced off the toilet and whizzed by Metzger's right ear, missing by maybe a quarter of an inch. Metzger hit the deck and cowered with Oedipa as the can continued its high-speed caroming; from the other room came a slow, deep crescendo of naval bombardment, machine-gun, howitzer and small-arms fire, screams and chopped-off prayers of dying infantry. (37)

이 장면은 우연히 발생되기도 하였지만 대단히 코믹한 장면이 되기도 한다. 스와비M. C. Swabey에 의하면 "코믹한 것은 사람의 내면과 외면상의 불일치에서 발생하는 것"(5-6)이라고 하는데 이 소설 속에는 곳곳에 이런 장면이 있다. 정신과 의사 힐라리어스는 오이디파에게 LSD라는 약을 써야한다고 주장하는데, 소설 끝에 가서 나타나듯이 사실 LSD가 필요한 사람은 오이디파가 아니라 힐라리어스 자신이라는 아이러니가 있다. W.A.S.T.E.는 트리스테로와 같은 사람들이 사용하는 귀중한 암호인데 이것은 코믹하게도 여자 공동변소에 낙서되어있고 피어리어드 없이 waste로 쓰면 보잘 것 없는 쓰레기에 불과하다. 가장 코믹한 장면은 메츠거와 오이디파가 보티첼리에서 게임하는 곳이다. 오이디파는 신중하여야 하는데 피어스의 정체를 알기 위해서는 옷을 하나씩 벗어 버려야하는 피치 못할 입장에 있다. 그런데 그 진행과정은 심각하지 않고 오히려 코믹하기만 하여 상황과 사건이 불일치를 이룬다.

　이렇듯이 인생의 부조리와 불일치를 표현하기 위해 포스트모더니스트들은 코믹한 장면을 제시하는데 이것은 발전하여 코믹한 농담으로 나타나기도 한다. 심각한 쪽에서 인생을 부조리로 보면 실존주의적 문학형태를 취하고 우스꽝스런 농담으로 인생을 보는 것은 포스트모더니스트들의 방법이 된다. 그래서 숄즈Robert Scholes는 포스트모더니스트들이 인생을 농담으로 보는 이유를 "인생의 부조리는 농담으로 취급하는 것이 적절한 방법"(148)이라고 생각하기 때문이라고 설명한다.

　둘째는 괴기한 장면을 핀천이 즐겨 쓰고 있다는 점이다. 피어스가 소유하고 있는 저택의 호수는 인간의 해골로 장식되어 있다. 그리고 이 호수를 장식한 거의 모든 재료들은 먼 이국에서 가져온 상상키 어려운 것들이다.

"One of Inverarity's interests," Metzger noted. It was to be laced by canals with private landings for power boats, a floating social hall in the middle of an artificial lake, at the bottom of which lay restored galleons, imported from the Bahannas; Atlantean fragments of columns and friezes from the Canaries; real human skeletons from Italy; giant clamshells from Indonesia—all for the entertainment of Souba enthusiasts. A map of the place flashed onto the screen, Oedipa drew a sharp breath, Metzger on the chance it might be for him looked over. But she'd only been reminded of her look downhill this noontime. Some immediacy was there again, some promise of hierophany: printed circuit, gently curving streets, private access to the water, Book of the Dead. (31)

이 뿐이 아니라 심지어 사람이 피우는 담배의 필터는 인간 뼈를 태운 숯으로 되어 있다고 광고는 떠들어대고 있는데 이 장면을 직접보자.

"But you still don't know," Metzger said. "You haven't seen it." Into the commercial break now roared a deafening ad for Beaconsfield Cigarettes, whose attentiveness day in their filter's use of bone charcoal, the very best kind.

"Bones of what?" wondered Oedipa.

"Inverarity knew. He owned 51% of the filter process."

"Tell me."

"Someday. Right now it's your last chance to place your bet. Are they going to get out of it, or not?"

She felt drunk. It occurred to her, for no reason, that the plucky trio might not get out after all. She had no way to tell how long the movie had to run. (34)

그런데 이 회사의 주식의 51%를 피어스가 소유하고 있다는 점이 중요하다. 이것은 곧 괴기한 것을 통해 피어스를 풍자하며 공격하는 방법이 되기 때문이다. 오이디파가 관람하는 『사자의 비극』(The Courier's Tragedy)이라는 연극의 끔직한 살해 장면이나 안젤로Angelo가 파지오Faggio에게 들려주는 상황들도 괴이한 장면들이다. 이 모든 코믹하고 괴기한 장면들의 의미는 엔트로피 이론으로 결론지어지는 서구문명에 대한 풍자 내지는 공격의 방법이 된다.

마지막으로 엔트로피 문제를 이 소설의 의미와의 맥락 속에서 살펴보자. 엔트로피는 열역학의 제2의 법칙에서 취해 온 과학적 용어지만 포스트모더니스트 작가들이 자주 이용하는 말이며 문학에서는 미국인의 상상력의 경향에 대한 설명 수단이라고 태너Tony Tanner는 다음과 같이 설명한다.

But the frequency with which 'entropy' occurs, as a word or as a tendency, is in itself a phenomenon pointing to a disposition of the

American imagination which we should take notice of. (141)

핀천은 엔트로피에 상당한 관심을 가지고 있고 서구 전후 사회 속에 있는
비참한 인간의 현상에 대한 가장 적절한 표현 방법이 된다고 생각한다. 악마
가 처음 엔트로피에 대해 설명하는 장면은 이렇다.

> "Who is that with the beard?" asked Oedipa. James Clerk Maxwell,
> explained Koteks, a famous Scotch scientist who had once postulated a
> tiny intelligence, known as Maxwell's Demon. The Demon could sit in
> a box among air molecules that were moving at all different random
> speeds, and sort out the fast molecules from the slow ones. Fast
> molecules have more energy than slow ones. Concentrate enough of
> them in one place and you have a region of high temperature. You can
> then use the difference in temperature between this hot region of the
> box and any cooler region, to drive a heat engine. since the Demon only
> sat and sorted, you wouldn't have put any real work into the system. So
> you would be violating the Second Law of Thermodynamics, getting
> something for nothing, causing perpetual motion. (86)

이러한 엔트로피를 더욱 잘 설명해 주려고 하는 것은 네파스티스Nefastis의
머쉰Machine이다. 코텍스Koteks는 오이디파에게 열심히 설명해주지만 오이디
파는 정반대로 '맥스웰의 악마'의 결점만을 발견하려고 한다. 이것은 바로
네파스티스와 오이디파와의 간격이라고 볼 수 있다. 오이디파가 피어스에
대해서나 그 밖의 조직체에 대해서 알려고 하면 할수록 더욱 미로에 빠진다
는 것을 입증하는 셈이 된다. 이렇게 여기서 정보는 질서를 의미하지 못하고
오히려 무질서를 가져오는 아이러니컬한 결과만을 가져온다. 결국 엔트로피

는 닫힌 시스템 속에서는 의사소통이 단절됨을 나타낸다. 작게 보면 의사소통의 실패이지만 안목을 넓혀보면 서구문명의 몰락이 된다는 것의 은유이다.

> Pynchon uses the concept of entropy in this latter sense as a figure of speech to describe the running down Oedipa discovers of the American Dream, at the same time he uses the entropy of information theory to suggest that Oedipa's sorting activities may counter the forces of disorganization and death. (Schaub 21)

서구문명 자체가 죽음에 이를 수밖에 없다는 것은 의사소통이 되지 못하는 폐쇄사회이기 때문이고, 그런 사회를 추구하는 오이디파의 추적은 결국 곤궁에 빠질 수밖에 없다. 열역학의 이론이 변용되어 창조적 기능을 수행했어야하는데 그러지 못한 것이 핀천 소설의 특징이 된다. 단절된 폐쇄사회의 대표적인 도시 샌 나르시소는 그러므로 실체가 없고 정신적으로나 지적으로 불모의 상태에 머물러 결국 "'열사'heat-death에 이를 수밖에 없는데 이런 엔트로피 이론은 개인과 가정 및 국가의 삶 속에 적용"(Hendin 46)되고 있다. 현실과 이상이 조화를 이루는 것이 동양사상이라면 현실과 이상의 균형이 깨진 것이 서구사상이라 할 수 있다. 그런 면에서 폐쇄된 서구문명은 이제 끝에 다다른 느낌이다. 서구문명의 탈출구는 동양 사상에 있을 수밖에 없다는 시사점을 던져준다.

결론

이상에서 살펴본 것처럼 오늘날의 포스트모더니즘 작품들은 양상의 폭이 너무나도 넓어서 어떤 하나의 정의를 내리기가 어렵고 또 비평가들마다

시각이 다르다. 그래서 어떤 의미에서 몇 개의 공식이나 개념으로 묶으려는 그 태도 자체가 모순처럼 느껴지기도 한다. 그러나 어느 정도의 윤곽과 흐름은 파악되었다. 그것은 문학운동을 작용 반작용의 입장에서 보고 포스트모더니즘을 그 이전의 이즘과 대조, 비교함으로써 윤곽이 드러날 수 있다는 점이었다.

특별히 세계관과 인간관에 대해 포스트모더니즘은 다른 이론들과 차이가 있고 이 문제는 오늘날의 서구문명 전체에 대한 철학적이며 역사적 기초 위에 출발하였고 그 해답도 이런 기초 위에서만 가능할 것으로 보인다. 그러나 비슷한 사상을 가진 포스트모더니즘 작가들이라 할지라도 그들의 소설 기법은 천차만별이다. 그러나 기존소설과의 현격한 차이는 플롯과 인물묘사에 있다고 하겠다. 전통적 소설에서 중요시된 플롯과 인물묘사가 포스트모더니즘에서는 무시되거나 어떤 경우엔 전혀 엉뚱하기 때문이다.

그러나 분명한 것은 현대의 인간과 사회의 모습을 적나라하게 들추어 내고 그것을 좀 더 극명하게 보여주기 위하여 여러 가지 독특한 기법을 사용한다는 점이다. 괴기나 잔인 또는 신랄한 풍자 등이 손꼽히는 것들이라 할 수 있다. 그러나 본디 과거로부터의 탈출을 시도한 포스트모더니즘이 과거의 수법들을 좀 더 강조하는 아이러니한 현상도 보여준다. 포스트모더니즘 작가들은 조직적 체계사회의 정보나 빈틈없는 폐쇄성의 사회에서 어쩔 수 없는 인간의 조건을 부각시키려한다. 그래서 프랭크 맥코넬Freank Mcconnell은 "오이디파가 끝내 해답을 얻지 못하고 확신도 없으면서 막연한 기대를 가지고 기다리는 마지막 장면은 심판자의 판결을 기다리는 것과 같은 상황으로 말세적 절망을 나타낸 것이다"(159)라고 주장한다.

핀천이 다른 포스트모더니스트들과 다른 점은 비교적 작품 속의 이야기가 시간순서에 따르고 소위 피카레스크적 서술picaresque narrative 기법을 사용한다는 점이다. 그러나 괴기, 잔인, 우연성, 신랄한 풍자 등을 사용한다는 점에서는 다른 포스트모더니즘 작가들과 마찬가지다. 핀천의 소설에서 독특한 점은 엔트로피를 중요한 소설의 사상으로 취급하고 있으며, 소설 전체가 현실자체에 대한 비판이며 공격이 된다는 점이다. 그러나 그렇다고 해도 어떤 뚜렷한 결론을 내리지는 않고 복합적 암시만을 할 뿐이다. 그래서 하이트Molly Hite는 이 소설을 다음과 같이 설명한다.

> This vision of contemporary reality is not the official meaning of *The Crying of Lot 49*. The official meaning is deferred. What is left is only a byproduct of the quest: a world. Pynchon has exploited the narrative's inherent resistance to closure. Its tendency to generate implications that cannot be reconciled to a definitive interpretation, to suggest that the novelist projects a world by his refusal to articulate a single comprehensive Word. World is antithetical to Word, but made up of words. Such a world does not yield meaning, but is a complex of overlapping meanings.

한 작품만을 분석하여 포스트모더니즘에 대해 설명하는 것은 빙산의 일각일 수밖에 없다. 그러나 빙산은 너무 깊고 넓어서 일각으로 짐작해야 한다. 포스트모더니즘은 너무 제멋대로인데다 다양하고 또한 '고갈의 문학'이기 때문에 어떤 결론도 없다. 그래서 "『49호 품목의 경매』에는 만족스런 끝이 없으며 내러티브의 수수께끼를 설명할 어떤 시도를 피한다"(Pettman 263)라고 평가된다. 그러나 이렇게 암담한 관측을 하는 비평가가 있는가하면 문화 현상을 싸이클로 보아 포스트모더니즘은 결국 리얼리즘으로 돌아갈 수밖에 없다는 예견을 하는 비평가들도 있다는 점에서 미래 포스트모더니즘의 양상이 어떻게 전개될 것인가를 눈여겨 볼 필요가 있다.

■ 인용문헌

Barth, John. "Theo D'haen." *Postmodernism: The Key Figures*. Ed. Hans Bertens and Joseph Natoli. Massachusetts: Blackwell, 2002. 32-39.

Bradbury, Malcolm. *The Modern American Dream*. Oxford: Oxford UP, 1983.

_____. ed. *The Novel Today*. Glasgow: William Collins Sons, 1977.

Cooper, P. L. *Signs and Symptoms*. Berkeley: U of California P, 1983.

Davis, N. W. "Catch-22 and the Language of Discontinuity." *Novel* 12 (1978): 46-70.

Gardner, John. *On Moral Fiction*. New York: Basic Books, 1977.

Graff, Gerald. "The Myth of the Postmodernist Breakthrough." *The Novel Today*. Ed. M. Bradbury. Glasgow: William Collins Sons, 1977. 210-35.

Hendin, Josephine. "What is Thomas Pynchon Telling Us? V. and Gravity's Rainbow." *Critical Essays on Thomas Pynchon*. Ed. Richard Pearce. Boston: G. K. Hall, 1981. 42-50.

Henkle, Roger B. "Pynchon's Tapestries on the Western Wall." *Modern Fiction Studies* 17.2 (1971): 212-28.

Hite, Molly. *Ideas of Order in the Novels of Thomas Pynchon*. Columbus: Ohio State UP, 1983.

Karl, Frederick R. *American Fictions 1940-1980*. New York: Harper & Row, 1983.

Kolody, Annette and D. J. Peters. "Pynchon's *The Crying of Lot 49*: The Novel as Subversive Experience." *Modern Fiction Studies* 19.1 (1973): 80-97.

Litz A. Walton. *American Writers*. New York: Charles Scribner's, 1981.

Lodge, David. *The Modes of Modern Writing*. Illinois: Whitehall Company, 1977.

Madsen, Deborah. *The Postmodernist Allegories of Thomas Pynchon*. New York: St. Martin, 1991.

McConnell, Frank. *Four Postwar American Novelists*. Chicago: UP, 1997.

Newman, Robert. *Understanding Thomas Pynchon*. South Carolina UP, 1986.

Pearce, Richard. "Thomas Pynchon." *American Writers*. Ed. A. Walton Litz. New York: Charles Scribner's, 1981. 625-46.

Penn, Sheldon. "Carlos Fuentes." *Postmodernism: The Key Figures*. Ed. Hans
Bertens and Joseph Natoli. Massachusetts: Blackwell, 2002. 149-54.

Pettman, Dominic. "Thomas Pynchon." *Postmodernism: The Key Figures*. Ed.
Hans Bertens and Joseph Natoli. Massachusetts: Blackwell, 2002. 261-67.

Pynchon, Thomas. *The Crying of Lot 49*. Philadelphia, New York: J. B.
Lippincott Company, 1966.

Schaub, T. H. *Pynchon: The Voice of Ambiguity*. Chicago: U of Illinois P, 1981.

Scholes, Robert. *Fabulation and Metafiction*. Chicago: U of Illinois P, 1979.

Stark, John. *Pynchon's Fiction*. Athens, Ohio: Ohio UP, 1980.

Swabey, M. C. *Comic Laughters*. New Haven and London: Yale UP, 1961.

Tanner, Tony. *City of Words*. New York. Harper & Row, 1971.

쏘로우처럼
소박하게

서론

공산주의 혹은 사회주의는 중국의 개방정책과 러시아의 세력이 줄어들면서 약화되고 그 대신 민주주의가 이제는 세계 거의 대부분 국가의 주된 정치적 이념이 되었다. 그 결과 사유재산을 인정치 않던 국가들마저 자본주의 및 시장 경제체제를 가지려 하는 시대에 우리는 살게 되었다. 자본주의 및 시장 경제체제는 물질문명의 발달에 의한 대량 생산과 과소비를 부추기고 있다. 보도에 의하면 한국의 어느 재벌 총수의 주식 배당 수입이 2,000억 원 정도이고 웬만한 그룹의 총수나 회장들은 연봉과 배당금을 합하여 1,000억 원이 넘는 사람들이 상당히 있다는 것이다. 몇 백억 원 이상의 회장이나 사장은 그 숫자가 많고 CEO 출신의 경영자들이 수십억 원의 월급을 받고 있는 것으로 나타났다. 그런가 하면 한 달 생계비가 50만 원 이하인 빈민층의 숫자는 제대로 파악되지도 못한 실정이다. 이토록 인류가 갈망해온 가장 최선의 정치 및 경제 제도는 명암을 확실히 드러내고 있다.

이런 경제적 불평등 문제 속에 평범한 일반 소시민들에게 '내 집 갖기'의 꿈은 종종 갑작스런 집 값 하락과 높은 상환 대출금으로 인해 심각한 고통을 가져온다. 특히 미국에서 시작한 금융위기와 집 값 하락은 수많은 사람들에게 경제적 어려움을 가져다주고 인생의 막다른 골목에서 신음하게 하고 있다. 이렇게 물질 만능의 신화가 만들어낸 잘못된 소비와 과시문화의 피해와 인간의 피폐화 과정 속에서 쏘로우D. H Thoroau, 1817-1862의 『월든: 숲 속의 생활』은 새로운 조명을 받게 되었다. 쏘로우는 이 책에서 혁신적이고 근원적인 '인간 마음의 혁신'과 '사회제도 개선'을 주창하여 "보다 더 나은 삶에 대한 영적 안내서이며 우리의 영혼을 구원하고 재생으로 이끌어 주는 지침서"(Harding 94)를 제공하였다.

이에 이곳에서는 쏘로우의 자기 성찰과 현대 물질 만능주의에 사로잡힌 사람들의 잘못에 대한 비판을 밝혀보고, 그에게서 자연을 어떻게 관찰하고 배우며 어떠한 생활태도를 가져야 하는가에 대해 추적해 보고자 한다. 그의 『월든』은 삶의 지침서이며 보다 높은 차원의 인생이 어렵고 힘든 노정이 아닌 '단순한 삶과 최소한의 생활 필수적 조건 속에 자족하는 것'임을 확인하려 한다. 쏘로우는 물질 만능으로 어느 정도 편안한 일상생활이 보장된 도시를 떠나 숲 속으로 들어가 2년 2개월 동안의 생활을 하면서 농사짓기, 자연관찰, 동물과 식물에 대한 특별한 애정 갖기, 호수의 의미 등 다양한 체험을 하는데 그가 숲 속으로 간 이유를 다음과 같이 말한다.

> 이 글을 쓸 무렵 나는 매사추세츠 주의 콩코드 마을 근처에 있는 월든 호숫가의 숲 속에 집 한 채를 손수 지어 홀로 살고 있었다. 그 곳은 가장 가까운 이웃과도 1마일쯤 떨어진 곳이었으며, 나는 순전히 노동으로 생계를 유지하고 있었다. 거기서 나는 2년 2개월 동안 살았다. 그러나 지금은 다시 문명 생활의 일원으로 돌아와 있다.

> When I wrote the following pages, or rather the bulk of them, I lived alone, in the woods, a mile from any neighbor, in a house which I had built myself, on the shore of Walden Pond, in Concord, Massachusetts, and earned my living by the labor of my hands only. I lived there two years and two months. At present I am a sojourner in civilized life again. (3)[6]

여기서 중요한 것은 쏘로우의 숲 속 생활이 "완전히 사회를 거부한 것이 아니고 다시 사회로 돌아오는"(Richardson 235) 전제가 있었다는 사실이다.

---

[6] 『월든: 숲 속의 생활』의 인용은 모두 다음 책에 의거하여 *CT*라고 하고 쪽수만 표시함. Thoreau, Henry David. *Citizen Thoreau.* (Ann Arbor: State Street Press), 1996.

쏘로우는 다른 사람으로부터 배우는 것이 아니라 스스로 배우고 깨우쳐야 함을 "나는 이 세상에 태어나 30여 년을 살아 왔으나 아직까지 선배들로부터 유익한 가르침이나 진심에서 우러난 충고 한마디 들어 본 적이 없다"(I have lived some thirty years on this planet, and I have yet to hear the first syllable of valuable or even earnest advice from my seniors)(*CT* 9) 라고 고백한 것을 보아 인간이란 스승보다는 자연이라는 스승이 더 위대하고 친근하며 유익함을 주장한다.

그는 인간의 근심과 걱정은 모두 인간의 필수품 때문이라면서 인간생활에서 으뜸가는 필수품들이 무엇이며, 이것을 얻기 위하여 어떤 방법들을 취해 왔는가를 알기 위하여 문명의 생활을 벗어나 원시적인 숲 속의 생활을 선택한다. 무엇이 우리가 사는 데 기본적인 필수품인가를 그는 이렇게 말한다.

우리가 사는 이 온대성 기후에서는 인간 생활의 필수품은 식량, 주거 공간, 의복, 연료의 항목으로 정확하게 나눌 수 있다. 이것들을 확보하고 난 다음에야 우리는 자유와 성공의 가망을 가지고 인생의 진정한 문제들을 다룰 준비가 되는 것이다.

The necessaries of life for man in this climate may, accurately enough, be distributed under the several heads of Food, Shelter, Clothing, and Fuel; for not till we have secured these are we prepared to entertain the true problems of life with freedom and a prospect of success. (*CT* 12)

그러고 나서는 현명하게 인생을 사는 법을 철학자를 비유하여 설명한다.

오늘날 철학 교수는 있지만 철학자는 없다. 삶다운 삶을 사는 것이 한때 보람 있는 일이었다면 지금은 대학 강단에 서는 것이 그렇단 말인가? 철학자가 된다는 것은 단지 심오한 사색을 한다거나 어떤 학파를 세우는 일이 아니라, 지혜를 사랑하고 그것의 가르침에 따라 소박하고 독립적인 삶, 너그럽고 신뢰하는 삶을 살아 나가는 것을 의미한다.

There are nowadays professors of philosophy, but not philosophers. Yet it is admirable to profess because it was once admirable to live. To be a philosopher is not merely to have subtle thoughts, nor even to found a school, but so to love wisdom as to live according to its dictates, a life of simplicity, independence, magnanimity, and trust. (*CT* 14-15)

이런 철학자가 되려면 자연 관찰을 잘 하여야하기 때문에 쏘로우 자신은 "얼마나 많은 가을날과 겨울날에 마을 밖으로 나가 바람 속에 들어 있는 소식을 들으려고 했으며"(So many autumn, ay, and winter days, spent outside the town, trying to hear what was in the wind, to hear and carry it express!)(*CT* 17)라고 말한다. 그리고 자연을 잘 관찰하는 "그 자신은 자연이 스스로 말하는 것을 기록하는 존재로 머물러있다"(Walls 131)고 볼 수 있다. 쏘로우는 조그만 잡지사 기자 생활을 하면서 관찰자의 임무가 무엇이고 어떻게 해야 잘 관찰할 수 있는지를 습득하였다고 고백한다. 그러한 주장을 뒷받침하는 것은 다음의 주위 환경 묘사 중 나무들 이름 열거에 잘 나타나 있다.

나는 빨간 허클베리, 샌드 벗나무, 팽나무, 폰데로사 소나무, 검정 물푸레나무, 흰 포도나무와 노랑 오랑캐꽃에도 물을 주었다. 그렇지 않았더라면 그것들은 가문 날씨에 말라 죽었을지도 모른다.

I have watered the red huckleberry, the sand cherry and the nettle-tree, the red pine and the black ash, the white grape and the yellow violet, which might have withered else in dry seasons. (*CT* 18)

그 뿐만 아니라 숲 속에서 일하는 정경을 아주 세밀하고 애정 어린 심정으로 이렇게 기술한다.

내가 일하던 곳은 소나무가 우거진 기분 좋은 언덕배기였는데 나무들 사이로 호수가 보였고, 어린 소나무와 호두나무가 무성하게 자라는 숲 속의 작은 빈터도 보였다. 호수의 얼음은 군데군데 녹아 물이 보이는 곳도 있었으나 아직 다 녹지는 않았으며, 온통 거무스레한 색깔을 하고 물기에 젖어 있었다. 내가 낮에 그곳에서 일하노라면 때로는 눈발이 날리기도 했다. 그러나 집으로 돌아가려고 철로 변으로 나오면, 선로 옆의 노란 모래는 아지랑이 속에서 번쩍이며 끝없이 펼쳐져 있었고, 선로 자체도 봄날의 햇빛을 받아 빛나고 있었다. 종달새와 피비새와 그 밖의 새들이 사람들과 함께 또 한 해를 보내려고 어느 새인지 와서들 노래를 부르고 있었다. 흔쾌한 봄날들이 이어지면서 겨울 동안의 인간의 불만은 대지와 함께 녹아 갔으며, 동면하고 있던 생명은 기지개를 펴기 시작했다.

It was a pleasant hillside where I worked, covered with pine woods, through which I looked out on the pond, and a small open field in the woods where pines and hickories were springing up. The ice in the pond was not yet dissolved, though there were some open spaces, and it was all dark-colored and saturated with water. There were some slight flurries of snow during the days that I worked there; but for the most part when I came out on to the railroad, on my way home, its yellow sand heap stretched away gleaming in the hazy atmosphere, and the rails shone in the spring sun, and I heard the lark and pewee and other

birds already come to commence another year with us. They were
pleasant spring days, in which the winter of man's discontent was
thawing as well as the earth, and the life that had lain torpid began to
stretch itself. (*CT* 40-41)

이렇게 숲 속에서 관찰을 통해 지혜를 얻고 명상을 통해 참된 인생의 모습
에 대해 정리해가는 쏘로우는 인간의 기본적인 생활 요건인 의 · 식 · 주에
대해 그 필요성과 병폐에 관한 논리를 전개해 나간다. 이제 쏘로우의 삶의
태도를 알아보기 위해 의 · 식 · 주 및 호수 등에 대한 그의 주장을 살펴보자.

옷의 문제

태초에 인간은 에덴동산에서 벌거벗고 자유스럽게 살았는데 선악과를
따먹은 죄를 지은 후 몸을 가리기 위해 옷을 입게 되었다. 옷의 원래 목적은
체온을 유지하는 것인데 이것이 변질되어 나체를 가리는 것이 되었다고 쏘
로우는 판단한다. 그런데 문제는 체온을 유지하고 부끄러움을 가리는 원래
의 목적과는 다르게 물질문명의 발달로 인해 소비와 사치가 인간의 옷에 대
한 생각을 바꾸어 놓았다고 보는 것이 쏘로우의 주장이다. 옷은 이제 사치의
표시이며 동시에 사회 계급의 구분이고 부의 상징이 되었다. 그래서 옷은 입
는 사람과 분리해서 생각할 수 없는 것이 된 것에 대해 "날마다 우리의 옷
은 착용자의 성격이 각인되어 우리 자신과 동화되고 마치 몸의 일부인 것처
럼 벗어던지기를 주저할 정도로 망설이고 수술 받는 듯 엄숙한 기분을 갖게
된다"(Every day our garments become more assimilated to ourselves,
receiving the impress of the wearer's character, until we hesitate to lay
them aside, without such delay and medical appliances and some such

solemnity even as our bodies.)(*CT* 12)고 하였다.

그러므로 어떤 사람이 비싸고 사치스러운 옷을 입었다고 높이 존경하거나 헌 옷을 입었다고 하여 그를 낮게 평가해서는 안 된다는 것이다. 사람들이 건전한 양심을 갖고 진실하기보다는 유행에 맞는 옷을 입고 과시하려는 태도에 대해 쏘로우는 경종을 울리고자 한다. 어디서건 옷으로 인간이 평가되는 현실에서 사람들의 옷을 모두 벗긴다면 그들이 어떻게 평가되느냐는 문제가 흥미롭다고 쏘로우는 생각한다. 졸지에 벼락부자가 된 사람들이 천박하게 비싼 옷을 입는 것을 보고 쏘로우는 "민주적인 뉴잉글랜드 도시에서도 졸지에 부자가 되고 그 부를 의복과 장신구로 과시하는 것만으로 거의 모든 사람들이 존경을 받는다"(Even in our democratic New England towns the accidental possession of wealth, and its manifestation in dress and equipage alone, obtain for the possessor almost universal respect) (*CT* 25)라고 개탄하면서 옷이 먼저인지 사람이 먼저인지를 따져보아야 한다고 주장한다. 새 술은 새 부대에 넣어야한다는 성경의 말처럼, 새 사람에게 새 옷이 필요한 것이지 사람은 옛날과 똑같은데 새 옷만 입으면 무슨 유익함이 있느냐고 반문한다. 그렇기 때문에 무엇을 입느냐가 아니라 무엇을 하느냐, 무엇이 되느냐가 중요한 문제라고 보는 것이다. 나아가 그는 유행에 대하여 다음과 같이 말한다.

사람들은 미의 여신이나 운명의 여신이 아니라 유행의 여신을 숭배한다. 이 유행의 여신의 모든 권위를 갖고 실을 자아내고 옷감을 짜고 재단한다. 파리에서 대장 원숭이가 여행용 모자를 쓰면 미국의 모든 원숭이들이 그와 똑같은 모자를 쓴다.

We worship not the Graces, not the Parcae, but Fashion. She spins and weaves and cuts with full authority. The head monkey at Paris puts on a traveller's cap, and all the monkeys in America do the same. (*CT* 17)

그래서 유행의 세계적 동조화 현상을 비난한다. 그는 유행에 따른 옷이 아니라 자기에게 필요한 옷, 자기가 하는 일에 맞는 간소하고 간결한 옷을 입어야 한다고 하며 더욱이 세대가 달라질 때마다 지난 세대의 유행을 비웃고 새 유행을 찾으려는 사람들의 태도를 유치하고 야만적이라고 본다. 이런 사람들 때문에 제조업자만 배불릴 뿐이며 그 결과 옷을 만드는 공장의 근로조건은 날이 갈수록 오히려 열악해지고 사람들의 생활은 더 불행해진다고 진단한다. 이렇게 옷에 대한 인간들의 태도 변화는 더 좋은 옷을 입으려하고 그러므로 사치가 더욱 늘어나고 인간의 내면을 좋은 옷으로 커버하려는 위선과 허위가 만연하게 되었다고 보는 것이 쏘로우의 견해이다. 옷은 그저 겉의 모습인데 그 속은 변하지 않고 겉만 변하는 것은 잘못된 것이다. 쏘로우는 이것이 새들이 털갈이를 하고 뱀이나 유충이 허물을 벗어 새로운 몸으로 태어나는 것과 정반대의 길을 인간이 걷고 있는 것이라고 비난한다. 이렇게 의복으로 치장한 겉만 사치스럽고 번지르르한 인생이 되지 말고 내용이 꽉 찬 실속 있는 참다운 인생이 될 것을 의복에 비추어 교훈을 주고 있다.

먹는 것의 문제

우리가 이 세상을 사는 데 얼어 죽지 않고 옷으로 체온을 유지하는 것만큼 중요한 것이 먹는 문제라고 본 것이 쏘로우의 '먹는 것'에 대한 입장이다. 그는 숲 속에 들어와 7월 4일부터 다음 해 3월 1일까지 8개월간의 식비를 아주 꼼꼼하게 기록했는데, 예를 들어 쌀은 1달러 73과 1/2센트, 밀가루 88센트, 사과 25센트, 고구마 10센트 식으로 총 식비에 들어간 것이 8달러

76센트라고 적고 있다. 다음은 그가 식사 문제를 어떻게 해결하는지에 대한 설명이다.

> 위의 계산을 보면 식대로 나간 돈은 주당 27센트쯤 된다. 이때 이후 거의 2년 동안 나의 식량은 이스트를 넣지 않은 호맥분과 옥수수가루, 감자, 쌀, 아주 적은 양의 소금에 적인 돼지고기, 당밀, 소금 그리고 마시는 물이었다. 인도 철학을 그처럼 좋아하는 내가 쌀을 주식으로 삼은 것은 당연한 일이라고 하겠다.

> It appears from the above estimate, that my food alone cost me in money about twenty-seven cents a week. It was, for nearly two years after this, rye and Indian meal without yeast, potatoes, rice, a very little salt pork, molasses, and salt; and my drink, water. It was fit that I should live on rice, mainly, who love so well the philosophy of India. (*CT* 60)

위의 말처럼 쏘로우는 효소 없는 빵을 먹고 음료수도 물만 먹는다는 것이다. 특히 주식이 되는 빵 문제를 심각하게 생각하고 효모에 대하여 이의를 제기한다. 인간이 효모를 발견하여 빵을 만들고 '효모를 빵의 영혼'이라고 생각한 것을 비판한다. 효모 때문에 빵맛이 좋아지는데 이는 의복이 사치화 되는 것과 마찬가지로 효모가 식탐을 불러오는 원인이라고 보았기 때문이다. 효모 없는 빵을 만드는 쏘로우는 다음과 같이 말한다.

> 나는 빵 굽는 방법에 대해서도 공부를 했다. 이 고색창연하고 우리에게 없어서는 안 될 빵 굽는 방법을 연구하기 위하여 여기저기 사계의 권위를 참조하기도 하며, 효소가 들어 있지 않은 최초의 빵이 만들어지는 원시시대까지 거슬러 올라갔다.

I made a study of the ancient and indispensible art of bread-making, consulting such authorities as offered, going back to the primitive days and first invention of the unleavened kind. (*CT* 61)

쏘로우는 사람들이 식량이 없어서가 아니고 사치스런 식량을 탐하기 때문에 식량난을 겪기도 하고 육체적 병에 시달리고 있다고 본다. 그는 식량 문제를 해결하기 위해 손수 농사를 지었으며 채식 위주의 적은 양의 식사를 했다. 콩을 손수 재배하는 것의 의미를 이렇게도 말한다.

> 콩은 나를 대지에 연결시켜주었으며 나는 안타이오스처럼 대지로부터 힘을 얻었다. 그러나 내가 왜 콩을 길러야하는가? 오직 하늘만이 알 것이다. 여름 내내 내가 몰두했던 이 신기롭기 짝이 없는 일은 그전엔 양지꽃과 검은 딸기와 물레나물 같은 향기로운 야생 열매와 아름다운 꽃들만이 자라던 땅에서 이제는 대신 콩이 나오도록 하는 일이었다.

> They (beans) attached me to the earth, and so I got strength like Antæus. But why should I raise them? Only Heaven knows. This was my curious labor all summer—to make this portion of the earth's surface, which had yielded only cinquefoil, blackberries, johnswort, and the like, before, sweet wild fruits and pleasant flowers, produce instead this pulse. (*CT* 154)

스스로 농사를 지어 먹을 것을 해결하는 단순하고도 자발적인 가난을 실천했기 때문에 이런 그의 생활은 "포기의 미학"(Buell 169)을 몸소 체험한 것으로 볼 수 있다. 콩 재배는 그에게 성실, 진리, 소박, 순수의 마음을 주기 때문에 이런 단순한 삶은 "인위적 안락과 사치를 거부하고 최소한의 의식주와 연료에만 의지하는 삶"(Salt 107)이 된다. 이렇게 콩은 식량으로써 뿐만

이 아니라 자신의 노동의 신성함과 자연과의 교감을 갖게 해준다.

이처럼 효모 없는 빵을 먹고 콩을 손수 농사지어 먹기 때문에 쏘로우는 육식에 대해서 "모든 생선과 육식에는 본질적으로 불결한 그 무엇이 있다"(There is something essentially unclean about this diet and all flesh)(*CT* 143)고 생각했으며 그러기에 "누구든 자기의 고등 능력 또는 시적인 능력을 가장 최선의 상태로 유지하고자 하려면 특히 육식과 과식을 하지 말아야한다"(Every man who has ever been earnest to preserve his higher or poetic faculties in the best condition has been particularly inclined to abstain from animal food and from much food of any kind)(*CT* 144)고 주장한다. 그리고 주위의 인물들을 관찰하는 가운데 필드John Field에 대해 특별한 관심을 가진다. 일찍이 미국으로 이민 가서 부자가 되겠다는 꿈을 안고 건너온 아일랜드 사람인 필드 가족이 죽어라고 일해도 늘 가난으로 한숨짓는 참담한 삶의 현실적 문제를 목격한다. 그리고 그 원인이 거의 대부분의 사람들처럼 잘못된 식사 습관임을 알게 된다. 그래서 쏘로우는 "나는 커피도, 홍차도, 버터도, 우유도, 고기도 식사할 때 사용하지 않았다. 그래서 나는 그것들을 얻기 위해 일을 할 필요가 없었으며, 또한 죽자고 일하지도 않았다"(I did not use tea, nor coffee, nor butter, nor mill, nor fresh meat, and so did not have to work to get them, again, as I did not work hard)(*CT* 137)라고 말하며 간소하게 살려고만 한다면 간단한 식사로도 즐거움을 얻을 수 있다고 생각한다. 비록 존의 힘겨운 노동이 안타깝지만 그를 통해 신의 음성을 듣게 되고 순수의 길로 가게 되었으니 쏘로우에게 "존은 자연적이고 신성하며, 그러므로 초월적 법칙을 발견하는 통로"(Pickard 90)가 된다. 필드로부터 쏘로우는 잘못된 식탐에 빠지지 말고 여유 있는 생활을 하고 자연의 이치를 깨닫는 방법을 터득한 것이다.

주거의 문제

사람이 살아가는 데 필수적인 것 중의 하나인 주거의 문제에 대하여 쏘로우는 자급자족을 중시 여긴다. 그래서 자신이 살 집은 자신이 손수 지어야한다고 보고 그 기능에 대하여 이렇게 말한다.

사람이 자기 집을 짓는 데는 새가 자신의 보금자리를 지을 때와 비슷한 합목적성이 있다. 만약 사람이 자기 손으로 집을 짓고 소박하고 정직한 방법으로 자신과 가족을 벌어 먹인다면, 새들이 스스로 열중일 때 노래가 흘러 나오듯, 누구라고 할 것 없이 시적 재능이 피어나지 않겠는가?

There is some of the same fitness in a man's building his own house that there is in a bird's building its own nest. Who knows but if men constructed their dwellings with their own hands, and provided food for themselves and families simply and honestly enough, the poetic faculty would be universally developed, as birds universally sing when they are so engaged? (*CT* 45)

그래서 쏘로우는 당시 28달러 12.5센트라는 최소의 비용을 들여 자기에게 필요한 집을 자기 손으로 직접 지었다. 현대 산업사회에서 모든 작업은 분업화되어 있다. 이 분업이 인간을 단편적으로 알게 하고 기계의 한 부속품이 되게 하며 인간소외의 중요한 변수가 되었다는 것은 전혀 새로운 사실은 아니다. 쏘로우는 새가 자기가 살 둥지를 짓는 것이 너무나 합당하듯이 사람이 스스로 살 집을 지어야 한다고 본다.

집 중에서도 외적 꾸밈이 없고 집 속에 사는 사람의 인품과 진실이 밖으로 배어 나오는 집이야말로 아름다운 집이라고 "이 시골에서 가장 관심을 끄는 흥미로운 집은…보통 가난한 사람들의 가장 꾸밈이 없고 수수한 통나무집과 움막집"(The most interesting dwelling in this country…are the most unpretending, humble log huts and cottages of the poor commonly) (*CT* 32)이고, 그런 집은 사는 사람과 혼연일체가 되어 그림처럼 아름다운 집으로 보인다는 것이다. 그래서 쏘로우의 "오두막집은 이상적인 목가주의가 구현된 상징적 경관"(Marx 245)으로 존재하는 것이다. 간소하고 소박한 옷을 입고 채식 위주의 식사를 간단하게 하는 것처럼 집은 수수한 통나무집이나 움막집을 좋아한 소로우는 집안의 가구도 간소한 것을 좋아해 다음과 같이 살림살이를 소개한다.

> 내 가구는… 침대 하나, 탁자 하나, 책상 하나, 의자 셋, 직경 3인치의 거울 하나, 부젓가락 한 벌과 장작받침쇠 하나, 솥 하나, 냄비 하나, 프라이팬 하나, 국자 하나, 기름단지 하나, 당밀단지 하나, 그리고 옻칠한 램프 하나뿐이었다.

> My furniture,… consisted of a bed, a table, a desk, three chairs, a looking-glass three inches in diameter, a pair of tongs and irons, a kettle, a skillet, and a frying-pan, a dipper, a wash-bowl, two knives and forks, three plates, one cup, one spoon, a jug for oil, a jug for molasses, and a japanned lamp. (*CT* 64)

쏘로우는 옷이나, 먹는 것이나, 집이나 가구 등이 과도한 인간의 탐욕 때문에 사치에 흐르고 분에 넘치는 것을 극도로 경계했는데, 그 이유는 그런 것들이 우리의 에너지와 정신을 소모시켜 낭비의 요소가 있기 때문으로 보았다. 그가 원하는 것은 물질적 풍부가 아닌 정신의 자유였음을 다음 말에서도 확인할 수 있다.

내가 무엇보다 소중하게 여기는 것은 얽매임이 없는 자유이고, 경제적으로 풍족하지 않더라도 나는 행복하게 살아 나갈 수 있으므로 값비싼 양탄자나 다른 호화 가구들, 맛있는 요리, 또는 새로운 양식의 고급 주택 등을 살 돈을 마련하는 데에 내 시간을 허비하고 싶지 않았다.

As I preferred some things to others, and especially valued my freedom, as I could fare hard and yet succeed well, I did not wish to spend my time in earning rich carpets or other fine furniture, or delicate cookery, or a house in the Grecian or the Gothic style. (*CT* 69)

쏘로우의 이 모든 생각은 근본적으로 그의 단순한 삶에 근거를 둔다. 다음은 간소한 삶에 대한 그의 주장이다.

간소하게, 간소하게, 간소하게 살라! 제발 바라건대, 여러분의 일을 두 가지나 세 가지로 줄일 것이며, 백 가지나 천 가지가 되도록 두지 말라. 백만 대신에 다섯이나 여섯까지만 셀 것이며, 계산은 엄지손톱에 할 수 있도록 하라. 문명생활이라고 하는 이 험난한 바다 한가운데서는 구름과 태풍과 유사와 그리고 천 가지하고도 한 가지의 상황을 더 파악해야 하므로, 배가 침몰하여 바다 밑에 가라앉아 목표 항구에 입항하지 못하는 사태가 벌어지지 않도록 하기 위해서는 추측항법으로 인생을 살아갈 수밖에 없으며, 따라서 뛰어난 계산가가 아니면 성공하기 어려운 것이다. 간소화하고 간소화하라. 하루에 세 끼를 먹는 대신 필요하다면 한 끼만 먹어라. 백 가지 요리를 다섯 가지로 줄여라. 그리고 다른 일들도 그런 비율로 줄이도록 하라.

Simplicity, simplicity, simplicity! I say, let your affairs be as two or three, and not a hundred or a thousand; instead of a million count half a dozen, and keep your accounts on your thumb-nail. In the midst of this chopping sea of civilized life, such are the clouds and storms and quicksands and thousand-and-one items to be allowed for, that a man has to live, if he would not founder and go to the bottom and not make his port at all, by dead reckoning, and he must be a great calculator indeed who succeeds. Simplify, simplify. Instead of three meals a day, if it be necessary eat but one; instead of a hundred dishes, five; and reduce other things in proportion. (*CT* 90-91)

이렇게 단순하게 생활할 것을 반복적으로 강조하는 것은 "단순한 삶은 삶의 복잡함을 거부하고 육체적 욕망을 멀리하는 금욕생활이 된다. 그러므로 이런 단순한 삶은 정신의 평정을 가져오는 명상의 생활과 같아서 스스로를 정화하는 순수함의 성취"(Alexander 10)를 위한 쏘로우의 철학 표현이다. 쏘로우는 옷을 입는 것이나, 먹는 것이나, 살아야 하는 공간이나 생활도구에 대해서도 이 단순성의 기본 정신을 실천에 옮긴 사람이다.

호수 및 명상

쏘로우가 숲 속으로 들어가 실험적인 생활을 한 것은 순전히 물질 문명화되고 타락한 인간 생활을 점검하고 자연을 통해 새롭게 인생을 살아보려는 대단히 의도된 시도였다. 최소한의 옷과 먹을 것 그리고 가장 단순한 삶을 통해 보다 진지하고 깊은 참다운 인생을 살기 위한 구도적 방법이었다. 문명의 이기와 생활의 편리함을 찾고 인간의 내면적 충실보다 외면적 형식과 허위 및 탐욕에 대해 각성하고 보다 차원 높은 인생을 위한 결단이었다. 그래서 현실에 대해 각성하고 수탉의 울음소리를 통해 아침의 신선함 속에서 새로운 마음을 가질 것을 촉구하기 때문에 수탉의 울음소리는 아침과 각성의 상징적 의미가 된다. 후드득후드득 떨어지는 빗속에서 주위를 관찰하고 명상할 때 쏘로우는 우주와 자신이 하나 되는 느낌이라고 이렇게 말한다.

조용히 비가 내리는 가운데 이런 생각에 잠겨 있는 동안 나는 갑자기 대자연 속에, 후드득후드득 떨어지는 빗속에, 또 집 주위의 모든 소리와 모든 경치 속에 너무나도 감미롭고 자애로운 우정이 존재하고 있음을 느꼈다. 그것은 나를 지탱해 주는 공기 그 자체처럼 무한하고도 설명할 수 없는 우호적인 감정이었다.

In the midst of a gentle rain while these thoughts prevailed, I was suddenly sensible of such sweet and beneficent society in Nature, in the very pattering of the drops, and in every sound and sight around my house, an infinite and unaccountable friendliness all at once like an atmosphere sustaining me, as made the fancied advantages of human neighborhood insignificant, and I have never thought of them since. (*CT* 131)

이처럼 쏘로우는 자연을 세밀하게 관찰하고 명상했으며 그 가운데 자신을 돌아보고 관조했다. 주위의 모든 꽃, 새, 물소리 등에 특히 귀를 기울이는 것은 "자연을 이용하고 선취해서 보는 것이 아니고 있는 그대로 보는 순수한 보기"(Cameron 70)의 실천자였다. 강과 호수를 관찰하면서 수시로 색깔이 변하는 것을 묘사한 부분은 그의 관찰의 깊이와 관찰자에 따라 변화하는 호수의 모습을 아주 감동적으로 기술한다.

월든 호수는 똑같은 관측 지점에서 보더라도 어떤 때는 청색으로 어떤 때는 초록색으로 보인다. 하늘과 땅 사이에 놓인 이 호수는 양쪽의 색깔을 다 가지고 있는 것이다. 언덕 위에서 보면 호수는 하늘의 색을 반영하고 있지만 가까이에서 보면 모래가 보이는 호숫가의 물은 누런 색조를 띠고 있으며, 조금 더 깊은 곳은 엷은 녹색, 그러고는 점차로 색이 진해져서 호수의 중심부를 포함한 대부분의 물은 한결같이 짙은 초록색이다. 빛의 상태에 따라서는 언덕 위에서 보더라도 호숫가 근처의 물이 선명한 초록색일 때가 있다.

Walden is blue at one time and green at another, even from the same point of view. Lying between the earth and the heavens, it partakes of the color of both. Viewed from a hilltop it reflects the color of the sky; but near at hand it is of a yellowish tint next the shore where you can see the sand, then a light green, which gradually deepens to a uniform dark green in the body of the pond. In some lights, viewed even from a hilltop, it is of a vivid green next the shore. (*CT* 178)

호수는 쏘로우에게 단순한 자연이 아니라 '자신의 본성의 깊이'를 알게 해주는 통로이다. 또한 호수를 통해 깊은 명상에 빠짐으로 호수가 자신의 본성이며 이는 곧 신성을 인식할 수 있는 방법이라 생각했다. 호수는 마음의 거울이고 이를 통해 세상의 이치를 깨닫고 천상의 모습을 깨달을 수 있으니 호수가 "신성한 힘의 상징"(Modenhauer 253)으로 작용한다고 하겠다. 이런 호수이기 때문에 쏘로우는 아주 세밀하게 호수의 색깔까지 관찰한다.

콩코드의 모든 강과 호수들은 적어도 두 가지의 색깔을 가지고 있는데, 하나는 멀리서 본 색깔이며 다른 하나는 가까이에서 본, 좀 더 본래의 색깔에 가까운 색깔이다. 첫 번째 색깔은 빛에 많이 좌우되며 하늘의 색을 따른다. 여름날 청명한 날씨에 그리 멀지 않은 거리에서는 청색으로 보인다. 특히 물결이 일고 있을 때는 더욱 그러하다. 그러나 멀리 떨어져서 볼 때는 모두 똑같은 색깔이다. 폭풍우가 보는 날씨에는 때로는 어두운 청회색을 띤다.

All our Concord waters have two colors at least; one when viewed at a distance, and another, more proper, close at hand. The first depends more on the light, and follows the sky. In clear weather, in summer, they appear blue at a little distance, especially if agitated, and at a great distance all appear alike. In stormy weather they are sometimes of a dark slate-color. (*CT* 177)

이처럼 보는 각도에 따라 시시각각으로 호수의 색깔이 변한다는 것은 "호수는 쏘로우의 순수한 영혼을 드러내기 위한 은유로 작용"(Moldenhauer 260)하고 있음을 알 수 있다. 호수의 응시와 사유가 그의 정신세계를 한 차원 높게 하는 중요한 대상인데 그러기 위해서 쏘로우는 사색과 고독에 대한 자신의 독특한 방법을 갖는다.

나는 대부분의 시간을 혼자 지내는 것이 심신에 좋다고 생각한다. 아무리 좋은 사람들이라도 같이 있으면 곧 싫증이 나고 주위가 산만해진다. 나는 고독만큼 친해지기 쉬운 벗을 아직 찾아내지 못하고 있다. 우리는 대개 방 안에 홀로 있을 때보다 밖에 나가 사람들 사이를 돌아다닐 때 더 고독하다. 사색하는 사람이나 일하는 사람은 어디에 있든지 항상 혼자이다. 고독은 한 사람과 그의 동료들 사이에 놓인 거리로 잴 수 있는 것이 아니다.

I find it wholesome to be alone the greater part of the time. To be in company, even with the best, is soon wearisome and dissipating. I love to be alone. I never found the companion that was so companionable as solitude. We are for the most part more lonely when we go abroad among men than when we stay in our chambers. A man thinking or working is always alone, let him be where he will. Solitude is not measured by the miles of space that intervene between a man and his fellows. (*CT* 134)

고요한 겨울밤이 지나고 아침에 깨었을 때 쏘로우는 언제나 무엇이-어떻게-언제-어디서와 같은 질문을 하였다. 그리고 대자연의 조용하고 만족스러운 얼굴을 느끼기 위해 넓은 창문을 통해 세상을 보곤 했다. 그 대자연은 호수로 집약되어 그에게 다가온다.

이 호수는 그 자신이나 그 창조자에게 그리고 나에게도 기쁨과 행복의 샘물이다. 그것은 확실히 마음에 아무런 흉계를 품지 않은 용감한 사람의 작품이다. 그는 자신의 손으로 이 호수의 주위를 둥글게 가다듬었으며 그의 사념 속에 호수를 깊이 파고 그 물을 맑게 하였으며 마침내는 유산으로 콩코드 마을에 남겨준 것이다.

It is the same liquid joy and happiness to itself and its Maker, ay, and it may be to me. It is the work of a brave man surely, in whom there was no guile! He rounded this water with his hand, deepened and clarified it in his thought, and in his will bequeathed it to Concord. (*CT* 194)

이럴 때 호수와 자아는 별개의 존재가 아닌 혼연일체가 되며 그러므로 호수에서의 목욕은 "영적인 정화의 상징"(Pickard 90)이 되며 호수와 쏘로우는 한 몸이 되는 것이다. 그가 마음의 평온을 얻고 우주를 창조한 분과 거닐 정도로 성숙했음을 다음은 잘 나타내준다.

나는 내 자신의 본연의 자세에 돌아와서야 마음이 편해지는 사람이다. 나는 남의 눈에 잘 띄는 곳에서 다른 사람들과 함께 화려하게 과시하며 돌아다니기보다는, 그런 일이 가능하다면 우주를 창조한 분과 함께 거닐어보고 싶다. 그리고 이 들떠 있고 신경질적이며 어수선하고 천박한 19세기에 사는 것보다는 이 시대가 지나가는 동안 서 있거나 앉아서 생각에 잠기고 싶다. 사람들은 무엇을 축하하고 있는 것인가? 그들은 모두 준비위원회의 자리 하나씩을 차지하고서는 매 시간마다 누군가가 연설하기를 기다리고 있다. 하느님도 그날의 사회자에 불과하며, 연설은 웹스터가 하게 되어 있다.

I delight to come to my bearings—not walk in procession with pomp and parade, in a conspicuous place, but to walk even with the Builder of the universe, if I may—not to live in this restless, nervous, bustling, trivial Nineteenth Century, but stand or sit thoughtfully while it goes by. What are men celebrating? They are all on a committee of arrangements, and hourly expect a speech from somebody. God is only the president of the day, and Webster is his orator. (*CT* 328-29)

이제 쏘로우는 자연의 일부가 되어 해와 바람과 비와 꽃들과 구름 같은 것들이 모두 기쁨과 환희로 다가온다. 자연과 혼연일체가 되고 우주와 합일된 느낌을 갖는다. 그러므로 쏘로우의 숲 속 명상의 결과는 "자연과 문명 둘 다의 가치를 인정"(Botkin xxii)하는 것뿐만 아니라 자연과 문명, 자신과 타인 그리고 우주 모두를 포함하는 포괄적 세계인 것이다. 그래서 어떤 장소나 어떤 사람도 낯설지 않다고 고백한다.

나는 사람들이 황량하고 쓸쓸하다고 하는 장소에서도 나와 친근한 어떤 것이 존재함을 분명히 느꼈다. 나에게 혈연적으로 가장 가깝거나 가장 인간적인 것이, 반드시 어떤 인간이거나 어떤 마을 사람이지는 않다는 것을, 그리고 이제부터 어떤 장소도 나에게는 낯선 곳이 되지 않으리라는 것을 분명히 느꼈다.

Every little pine needle expanded and swelled with sympathy and befriended me. I was so distinctly made aware of the presence of something kindred to me, even in scenes which we are accustomed to call wild and dreary, and also that the nearest of blood to me and humanest was not a person nor a villager, that I thought no place could ever be strange to me again. (*CT* 131)

한 송이 꽃, 풀잎 하나, 떠가는 구름, 잔잔한 호수 위로 날아가는 철새의 날 갯짓 등 자연 속의 것들이 고마운 존재이며 기쁨을 줄 뿐만 아니라, 봄에 새로운 꽃이 피는 것은 그저 자연의 한 이치인데 이를 관찰하면서 그는 "영적인 해빙을 느끼는 중심적 진행과정"(Baym 241)으로 인식한다. 이렇게 자연의 모든 것들은 그의 정신 수양에 녹아들고 이는 더 높은 세계에 대한 동경을 갖게 해준다. 이처럼 자연 속의 모든 것인 호수, 꽃, 바람, 해와 별 등이 "균형과 조화의 표상"(Peck 62)으로 인식되어진다. 자연의 모든 것은 쏘로우에게 깊은 유대감과 일체감을 가져오는 살아있는 생명체인 것이다. 자연과 하나 됨을 물의 깊이로 은유하여 세계가 모두 물로 채워지는 것이 자신과 우주의 일체감임을 다음처럼 상징적으로 표현한다.

우리 안의 생명은 강의 물과도 같다. 올해 이 생명의 물은 과거 어느 때보다도 수위가 높아져서는 고지대의 마른 땅을 물바다로 만들지 모른다. 올해가 바로 기억에 남을 해, 물이 넘쳐 강변에 사는 사향쥐들이 모두 익사하는 그런 해일지도 오른다. 우리가 지금 사는 곳은 항상 마른 땅은 아니었다.

The life in us is like the water in the river. It may rise this year higher than man has ever known it, and flood the parched uplands; even this may be the eventful year, which will drown out all our muskrats. It was not always dry land where we dwell. (*CT* 331)

쏘로우는 우리가 무심히 지나칠 수 있는 우리 주위의 하찮은 것들—한 송이 들꽃, 연약한 풀잎 하나, 떠가는 구름, 날아다니는 새 등—에 대해 무한한 애정을 가지고 관찰하고 기술하였으며 사치한 문명의 생활을 거부했다. 단순하고 소박하며 내적으로 충실한 삶이 진정한 가치가 있다고 보았다. 또한 이것의 실천을 위해 가능한 한 적게 먹고 자연 속에서 걷고 사색하며 인생을 좀 더 고차원적으로 살기를 희망했다. 사람의 고귀한 목적을 사람과 사람뿐이 아니라 사람과 우주 사이의 유대감과 일체감으로 생각한 쏘로우는 진솔하게 살았던 생활의 현인이요 철학자요 문필가라고 하겠다.

■ 인용문헌

Alexander, Charlotte. *Henry David Thoreau's Walden and On The Duty of Civil Disobedience*. New York: Monarch, 1965.

Baym, Nina. "From Metaphysics to Metaphor: The Image of Water in Emerson and Thoreau." *Studies in Romanticism* 5 (1966): 231-43.

Botkin, Daniel B. *No Man's Garden: Thoreau and a New Vision for Civilization and Nature*. Washington D.C.: Island Press, 2001.

Buell, Lawrence. "Thoreau and the Natural Environment." *The Cambridge Companion to Henry David Thoreau*. Ed. Joel Meyerson. Cambridge: Cambridge UP, 1995. 171-93.

Cameron, Sharon. *Writing Nature: Henry Thoreau's Journal*. Chicago: U of Chicago P, 1985.

Harding, Walter. "Five Ways of Looking at Walden." *Critical Essays on Henry David Thoreau's Walden*. Ed. Joel Myerson. Boston: Hall, 1988. 85-95.

Johnson, William. *What Thoreau Said*. Moscow. Idaho: U of Idaho P, 1991.

Marx, Leo. *The Machine in the Garden: Technology and the Pastoral Ideal in America*. New York: Oxford UP, 1964.

Moldenhauer, Joseph J. "Image of Circularity in Walden." *Literature* 1 (1959): 245-63.

Pickard, John B. "The Religion of Higher Laws." *Twentieth Century Interpretations of Walden*. Ed. Richard Ruland. New Jersey: Prentice-Hall, 85-92.

Richardson, Robert D. "The Social Ethics of Walden." *Critical Essays on Henry David Thoreau's Walden*. Ed. Joel Myerson. Boston: Hall, 1988. 235-48.

Salt, Henry S. *Life of Henry David Thoreau*. Urbana: U of Illinois P, 1993.

Thoreau, Henry David. *Citizen Thoreau*. Ann Arbor: State Street Press, 1996.

지은이 홍기영(洪起永)

한남대학교 영어영문학부 교수, 한남대학교 BK21/BK21 PLus 사업단장

현대영어영문학회장, 한국셰익스피어학회 이사

한남대학교 신용협동조합이사장 역임(2003-2006), 한남대학교 사회문화대학원장 역임(2003-2005)

한남대학교 학생복지처장 역임(2001-2002), 한남대학교 문과대학장 역임(1999-2001)

미국 워싱톤대학교 교환교수

교육부 교육과정 심의위원 역임, 전국 대학생 연극경연대회 심사위원 역임

『창조문학』 신인 시인 추천

- 저 서   The Wheel of English(1986), 『셰익스피어 喜劇論』(1987), Man and Meditation (1996), A Passage to English Essays(2003), A Companion to Child Dramas (2004), 수필집 『숲 속의 작은 길』(2000), 『셰익스피어 낭만희극의 공간구조』(1996), 『셰익스피어 희극의 세계』(2000), 제1시집 『너에게로 가는 길』(1998), 제2시집 『메릴랜드 언덕에 비가 나린다』(2000), 제3시집 『가을 강처럼 느리게』(2005), 제4시집 『자작나무 그늘아래, 나는 알았네』(2011), 『셰익스피어 넓게 읽기』(2005), 『현대영미아동문학작가 길잡이』(2007), 『영어연극 만들기와 공연의 실제』(2008), 『앤드류 크림슨 동화집』(2009), 『드라마 치료와 영어대본 만들기』(2010), 『햄릿으로 읽는 세계』(2010), 『셰익스피어 희극의 이해』(2011), 『셰익스피어와 문학비평』(2012), 『셰익스피어 극의 기독교적 해석』(2013), 『영미드라마와 인생』(2014), 『스토리텔링으로 본 노을 진 언덕』(2015)

스토리텔링으로 본 **문학과 인생**

초판 발행일 2015년 6월 30일

지은이   홍기영
발행인   이성모
발행처   도서출판 동인
주 소   서울시 종로구 혜화로3길 5 118호
등 록   제1-1599호
TEL   (02) 765-7145 / FAX (02) 765-7165
E-mail   dongin60@chol.com
ISBN   978-89-5506-662-3
정가   18,000원

※ 잘못 만들어진 책은 바꿔 드립니다.